고딕 이야기

고딕 이야기

엘리자베스 개스켈

박찬원 옮김

은행나무세계문학 에세이 • 4

은행나무

차례

일러두기

1 번역 대본으로는 Elizabeth Gaskell, *Gothic Tales* (Penguin Classics, 2004)를 사용했다.

2 본문 하단의 각주는 모두 옮긴이의 것이다.

실종

나는 〈하우스홀드 워즈〉*를 정기적으로 보지는 않는다. 그런데 한 친구가 최근 과월 호 몇 편을 보내며 '형사와 보호 경찰'과 관련된 글을 모두 읽어보라 권했고, 나는 그렇게 했다. 일반 독자들은 매주 글이 실릴 때마다 혹은 간격을 두고 글을 읽었겠지만, 나는 런던 경찰청의 대중적 역사라 생각하며 연달아 읽었다. 어쩌면 잉글랜드 모든 큰 도시의 경찰력(力)의 역사로 간주할 수 있겠다는 생각도 든다. 이 글들을 다 읽고 나자 그때는 다른 어떤 글도 읽을 마음이 들지 않았고 그저 연이어 찾아오는 상념과 회상에 빠져들고 싶었다.

우선 미소와 함께 떠오른 기억은 내 친척 한 사람을 그의 지인

* 〈Household Words〉, 1850년대 찰스 디킨스가 편집한 주간지.

이 찾아내게 된 예상치 못한 방식에 관한 것이다. 이 지인은 B선생의 주소를 잘못 보관했는지 잊어버렸는지 그런 상황이었다. 나의 사촌인 B선생은 매력적인 점이 많은 사람이지만 평균 석 달에 한 번 주거지를 옮기는 걸 좋아하는 작은 괴벽이 있었고, 그럴 때면 그의 시골 친구들은 헴프스테드 벨뷰 로드 19번지 주소를 안 지 얼마 되지 않아 그 주소를 애써 기억에서 지우고 캠버웰 어퍼 브라운 스트리트 27½번지를 외워야 해서 당황스러워했다. 계속 그런 식이자 나는 지난 3년 동안 B선생에게 보내는 편지에 써야 했던 그 다양한 주소를 기억하느니 차라리 《워커의 발음 사전》* 한 페이지를 익히는 게 낫겠다는 생각이 들기에 이르렀다. 지난 여름 그는 런던에서 16킬로미터도 안 떨어진, 기차역이 있는 한 아름다운 마을로 옮겼다. 그의 지인은 그곳으로 그를 찾으러 갔다. (지금 여기서는 그 시골 친구가 B선생의 흔적을 따라 그가 머물던 다른 거처 서너 곳을 따라간 뒤에야 마침내 B선생이 R에 있다는 확신을 하게 된 이야기는 하지 않겠다.) 친구는 오전 내내 마을에서 B선생의 행방을 묻고 다녔으나 여름 동안 그곳에서 지내는 남자들이 많아 푸줏간 주인도 빵집 주인도 B선생이 어디 있는지 알지 못했다. 편지도 늘 시내에 있는 그의 사무실로 전달되게끔 되어 있는 상황이라 우체국에서도 알지 못했다. 결국 시골

* 1791년 존 워커가 만든 영어 발음 사전.

친구는 다시 터벅터벅 기차역으로 돌아갔고, 기차를 기다리면서 마지막 수단으로 역무원에게 물어보았다. "아뇨, 선생님, 저는 B선생이 어디 머무는지 모릅니다. 기차로 오가는 신사분들이 좀 많아야지요. 하지만 저 기둥 옆에 서 있는 사람이라면 알려드릴 수 있을 거라 확신합니다." 그가 가리킨 쪽으로 시선을 돌려보니 상인 외양의 사람이 서 있었다. 적당히 점잖아 보이면서도 '상류층' 같은 허세는 없었으며, 급한 용무가 없는 듯 느긋하게 역에 내린 승객들을 바라보고 있었다. 그런데 이야기를 들더니 정중하고 신속하게 대답해주었다. "B선생? 키 큰 신사, 금발? 네, 선생님, B선생 압니다. 모턴 빌라스 8호에 머뭅니다. 3주나 그 이상 되었습니다. 하지만 거기 가셔도 지금은 없을 겁니다, 선생님. 11시 기차로 시내에 갔고, 대개는 4시 30분 기차 때까지는 돌아오지 않습니다."

시골 친구는 그 말이 사실이라 믿었고 다시 마을로 돌아갈 시간도 없었다. 그는 그것을 알려준 사람에게 고맙다는 인사를 하고 시내 사무실로 B선생을 방문하겠다고 말했다. R기차역을 떠나기 전 그는 역무원에게 친구가 사는 곳 정보를 알려줄 사람으로 가리킨 이가 누구인지 물었다. "형사 경찰입니다, 선생님." 역무원의 대답이었다. 전혀 놀랍지 않게도, B선생이 경찰이 말한 내용이 모든 면에서 정확하다고 확인해주었음은 굳이 말할 필요도 없다.

사촌과 친구의 일화를 듣고서는《케일럽 윌리엄스》* 같은 종류의 줄거리에 쓰일 수 있는 낭만은 더 이상 없다는 생각이 들었다. 이 소설의 가장 흥미로운 점은 — 피상적으로 읽자면 — 희망과 두려움이 번갈아 이어지는 가운데 주인공이 추적자에게서 벗어날 수 있을까 없을까를 따라가는 데 있다. 읽은 지 오래되어 공격받고 다쳤던 남자의 이름은 잊었는데, 케일럽이 그 남자의 비밀스러운 사생활을 알게 되면서 남자가 케일럽을 뒤쫓는다. 케일럽의 여러 은신처를 발견하고 작은 단서를 추적하는 등 모든 것은 사실상 남자의 에너지와 영민함과 끈기에 의존했다. 사람 대 사람의 고투, 궁극적인 목적 달성의 불확실성, 끈질긴 추적자 혹은 모든 수단을 동원해 자신을 감추는 기지 넘치는 케일럽 등이 소설의 흥미로운 요소였다. 그러나 1851년인 지금 공격당한 주인은 형사에게 일을 맡길 것이고, 형사의 성공은 의심의 여지가 없을 것이다. 유일한 질문은 은신처가 발각될 때까지 걸릴 시간인데 이는 오래 걸릴 일이 아니다. 이제는 더는 사람 사이의 고투가 아니며, 거대한 조직 기관과 외롭고 허약한 개인의 싸움이 되었다. 희망도 두려움도 없다. 오로지 확실성만이 존재한다. 그런데 추적과 도주라는 소재가 — 추격이 잉글랜드 내로 국한되는 한 — 소설가의 창작 창고에서 제외된다면, 어쨌든 더 이상 수수께끼 같은 실종이 발

* 영국의 사상가 윌리엄 고드윈(1756~1836)이 쓴 3부작 탐정소설.

생할 가능성에 시달리지 않아도 될 것이다. 지난 세기말에 살았던 사람들과 교류를 해보면 그렇게 실종을 두려워했던 것도 무리가 아님을 증언할 수 있다.

나는 어렸을 때 때때로 허락을 받고 친척과 동행해 아주 현명한 노부인에게 차를 마시러 가곤 했다. 그때는 노부인이 120살 정도 되었다고 생각했지만 지금 돌이켜보니 일흔 살도 안 되었던 것 같다. 노부인은 활기차고 지적이었으며, 본 것도 아는 것도 많아 이런저런 이야기를 들려주곤 했다. 노부인은 스니즈 가문과 사촌 관계였는데, 에지워스 씨의 여러 아내 중 두 명이 그 가문 출신이었다. 노부인은 아름다운 데번셔 공작부인과 '황갈색과 청색 크루 부인'**이 불러 모은 예전 휘그당 사교계 사람들과 어울렸던 앙드레 소령과도 아는 사이였고, 노부인의 아버지는 사랑스러운 린리 양의 초기 후원자였다. 내가 이러한 사실을 열거하는 이유는 노부인의 탁월한 지성과 교양이 본디 타고나기도 했지만 이러한 교류 덕분이라는 것, 따라서 이런 괴담에 쉽게 신빙성을 부여할 사람이 아니라는 말을 하기 위해서다. 그런 노부인이 실종에 관한 이야기들을 들려주었고, 그것들은 어떤 미스터리보다 내 상상 속에 오래 머물렀다. 그중 한 이야기다. 노부인의 아버지는 슈롭셔에 저택이 있었고 게이트를 열면 그가 지주인 마을이 펼쳐졌

** 공작부인과 친구인 크루 부인이 휘그당 모임 때 황갈색과 청색 옷을 입었다.

다. 드문드문 흩어진 집들을 따라 불규칙하게 뻗어 나간 거리며 여기엔 정원, 다음엔 농장의 박공벽, 저기엔 줄지어 선 작은 집 등이 보였다. 마을 끝에 있는 집에는 아주 점잖은 남자와 그의 아내가 살았다. 부부는 마을에서 잘 알려진 사람들이었고, 남자의 아버지가 몸이 마비된 노인임에도 인내심을 가지고 잘 돌보아 존경을 받았다. 겨울이면 노인의 의자를 불가에 놓아주고, 여름이면 노인이 앞마당에 앉아 햇볕을 쬐고 마을 사람들이 오가는 것을 바라보며 평온한 기쁨을 느끼도록 해주었다. 노인은 도움 없이는 침대에서 의자로 내려앉지도 못했다. 찌는 듯이 무더웠던 6월 어느 날, 마을 사람 모두 건초지로 나갔다. 아주 늙은 노인과 아주 어린 아이만 집에 남았다.

내가 얘기한 그 노인은 그날 오후 평소처럼 집 앞으로 옮겨져 햇볕을 쬐고 있었고 아들과 며느리는 건초를 만들러 갔다. 그런데 그들이 이른 저녁 집에 돌아오니 몸이 마비된 노인이 사라졌다. 노인이 없어진 것이다! 그날 이후 노인의 소식을 아는 사람은 아무도 없었다. 이 사건을 들려주며 노부인은 늘 이야기를 쉽게 이해시키는 그 차분함으로 덧붙였다. 노부인의 아버지가 최선을 다해 사방에 알아보았지만 설명할 길이 없었다고. 마을에서 낯선 사람도 목격되지 않았고, 그날 오후 아들 집에 도둑이 든 흔적도 없었으니 혹여 노인이 방해가 되어 처치해야 하는 일도 없었던 것이다. 아들과 며느리(힘없는 아버지를 잘 모시기로 소문난)는 그날 내내 이웃들과 함께 들판에 있었다. 이 일은 간단히 말해 설명할 길이 없었고, 많은 사람들의 마음에 아픈 기억으로 남았다.

내가 대답을 해보겠다. 형사라면 일주일 안에 모든 관련 사실을 알아냈을 것이다.

이 이야기는 미스터리로 남아 속상하나 비극적이라 할 만한 결말은 없다. 다음 이야기는(비록 전해 내려오는 것이지만, 내가 이 글에서 들려주는 이런 실종 일화들은 정확하게 옮긴 것이고 내게 알려준 사람들도 분명한 사실이라고 믿고 있었다) 결말이, 그것도 우울한 결말이 있다. 배경은 넓은 토지를 가진 여러 신사의 저택으로 둘러싸인 작은 시골 마을이다. 약 100년 전 이 작은 마을에 한 변호사가 어머니와 누이와 함께 살았다. 그는 인근 대지주 한 사람의 대리인으로 그 지주를 대신해 정해진 날짜들에 임대료를 받았고, 이는 물론 잘 알려진 사실이었다. 그는 이 시기가 되면 ○에서 8킬로미터 정도 떨어진 작은 술집에 갔고, 세입자들은 그곳에서 그를 만나 임대료를 내고 저녁을 대접받았다. 어느 날 밤 그는 이 행사에서 돌아오지 않았다. 영원히 돌아오지 않았다. 그를 대리인으로 삼았던 신사가 당대의 도그베리*를 고용해 그와 사라진 현금을 찾으려 했다. 그의 어머니 역시 자신의 부양자이자 낙이었던 아들을 진실한 사랑으로 끈질기게 수소문했다. 그러

* 윌리엄 셰익스피어의 희곡 《헛소동》에 등장하는 거만하고 멍청한 경관.

나 그는 영원히 돌아오지 않았다. 머지않아 그가 돈을 들고 해외로 간 것이 분명하다는 소문이 퍼졌다. 그의 어머니는 주변에서 수군거리는 소리를 들었으나 반박할 수 없었다. 그리고 상심하여 세상을 떠났다. 세월이 흐르고—50년 정도라 생각된다—○의 부유한 푸줏간 주인이자 목축업자가 죽었다. 그는 죽기 전에 자신이 시내에서 가까운 황무지에서, 그의 집에서 엎어지면 코 닿을 곳에서 ○씨가 가던 길을 막아 세웠다고, 그냥 돈만 뺏을 생각이었지만 예상보다 저항이 너무 심해 칼로 찌를 수밖에 없었다고 고백했다. 그리고 그날 밤 그를 황무지의 무른 모래땅 아래 깊이 묻었다고 말했고, 그곳에서 그의 유해가 발견되었다. 그는 불명예를 씻었지만 그의 어머니에게는 너무 늦은 소식이었다. 그의 누이 역시 사망한 후였다. 모두 그 가족과 연결되었다가 혹시 무슨 일이 있을까 꺼려 누이는 결혼도 하지 못했었다. 그리고 이제는 그가 유죄인지 무죄인지 아무도 관심을 두지 않았다.

지금의 형사가 그때도 있었더라면!

이번 실종 이야기는 끝끝내 밝혀지지 않은 사건은 아니고, 한 세대 동안만 수수께끼였다. 지난 세기 전통에서는 어떤 추정으로도 절대 설명되지 않는 실종이 드물지 않았다. 나는 1750년경 링컨셔에서 있었던 결혼식 이야기를 들었다(출간 초창기 〈체임버스 저널〉에서 읽었던 것도 같다). 그 행복한 부부는 신혼여행을 떠나지 않았는데, 당시에는 관례가 아니었기 때문이다. 대신 부부와 친구들은 신랑이나 신부 둘 중 한 사람의 집에서 즐겁고 유쾌한 만찬을 가지곤 했다. 이 사건의 경우 일행 모두 신랑 집으로 갔고, 식사 시간이 될 때까지 흩어져 일부는 정원에서 산책을 했고 일부는 집 안에서 쉬었다. 신랑은 당연히 신부와 함께 있었는데 갑자기 하인이 와서 낯선 사람이 이야기하기를 청한다고 전해 불려 나갔다. 그리고 그 후 신랑을 본 사람은 아무도 없었다. 같은 전통이 페스티니오그 근처 숲에 오래 버려진 채 서 있는 웰시 홀에도 남아 있다. 그곳에서도 역시 신랑이 결혼식 날 낯선 사람이 만남을 청하여 밖으로 나갔고 그때부터 이 세상에서 사라져버렸다. 그런데 더해져 들리는 얘기로는 신부가 그곳에서 오래 살았다고, 60년 하고도 10년을 더 살았다고 한다. 그리고 그 긴 세월 내내 햇빛이든 달빛이든 땅을 밝히는 빛이 있는 동안은 집으로 들어오는 모습을 볼 수 있는 특정한 창가에 앉아 밖을 바라보았다고 한다. 그녀의 기능 전체, 정신력 전체가 그 지치는 창밖 바라보기에 흡수되었고, 죽기 이미 오래전에 아이처럼 되어버려 오로지 인식하는 하나의 소원은 그 길고 높은 창가에 앉아 그가 돌아올지 모를 도로를 바라보는 일이었다. 그녀는《에반젤린》*처럼 신의를 지켰다. 명예로울 것 없이 수심에 잠긴 모습이었지만.

* 미국의 시인 헨리 워즈워스 롱펠로의 시 제목이자 평생 남편을 기다리는 주인공의 이름.

결혼식 날 실종이라는 이 비슷한 두 이야기를 프랑스식 표현처럼 '엿어듣고' 보니, 소통 기관과 수단을 갖춘 조직을 더 늘리면 우리 삶의 안전도 더 보장될 것임을 알 수 있다. 신랑이 길들여지지 않는 신부 케이트*에게서 사라지려 해도 전보에 따라잡히고 곧 형사에 붙잡혀 비겁한 겁쟁이의 모습으로 다시 집으로, 자신의 정해진 운명으로 돌아오게 될 것이다.

실종 사건 두 가지를 더 이야기하고 그만 마치겠다. 날짜상으로 더 나중 것을 먼저 이야기하려는데 가장 우울한 이야기이기 때문이다. 그러고 나서 유쾌하게 마무리할 것이다(어느 정도는). 1820년과 1830년 사이 언젠가 노스 실즈에 점잖은 노부인이 살고 있었다. 부인의 아들은 많은 의학 지식을 배워 발트해로 나가는 배의 선박 의사가 되기 위해 애쓰고 있었다. 아마도 그렇게 돈을 벌어 에든버러에서 한 철을 지낼 생각이었던 것 같다. 그는 마을에서 이제 고인이 된 인정 많은 G박사의 도움을 받으며 자신의 계획을 추진해나갔다. 돈을 지불할 필요 없이 젊은이는 쓸모 있게 심부름과 사무 일을 했는데, 더 훌륭한 젊은 신사라도 박사 밑에 있으려면 그렇게 했을 것이다. 그는 중심가인 노스 실즈에서 강으로 이어지는 여러 골목(혹은 고샅길) 중 한 곳에서 어머니와 살았다. 아주 이른 겨울 아침, G박사는 밤새 환자와 있다가 집으로 돌

* 윌리엄 셰익스피어의 희곡 《말괄량이 길들이기》의 등장인물.

아가 잠이 들었다. 그런데 그 전에 먼저 조수 집에 들러 조수를 깨운 후, 자신의 집으로 가서 약을 조제해 환자에게 가져다주라고 지시했다. 그 불쌍한 젊은이는 시키는 대로 가서 약을 준비하고 겨울 아침 5시에서 6시 사이 언제쯤 약을 가지고 출발했다. 그러고 나서 그는 어디에서도 다시는 보이지 않았다. G박사는 기다리며 그가 어머니 집에 있으리라 생각했다. 어머니도 기다리며 그가 출근해서 일을 하고 있으리라 생각했다. 그사이, 나중에 사람들이 기억을 떠올려보니 작은 배 한 척이 항구를 떠나 에든버러로 떠났다.

어머니는 평생 그가 돌아오길 기다렸다. 그런데 한참 세월이 흐른 후 공포의 버크와 헤어 사건**이 세상에 드러났고, 사람들은 그의 어두운 운명을 감지한 듯했다. 하지만 나는 분명하게 확인되었다거나 실제로 추측 이상의 무엇이 있다는 얘기는 들어보지 못했다. 그를 알았던 사람들은 모두 그가 목표에 대한 의지가 굳건했고 행동도 그러했다고, 바다로 달아나거나 갑자기 어떤 식으로든 인생 계획을 바꿀 가능성은 아주 희박하다고 힘주어 말했다는 사실을 덧붙여야겠다.

나의 마지막 이야기는 많은 세월이 흐른 후에야 설명된 실종 사건이다. 맨체스터에는 시내 중심에서 교외로 이어지는 중요한 거

** 1820년대 에든버러에서 버크와 헤어라는 두 인물이 연쇄살인을 벌여 시신을 에든버러 의대에 해부용으로 판매한 사건.

리가 있다. 이 거리의 한 부분은 개러트라 불렸고, 그 뒤쪽으로 비교적 한적한 시골로 이어지는 부분은 브룩 스트리트라 불렸다. 개러트라는 이름은 오래된 흑백 저택에서 유래된 것인데 건물의 스타일로 보건대 리처드 3세 때의 것이다. 지금은 그 오래된 저택 중 남은 부분 주변으로 많은 것들이 생겼지만, 몇 년 전만 해도 중심 도로에서 이 오랜 집이 보였고, 빈터 위에 나지막하게 선 그곳은 반은 폐허 같았다. 나는 여러 가난한 가족들이 이 황폐한 거주지에 들어와 세를 살고 있었다고 생각한다. 예전에는 제라드 홀이라 불리며(제라드와 개러트의 차이라니!) 맑은 시내가 흐르는 공원에 둘러싸여 있었고, 주변엔 물고기가 사는 예쁜 연못들(이런 이름들이 아주 최근까지도 근처 거리에 남아 있었다), 과수원, 비둘기장, 이전 시대 영주 저택들의 비슷한 구조물이 있었다. 나는 이 저택을 소유했던 집안이 모슬리라고 거의 확신한다. 맨체스터 영주의 가문에서 갈라져 나온 집안일 것이다. 그들의 영지에 대한 지난 세기 지지학 기록이 있다면 이 옛 혈통의 마지막 주인의 이름을 알 수 있을 것이다. 내 이야기는 바로 그 사람에 관한 것이다.

오래전 맨체스터에는 결혼을 하지 않은 노부인 두 사람이 살았는데 상당한 존경을 받았다. 그들은 평생 그 지역에서 살았고 기억을 더듬으며 예전에 일어났던 변화에 대해 이야기하기를 즐겼다. 때로는 현재에서 칠팔십 년 거슬러 올라가기도 했다. 그들은 아버지 시대의 전통적인 역사도 잘 알았다. 그들의 아버지는 또

앞선 세대인 자신의 아버지와 대를 이어 지난 세기 오랜 기간 맨체스터의 저명한 변호사였고, 몇몇 지역 재산가들의 대리인 역할도 했다. 이 토호들은 도시가 확장하면서 오랜 소유지의 가치가 상승하여 매매할 경우 큰 보상을 받을 수 있었다. 그 결과 아버지와 아들, 두 S씨는 훌륭한 부동산 양도 변호사로 명성을 쌓았고 여러 가문의 역사와 비밀도 알게 되었는데 그중 하나가 개러트 홀에 관한 것이다.

개러트 홀의 주인은 지난 세기 전반부 어느 시점에 젊은 나이로 결혼을 했다. 그와 그의 아내는 자식을 여럿 두었고, 몇 년을 평화롭고 행복하게 함께 살았다. 그러던 중 사업상의 일로 남편이 런던에 갔는데 당시에는 일주일 걸리는 여정이었다. 그는 도착을 알리는 편지를 보내왔다. 그리고 다시는 편지가 없었다. 그는 대도시의 심연으로 삼켜진 것 같았다. 어떤 친구도(부인에게는 친구도 많았고 힘 있는 친구들도 있었다) 그가 어떻게 된 것인지 확실히 알려주지 못했다. 당시 먹잇감을 찾아 헤매던 거리의 강도에게 공격을 당해 저항하다 살해되었을 것이라는 추측이 대부분이었다. 아내는 다시 그를 만난다는 희망을 점차 접으며 아이들 돌보는 일에 헌신했다. 그렇게 세월이 충분히 평온하게 흐른 후 어느덧 상속자가 성년이 되었고 법적으로 재산 소유권을 인정받기 위해서는 몇몇 증서가 필요했다. S씨(가족 변호사)가 이야기한 증서들은 실종된 가장이 런던으로 알 수 없는 여정을 떠나기 전 변호사에게서 받아 보관하던 것들이었다. 나는 서류가 그 여행과 어떤 식으로든 관련이 있을지도 모른다는 생각이 든다. 서류는 여전히 어딘가 존재할 가능성이 있었다. 런던의 누군가가 갖고 있을지도 모르고, 그 사람은 서류의 중요성에 대해서 알 수도 모를 수도 있었다. 어떤 경우든 S변호사는 런던 신문들에 광고를 내라고, 정교하게 문장을 작성해서 그 중요한 서류를 들고 있는 이가 있다면 다른 사람이 아닌 그 사람만이 광고가 무엇을 의미하는지 이해할 수 있도록 하라고 조언했다. 그대로 광고를 냈다. 어느 정도 간격을 두고 거듭 광고를 냈으나 소용이 없었다. 그러다 마침내 수수께끼 같은 답장 하나가 왔다. 서류를 갖고 있으며 전달하겠다는 취지였다. 단, 몇 가지 조건이 있고 상속자 본인이 와야 한다고 했다. 그래서 청년은 런던으로 갔고, 지시 사항대로 바비칸의 고택으로 이동했다. 그곳에서 그를 기다리고 있었던 것으로 보이는 한 남자가 두 눈을 가리고 안내에 따라 움직여달라고 말했다. 고택을 나가기까지 그는 그렇게 여러 개의 긴 통로를 지나야 했고, 그중 한 통로가 끝나는 지점에서 가마에 태워진 후 한 시간 정도 이동했다. 청년은 굽은 길이 많아 모퉁이를 돌고 돌았지만, 마침내 내린 곳은 시작 지점으로부터 그다지 멀지 않은 것 같았다고 기억을 떠올리곤 했다.

눈의 안대를 벗겼을 때 그는 훌륭한 거실에 있었고, 가족이 머무는 공간임을 알 수 있는 흔적이 여기저기 있었다. 중년의 신사가 들어왔고, 어느 정도 시간이 흐를 때까지(때가 되면 구체적인 방법으로 알려주겠노라고 했지만, 당시에는 그게 얼마만큼인지 언급하지 않았다) 서류를 입수한 방법에 대해 비밀을 지키겠노라 맹세해야 한다고 말했다. 청년은 맹세했다. 그러자 신사는 다소 감정에 북받치며 자신이 상속자의 실종된 아버지임을 인정했다. 그는 함께 숙소를 쓰던 사람의 친구인 여성과 사랑에 빠졌던 것으로 보인다. 이 젊은 여성에게 그는 자신을 미혼으로 소개했고, 여성은 기꺼이 그의 구애에 귀를 기울였으며 런던의 상인인 그녀 아버지 역시 두 사람의 결합에 반대하지 않았다. 이 랭커셔 지주는 외모가 출중했고, 손님들이 좋아할 만한 장점들이 많았다. 그렇게 일이 성사되었고, 기사 집안의 후손은 런던 상인의 외동딸과 결혼해서 그 상점의 직원이 되었다. 그는 아들에게 자신이 선택한 길을 단 한 번도 후회한 적이 없다고 말했다. 아내는 신분은 낮았지만 상냥하고 유순하며 다정했다. 그녀와 더불어 대가족이 되었고, 그와 그 가족은 번창하며 행복했다. 그는 첫 아내(혹은 진짜 아내라 해야 할까?)에 대해 따뜻한 애정을 보이며 안부를 묻고, 아내가 가산 관리와 자식들 교육에 애쓴 것을 인정했다. 하지만 자신은 그녀에게, 그녀도 자신에게 죽은 사람이라 생각한다고 말했다. 자신이 진짜로 죽으면 그때 특정한 메시지를 개러트의 아들에게 보내겠노라고 그 메시지의 성격을 명시하며 약속했다. 그날이 올 때까지 두 사람은 서로 소식을 못 듣고 살 것이다. 아들이 한 맹세가 신분을 숨기고 사는 아버지를 추적하는 일까지 금한 것은 아니지만 설사 시도한다 해도 어차피 소용이 없을 것이기 때문이다. 청년은 아버지를 찾을 욕구도 크지 않았으리라 나는 감히 말한다. 이름뿐인 아버지가 아니었던가. 청년은 랭커셔로 돌아가 맨체스터 재산의 소유권을 취득했다. 많은 세월이 흐른 후 그는 아버지의 진짜 사망을 암시하는 수수께끼 같은 메시지를 받았다. 그 후 그는 부동산 증서 회수와 관련된 사항들을 아주 가까운 친구 한두 사람과 S변호사에게만 이야기했다. 집안의 대가 끊긴 후 혹은 모두 개러트에서 이사를 나간 후 이는 철저한 비밀도 아니게 되었고, 나는 이 집안 대리인의 딸인 노부인 S에게서 이 실종 이야기를 들을 수 있었다.

다시 한번 말하자면 나는 형사 경찰의 시대에 사는 것에 감사한다. 내가 살해당하거나 중혼을 한다면, 어떤 경우든 내 친구들은 어렵지 않게 그 일에 대해 전부 알게 될 것이다.

늙은 보모 이야기

얘들아, 너희 어머니가 고아였고 외동딸이었잖니. 할아버지가 저기 웨스트모어랜드에서 목사였다는 것도 들었을 거라 생각한다. 나도 거기 출신이지. 마을 학교에 다니던 소녀 시절, 어느 날 너희 할머니가 오시더니 선생님에게 아기를 돌볼 학생이 있는지 물었어. 선생님이 나를 불렀을 때, 정말이지 엄청나게 뿌듯했었다. 선생님은 내가 바느질을 잘한다고, 성실하고 정직한 아이라고 말했지. 비록 가난하지만 부모도 아주 존경받을 만한 사람들이라고. 부인이 곧 태어날 아기 얘기를 하며 내게 아기를 위해 할 일을 말해주는데, 나만큼이나 얼굴을 발갛게 붉히는 젊고 예쁜 모습을 보며 나는 정말이지 돕고 싶다고 생각했어. 그런데 이 부분은 별로 관심이 없는 것 같으니, 너희가 기대하는 이야기를 당장 시작하도록 하마. 나는 로저먼드 아기씨(그 아기이자 지금은 너희 어머니)가 태어나기 전에 고용되어 목사관에서 살기 시작했다. 아기가 태어났을 때 내가 할 일은 별로 없었어. 아기는 어머니 품에서 떠난 적이 없었고 밤새 어머니 곁에서 잤지. 때때로 나를 믿고 아기를 안겨주었던 것만으로도 뿌듯했다. 그 전에도 그 후에도 그런 아기는 없었어. 물론 너희가 태어났을 땐 너희도 충분히 아름다웠다만. 하지만 다정하고 애교 넘치는 걸로는 너희 누구도 어머니를 못 따라갔다. 로저먼드 아기씨는 그녀의 어머니를 닮았고, 그 어머니는 정말 천생 숙녀였어. 퍼니벌 양은 노섬벌랜드의 퍼니벌 경의 손녀였다. 퍼니벌 양은 남자 형제도 여자 형제도 없었고 퍼니벌 경의 집에서 자란 후 너희 할아버지와 결혼한 것으로 알고 있다. 할아버지는 칼라일에 있는 상인의 아들로 그땐 아직 부목사였어. 하지만 드물게 총명하고 훌륭한 신사였고, 자신의 교구에서 철저하고 열심히 일했지. 교구는 상당히 넓었고 웨스트모어랜드 펠스* 전체에 걸쳐 흩어져 있었어. 그런데 로저먼드 아기씨가 네댓 살 정도 되었을 때 부모님이 보름 사이에 한 사람씩 차례로 세상을 떠난 거야! 아! 슬픈 시간이었단다. 어여쁘고 젊은 안주인과 내가 다른 아기를 돌보고 있을 때 바깥주인이 긴 여정 끝에 집으로 돌아왔는데 온몸이 젖고 피곤한 모습이더니 열이 나고 결국 그 열로 죽었단다. 그러고 나자 안주인도 다시는 고개

* 펠스는 북잉글랜드 지역의 고원지대로 주로 방목지이다.

를 들지 못했고, 아기가 죽는 모습까지 보더니 죽은 아기를 품에 누인 채 마지막 숨을 내쉬고 떠났지. 안주인은 임종을 하며 내게 로저먼드 아기씨를 절대 떠나지 말아달라고 부탁했어. 그녀가 한마디 말도 안 했더라도 나는 이 세상 끝까지 그 조그만 아이와 함께할 생각이었다.

우리의 흐느낌이 다 가라앉기도 전에 유언 집행관과 후견인들이 일을 정리하러 왔다. 불쌍한 안주인의 사촌인 퍼니벌 경과 맨체스터에서 상점을 하는 바깥주인의 동생 에스웨이트 씨였다. 그는 당시에도, 그 후에도 경제적으로 그다지 여유가 없었고 식구가 많이 늘고 있었다. 어쨌든! 그 두 사람이 결정한 것인지 혹은 안주인이 죽기 직전 나의 나리인 사촌에게 쓴 편지 때문인지 모르지만, 어떤 식이었든 아기씨와 나는 노섬벌랜드에 있는 퍼니벌 대저택으로 가게 되었다. 퍼니벌 경은 아기씨의 어머니가 딸이 그의 가족과 함께 살기를 바랐다는 듯이, 자신은 반대하지 않는다는 듯이, 이미 상당한 대가족이어서 한두 식구 더 느는 것은 아무런 차이가 없다고 말했다. 그래서, 나의 밝고 예쁜 아기가 가는 것을 그런 식으로 바라봐주길 원했던 것은 아니지만—아기는 어느 가정에서든, 얼마나 큰 가문이든 햇살 같은 존재였다—나는 데일 사람들이 내가 퍼니벌 경의 퍼니벌 대저택에서 이 어린 아가씨의 보모가 될 거라는 이야기를 듣고는 나를 바라보며 감탄한 것이 퍽 기뻤다.

그러나 우리가 퍼니벌 경 나리가 사는 곳으로 가서 살 거라는 생각은 착각이었다. 알고 보니 그 가족은 50년도 더 전에 퍼니벌 대저택을 떠났던 거였다. 나의 불쌍한 젊은 안주인은 그 가문에서 자랐음에도 그곳에는 가본 적이 없었던 거였다. 나는 아기씨가 어린 시절을 그녀의 어머니가 지낸 곳에서 보내길 바랐지만 그럴 수 없어 속상했다.

나의 나리는 신사였다. 내가 감히 많은 질문을 던졌더니, 대저택은 컴벌랜드 펠스 기슭에 있고 대단히 크다고 답해주었다. 나리의 고모인 퍼니벌 부인이 그곳에서 하인 몇 명만 데리고 살고 있고, 상당히 건강에 좋은 곳이어서 아기씨가 몇 년 지내기에 아주 괜찮을 거라고, 나이 든 고모에게도 즐거움을 주는 존재가 될 거라고 생각한다고 했다.

나는 아기씨의 물건들을 어느 날까지 준비해놓으라는 나리의 분부를 받았다. 그는 엄격하고 고고한 사람이었는데, 대대로 퍼니벌 경들은 모두 그랬다고 사람들이 말했다. 그는 불필요한 말은 단 한 마디도 하지 않았다. 그가 내 젊은 안주인을 사랑했다고, 그러나 그녀는 그의 아버지가 반대할 것을 알았기에 그의 말을 듣지 않고 에스웨이트 씨와 결혼했다고 사람들이 말했다. 나로서는 알 수 없는 일이다. 어쨌든 퍼니벌 경은 끝까지 독신이었다. 그런데 그는 로저먼드 아기씨에게 별로 관심을 주지 않았다. 만일 아기씨의 죽은 어머니에게 애정이 있었다면 관심을 기울였을 것이라고 나는 생각했다. 그는 우리가 대저택으로 갈 때 신사 한 사람을 보냈지만, 그 신사에게 그날 저녁 뉴캐슬로 다시 오라고 말했다. 그래서 그는 저택의 그 많은 낯선 이들과 우리가 인사를 제대로 할 시간도 없이 우리를 두고 그냥 떠나야 했고, 우리 두 외로운 어린것들(나는 열여덟 살도 채 안 됐었다)은 그 커다란 옛 저택에 그렇게 남겨졌다. 마차를 타고 그곳으로 갔던 것이 바로 엊그제 같다. 우리는 아주 일찍 우리 목사관을 떠났고, 둘 다 가슴이 부서질 듯 울긴 했지만 그래도 우리는 나리의 마차로 여행을 하고 있었다. 예전엔 그날 생각을 참 많이 했다. 9월이었는데 정오를 한참 넘긴 때였고, 마지막으로 마차의 말들을 바꾸려고 들린 연기 자욱한 작은 마을에는 탄광선 선원과 광부로 가득했다. 아기씨는 잠들어 있었고, 헨리 씨는 내게 그녀를 깨우라고, 마차를 타고 가는 동안 대정원과 저택을 보여주라고 했다. 나는 딱하다고 생각했지만 시키는 대로 했는데, 나리에게 나에 대해 불평을 할까 걱정했기 때문이다. 도시는 고사하고 작은 마을 같은 것조차 없는 풍경이 이어지더니 커다란 야생 정원의 게이트 안으로 들어갔다. 여기 남부 지방의 대정원 같은 게 아니라 바위들, 옹이투성이인 가시나무들, 오래되어 허옇게 껍질이 벗겨진 참나무들이 있고 물 흐르는 소리가 들리는 대정원이었다.

도로를 따라 3킬로미터 정도 올라가니 크고 웅장한 저택이 나왔다. 집 주변 가까이 나무들이 많았고, 어떤 곳은 나무가 너무 가까이 있어 바람이 불면 가지들이 벽을 쓸곤 했으며 부러지는 가지들도 있었다. 저택에는 가지치기를 하거나 이끼 낀 마찻길을 책임지고 관리하는 사람이 없어 보였다. 저택 앞쪽만 치워져 있었다. 커다란 타원형 진입로에는 잡초 하나 없었고, 기다란 창문이 많은 건물 앞면에는 타고 오르는 덩굴도 나무도 전혀 없었다. 그 양쪽으로 건물이 날개처럼 뻗어나갔고, 그 건물들은 각기 다른 쪽 정면의 끝부분이 되었다. 저택은 너무나 황량했지만 내가 예상했던 것보다 훨씬 더 웅대했다. 저택 뒤로는 숲에 둘러싸이지 않은 헐벗은 펠스가 솟아 있었다. 저택을 마주 보고 설 때 왼쪽으로 작고 고풍스러운 화원이 있다는 건 나중에 알게 되었다. 왼쪽 건물 정면의 문 하나를 열면 그 화원으로 이어졌다. 선대 어느 퍼니벌 부인을 위해 화원에서 빽빽하게 어두운 숲을 파냈지만 거대한 숲의 나무들에서 가지가 자라면서 다시 그늘을 드리웠다. 그때 그곳에서 살아남은 꽃들은 아주 적었다.

마차를 타고 그 커다란 정면 입구 앞까지 간 후 홀로 들어갔을 때 나는 우리가 길을 잃겠다고 생각했다. 그만큼 크고 넓고 웅장했다. 온통 청동으로 만들어진 샹들리에가 천장 한가운데 달려 있었다. 나는 그 전에는 샹들리에를 한 번도 본 적이 없어 경이로워하며 쳐다보았다. 그리고 홀 한쪽 끝에는 거대한 벽난로가 있었다. 우리 시골 동네 집들의 옆면 벽만큼이나 컸고, 아주 커다란 철제 장작 받침들에 나무들이 쌓여 있었다. 그 옆에는 고풍스럽고 육중한 소파들이 있었다. 홀의 반대편 끝에는, 들어갔을 때 왼쪽으로, 그러니까 서쪽에는 벽에 설치된 오르간이 있었는데, 엄청나게 커서 그 벽면 대부분을 차지했다. 그 너머에는 같은 방향에 문이 하나 있었고 반대편의 벽난로 양쪽으로도 역시 문들이 있었는데 건물 동쪽 면으로 이어졌다. 하지만 나는 그 저택에 있는 동안 한 번도 그 문으로 나간 적이 없어서 그 문들을 열면 무엇이 있는지 모른다.

오후가 되면서 불을 전혀 켜놓지 않은 홀은 어둡고 음울해 보였지만 우리는 그곳에 잠시도 머물지 않았다. 문을 열어주었던 늙은 하인이 헨리 씨에게 고개 숙여 인사를 하고는 우리를 거대한 오르간 너머 멀리 있는 문으로 데리고 나갔고, 몇 개의 더 작은 홀과 통로를 지나 서쪽 응접실로 안내했는데 그곳에 퍼니벌 부인이 앉아 있다고 말했다. 불쌍한 로저먼드 아기씨는 마치 거대한 장소에서 길을 잃고 두려움에 떠는 아이처럼 내게 꼭 매달렸다. 나라고 더 나은 상태도 아니었다. 서쪽 응접실은 매우 환한 분위기여서 따뜻한 불이 피워져 있었고 훌륭하고 편안해 보이는 가구들이 많이 놓여 있었다. 퍼니벌 부인은 내가 보기엔 여든이 멀지 않은 듯했으나 정확히는 알지 못한다. 마르고 키가 큰 체격에 마치 바늘 끝으로 그리기라도 한 것처럼 가는 주름이 얼굴에 가득했다. 두 눈은 상당히 주의 깊게 살피고 있었는데 이는 나팔형 보청기를 써야 할 만큼 귀가 먹은 부인으로서는 그래야 했던 것 같다. 그녀 옆에는 하녀이자 동무인 스타크 부인이 커다란 벽걸이 카펫 하나를 함께 작업하고 있었다. 스타크 부인도 거의 퍼니벌 부인 정도로 나이가 든 사람이었다. 그녀는 젊었을 때부터 퍼니벌 부인과 함께 살았고 이제는 하녀라기보다는 친구 같았다. 그녀는 그 누구에게도 사랑이나 관심을 주어본 적이 없는 사람처럼 아주 냉정하고 음울하고 무감정하게 보였다. 나는 그녀가 자신의 안주인 외에는 누구에게도 신경 쓰지 않았다고 생각한다. 안주인이 귀가 잘 들리지 않아서인지 그녀는 마치 어린아이를 대하듯 했다. 헨리 씨가 나리의 메시지를 전달하고는 우리 모두에게 고개 숙여 작별 인사를 했다. 나의 어여쁜 아기씨가 손을 내밀었지만 그는 그것을 보지 못한 채 떠났고, 거기 그렇게 남겨져 서 있는 우리를 두 노부인이 안경 너머로 바라보았다.

나는 그들이 종을 흔들어 처음 우리를 안내했던 늙은 하인을 부른 후 우리 방으로 데리고 가라고 말했을 때 정말 기뻤다. 우리는 그 커다란 응접실에서 나와 또 다른 거실로 들어갔다가 다시 나왔고, 아주 높은 계단을 올라가 널찍한 회랑—한 면은 온통 책이고 다른 면은 창문과 책상 들이 있어 일종의 서재처럼 보였다—을 따라가니 우리 방들이 나왔다. 부엌 바로 위에 있다는 말을 들었지만 그건 아무렇지 않았다. 이 드넓은 대저택 안에서 길을 잃겠다는 생각이 들기 시작했기 때문이다. 오래된 아기방이 있었다. 오래전 어린 나리들과 어린 아기씨들이 사용하던 곳으로 벽난로 안에는 기분 좋게 불이 타오르고 있었고, 불 위 철제 선반에는 주전자에서 물이 끓고 있었으며 테이블 위에는 차 도구들이 있었다. 그 방에서 나오자 아기 침실이었고 아기씨를 위한 작은 아기 침대가 내 침대 가까이 놓여 있었다. 제임스 아저씨가 아내인 도러시를 불러 우리에게 환영 인사를 하게 했다. 두 사람 다 호의를 보이며 친절하게 대해주었고, 아기씨와 나는 금방 집 같은 편안함을 느낄 수 있었다. 차를 다 마실 무렵엔 아기씨는 도러시의 무릎에 앉아 그 작은 혀를 재빨리 놀려대며 재잘거리고 있었다. 나는 곧 도러시가 웨스트모어랜드 출신이란 것을 알게 되었고, 그것이 그녀와 나 사이에 일종의 연결 고리가 되어주었다. 제임스 아저씨와 도러시는 이들보다 더 친절한 사람이 있을까 싶을 정도였다. 제임스는 거의 평생을 나리 가족과 함께 살았고 그들만큼 훌륭한 사람들은 세상에 없다고 생각했다. 그는 심지어 자신의 아내도 약간 무시했는데, 결혼하기 전 그녀가 농부 집안을 벗어나 살아본 적이 없었기 때문이다. 그렇지만 그는 아내를 매우 사랑했고 그러는 것도 당연했다. 그들 아래로 온갖 허드렛일을 하는 하녀가 한 사람 있었다. 애그니스라는 이름이었고, 그렇게 애그니스와 나, 제임스와 도러시, 퍼니벌 부인과 스타크 부인이 그 집안 구성원이었다. 그리고 당연히 우리 어여쁜 로저먼드 아기씨도 있었고! 아기씨가 오기 전까지 그들이 어떻게 살았는지 궁금했을 정도로 그들은 이제 그녀를 너무나 애지중지했다. 부엌에서도 거실에서도 마찬가지였다. 그 근엄하고 침울한 퍼니벌 부인도, 그 차가운 스타크 부인도 아기씨가 새처럼 펄럭이며 들어오면, 여기저기 사방에서 장난을 치며 놀면, 계속 옹알거리며 즐겁게 예쁜 혀 짧은 소리를 해대면 흐뭇해하는 것이 보였다. 그러다 아기씨가 포로록 부엌으로 가버리면 자존심이 너무 강해 가지 말고 함께 있자고 이야기하지는 못했지만 자주 섭섭해했다고 나는 확신한다. 그리고 아기씨의 입맛에도 조금 놀라워했지만, 스타크 부인은 아기씨 아버지의 출신을 생각하면 그다지 이상해할 일도 아니라고 말했다. 그 커다란, 사방으로 뻗어나간 고택은 작은 로저먼드 아기씨에게 익숙한 곳이 되었다. 그녀는 사방으로 탐험을 다녔고 나는 그런 그녀 뒤를 따라다녔다. 어디든 다녔지만 한 번도 열린 적이 없었고 우리도 가볼 생각도 하지 않은 동쪽 건물만은 제외였다. 저택의 서관과 북관에는 멋진 방이 많았다. 우리에게는 진기한 것들로 가득했지만 더 많은 것을 본 사람들에게는 그렇지 않을 수도 있을 것이다. 바람에 흔들리는 나뭇가지들과 창문을 뒤덮으며 자란 담쟁이덩굴 때문에 어두웠지만, 그 녹색의 어둑함 속에서도 우리는 도자기 주전자들과 조각된 상아 상자들, 육중하고 커다란 책들 그리고 무엇보다도 오래된 그림들을 볼 수 있었다!

한번은 우리 사랑스러운 아기씨가 도러시에게 같이 가서 그림 속 인물들이 다 누구인지 말해달라고 했다. 전부 나리 가문 사람들의 초상화였지만 도러시는 모든 이의 이름을 다 알지는 못했다. 방들을 거의 다 지나간 후 홀 위에 자리한 격식 있는 오래된 응접실로 들어갔는데, 그곳에는 퍼니벌 부인의 초상화가 있었다. 그 그림을 그렸을 당시 그녀는 장녀가 아닌 차녀*였기 때문에 그레이스 양이라 불렸다. 정말 미인이었던 것이 분명했다! 하지만 거만한 굳은 표정으로, 그 아름다운 눈에서 그렇게 냉소를 내비치며 눈썹은 살짝 치킨 채, 마치 감히 자신을 바라보다니 무례하기 짝이 없다는 듯 입술을 말아 올린 모습이었다. 우리는 거기서서 그런 그녀를 바라보았다. 그녀가 입은 드레스는 내가 한 번도 본 적이 없는 종류의 드레스였지만 그녀가 젊었을 때는 아주 유행이었다. 비버처럼 보이는 부드럽고 하얀 것으로 만든 모자를 눈썹 바로 위까지 내려 썼고, 아름다운 깃털 하나가 모자를 둥글게 감싸며 한쪽 옆에 달려 있었다. 푸른 새틴 가운은 앞쪽이 열려 있어 퀼트로 만든 하얀 가슴 장식이 보였다.

"어머, 진짜!" 나는 한껏 그림을 보고 나서 말했다. "육체는 풀과 같다**고 하지만, 지금 보면 퍼니벌 부인이 그렇게 완벽한 미인이었던 걸 누가 생각이나 하겠어요?"

* 장녀는 성(姓)으로, 장녀가 아닌 경우는 미스(Miss) 뒤에 이름을 붙여 부르는 것이 관례였다.

** 베드로전서 1장 24절.

"그래." 도러시가 말했다. "슬프게도 사람은 변하지. 그런데 우리 주인마님의 아버님이 예전에 하던 말이 사실이라면, 언니였던 퍼니벌 양이 그레이스 양보다 더 아름다웠대. 초상화도 여기 어딘가 있어. 하지만 내가 보여줘도 봤다는 걸 누구한테도, 심지어 제임스한테도 입 밖에 내면 안 돼. 저 작은 아기씨도 입을 다물 수 있으려나?" 그녀가 물었다.

나는 자신할 수 없었다. 아기씨는 대담하고 할 말을 하는 예쁜 아이였기 때문에 나는 숨바꼭질하자며 가서 숨으라고 말했고, 그러고 나서 도러시가 초상화가 안 보이게 벽에 기대어놓았던 커다란 그림을 뒤집는 것을 도왔다. 확실히 아름다움에서는 그레이스 양을 앞섰다. 그리고 우열을 가리기 힘들긴 했지만 냉소적인 거만함도 더 심했다. 한 시간 동안 보라고 해도 볼 수 있었지만 도러시는 내게 그림을 보여주고 나서 반쯤 겁에 질린 듯 서둘러 다시 뒤집고는 어서 달려가 로저먼드 아기씨를 찾으라고 말했다. 집 주변에는 흉한 곳들이 많아 아이가 갔다는 생각만 해도 끔찍하다고. 나는 용감하고 기운이 넘치는 소녀였기 때문에 도러시의 얘기는 개의치 않았다. 나는 교구의 어떤 아이 못지않게 숨바꼭질을 좋아했고 그래서 우리 아기씨를 찾으러 달려 나갔다.

겨울이 깊어지며 해가 점점 짧아졌다. 나는 때때로 홀에서 누군가 그 커다란 오르간을 연주하는 듯한 소리를 들었다고 확신했다. 매일 저녁 들려오지는 않았지만 분명, 매우 자주, 특히 아기씨를 재운 후 침실의 고요와 침묵 속에 침대 옆에 앉아 있을 때면 들을 수 있었다. 멀리서 웅웅 울리다 붕붕 커지는 소리를 듣곤 했다. 그 소리를 들은 첫날 밤, 저녁을 먹으러 내려가 도러시에게 누가 음악을 연주한 건지 물었고, 그러자 제임스가 나무들 사이로 바람이 윙윙거리는 소리를 음악으로 듣다니 멍청하다고 아주 무뚝뚝하게 말했다. 하지만 나는 도러시가 몹시 두려운 얼굴로 그를 쳐다보는 것을 보았고, 부엌 하녀인 애그니스는 낮은 목소리로 뭐라고 말하고는 하얗게 질려버렸다. 그들이 내 질문을 좋아하지 않는 것을 알고는 도러시와 둘만 남게 될 때까지 잠자코 있었다. 도러시에게서는 뭔가를 얻어낼 수 있다는 것을 알았던 나는 다음 날 때를 보다가 그녀를 달래가며 오르간을 친 사람이 누구인지 물었다. 바람이 아니라 오르간 소리였다는 것을 잘 알았지만 나는 제임스 앞에서는 아무 말도 하지 않았다. 그런데 도러시도 단단히 교육을 받았는지 나는 그녀에게서 단 한 마디도 들을 수 없었다. 나는 내가 제임스, 도러시와 대등하기 때문에 애그니스보다 위라고 생각했지만 그래도 애그니스에게 물어보았다. 그녀는 그들보다는 조금 나았다. 그녀는 절대로, 절대로 말하면 안 된다고, 설사 말을 해도 자신에게 들었다는 얘기는 하면 안 된다고 했다. 아주 이상한 소리라고, 그녀도 많이 들었지만 대부분 겨울밤 폭풍이 오기 전이었다고 했다. 예전 나리가 생전에 그랬던 것처럼 홀에서 그 큰 오르간을 연주하는 거라고 사람들이 말했단다.

그러나 예전 나리가 누구인지, 그가 왜 연주를 하는지, 왜 하필 폭풍이 치는 겨울 저녁인지는 그녀로서는 말할 수도 없고 말하지도 않을 거라고 했다. 흠! 나는 용감한 사람이었고, 연주하는 사람이 누구든 집에 근사한 음악이 흐르는 건 좋은 일이라 생각했다. 맹렬한 바람 위로 떠올라 마치 살아 있는 생물처럼 큰 울음을 울고 환호하다가 아주 완벽한 부드러움으로 떨어지는 그 소리는 줄곧 음악이었고 선율이었다. 그것을 바람이라 부르는 건 말도 안 되었다. 나는 처음에는 퍼니벌 부인이 연주를 한 것인데 애그니스가 모른다고 생각했다. 하지만 어느 날 혼자 홀에 있을 때, 예전에 크로스웨이트 교회에서 그랬던 것처럼 오르간을 열어 안을 들여다보고 그 주변도 살펴보았다. 아주 화려하고 훌륭해 보였지만 안은 전부 고장이 나고 부서져 있었다. 대낮이었음에도 나는 조금 오싹해져 오르간을 닫고 재빨리 내 환한 아기방으로 뛰어 들어갔다. 그 후로 나는 음악 소리가 들리는 것을 제임스나 도러시 이상으로 싫어하게 되었다. 그러는 사이에도 아기씨는 점점 더 많은 사랑을 받고 있었다. 두 노부인은 이른 저녁 식사에 아기씨를 데리고 함께 먹는 것을 좋아했다. 제임스는 퍼니벌 부인의 의자 뒤에, 나는 아기씨의 의자 뒤에 엄숙하게 서 있었다. 저녁 식사 후 퍼니벌 부인이 잠들면 아기씨는 커다란 응접실 한구석에서 생쥐처럼 가만히 앉아 놀고, 나는 부엌에 가서 저녁을 먹었다. 그러고 나면 아기씨는 기쁜 마음으로 아기방에 있는 내게로 왔다. 아기씨의 표현을 빌리면 퍼니벌 부인은 너무나 슬프고 스타크 부인은 너무나 따분하기 때문이었다. 아기씨와 나는 충분히 명랑했고, 머지않아 나는 그 기이하게 흐르는 음악에 대해 신경 쓰지 않게 되었다. 누구에게 피해를 준 것도 아니고 어디서 오는 것인지도 몰랐다.

그 겨울은 몹시 추웠다. 10월 중순에 서리가 시작되어 오래오래 계속되었다. 어느 날 저녁 식사 때 퍼니벌 부인이 그 슬프고 무거운 눈을 들어 올리며 스타크 부인에게 얘기한 것이 기억난다. "지독한 겨울이 되겠군." 뭔가 의미심장한 뜻이 담긴 듯 이상한 말투였다. 하지만 스타크 부인은 못 들은 척하며 아주 큰 목소리로 다른 이야기를 했다. 우리 어린 아기씨와 나는 서리 따위는 신경 쓰지 않았다. 우리가 그럴 리가! 아무것도 내리지 않으면 우리는 집 뒤편의 가파른 언덕을 올라가 펠스로 향했다. 고원은 황량했고 많이 헐벗은 상태였으며, 우리는 그곳의 매섭고 신선한 공기 속에서 뜀박질했다. 한번은 새로운 길로 내려오다 옹이투성이 늙은 호랑가시나무 두 그루를 지나게 되었다. 집의 동쪽으로 가는 길 중간쯤이었다. 날은 점점 짧아졌고, 옛날 그 나리는—만일 그가 맞다면—갈수록 거칠고 슬프게 그 커다란 오르간을 연주했다. 어느 일요일 오후—11월 말쯤이었을 것이다—나는 도러시에게 퍼니벌 부인이 낮잠에 든 후 아기씨가 응접실에서 나오면 돌봐달라고 부탁했다. 나는 교회에 가고 싶었고, 아기씨를 데리고 가기엔 날이 너무 추웠기 때문이다. 도러시는 기꺼이 그러겠노라 약속했다. 그녀는 아기씨를 매우 사랑했으니 모든 것이 다 괜찮아 보였다. 애그니스와 나는 아주 기분 좋게 길을 나섰다. 그런데 하늘은 하얀 땅 위로 검고 무겁게 내려앉아 있어서 마치 밤이 완전히 물러나지 않은 것만 같았고, 바람은 잠잠했지만 살을 에는 듯 날카로웠다.

"눈이 올 것 같아." 애그니스가 내게 말했다. 그리고 우리가 교회에 있는 동안 정말로 눈이 두껍게 내려 있었다. 아주 멋지고 커다란 눈송이였는데 너무나 두껍게 쌓여 창문이 어두컴컴할 정도였다. 우리가 나오기 전 눈은 멎었지만, 발아래 부드러운 눈이 두툼하고 깊게 쌓여 있어 그 눈을 밟으며 집으로 왔다. 우리가 홀 안으로 들어가기 전 달이 떠올랐고, 나는 그때 그렇게 달이 뜨고 하얀 눈이 빛나니 우리가 교회에 가던 시간인 2시에서 3시 사이보다 더 밝다고 생각했다. 미처 말은 안 했지만 퍼니벌 부인과 스타크 부인은 교회에 다니지 않았다. 두 사람은 조용하고 침울한 방식으로 함께 기도를 하곤 했는데, 평일 부지런히 하던 벽걸이 카펫 작업을 하지 않아 일요일이 몹시 길다고 느끼는 것 같았다. 그래서 나는 아기씨를 데리고 함께 위층으로 올라가려고 도러시가 있는 부엌으로 갔을 때, 두 노부인이 아이를 데리고 있으며, 아기씨에게 응접실에서 애교를 부리고 있기 피곤하면 부엌으로 가라고 말했음에도 한 번도 부엌에는 오지 않았다는 도러시의 말에 별로 놀라지 않았다. 그래서 나는 내 물건들을 내려놓은 후, 아기방에서 저녁을 먹이려고 아기씨를 찾으러 갔다. 하지만 내가 가장 훌륭한 응접실에 들어갔을 때 두 노부인은 아주 가만히 조용히 앉아 가끔씩 한마디씩 던지고 있었을 뿐 아기씨처럼 밝고 명랑한 기운이 근처에 있었던 느낌이 전혀 없었다. 그래도 나는 아기씨가 나와 숨바꼭질을 하는 것이라 생각했다. 아이가 하는 예쁜 짓 중 하나였다. 부인들에게는 전혀 모르는 척해달라고 부탁했을 것이다. 그래서 나는 살며시 소파 아래도 보고 의자 뒤편도 보며 아기씨를 못 찾아서 슬퍼하며 걱정하는 척했다.

"무슨 일이지, 헤스터?" 스타크 부인이 날카롭게 말했다. 퍼니벌 부인이 나를 봤는지는 모르겠다. 말했듯이 귀가 잘 들리지 않았고, 그저 가만히 앉아 무료하게 그 절망적인 얼굴로 불을 응시하고 있었기 때문이다. "우리 예쁜 꽃 아기씨를 찾고 있어요." 나는 아이가 거기, 보이지는 않지만 내 근처에 있다고 생각하며 대답했다.

"로저먼드 양은 여기 없어." 스타크 부인이 말했다. "도러시 찾으러 간다고 나갔어. 한 시간도 더 됐는데." 그러고는 그녀 역시 고개를 돌려 계속 불을 응시했다.

그 말에 심장이 툭 떨어졌고, 우리 아기씨를 두고 나가지 말았어야 했다고 후회하기 시작했다. 다시 도러시에게 가서 이야기했다. 제임스는 온종일 집을 비우고 없어 도러시와 나 그리고 애그니스가 불을 들고 우선 아기방으로 올라갔다. 그리고 그 커다란 넓은 집을 돌아다니며 로저먼드 아기씨 이름을 부르고 숨은 곳에서 나오라고, 이런 식으로 무서워 죽을 지경으로 만들지 말아달라고 애원했다. 하지만 대답이 없었다. 아무런 소리도 없었다.

"아!" 결국 내가 말했다. "동관에 가서 거기에 숨은 건 아닐까요?"

그러나 도러시는 그녀조차 거기는 들어간 적이 없어 불가능하다고 말했다. 문들이 모두 잠겼고, 열쇠는 나리의 집사가 가지고 있을 거라고 했다. 어쨌든 그녀도 제임스도 열쇠를 본 일이 없다고. 그래서 나는 다시 응접실로 돌아가 혹시 노부인들조차 모르게 그곳에 숨어 있는 건 아닌지 보겠다고, 만일 거기서 찾으면 나를 이렇게 겁에 질리게 했으니 때려주겠다고 말했다. 하지만 실제로 그럴 생각은 전혀 없었다. 나는 서쪽 응접실로 돌아가 스타크 부인에게 어디서도 찾을 수 없으니 그곳 가구들 전부를 살펴봐도 좋은지 허락을 구했다. 어딘가 따뜻한 구석에 숨어 잠이 들었을지도 모른다고 생각했기 때문이다. 하지만 아니었다! 우리는—퍼니벌 부인도 일어나 온몸을 떨며 찾아보았다—사방을 들여다보았으나 어디에도 없었고, 그래서 우리는 다시 응접실을 나와 모두 조금 전에 찾아보았던 집 안 모든 곳을 다시 뒤졌지만 보이지 않았다. 퍼니벌 부인이 너무나 심하게 몸을 떨며 비틀거려 스타크 부인이 다시 따뜻한 응접실로 데리고 들어갔다. 그리고 찾으면 꼭 그들에게 데리고 와달라고 내게 약속을 받았다. 아, 슬픈지고! 나는 영영 못 찾을지도 모른다는 생각이 들기 시작했고, 눈으로 온통 뒤덮인 커다란 앞마당을 내다보아야겠다는 데 생각이 미쳐서 위층으로 올라가 창밖을 보았다. 달빛이 너무나도 맑게 비추고 있어서 나는 두 개의 작은 발자국이 제법 뚜렷하게 홀의 현관문에서 시작되어 동관 모퉁이를 돌아간 것을 볼 수 있었다. 나는 내가 어떻게 내려갔는지도 기억이 나지 않는다. 나는 그 커다랗고 빽빽한 현관문을 잡아당겨 열고 가운의 치마 부분을 망토처럼 머리 위로 뒤집어쓴 채 달려 나갔다. 동관 모퉁이를 돌아가니 눈 위로 검은 그림자가 드리워 있었다. 하지만 다시 달빛이 비춘 곳으로 들어가니 작은 발자국들이 위쪽으로, 고원지대로 향하고 있었다. 지독하게 추웠다. 너무나 추워 내가 뛰어가는 동안 그 차가운 공기에 얼굴 살갗이 떨어져 나가는 것만 같았다. 그래도 나는 멈추지 않고 달렸고 울며 생각했다. 우리 불쌍한 어여쁜 아기씨가 죽을 지경이라고, 겁에 질렸을 거라고. 호랑가시나무들이 시야에 들어왔을 때 언덕에서 내려오는 양치기 한 사람이 보였다. 그의 두 팔에는 담요에 싸인 무언가가 들려 있었다. 그는 내게 소리치며 어린아이를 잃어버렸냐고 물었고, 내가 우느라고 말을 제대로 하지 못하자 나를 향해 왔다. 나는 그의 팔에 나의 조그만 꼬마가 움직임도 없이 새하얗고 뻣뻣하게, 마치 죽은 것처럼 누워 있는 것을 보았다. 그는 깊은 밤 추위가 다가오기 전에 양들을 데리러 펠스에 올랐다가 호랑가시나무들(몇 킬로미터 인근에 다른 관목이라고는 없어 비탈 위 검은 표지판 역할을 했다) 아래에서 나의 어린 숙녀, 나의 어린 양, 나의 여왕,

나의 아가가 추위로 굳은 채 성에에 뒤덮인 모습으로 끔찍한 잠에 빠진 것을 발견했다. 그가 아이를 안고 내려가게 할 생각이 없었기에 나는 아이와 담요를 두 팔로 안고서 내 따뜻한 목과 가슴에 꼭 품었고, 아이의 그 작고 부드러운 팔다리로 생명이 서서히 돌아오는 것을 느꼈다. 아! 아이를 다시 내 품에 안았을 때 그 기쁨과 눈물이란! 하지만 홀에 도착했을 때도 아이는 여전히 의식이 없었고 나는 말할 기운조차 없었다. 우리는 부엌문으로 들어갔다.

"침대 데우는 팬을 가져다줘." 나는 그렇게 말하고는 아이를 데리고 2층으로 올라갔고, 애그니스가 피워놓은 아기방 벽난로 옆에서 아이 옷을 벗기기 시작했다. 나는 우리 작은 아기 양에게 내가 생각할 수 있는 모든 다정하고 상냥한 이름을 부르며 말을 걸었다. 눈물이 앞을 가려 아무것도 보이지 않았다. 아! 마침내 아이가 그 크고 파란 눈을 떴다. 그때 나는 아이를 아이의 따뜻한 침대에 누이고 도러시에게 내려가 퍼니벌 부인에게 괜찮다고 말해달라고 했다. 나는 밤새 우리 아가 침대 곁에 앉아 있겠다고 마음먹었다. 아이는 그 예쁜 머리가 베개에 닿자마자 곧 부드러운 잠에 빠져들었고, 나는 아침이 밝아올 때까지 아이를 지켜보았다. 아이가 아주 밝고 맑은 정신으로 깨어났고—처음에는 그렇게 생각했었다—그리고 이야기하는 지금, 당연히 그렇게 생각한다.

아기씨가 이야기를 들려주었다. 두 노부인은 잠들고 거실은 아주 따분해서 도러시에게 가고 싶다고 생각했다. 서관 로비를 지나다가 높다란 창문으로 눈이 부드럽게 소복소복 내리는 것을 보았다. 눈이 바닥에 곱고 하얗게 쌓인 것을 보고 싶어 현관 홀로 갔고, 창가에 서니 진입로 위에 환하게 쌓인 부드러운 눈이 보였다. 그런데 그렇게 서 있노라니 여자아이 하나가 보였다. 아기씨보다 어렸다. "그런데 정말 예뻤어"라고 우리 아기씨가 말했다. "나를 보며 밖으로 나오라고 손짓했어. 아, 정말 예쁘고 다정해서 나는 나갈 수밖에 없었어." 그러고 나서 그 여자아이는 그녀의 손을 잡았고, 둘은 나란히 동관 모퉁이를 돌아갔다.

"어머나 장난꾸러기 아기씨, 이야기를 꾸며내네요." 내가 말했다. "하늘에 계신 착한 엄마는 평생 그런 적이 없으신데, 우리 로저먼드 양이 이야기를 꾸며내는 걸 들으시면—분명히 들으실 텐데—뭐라고 하실까요?"

"진짜야, 헤스터." 우리 아기씨가 울며 말했다. "난 진짜를 말하는 거야. 정말이라고."

"아뇨!" 내가 아주 엄격하게 말했다. "눈 위에 찍힌 아기씨 발자국을 따라갔는데 아기씨 것밖에 없었어요. 어떤 여자아이와 손을 잡고 언덕을 올라갔다면 그 발자국도 나란히 있어야 하지 않겠어요?"

"나도 몰라, 헤스터, 우리 헤스터." 울며 말했다. "왜 없는지 모르겠어. 그 애 발을 본 적은 없어. 그냥 그 작은 손으로 내 손을 빨리 꼭 잡았고, 손이 무지무지 차가웠어. 나를 데리고 펠스 오솔길로 호랑가시나무까지 올라갔는데 거기에 어떤 아줌마가 흐느끼며 울고 있었어. 하지만 나를 보더니 울음을 멈추고 아주 크고 환하게 웃었어. 그리고 나를 무릎에 앉히고 달래며 재워줬어. 그게 다야, 헤스터. 근데 진짜야. 우리 엄마도 진짜인 거 알아." 아기씨는 그렇게 말하며 울었다. 그래서 나는 아기씨가 열에 들뜬 거라 생각하며 그 말을 믿는 척했다. 아기씨는 그 이야기를 되풀이하고 또 하고 또 했으며 매번 똑같았다. 마침내 도러시가 아기씨의 아침 식사를 가지고 문을 두드렸다. 두 노부인이 식사용 거실에 내려와 있으며 나와 이야기하고 싶어 한다고 했다. 두 사람은 전날 밤 아기방 침실에 왔었지만 아기씨가 잠든 후여서 아이 모습만 보고 갔고 내게 질문을 하지는 않았었다.

'혼나겠다.' 북쪽 회랑을 따라가며 생각했다. '그렇지만.' 나는 용기를 냈다. '내가 그분들에게 아기씨를 맡기고 갔으니 그분들 책임이지. 아이를 안 보는 사이 몰래 살그머니 나간 거니 그분들이 잘못한 거야.' 그래서 나는 당당하게 들어가 내 이야기를 했다. 퍼니벌 부인의 귀 가까이 대고 큰 소리로 이야기를 그대로 다 들려주었다. 그런데 눈밭의 또 다른 여자아이를 언급하자, 그 아이가 부추기고 유혹해서 아기씨가 밖으로 나갔고, 그 꼬임에 펠스로 올라갔더니 호랑가시나무 옆에 근사하고 아름다운 부인이 있었다고 말하자 퍼니벌 부인이 두 팔을, 그 늙고 시든 두 팔을 들어 올리며 울부짖었다. "오! 하느님 맙소사! 자비를 베푸소서!"

스타크 부인이 그녀를 붙잡았다. 좀 거친데, 하고 생각했다. 그런데 퍼니벌 부인은 스타크 부인의 제어가 통하지 않았다. 분노에 찬 경고 같은 명령을 내게 내렸다.

"헤스터! 그 아이가 접근하지 못하게 해! 아가를 죽음에 이르게 할 거야! 악마 같은 것! 아가에게 사악하고 못된 아이라고 말해."

그때 스타크 부인이 황급히 나를 방에서 내보냈고, 나는 나갈 수 있어 정말 기뻤다. 그런데도 퍼니벌 부인은 계속 날카롭게 소리를 지르고 있었다. "오, 자비를 베푸소서! 절대 용서하지 않으시는군요! 오래전 일입니다……."

나는 그 후로 마음이 아주 불안했다. 나는 감히 아기씨 곁을 떠나지 않았고, 그것이 환상이었든 아니든 혹시 다시 빠져나가지 않을까 밤이나 낮이나 걱정했다. 게다가 퍼니벌 부인이 미쳤다는 생각이 들었고, 그 이상한 분위기로 보면 그런 것 같았다. 혹여 같은 종류의 무언가가(만약 가문에 내려오는 그런 것이라면) 우리 아기씨에게도 있는 게 아닐까 두려웠다. 그러는 동안에도 큰 눈은 그치지 않고 계속되었다. 평소보다 폭풍이 더 몰아치는 밤이면 언제나 돌풍과 돌풍 사이의 바람을 뚫으며 옛 나리가 그 커다란 오르간을 연주하는 소리가 들렸다. 하지만 그것이 옛 나리이든 아니든 나는 아기씨가 가는 곳이면 어디든 뒤따라갔다. 그 아이, 어여쁘고 연약한 그 고아에 대한 내 사랑은 그 장엄하고 끔찍한 소리에 대한 두려움보다 더 강했다. 게다가 그 아이가 나이에 맞게 즐겁고 명랑하게 지내도록 하는 것이 내 책임이었다. 그래서 우리는 함께 놀았고, 함께 여기저기 모든 곳을 다녔다. 사방으로 뻗어나간 그 커다란 집에서 나는 감히 잠시도 아이에게서 시선을 떼지 않았다. 그러다 어느 오후, 크리스마스 얼마 전 그 일이 일어났다. 우리는 큰 홀에 있는 당구대에서 함께 놀고 있었다(제대로 하는 방법은 몰랐지만 아이는 매끄러운 상아 공들을 그 예쁜 손으로 굴리는 것을 좋아했고, 아이가 하는 것이면 무엇이든 나도 좋았다). 곧 우리가 알아채지 못하는 사이에 밖에 빛이 있는데도 실내가 어두워졌다. 아기방으로 데리고 들어갈 생각을 하는데 그때 갑자기 아이가 외쳤다.

"저기 봐, 헤스터! 봐봐! 저기 눈 속에 우리 불쌍한 꼬마 소녀가 있어!"

길고 좁다란 창문들을 향해 돌아서니 거기에 분명히 여자아이가, 우리 아기씨보다도 어린 소녀가 그 살을 에는 추운 밤에 밖에 있으면 안 될 옷차림으로 마치 안으로 들어오고 싶은 것처럼 울면서 창문 유리를 두드리는 것이 보였다. 그 아이는 흐느끼며 울부짖는 듯했다. 마침내 아기씨가 더는 참을 수 없어 문을 열러 달려가는 순간, 갑자기 우리 가까이서 커다란 오르간이 너무나도 큰 소리로 번개 치듯 울려 나는 몸을 떨지 않을 수 없었다. 더더욱 몸서리쳤던 것은 그 지독한 날씨의 고요함 속에서, 그 아이 유령이 온 힘을 다하고 있음에도 그 작은 손이 창문을 두드리는 소리가 전혀 들리지 않고, 울부짖고 울고 하는 것이 보임에도 어떤 희미한 소리도 내 귀에 들어오지 않는다는 사실을 알아챘을 때였다. 그 모든 것이 바로 그 순간에 기억났던 것인지 아닌지는 모르겠다. 그 커다란 오르간 소리에 너무나 놀라 공포에 질려 있었기 때문이다. 하지만 현관문을 열지 못하도록 아기씨를 붙잡았고, 발길질하며 소리 질러대는 아기씨를 안고 크고 밝은 부엌으로 들어갔다는 것은 기억한다. 그곳에서는 도러시와 애그니스가 분주하게 고기 파이를 만들고 있었다.

“우리 예쁜 아기씨가 왜 그러시나?” 가슴이 무너져 내리는 듯 흐느끼는 아기씨를 데리고 들어가자 도러시가 큰 소리로 물었다.

“문을 못 열어주게 해. 우리 꼬마 소녀가 들어와야 하는데, 밤새 바깥에서 펠스에 있으면 죽을 거야. 잔인하고 못된 헤스터.” 나를 손바닥으로 찰싹 치며 아기씨가 말했다. 어쩌면 더 세게 때렸던 것인지 도러시 얼굴이 창백해지며 겁에 질린 표정이 되었고, 나는 그 모습에 내 피가 싸늘하게 식는 것이 느껴졌다.

“어서 부엌 뒷문을 닫아. 빗장도 단단히 지르고.” 도러시가 애그니스에게 말했다. 그러고는 더 이상 말이 없었다. 내게 건포도와 아몬드를 건네며 아기씨를 달래라고 했지만, 아기씨는 눈 속의 소녀 이야기를 하며 울었고 그 좋은 것에 손도 대지 않았다. 그러다 울다 지쳐 침대에서 잠이 들었고 나는 안도했다. 살그머니 부엌으로 내려간 나는 도러시에게 결정한 것이 있다고 말했다. 나의 아기씨를 애플스웨이트에 있는 우리 아버지 집으로 데리고 가겠다고, 거기서는 변변치 않았을지라도 평화롭게 살았다고 말했다. 옛 나리의 오르간 연주만으로도 이미 너무 무서웠는데, 내가 이젠 이 비탄에 잠긴 아이를, 이 근방 아이와는 전혀 다른 옷차림을 한 아이를 봤다고 말했다. 들여보내달라고 창문을 때리고 두드리고, 그런데도 어떤 소리도 소음도 없고, 오른쪽 어깨에는 검은 상처가 있다고. 아기씨도 자기를 불러내어 거의 죽을 뻔하게 했던 그 유령임을 다시 알아보았다고(도러시도 사실인 것을 알았다). 난 더는 못 참겠다고 말했다.

도러시의 얼굴색이 한두 번 변하는 것이 보였다. 내가 말을 다 마치자 그녀는 내가 아기씨를 데리고 갈 수 있을 거라 생각하지 않는다고, 나리가 보호자이니 내게는 권한이 없다고 말했다. 그리고 그렇게 사랑하는 아이를 내게 어떤 해도 끼치지 않는, 그들도 이젠 다 익숙해진 소리와 광경 때문에 떠나겠냐고 물었다. 나는 화가 나서 몸을 떨며 흥분한 상태였다. 나는 그녀가 말을 하는 편이 좋겠다고, 이 환영과 소음들이 무슨 징조라는 것을, 아마도 그 아이 유령이 살아 있을 때 일과 관련이 있다는 것을 알겠다고 말했다. 그리고 그녀를 비웃듯 자극하자 그녀는 마침내 알고 있는 것을 다 들려주었고, 나는 차라리 아예 얘기를 듣지 않았기를 바라게 되었다. 오히려 어느 때보다 더 두려워졌기 때문이다.

도러시는 결혼해서 처음 왔을 때 당시 생존하던 옛 이웃들에게서 들은 이야기라고 했다. 그때는 시골에서 이 집에 나쁜 이름이 붙기 전이어서 사람들이 가끔씩 오곤 했는데, 그녀가 들은 이야기가 사실일 수도 있고 아닐 수도 있다고 했다.

옛 나리는 퍼니벌 부인의 아버지였다. 도러시는 퍼니벌 부인을 그레이스 양이라 불렀는데, 장녀였던 모드 양이 원칙적으로 퍼니벌 양이기 때문이었다. 옛 나리는 자부심이 무척 강한 사람이었다. 그렇게 자만으로 가득한 사람은 본 적도 들은 적도 없었고, 그건 두 딸도 마찬가지였다. 결혼 후보자들은 충분히 많이 있었으나 누구도 만족스럽지 못했다. 근엄한 응접실에 걸린 초상화에서 보았듯이 젊은 시절 그들은 대단한 미인이었다. '교만하면 넘어진다'*라는 옛말처럼 이 두 콧대 높은 미인은 같은 남자와 사랑에 빠졌는데, 그는 한낱 외국인 음악가였다. 그들의 아버지가 이 대저택에서 함께 음악을 연주할 사람으로 런던에서 데려온 사람이었다. 옛 나리는 자신에 대한 자부심 다음으로 음악에 대한 사랑이 대단히 컸고, 들어본 적 있는 모든 악기를 거의 다 연주할 줄 알았다. 그럼에도 사람이 부드러워지지 않은 것은 이상한 일이었다. 그는 성질이 불같은 완고한 노인이었고, 그의 모진 행동에 불쌍한 아내가 슬픔에 젖어 지냈다고 사람들이 말했다. 그는 음악에 미쳐 있었고 음악에는 따지지 않고 돈을 썼다. 그래서 옛 나리

* 잠언 16장 18절.

는 이 외국인을 집으로 불렀는데, 그는 너무나 아름다운 음악을 만들어 나무 위의 새들마저 노래를 멈추고 귀를 기울였다고 했다. 그리고 서서히 이 외국인 신사는 옛 나리를 손에 넣었고, 그 어느 것도 만족시킬 수 없는 옛 나리에게 해마다 반드시 와야 하는 사람이 되었다. 네덜란드에서 그 커다란 오르간을 가지고 와 지금 홀의 그 자리에 설치한 사람도 바로 그였다. 그는 옛 나리에게 오르간을 가르쳤다. 수많은 시간 동안 퍼니벌 경이 오로지 그 훌륭한 오르간과 더 훌륭해질 음악만을 생각할 때, 그 속을 알 수 없는 외국인은 두 아가씨 중 한 사람과 집 밖 숲속을 거닐었다. 처음엔 모드 양, 그러고 나서는 그레이스 양과 함께.

모드 양이 이겼고 변변치 않은 상품을 손에 넣었다. 그와 그녀가 결혼을 한 것이다. 이 결혼은 아무도 몰랐고, 그녀는 그가 다음 해 다시 방문하기 전 무어스의 한 농가에서 딸을 출산했다. 그 기간에 그녀의 아버지와 그레이스 양은 그녀가 동커스터 경마 시합에 가 있는 줄 알았다. 그녀는 아내이자 어머니였음에도 조금도 부드러워지지 않았고 여전히 오만하고 불같은 성격이었다. 어쩌면 더 심했는지도 몰랐다. 외국인 남편이 그레이스에게 상당한 애정을 표시하는 것—남편은 아내에게 그레이스가 눈치 못 채게 하기 위해서라고 말했지만—에 질투를 느껴서였을 것이다. 그런데 그레이스 양이 모드 양보다 우위를 점했고, 모드 양은 남편에게도 여동생에게도 점점 사나워졌다. 그리고 남편—불편한 것들을 쉽게 떨쳐버리고 외국으로 가서 숨어버릴 수 있는 외국인—은 그해 여름 평소보다 한 달 일찍 이곳을 떠나며 다시 돌아오지 않겠다고 협박하다시피 했다. 그동안 모드 양이 낳은 어린 아기는 농가에 남겨져 있었고, 아기의 어머니는 적어도 일주일에 한 번 말에 안장을 얹고 거칠게 달려 산을 넘어 아기를 보러 가곤 했다. 그곳에서 그녀는 사랑하고 또 사랑했고, 미워하고 또 미워했다. 옛 나리는 오르간을 계속 연주하고 또 연주했다. 그리고 하인들은 그가 빚어내는 아름다운 음악이 (도러시 말에 의하면) 끔찍한 사연이 많은 그 무시무시한 성질을 부드럽게 해줬다고 생각했다. 게다가 그는 갈수록 쇠약해져 지팡이를 짚고 걸어야 했다. 그의 아들은, 그러니까 지금 주인어른 퍼니벌 경의 아버지는 미국에서 군 복무를 하고 있었고 다른 아들은 바다에 나가 있었다. 모드 양은 거의 자기 방식대로 살았고, 그녀와 그레이스 양은 날이 갈수록 서로에게 냉정하고 쌀쌀맞아졌다. 그러다 마침내 옛 나리가 옆에 있을 때를 제외하면 서로 거의 말을 하지 않게 되었다. 다음 해 여름 외국인 음악가가 돌아왔지만 그것이 마지막이었다. 그들은 질투와 열정으로 그를 몰아붙였고, 그는 점점 이곳 생활에 지쳐 하다 마침내 떠나버렸고 다시는 소식을 들을 수 없었다. 아버지가 세상을 떠나면 정식으로 결혼을 인정받으려 했던 모드 양은 이제 결혼한 사실조차 아는 이 없이 버림받은 아내가 되었고, 미치도록 사랑함에도 불구하고 감히 연을 끊어야 하는 아이와 남겨졌다. 함께 사는 아버지는 두려웠고 여동생은 증오했다. 다음 해 여름이 다 갔지만 그 속을 알 수 없는 외국인은 나타나지 않았고, 모드 양과 그레이스 양은 둘 다 갈수록 우울해지며 슬픔에 빠졌다. 그들은 여전히 아름다웠으나 수척한 모습이었다. 그런데 머지않아 모드 양이 밝아졌다. 그녀의 아버지가 갈수록 쇠약해져갔기 때문이다. 그는 그 어느 때보다 음악에 의지했고, 그녀와 그레이스 양은 거의 완전히 멀어져 방도 그레이스 양은 서관에, 모드 양은 지금은 폐쇄된 그 동관에 나뉘어 있었다. 그래서 그녀는 어쩌면 딸과 함께 지낼 수 있을 것 같다고 생각했다. 함부로 말하지 못할 사람들 몇 명을 제외하면 아무도 알지 못할 것이며, 설사 알더라도 그녀가 아끼는 농사꾼의 자식으로 믿게 될 것이다. 도러시에 따르면 이 모든 일은 상당히 잘 알려진 이야기지만, 그 후의 사건은 그레이스 양과 당시에도 그녀의 하녀였던, 그리고 언니 모드 양보다 더 가까운 친구였던 스타크 부인 외에는 아무도 몰랐다. 하지만 하인들은 주워들은 말을 근거로 모드 양이 자신이 그레이스 양을 이겼으며, 그동안 줄곧 외국인은 그레이스 양을 사랑하는 척하며 조롱한 것이었다고, 그는 자신의 남편이었다고 동생에게 말했을 것이라 추측했다. 그날부터 그레이스 양의 얼굴과 입술에서는 영원히 핏기가 사라졌고, 조만간 복수하고 말겠다는 말을 수없이 했으며, 스타크 부인도 동관 방들을 끊임없이 염탐했다고 한다.

새해가 된 직후의 어느 무서운 밤, 눈이 깊고 높이 쌓이고도 눈송이가 여전히 떨어졌다. 빠르게 떨어지는 그 눈에 근방에 있는 사람들은 앞이 보이지 않을 정도였다. 아주 크고 난폭한 소음이 들렸고, 그 소리 위로 옛 나리의 목소리가, 끔찍한 욕설과 저주가 들려왔다. 어린아이의 울음소리, 분노한 여인의 자존심 강한 항변, 한 대 때리는 소리, 죽음과도 같은 정적 그리고 비탄과 통곡의 소리가 언덕을 따라 올라가며 멀어졌다! 그러고 나서 옛 나리가 지독한 욕설을 하며 하인들을 모두 불러 모으더니 더 지독한 이야기를 했다. 딸이 스스로 명예를 더럽혔으니 딸과 그녀의 아이를 집 밖으로 내쫓았다고, 만일 하인들이 그들을 돕거나 음식이나 머물 곳을 제공한다면 결코 천국에 들지 못하게 기도할 것이라고 말했다. 그러는 동안 그레이스 양은 아버지의 곁에서 창백하게 마치 돌처럼 꼼짝도 하지 않고 서 있었다. 그가 말을 끝내자 그녀는 마치 제 할 일이 끝났다는 듯이, 목적을 달성했다는 듯이 커다랗게 숨을 내쉬었다. 그 후로 옛 나리는 단 한 번도 오르간을 만지지 않았고, 그해를 못 넘기고 세상을 떠났다. 놀라운 일도 아니다! 그 거칠고 무서운 밤이 지나고 이튿날, 양치기들이 펠스 기슭을 내려오다가 모드 양이 완전히 미쳐 미소를 지은 채, 그 호랑가시나무 아래에서 죽은 아이에게 젖을 먹이며 앉아 있는 것을 발견했다. 아이 오른쪽 어깨에는 끔찍한 상처가 있었다. "하지만 상처 때문에 죽은 게 아니야." 도러시가 말했다. "눈과 추위 때문이지. 야생에 사는 것들도 다 제 굴속에 있었고, 짐승들도 다 제 우리에 있었는데 아이와 아이 엄마는 펠스를 방황하고 있었던 거야. 이제 너도 다 알게 되었구나. 어떠냐, 이제 좀 덜 두려운 거냐?"

나는 그 어느 때보다 더 두려웠지만 그렇지 않다고 말했다. 아기씨와 내가 이 무시무시한 집에서 아주 영원히 벗어날 수 있다면 좋겠다고 생각했다. 하지만 나는 그녀를 남겨두고 떠나지 않을 것이고, 감히 그녀를 데리고 도망가지도 않을 것이다. 대신, 아, 나는 그녀를 지키고 보호했다! 우리는 문들을 모두 걸어 잠그고 재빨리 창문의 덧문들도 닫았다. 어두워지려면 한 시간 넘게 남아 있었지만, 5분이라도 너무 늦게 닫는 것보다는 나았다. 하지만 우리 아기씨는 여전히 그 괴상한 아이의 울음과 구슬픈 소리를 들었고, 우리가 무슨 말을 하고 무슨 짓을 해도 그 아이에게 가서 그 잔인한 바람과 눈 속의 아이를 데리고 들어오고 싶은 마음을 막을 수 없었다. 그리고 이러는 동안 나는 가능한 한 퍼니벌 부인과 스타크 부인 가까이 가지 않았다. 그들이 두려웠다. 그 굳은 잿빛 얼굴, 이미 사라진 소름 끼치는 세월을 되돌아보는 모호한 눈빛에 선함이란 게 있을 수 없으니까. 그런데 나는 두려움 속에서도 퍼니벌 부인에게는 일말의 측은함을 느꼈다. 최소한은. 무덤으로 들어가는 자도 그녀의 그 표정보다 더 절망적일 수는 없을 것이다. 마침내 나는 어쩔 수 없는 경우를 제외하고는 단 한 마디 말도 없는 그녀가 너무나 불쌍해져서 그녀를 위해 기도했다. 그리고 아기씨에게도 끔찍한 죄를 지은 이를 위해 기도하라고 가르쳤다. 하지만 종종 그렇게 말하면 말을 듣고 기도를 하다가도 화들짝 놀라 꿇었던 무릎을 펴고 일어나 말하곤 했다. "그 꼬마 소녀가 칭얼대며 아주 슬프게 우는 소리가 들려. 오, 들여보내줘, 안 그러면 죽을 거야!"

드디어 새해를 맞은 직후 어느 날 밤, 그리고 내가 기다려왔던 그 긴 겨울이 마침내 한풀 꺾였을 때, 서쪽 응접실 벨이 세 번 울리는 소리를 들었다. 나를 부르는 소리였다. 나는 잠든 아기씨를 혼자 두고 싶지 않았다. 옛 나리가 그 어느 때보다 더 거칠게 오르간을 연주하고 있었기에 우리 아기씨가 잠에서 깨어 그 아이 유령의 소리를 듣게 될까 걱정되었다. 보이지는 않을 것이다. 내가 창문들을 아주 잘 잠갔으니까. 나는 아기씨를 침대에서 일으켜 가장 가까이 있던 외투로 몸을 감싸준 후 데리고 거실로 내려갔고, 그곳엔 두 노부인이 평소처럼 벽걸이 카펫을 짜고 있었다. 내가 들어가니 고개를 들어 나를 보았고, 스타크 부인이 많이 놀라며 물었다. "따뜻한 침대에 있던 로저먼드 양을 왜 데리고 내려왔니?" 나는 작은 소리로 말하기 시작했다. "제가 없는 동안 저 눈 속 거친 아이의 유혹을 받아 밖으로 나갈까 봐요." 그러자 스타크 부인이 (퍼니벌 부인을 흘깃 보고는) 내 말을 끊으며 퍼니벌 부인이 잘못 작업한 부분을 내가 풀어달라고 말했다. 두 사람 다 바늘땀이 보이지 않기 때문이다. 그래서 나는 우리 어여쁜 아기씨를 소파에 내려놓고 그들 옆 걸상에 앉았고, 바람이 거세지며 울부짖는 소리가 들리자 그들에 대한 내 반감이 더욱 굳어졌다.

아기씨는 그렇게 바람이 부는데도 깊은 잠을 잤다. 퍼니벌 부인은 말도 없이, 그렇게 강풍이 창을 흔들어도 돌아보지도 않았다. 그러다 갑자기 벌떡 일어나 우리에게 귀 기울여 들으라는 듯이 한 손을 들어 올렸다.

"목소리가 들려!" 그녀가 말했다. "끔찍한 비명이 들려. 우리 아버지 목소리도!"

바로 그 순간 우리 아기씨가 소스라치게 놀라며 잠에서 깼다. "우리 꼬마 소녀가 울고 있어. 오, 저렇게 울고 있잖아!" 그러고는 자리에서 일어나 그 아이에게 가려고 했지만, 발이 담요에 걸렸고 내가 아기씨를 잡아서 안았다. 소리가 들린다는 말에 나는 소름이 돋기 시작했다. 그들은 소리를 들었지만 우리는 듣지 못했기 때문이다. 일이 분 후 무언가 소리가 들렸고, 빠르게 커지더니 우리 귀를 가득 채웠다. 우리도 이제 그 목소리와 비명을 들을 수 있었고, 집 밖에서 몰아치는 겨울바람 소리는 오히려 들려오지 않았다. 스타크 부인이 나를 쳐다보았고 나도 그녀를 보았지만 우리는 감히 입을 열지 못했다. 갑자기 퍼니벌 부인이 문을 향해 가더니 곁방으로 나갔고, 서관 로비를 가로질러 중앙 홀로 가는 문을 열었다. 스타크 부인이 그 뒤를 따랐고, 나는 두려움에 가슴이 거의 멎는 것만 같았지만 남겨지고 싶지 않아 아기씨를 품에 꼭 안고서 그들과 함께 나갔다. 홀에서는 비명이 아까보다 훨씬 더 크게 들렸다. 동관에서 들리는 소리 같았고 점점 더 가까이, 가까이, 잠긴 문 저편에서 이쪽으로 다가오고 있었다. 한순간 그 커다란 청동 샹들리에가 온통 불이 밝혀진 것처럼 보였지만 홀은 어두웠고, 그 거대한 벽난로에서 불이 타올랐지만 열기는 전혀 느껴지지 않았다. 나는 공포에 온몸이 오싹해져 아기씨를 더 꼭 끌어안았다. 그러는 동안 동관 문이 흔들렸고, 아기씨가 갑자기 내게서 떨어지려 몸부림치며 외쳤다. "헤스터! 가야 해! 우리 꼬마 소녀가 저기 있어! 목소리가 들려! 이리 오고 있어! 헤스터, 내가 가야 한다고!" 나는 온 힘을 다해 더 꽉 끌어안았고, 굳은 의지로 아기씨를 붙잡고 있었다. 내가 죽는 한이 있어도 내 손은 계속 아기씨를 움켜잡고 있을 거라고 굳게 마음을 먹었다. 퍼니벌 부인은 그대로 선 채 소리를 듣고 있었지만 아기씨에게는 전혀 신경을 쓰지 않았다. 이제 아기씨는 바닥으로 내려섰고, 나는 무릎을 꿇고 두 팔로 그녀 목을 단단히 감쌌다. 아기씨는 여전히 몸부림치며 놓아달라고 울었다.

갑자기 동관 문이 쾅 하는 큰 울림과 함께 마치 격렬한 분노로 열어젖힌 듯 열렸고, 알 수 없는 환한 불빛이 쏟아져 들어왔다. 잿빛 머리에 눈이 번득이는 키가 큰 노인의 형상이었다. 그는 온몸으로 가차 없는 혐오를 표현하며 굳은 표정의 아름다운 여인과 그녀 드레스에 매달린 어린아이를 앞세우고 몰아붙였다.

"오, 헤스터! 헤스터!" 아기씨가 소리쳤다. "바로 그 부인이야! 호랑가시나무 아래 있던 그 부인. 나의 꼬마 소녀가 함께 있네. 헤스터! 헤스터! 저 아이에게 갈 거야. 나를 오라고 하잖아. 느낄 수 있어. 난 저 사람들을 느낄 수 있어. 가야 한다고!"

다시 한번 그녀는 내게서 벗어나려 몹시 애를 써서 거의 발작을 일으킬 정도였지만 나는 더욱 단단히, 더 단단히 잡았고 이러다 아기씨를 다치게 하는 것 아닌가 겁이 날 정도가 되었다. 그래도 그 편이 그 끔찍한 유령들에게 가게 하는 것보다는 나을 것이다. 그 유령들은 우리를 지나 중앙 홀 문으로 향했고, 현관문에서는 먹잇감을 기다리는 바람이 울부짖으며 날뛰었다. 홀 문에 닿기 전 여인이 몸을 돌렸다. 강한 자존심이 뭉쳐진 반항심으로 노인에게 도전하는 것을 볼 수 있었다. 그러다 갑자기 움찔하며 그녀의 그 작은 아이가 노인이 쳐든 지팡이에 맞지 않도록 두 팔을 크게, 측은하게 벌려 안았다.

아기씨가 나보다 더 센 힘으로 내 품 안에서 몸을 비틀어대며 나를 뿌리치고는 흐느껴 울었다(이때는 우리 불쌍한 아기씨가 거의 기절 상태였다).

"나도 함께 펠스로 가재. 나를 부르고 있어. 아, 불쌍한 꼬마! 나도 가고 싶은데, 이 잔인하고 사악한 헤스터가 나를 꽉 붙잡고 있네." 하지만 들어 올린 지팡이를 보자 아기씨는 졸도했고 나는 오히려 신께 감사했다. 바로 그 순간, 그 키 큰 노인이 벽난로의 바람에 머리를 치렁거리며 그 움츠리는 작은 꼬마를 때리려는 순간, 퍼니벌 부인이, 내 옆에 선 노파가 소리쳤다. "오, 아버지! 아버지! 이 죄 없는 어린애를 벌하지 마세요!" 그런데 바로 그때 나는, 우리 모두는 또 다른 유령이 홀을 가득 채운 안개 같은 푸른 불빛 속에서 모습을 드러내고는 점점 투명해지는 것을 보았다. 그때까지는 본 적이 없는 그 유령이, 또 다른 여인이 노인 옆에 서서 잔인한 증오와 오만한 경멸을 담은 표정을 짓고 있었다. 그 유령은 보기에 매우 아름다웠다. 하얀 부드러운 모자를 그 거만한 눈썹 위로 내리우고 있었고 붉은 입술은 말려 올라가 있었다. 유령이 입은 푸른 새틴 가운은 열려 있었다. 나는 그 인물을 본 적이 있었다. 젊은 시절의 퍼니벌 부인과 닮았다. 그 끔찍한 유령들은 늙은 퍼니벌 부인의 비탄에 젖은 간청을 무시하고 계속 행동을 이어갔다. 높이 쳐들린 지팡이는 그 어린 소녀의 오른쪽 어깨를 내리쳤고, 여동생은 돌처럼 냉정하고 차분했다. 그런데 그 순간 희미한 불빛이, 뜨겁지 않은 벽난로 불이 사라지면서 퍼니벌 부인이 우리 발치에 쓰러지더니 몸이 마비되었다. 죽음이 머지않아 보였다.

그랬다! 그날 밤 그녀를 침대로 옮겼으나 다시는 일어나지 못했다. 그녀는 얼굴을 벽 쪽으로 돌린 채 누워 내내 이렇게 낮게 중얼거렸다. “아, 슬프다! 슬프다! 젊은 시절 저지른 일은 나이 들어 절대 되돌릴 수가 없구나! 젊은 시절 저지른 일은 나이 들어 절대 되돌릴 수 없구나!”

대지주 이야기

1769년 작은 마을 바퍼드가 대단한 흥분에 휩싸였다. 한 신사(그것도 조지 여인숙 주인에 따르면 '상당한 신사')가 클레버링 씨의 옛집을 보고 있다는 소식 때문이었다. 이 집은 마을 중심가도 시골도 아닌 곳에 있었다. 바퍼드 외곽, 더비로 가는 도로 옆이었다. 이 집에 마지막으로 살았던 사람은 노섬벌랜드 출신의 훌륭한 가문의 신사인 클레버링 씨로, 그는 차남이었지만 가문의 윗대 친족들이 사망하자 재산을 물려받으러 돌아와 바퍼드에 살았다. 내가 지금 이야기하는 이 집은 하얀 집이라고 불렸다. 회색빛이 도는 치장 벽토를 칠했기 때문이다. 뒤편에 훌륭한 정원이 있었고, 클레버링 씨는 멋진 마사(馬舍)들을 지었는데 당시에는 최신 개조 공사였다. 좋은 마사가 있고 이곳이 사냥 카운티*이니만큼

* 잉글랜드 자치주.

집이 나갈 것 같았다. 마사 외에 장점이 거의 없었다. 침실이 많긴 했다. 어떤 침실은 다른 침실을 통해야 했는데, 하나를 열면 또 하나가 나오며 다섯 곳을 거치기도 했다. 작고 답답한 거실 몇 개가 있었는데 징두리판벽을 두른 후 짙은 석판색 페인트를 칠했다. 괜찮은 다이닝 룸이 하나 있었고 그 위로 응접실이 있었는데, 두 방 모두 정원을 내다볼 수 있는 아름다운 내닫이창들이 있었다.

하얀 집의 거주 시설은 그런 정도였다. 처음 보는 이들에게는 그다지 끌리지 않겠지만, 바퍼드의 선량한 주민들은 마을에서 가장 크고, '마을 사람들'과 '카운티 사람들'이 클레버링 씨의 편안한 저녁 식사 모임에서 자주 만나곤 했던 그 집을 자랑스럽게 생각했다. 이런 기분 좋은 추억의 시절을 감사할 줄 알려면 신사들의 시골 저택에 둘러싸인 작은 시골 마을에서 몇 년 살아봐야 한다. 그러면 카운티 가문 사람에게서 고개 숙인 인사를 받거나 정중한 말을 듣고는 거의 같은 지위로 올라가는 것만 같은 기분을 이해할 것이다. 마치 비커스태프 씨의 후견인 조카가 그랬던 것처럼 은색 가두리 장식이 달린 파란 가터 훈장 한 쌍을 받은 것만 같다. 그러고 나면 그들은 온종일 붕 떠서 가벼운 발걸음으로 다닌다. 이제 클레버링 씨가 없으니 마을 사람과 카운티 사람은 어디서 만날 수 있을까?

내가 이런 이야기를 하는 것은 바퍼드 주민들의 머릿속에 하얀 집을 세놓고 싶은 마음이 얼마나 가득한지 알려주기 위해서다. 그리고 그 생각을 좀 더 진하고 걸쭉하게 느끼고 싶다면, 작은 마을에서는 아무리 사소한 사건이라도 야단법석을 떨게 되고 신비로우며 중요하다는 것을 깨달으면 된다. 그러고 나면 아마도 누더기 꼬마 개구쟁이 스무 명이 앞서 말한 '신사'를 따라 하얀 집 문까지 따라간 것이, 그가 대리인의 서기인 존스 씨의 도움을 받으며 한 시간 넘게 집을 살펴보고 있는 동안 서른 명이 더 모여들어 호기심 넘치는 무리를 이룬 것이 이해될 것이다. 그가 나오면 무슨 조그만 정보라도 주워들을까 기다리던 아이들이 가까이 몰려들다가 욕을 먹고 그래도 소리는 들릴 만한 거리까지 물러섰다. 곧 그 '신사'와 변호사의 서기가 나왔다. 서기가 문을 나서는 신사를 뒤따르며 이야기를 하고 있었다. 신사는 키가 크고 옷을 잘 차려입었으며 잘생긴 얼굴이었다. 하지만 재빠르게 시선을 던지는 연푸른 눈에는 사악한 냉정함이 담겨 있어 예리한 관찰자라면 마음에 들어 하지 않았을 것이다. 사내아이 중에는, 그리고 입을 벌리고 선 병약한 여자아이 중에는 예리한 관찰자가 없었다. 하지만 그들은 너무 가까이 서 있었다. 불편할 만큼 가까이. 신사가 짧은 말채찍을 쥔 오른손을 들어 가장 가까운 쪽을 향해 날카롭게 한두 번 채찍질을 했는데, 그의 얼굴에 이를 즐기는 야만스러운 표정이 떠올랐다. 아이들이 투덜대고 울면서 멀찍이 떨어졌다. 순식간에 그의 표정이 바뀌었다.

"자, 여기!" 그가 은전과 동전이 섞인 돈을 한 움큼 꺼내더니 아이들 가운데로 던지며 말했다. "달려들어! 싸워보라고, 녀석들아!

오늘 오후 3시에 조지 여인숙으로 오면 더 던져주마." 그러자 사내아이들이 환호성을 질렀고 그는 대리인의 서기와 함께 걸어 나갔다. 그는 생각만 해도 즐거운지 껄껄 웃었다. "이 녀석들 좀 놀려줘야겠군." 그가 말했다. "얼쩡거리며 나에 대해 캐는 놈들은 혼을 내줘야지. 내가 뭘 할지 알려주겠소. 석탄 삽에 돈을 넣어 아주 뜨겁게 만들어 놈들 손가락을 데게 만들 거요. 당신도 와서 놈들 얼굴과 울부짖는 꼴을 보시오. 2시에 나와 식사를 하면 아주 좋을 것 같군. 그때쯤이면 나도 이 집에 대해 결정을 내릴 거고."

대리인의 서기 존스 씨는 2시에 조지 여인숙으로 가겠다고 했지만, 이 식사 초대자가 역겨웠다. 존스 씨는 누구에게도, 자기 자신에게도 말은 하지 않겠지만, 이 지갑에 돈이 두둑하고 말을 많이 소유하고 있으며 스스럼없이 귀족에 대해 말하는 남자, 무엇보다 하얀 집에 들어올 생각을 하는 이 사람이 절대 신사가 아닐 거라는 생각이 들었다. 그렇지만 이 로빈슨 히긴스 씨라는 사람이 누구인지에 대한 불편한 궁금증은 히긴스 씨와 히긴스 씨의 하인들과 히긴스 씨의 종마가 하얀 집을 차지하고 난 후에도 오래도록 존스 씨의 생각 속에 머물러 있었다.

하얀 집에 다시 치장 벽토가 칠해졌고(이번에는 연노란색), 전체적으로 수리가 이루어졌다. 이는 모두 집을 세주게 되어 기쁜 집주인이 한 일이고, 세입자는 내부 치장에 돈을 쓰는 성향인 듯했다. 그들의 성격을 실질적으로 보여주는 이 9일 동안 바퍼드 사람들은 하얀 집이 어떻게 변할지 궁금해하며 지냈다. 석판색 페인트는 분홍색이 되고 황금색 장식이 들어갔다. 구식 난간은 새로 금박을 입힌 것으로 바뀌었는데, 무엇보다 마사가 볼거리였다. 로마 황제 시절 이후로 말들의 돌봄과 안락과 건강을 위해 그런 설비가 만들어진 건 처음이었다. 하지만 말들이 눈을 가리고서 바퍼드로 왔을 때, 부드러운 곡선을 그리는 섬세한 목에 흥분을 절제한 발걸음을 짧고 높이 내딛는 그 광경을 보자 모두 그럴만도 하다고 말했다. 말들과 함께 온 마부는 한 사람뿐이었는데 그 말들을 돌보려면 세 사람은 필요했다. 히긴스 씨는 바퍼드에서 젊은이 두 명을 고용하는 편을 선택했고, 바퍼드도 그의 선택을 높이 평가했다. 빈둥거리는 젊은이에게 일자리를 준다는 것도 친절하고 사려 깊은 일이었고, 그들이 히긴스 씨 마사에서 훈련을 받으면 동커스터나 뉴마켓*에 갈 준비가 될 수도 있었다. 바퍼드가 속한 더비셔 지역은 레스터셔에 너무 가까워 사냥과 사냥개 무리를 지원하지 않을 수 없었다. 사냥개들의 주인은 해리 맨리 경이란 사람인데 '사냥꾼이 아니면 아무것도 아니다' 주의자였다. 그는 사람을 얼굴과 표정이나 머리 모양이 아닌 '그의 포크길이'**로 가늠했다. 해리 경은 유심히 살펴보는 습관이 있었는데,

* 각각 사우스요크셔와 서퍽에 있는 유서 깊은 경마 도시이다.

** 다리 길이를 말한다.

지나치게 긴 포크란 것도 있으니 그가 사람을 인정하는 건 말 탄 모습을 보고 나서였다. 말 탄 자세가 똑바르고 편안하며 손이 가볍고 용기도 있어 보이면 해리 경은 그를 형제라고 불렀다.

히긴스 씨가 사냥철 첫 모임에 참석했는데 정기 회원은 아니고 비회원 자격이었다. 바퍼드 사냥꾼들은 거친 말타기를 자랑했고, 시골에 대한 그들의 지식은 타고난 것이었다. 그런데 아무도 알지 못하는 이 새로 온 낯선 남자가 자기 말에 앉은 채 잡은 사냥감을 지켜보고 있었다. 그도 말도 고르게 숨을 쉬며 차분했고, 말은 그 매끈한 가죽 위로 털 하나 움직이지 않았다. 그는 여우 꼬리를 자르는* 늙은 사냥꾼에게 자신감 있게 말을 걸었고, 노인은—심지어 해리 경의 아주 조그만 나무람에도 성질을 내고 다른 사냥 회원이 마구간지기, 마부, 밀렵꾼, 온갖 것을 다 해본 그의 60년 경험을 무시하고 감히 한마디라도 던지면 벌컥 화를 내는 그가—그 아이작 워멜리 노인이 이 낯선 이의 지혜에 유순히 귀를 기울이고 있었다. 그러다 가끔씩 흘깃 위로 그 노련한 시선을 던질 뿐이었는데, 그것은 사냥개들에 둘러싸인 채 죽어 있는 불쌍한 여우의 날카롭고 지나치게 기민한 표정과 다르지 않았다. 사냥개들은 그 여우를 향해 으르렁거렸고, 지금은 워멜리의 낡은 주머니에 꽂힌 짧은 채찍에도 아랑곳하지 않았다. 해리 경이 삭

* 사냥 후 일종의 트로피로 사냥감의 꼬리를 잘랐다.

정이와 축축하고 뒤엉킨 풀로 가득한 잡목림으로 들어가자 사냥 회원들도 뒤따랐다. 그들이 한 사람씩 말을 타고 느리게 지나가자 히긴스 씨가 모자를 벗고 고개를 숙였는데, 반쯤은 경의를 표하면서도 반쯤은 거들먹거리는 태도였다. 한두 명 뒤처진 사람들의 당황한 표정을 보는 그의 눈가에는 미소가 숨어 있었다. "유명한 사냥터죠, 선생." 해리 경이 말했다. "우리 시골에서 처음 사냥을 하셨군요. 종종 볼 수 있기를 바라겠소."

"사냥 클럽 회원이 될 수 있으면 좋겠습니다, 해리 경." 히긴스 씨가 말했다.

"대단히 기쁘고 자랑스럽소. 이렇게 멋진 기수가 우리와 함께 하다니. 선생은 모험을 감행하고 장애물을 넘으셨군요, 멋집니다. 근데 여기 있는 우리 친구 몇 명은." 그는 말을 맺는 대신 한두 명의 겁쟁이를 향해 얼굴을 찌푸렸다. "제 소개를 하지요, 사냥개들의 주인입니다." 그는 조끼 주머니에 손을 넣어 그의 이름이 격식 있게 새겨진 명함을 꺼냈다. "여기 친구 몇 명은 집으로 와서 저와 저녁 식사를 하기로 했소. 함께하신다면 영광이겠소만?"

"저는 히긴스라고 합니다." 낯선 이가 대답하며 낮게 허리를 숙였다. "아주 최근에 바퍼드의 하얀 집에 들어와서 아직 소개 편지도 보내지 못했습니다."

"이런!" 해리 경이 말했다. "선생 같은 기마 자세에 손에 든 그 훌륭한 채찍이라면 이 카운티(난 레스터셔 사람이오!) 어느 집

앞까지라도 갈 수 있고, 환영받는 손님이 될 거요. 히긴스 씨, 우리 집에서 저녁 식사를 하며 좀 더 친분을 쌓아가면 좋겠소."

히긴스 씨는 그렇게 시작한 친분을 어떻게 발전시키는지 잘 알았다. 그는 좋은 노래를 부르고 좋은 이야기를 들려줄 수 있었고, 놀리는 듯한 짓궂은 농담도 아주 잘했다. 예리하고 세상사에 밝다는 것은 어떤 남자들에게는 본능적인 능력 같은데, 그도 이 경우 그런 농담을 해도 분노하지 않을 사람들이 누구인지 알았고, 더 활기차고 열정적이고 부유한 이들로부터는 찬사를 받을 수 있다는 것도 알았다. 열두 달이 지날 무렵 로빈슨 히긴스 씨는 완전히 바퍼드 사냥 클럽에서 가장 인기 있는 회원이 되어 있었다. 첫 후원자인 해리 경은 히긴스 씨가 다른 회원들을 두 마신* 정도 앞서 나간다는 것을 어느 저녁 이웃의 나이 든 사냥 회원 지주와의 저녁 식사 자리에서 일어날 무렵 알 수 있었다.

"아시다시피." 지주 헌이 해리 경이 가는 것을 간곡히 만류하며 말했다. "그러니까 이 청년이 캐서린과 잘 어울린다는 말입니다. 딸은 착한 아이고, 저 아이 어머니 유언장에 따라 결혼하면 지참금도 1만 파운드를 가져갈 겁니다. 미안합니다만 해리 경, 난 딸이 아무에게나 가버리지 않길 바랍니다."

해리 경은 갈 길이 멀었지만, 초승달이 처음 떴을 때처럼 여린

* 경마 용어로 말과 말 사이의 거리를 뜻한다.

달빛이 길을 비추고 있었기에 그의 친절한 마음은 지주 헌의 눈물 어린, 떨리는 가슴으로 털어놓은 고민에 감동하여 걸음을 멈추고 다시 다이닝 룸으로 들어갔고, 본심보다 더 진지하게 단언했다.

"우리 지주 양반, 내 말하건대 이제는 이 사람을 잘 압니다. 더 나은 남자도 없소. 내게 딸이 스무 명 있다면 그에게 골라보라 하겠소."

지주 헌은 오랜 친구의 히긴스 씨에 대한 의견의 근거를 물을 생각을 하지 못했다. 너무나도 진심을 담은 이야기여서 합당한 이유가 없을 가능성도 있다는 의심을 전혀 하지 못했다. 헌 씨는 천성적으로 불신하거나 숙고하거나 의심을 품는 사람이 아니었고, 그저 자식인 캐서린을 사랑해서 이번 일이 불안하게 느껴졌던 것뿐이었다. 해리 경의 말을 들은 후, 노인은 아직 다리가 후들거리지만 편안해진 마음으로 응접실로 들어갔다. 그곳엔 그의 고운 딸 캐서린이 발그레한 얼굴로 히긴스 씨와 난롯가 깔개 위에 함께 가까이 서 있었다. 히긴스 씨는 뭔가를 속삭이고 그녀는 눈길을 아래로 한 채 그의 말에 귀를 기울이고 있었다. 그녀는 너무나 행복해 보였고, 노인이 젊었을 때 죽은 그녀의 어머니와 너무나 닮아 노인은 어떻게 하면 딸을 기쁘게 할까 온통 그 생각뿐이었다. 그의 아들이자 상속인이 곧 결혼할 예정이었고, 아들은 아내를 데리고 와 지주 노인과 함께 살 생각이었다. 바퍼드와 하얀 집은 말을 타고 한 시간도 걸리지 않는 거리였고, 그것이 노인의 머릿속에 스쳐 지나갔지만 그래도 히긴스 씨에게 밤에 머물 수 없는지 물었다. 초승달이 이미 져서 도로가 어두울 거라고. 캐서린은 간절한 얼굴로 쳐다보았지만 대답에 대해서는 별로 의심하지 않았다.

지주 노인이 이렇게까지 권하고 지지하는 분위기였기에 어느 날 아침 캐서린 헌 양이 사라진 것을 알았을 때 모두 놀라지 않을 수 없었다. 이런 경우 일반적으로 그렇듯 쪽지가 발견되었으며, '마음에 둔 남자'와 그레트나 그린*으로 떠난다는 내용이었다. 왜 그녀가 집에서 조용히 지내다가 교구 교회에서 결혼할 수는 없었는지 누구도 이해하지 못했다. 늘 로맨틱하고 감성적인 소녀였다. 매우 아름답고 정이 많고 너무 부족한 것 없이 자랐으며, 상식은 많이 부족했다. 애지중지 키운 아버지는 자신의 절대 변치 않을 애정에 확신이 없었던 딸에게 깊은 상처를 받았다. 그의 아들이 준남작 저택(미래 장인의 집, 곧 있을 그의 결혼식에 온갖 형식의 법과 예식이 뒤따를 곳)에서 분개하여 화를 내며 오자, 노인은 젊은 커플이 그러는 까닭을 설득력 있게 간곡히 변호했고 딸의 용기에 감탄하고 자랑스럽게 여긴다고 항변했다. 그러나 너새니얼 헌 씨는 결국 자신과 아내는 여동생과 여동생 남편과 연

* 스코틀랜드 남부에 위치한 도시. 결혼법이 엄격하지 않아 잉글랜드에서 사랑의 도피를 한 연인들이 결혼식을 올리는 곳으로 유명했다.

을 끊겠다고 선언했다. "그를 만나보고 생각해라, 너새니얼!" 가족 불화를 예감한 노인은 통탄하며 몸을 떨며 말했다. "그라면 어떤 여자라도 그랬을 거다. 해리 경에게 그에 대한 의견을 물어보면 알 게다." "빌어먹을 해리 경! 말 하나만 잘 타면 해리 경은 다른 것엔 관심도 없습니다. 이 남자, 이 인간은 누구예요? 어디 출신이에요? 재산은요? 가문은요?"

"남쪽 출신이다. 서리던가 서머싯셔던가, 어디인지 잊었다. 자신의 힘으로 여유롭게 잘 산다. 바퍼드에는 상인이 없지만 돈에는 더 이상 관심이 없다고 하더라. 왕자처럼 돈을 쓰는 사람이다, 너새니얼. 가문이 어떤지는 모르지만, 봉인할 때 문장(紋章)을 쓴다. 알아보고 싶으면 그걸 보면 될 게다. 정기적으로 자기 토지의 세를 받으러 남쪽으로 내려가곤 한다. 아, 너새니얼! 네가 다정하게 대한다면 나는 이 카운티의 어떤 아버지 못지않게 키티**의 결혼이 기쁠 게다."

너새니얼 헌은 침울해져 혼자 욕설 한두 마디를 중얼거렸다. 불쌍한 늙은 아버지는 두 자식에게 마음이 약해 오냐오냐 키웠고 그 대가를 받는 중이었다. 너새니얼 헌 부부는 캐서린과 그녀의 남편과 거리를 두었고, 노인은 자신의 집인데도 그들에게 레비슨 홀로 가라고 감히 얘기하지 못했다. 실제로 그는 하얀 집을 방문

** 캐서린의 애칭.

할 때면 마치 잘못한 사람처럼 몰래 갔고, 그곳에서 밤을 지내고 다음 날 집에 돌아오면 대강 얼버무리곤 했다. 자존심 강한 너새니얼은 무뚝뚝하게 그 얼버무림을 넘어가주었다. 그런데 하얀 집을 방문하지 않는 사람은 너새니얼 헌 부부뿐이었다. 히긴스 부부는 확실히 형님 부부보다 인기가 있었다. 캐서린은 아주 어여쁘고 다감한 안주인 역할을 했고, 그녀가 교육을 받았다고 해서 남편 주위에 모이는 사람들이 고상함이 부족한 것에 대해 무시하거나 하지 않았다. 그녀는 마을 사람들에게도 카운티 사람들에게도 늘 부드러운 미소로 대했고, 누구에게나 인기 있는 사람이 되고자 하는 남편의 계획에 그녀가 의도하지는 않았지만 조연 역할을 놀랍도록 잘해냈다.

그러나 어딜 가든 불쾌하게 말을 하고, 아주 단순한 전제에도 불쾌한 결론을 도출하는 사람이 있기 마련이다. 바퍼드에서 이렇게 불길한 이야기만 하고 다니는 이가 프랫 부인이었다. 그녀는 사냥을 하지 않아서 히긴스 씨의 근사한 말타기는 그녀의 찬사를 불러오지 못했다. 그녀는 술을 마시지 않았고, 그래서 고심해서 와인을 골라 손님들에게 아낌없이 대접해도 프랫 부인의 마음을 누그러뜨리지 못했다. 그녀는 유머러스한 노래도, 익살맞은 이야기도 견딜 수 없어 했고, 그랬기에 그녀에게서 긍정적인 말을 듣는 일은 난공불락이었다. 그런데 이 세 가지 인기 비밀은 히긴스 씨에게서 대단한 매력을 빚어냈다. 프랫 부인은 그냥 앉아 바라보았다. 그녀의 얼굴은 히긴스 씨가 어떤 멋진 이야기를 해도 끝끝내 변함없이 엄숙한 표정이었고, 그러다 그 작은 눈을 깜박이지도 않고 날카롭게 바늘 같은 시선을 던졌다. 히긴스 씨는 그 시선을 보았다기보다는 느꼈고, 자신에게 그 시선이 닿자 더운 날이었음에도 몸이 떨렸다. 프랫 부인은 영국 국교와 대척하는 프로테스탄트였다. 이 여성 모르드개*를 달래기 위해 히긴스 씨는 그녀가 참석하는 교회 목사를 식사에 초대했고, 자신과 동석자들도 늘 예의를 지켰으며, 그 교회의 빈자들을 위해 상당한 기부도 했다. 이 모든 것이 헛수고였다. 프랫 부인의 얼굴에는 호의적인 기운이라고는 눈곱만큼도 없었고, 히긴스 씨는 데이비스 씨를 사로잡기 위한 자신의 공공연한 모든 노력에도 불구하고 반대쪽에서 비밀스럽게 영향을 끼쳐 불신과 의심을 던지고 있다는 것을, 그가 한 말이나 행동을 악의적으로 해석하고 있다는 것을 알 수 있었다. 프랫 부인은 한 해에 80파운드로 생활하는 자그마하고 평범한 노인이었지만, 히긴스 씨 눈에는 자신의 명성에 가시 같은 존재였다. 그렇다고 그녀가 그에게 교양 없이 말을 한 것은 아니었고, 사실은 반대로 격식을 차려 정중한 예절을 보였다.

캐서린에게 가시는, 고통은 따로 있었다. 그들에게 아이가 없다는 사실이었다! 오! 그녀는 아이들이 대여섯 있는 것을 보면 그

* 에스더서 3장 2절에 나오는 인물로 왕에게도 쉽게 굴하지 않는다.

가볍고 바쁘게 돌아가는 활력을 기꺼이 받아주며 부러워하곤 했다. 그러고 나서는 가만히 보면 갈망과 아쉬움에 깊고 깊은 한숨을 쉬며 다른 일을 하곤 했다. 그런데 이는 차라리 잘된 일이었다.

히긴스 씨가 자신의 건강에 대해 남달리 세심하다는 것은 쉽게 알 수 있는 일이었다. 그는 먹고, 마시고, 운동하고, 휴식을 취했는데, 자신만의 뭔가 비밀스러운 규칙이 있었다. 가끔 매우 급하게 과음하는 것도 사실이지만 아주 드물었다. 남쪽의 자신의 집을 방문해 임대료를 받고 돌아오는 날이면 그랬다. 바퍼드 반경 64킬로미터 내에는 역마차가 없었고, 당시 대부분의 시골 신사들처럼 그 역시 말타기를 더 선호했는데, 평소와 다른 오랜 말타기와 피로 때문인지 그는 보상이라도 하듯 과도하게 술을 마셨다. 마을에 퍼진 소문에 따르면, 그는 집에 돌아오면 며칠 동안 혼자 틀어박혀 엄청나게 술을 마신다고 했다. 그리고 이렇게 진탕 술을 마실 때는 아무도 들이지 않았다.

어느 날—사람들은 나중에야 이 일이 기억이 났다—마을에서 멀지 않은 곳에 사냥개들이 모여들었다. 거친 황무지 한 부분에서 여우들이 발견되었는데, 그곳에서는 비교적 부유한 몇몇 마을 사람들이 지금까지 살던 곳이 아닌 좀 더 시골 지역에 집을 짓고 싶어 사유지화 법령을 이용해 울타리를 치기 시작하는 중이었다.

이 일을 주도한 사람은 더전 씨였는데, 그는 바퍼드의 변호사로서 카운티의 모든 가문을 대리했다. 더전 변호사 법인은 몇 대에 걸쳐 마을 사람들의 임대, 결혼, 유언장을 처리했다. 더전 씨의 아버지는 지주들을 대신해 소작료 수금을 책임졌고, 내가 말하는 지금의 이 더전 씨도 그랬으며, 대대로 그렇게 아들이 그리고 또 그의 아들이 그 일을 맡아왔다. 그들에게 자신들의 변호사업은 유산으로 내려오는 토지나 마찬가지였다. 그들에게는 옛 봉건제도의 무언가가 자신들의 위치에 대한 자부심 강한 겸양과 함께 섞인 분위기가 있었는데, 대대로 더전 씨들이 지주 가문들의 비밀을 꿰뚫고 있었고, 지주들의 자산과 토지 축적 비결을 그 집안 사람보다 더 잘 알고 있었기 때문이다.

존 더전 씨는 와일드버리 히스에 집을 지은 후 본인은 그 집이 그저 오두막에 불과하다고 말했다. 하지만 높이는 2층이었어도 상당히 널찍하게 자리 잡은 건물이어서 실내를 제대로 완벽하게 꾸미기 위해 더비에서 일꾼들이 와야 할 정도였다. 정원 역시 대단히 크지는 않았지만 상당히 세련되게 정돈되었고, 지역에서 자라는 꽃이 아닌 매우 희귀한 종들로 채워졌다. 이렇게 고상한 곳에, 내가 이야기하고자 하는 그날, 정원 주인의 말에 따르면 여우가 몇 킬로미터를 달려 정원으로 피했으니 분명 어느 정도는 마음이 상했을 것이다. 하지만 더전 씨는 사냥하던 신사 한 사람이 당시 그 지역 지주들이 보이던 무심한 오만함으로 벨벳 같은 잔디밭을 말을 타고 가로질러 와 채찍으로 식당 창문을 두드렸을 때 좋은 얼굴로 맞았다. 신사는 더전 씨에게 허락을—아니! 그건 허락이 아니었다—구하며 그들이 무리 지어 정원에 들어가는 목적은 여우를 찾기 위해서라고 말했다. 더전 씨는 어쩔 수 없이 동의하는 미소를 지으며 남자 그리젤다* 같은 우아함을 보였고, 서둘러 집에 있는 음식을 모두 내어 점심을 준비하라는 지시를 내렸다. 여섯 시간이나 달렸으니 소박한 식사라도 그런대로 괜찮은 대접이 되리라 생각했다. 그는 지저분한 부츠들이 그의 티 없이 깨끗한 공간으로 들어오는 것을 인상을 찌푸리지 않고 참아냈다. 오로지 히긴스 씨만이 세심하게 애써 발끝으로 소리 내지 않고 걸어 다니며 호기심 어린 눈으로 집 안을 둘러보는 것에 고마움을 느꼈다.

"저도 집을 지을 생각입니다, 더전 씨. 그런데 맹세코 당신 집보다 좋은 모델이 없겠습니다."

"오! 이 보잘것없는 오두막은 너무 작아서 선생께서 지으려는 그런 집에 전혀 도움이 되지 않을 겁니다, 히긴스 씨." 더전 씨가 찬사에 두 손을 부드럽게 비비며 대답했다.

"아닙니다! 아니에요. 어디 봅시다. 식당, 응접실……." 그가 말을 잇지 못하자 더전 씨가 예상대로 여백을 채워줬다.

"거실 네 개와 침실들이 있지요. 허락하신다면 집을 보여드리겠습니다. 고백하거니와 힘들여서 꾸민 집입니다. 필요하신 집보

* 영국의 작가 제프리 초서의 《캔터베리 이야기》에 등장하는 순종적인 아내.

다 훨씬 작겠지만 그래도 아이디어는 얻으실 수 있을 겁니다."

그들은 접시 가득 식사 중인 신사들을 남겨두고 서둘러 썰어낸 햄의 냄새를 압도하는 여우 냄새를 떠나 아래층의 모든 방을 자세히 살펴보았다. 그러고 나서 더전 씨가 말했다. "피곤하시지 않으면, 피곤하시면 말씀하시고요, 히긴스 씨. 이건 제 취미라고 볼 수 있는데, 위층으로 올라가 제 내실을 보여드릴까 합니다."

더전 씨의 내실은 포치 위 중앙에 발코니처럼 자리 잡은 공간이었고, 고급스러운 꽃 화분들이 가득했다. 안쪽에는 온갖 종류의 우아한 장치들이 있었는데 더전 씨의 사업 성격상 필요한 아주 견고한 상자와 궤짝 전부를 숨겨 보관하는 용도였다. 바퍼드에 사무실이 있었으나 (히긴스 씨에게 말한 바에 따르면) 매일 밤 문을 잠그고 자리를 비우는 사무실보다는 집이 더 안전하기에 가장 중요한 것들은 이곳에 보관했다. 그런데 히긴스 씨는 다음에 그들이 만났을 때 슬쩍 옆구리를 찌르며 자택도 그리 안전하지는 않다고 말해주었다. 바퍼드 사냥 클럽 신사들이 그곳에서 점심 식사를 한 날로부터 2주 후 더전 씨의 금고가—위층 내실의 창문에 그가 고안한 용수철 빗장이 달린 그곳에 있던, 만든 사람과 자랑스럽게 그것을 보여준 아주 가까운 친구 몇몇만이 비밀을 아는—지주 대여섯 명을 대신해 수금한 크리스마스 임대료가 들어 있던 바로 그 금고가 (제일 가까운 은행은 더비까지 가야 있었다) 털렸다. 은밀한 부자였던 더전 씨는 자신의 대리인이 플랑드르 화가들의 그림을 구매하는 것을 중단시켜야 했다. 사라진 임대료를 보상하려면 돈이 필요했기 때문이다. 당시 도그베리와 버지스*는 강도든 강도 무리든 단서를 잡을 만한 능력이 없었다. 부랑자 한두 명을 붙잡아 바퍼드 재판장 참석 치안판사인 던오버 씨와 히긴스 씨 앞으로 데려왔지만, 별다른 증거가 없어 이틀 밤 유치장에 가두었다가 풀어주었다. 그러고 나서 이 사건은 히긴스 씨가 더전 씨에게 가끔씩 던지는 농담이 되었다. 그는 귀중품을 보관할 안전한 장소를 추천해줄 수 있는지 혹은 최근에 강도 방지용 저택 안전장치를 발명한 건 또 없는지 묻곤 했다.

이로부터 약 2년이 흐른 후, 그러니까 히긴스 씨가 결혼한 지 7년 정도 되었을 무렵 어느 화요일 저녁, 데이비스 씨가 조지 여인숙의 커피 룸에 앉아 신문을 읽고 있었다. 그는 그곳에 때때로 모이는 신사 모임의 일원이었다. 그들은 휘스트 카드 게임을 하거나, 그 시절 출간되던 몇 되지 않는 신문과 잡지를 읽거나 또는 더비의 시장과 전국의 가격 등에 대해 이야기를 나누었다. 이 화요일 밤은 된서리가 내린 추운 날씨였고, 안에는 사람이 거의 없었다. 데이비스 씨는 〈젠틀맨스 매거진〉의 기사 하나를 끝까지 읽고 싶었다. 사실 그는 그 기사에서 발췌를 하고 있었고, 그 기사에 대한 답글을 쓸 생각이었지만 그의 변변치 않은 수입으로는 잡

* 〈실종〉 15쪽의 옮긴이 주 참고. 버지스는 도그베리의 파트너이다.

지를 구입할 수 없어 늦게까지 남아 읽고 있었다. 9시가 지났고, 10시가 되면 커피 룸이 문을 닫을 것이다. 그가 글을 쓰고 있는 동안 히긴스 씨가 들어왔다. 그는 추위로 얼굴이 창백하고 초췌해 보였다. 데이비스 씨는 오랫동안 혼자 불을 차지하고 있었던 터라 예의 바르게 한쪽으로 물러서며 히긴스 씨에게 하나밖에 없는 런던 신문을 건넸다. 커피 룸에서는 그 신문을 구독할 여유가 있었다. 히긴스 씨는 신문을 받아 들고는 날씨가 지독하게 춥다는 이야기를 몇 마디 했다. 데이비스 씨는 기사에 몰두해 있었고, 기사에 대한 답글 생각에 즉시 대화에 뛰어들지 못했다. 히긴스 씨는 의자를 불 가까이 끌어오더니 발을 벽난로 난로망에 걸치며 몸을 떠는 소리를 냈다. 그는 신문을 근처 테이블 한쪽 끝에 올려놓고는 아주 뼛속까지 춥다는 듯이 붉은 잉걸불 위로 몸을 구부린 채 불을 응시했다. 한참 뒤 그가 말했다.

"그 신문에는 바스의 살인 이야기가 없나요?"

메모를 끝낸 데이비스 씨는 나갈 준비를 하다가 동작을 멈추고 물었다.

"바스에서 살인이 있었습니까? 아뇨! 저는 아무것도 보지 못했습니다. 누가 살해당했습니까?"

"오! 충격적이었어요, 끔찍한 살인이었소!" 히긴스 씨는 불에서 눈을 떼지 않고 계속 응시했는데, 그 커다랗게 뜬 눈은 온통 흰자투성이였다. "끔찍한, 끔찍한 살인이었어요! 그 살인자가 어떻게 될지 궁금하군요. 난 붉게 달아오른 저 불의 중심이 마음에 들어요. 봐요, 얼마나 까마득하게 멀어 보이는지. 그리고 그 먼 거리가 어떻게 저것을 무시무시한, 꺼버릴 수 없는 무언가로 만드는지."

"선생님, 열이 있으시군요. 이렇게 온몸을 떨고 있잖습니까!" 데이비스 씨는 그렇게 말하고는 속으로 이 사람이 열에 들떠 정신도 온전하지 않은 것 같다고 생각했다.

"오, 아니에요!" 히긴스 씨가 말했다. "열이 나는 게 아닙니다. 밤이라 너무 추워서 그래요." 한동안 그는 데이비스 씨와 〈젠틀맨스 매거진〉 기사에 관한 이야기를 나누었다. 그 역시 독자였고, 데이비스 씨의 작업에 대해 대부분의 바퍼드 사람들보다는 더 관심을 가질 수 있었다. 마침내 10시가 가까웠고, 데이비스 씨는 숙소로 돌아가기 위해 자리에서 일어났다.

"아뇨, 데이비스, 가지 마시오. 여기 있어 주시오. 우리 포트와인 한 병 함께 하자고요. 그거면 손더스도 양해해줄 거요. 이 살인에 대해 당신에게 얘기하고 싶어요." 그는 소리를 낮추고는 쉰 듯한 나지막한 목소리로 말을 이었다. "늙은 여자였어요. 그가 벽난로 앞에 앉아 성경을 읽고 있던 그 여자를 죽였어요!" 그는 기이하고 탐색하는 듯한 시선으로 데이비스 씨를 쳐다보았다. 마치 이 이야기가 가져다준 공포에서 어떤 공감을 찾으려는 것만 같았다.

"누구를 말씀하시는 겁니까, 선생님? 당신이 이렇게 몰입하는 이 살인이 도대체 뭐죠? 이곳에는 살인이 없었습니다."

"아뇨, 바보 같으니! 바스였다고 말하지 않소!" 히긴스 씨가 갑자기 화를 내며 말하더니 다시 침착을 되찾고 벨벳처럼 매끄러운 태도로 돌아왔다. 두 사람은 벽난로 가에 앉아 있었고, 히긴스 씨는 한 손을 데이비스 씨 무릎에 올려 그를 부드럽게 붙잡고는 그의 머릿속을 가득 채운 이 범죄 이야기를 시작했다. 하지만 목소리와 태도는 돌같이 냉정하게 가라앉아 있었다. 그는 데이비스 씨의 얼굴을 한 번도 쳐다보지 않았다. 데이비스 씨가 나중에야 기억해낸 것이지만, 한두 번인가 데이비스 씨를 잡은 손에 압력기처럼 단단하게 힘이 들어갔다.

"그 여자는 조용한 옛날식 거리의 작은 집에 살았어요. 그 여자와 하녀가 말이오. 사람들은 좋은 노인이라고 말했지만, 그런 말에도 불구하고 그 여자는 돈을 쌓아놓고 또 쌓아놓고 가난한 이들에게 베푸는 법이 없었지. 데이비스 씨, 가난한 자들과 나누지 않는 건 사악한 행동이오. 사악하고 사악하지. 그렇지 않소? 나는 늘 가난한 이들에게 베푸는 사람이오. 왜냐하면 성서에서 '자선은 허다한 죄를 덮느니라'*라는 말씀을 읽었거든. 이 고약한 노파는 절대 베풀지 않고 돈을 쌓아두고는 모으고 또 모았어요. 누군가 노파가 그렇다는 이야기를 듣게 되었다면, 난 노파가 그 누군가를 유혹에 빠뜨린 거라 생각해요. 하느님께서 그런 노파를

* 베드로전서 4장 8절.

벌하실 거요. 그리고 이 남자, 아니, 여자일 수도 있지. 누가 알겠소? 어쨌든 이 사람은 노파가 아침마다 교회에 가고 하녀는 오후에 간다는 말도 들었어요. 하녀가 교회에 있는 동안 거리와 그 집은 매우 조용했고, 겨울 오후의 어둠이 다가오고 있었어요. 노파는 성경을 읽으며 꾸벅꾸벅 졸고 있었는데—그런데 기억하자고요, 그건 죄를 짓는 거요. 하느님이 조만간 벌주실 죄지—어둠 속에서 계단을 오르는 발걸음이 있었고, 내가 말했던 그 사람이 방에 들어와 섰어요. 처음에 그는, 아니! 처음에는 이런 식이었겠지요. 아셔야 할 게, 이건 그냥 추측이오. 그는 노파에게 충분히 예를 갖춰서 돈을 달라고, 아니면 돈이 어디 있는지 말해달라고 했겠지요. 그러나 늙은 수전노는 그에게 반항했고, 그가 협박하는데도 자비를 구하지도, 열쇠를 내놓지도 않았소. 대신 아기 보듯 그의 얼굴을 보았어요. 오, 하느님! 데이비스 씨, 어릴 때, 순진한 소년이었을 때 꿈을 꾼 적이 있어요. 이런 범죄를 저지르는 꿈 말이오. 나는 울면서 깨어났고 어머니가 나를 달래줬소. 그게 내가 지금 떨고 있는 이유요. 그 꿈 그리고 추위. 무지무지 추우니까!"

"그런데 그가 노인을 살해했습니까?" 데이비스 씨가 물었다. "죄송합니다만 선생님, 당신 이야기가 흥미롭습니다."

"그래요, 그가 노파의 목을 잘랐소. 노파는 거기, 그 조용한 작은 거실에 얼굴을 위로 젖히고 누워 있소. 온통 섬뜩하게 하얗게 질린 모습으로 피바다 한가운데서. 데이비스 씨, 이 와인은 물보다 나을 게 없군요. 브랜디를 마셔야겠어요!"

데이비스 씨는 이야기를 듣고 공포에 질렸지만 그래도 상대방 만큼이나 이야기에 매료된 것 같았다.

"살인자에 대한 단서가 나왔답니까?" 그가 물었다. 히긴스 씨가 아무것도 섞지 않은 브랜디 반 잔을 들이켜고 나서 대답했다.

"아뇨! 단서라곤 없어요. 절대 그를 찾지 못할 거요. 그리고 난 궁금해하지 않을 거요, 데이비스 씨. 그가 참회했는지, 자신의 범죄에 대해 속죄했는지 말이오. 만일 그가 그런다면 최후의 날 그에게 자비가 베풀어지겠소?"

"하느님만이 아시겠죠!" 데이비스 씨가 엄숙하게 말했다. "소름 끼치는 이야기입니다." 그가 자리에서 일어서며 말을 이었다. "이야기를 듣고 나니 이 따뜻하고 불빛 밝은 곳을 떠나 어둠 속으로 나가고 싶지가 않군요. 하지만 가야 합니다." 그가 외투의 단추를 잠그며 말했다. "제가 할 수 있는 말은, 이 살인자를 찾아내서 교수형에 처하길 바라고 그럴 거라 믿는다는 겁니다. 조언을 해드리고 싶습니다, 히긴스 씨. 침대를 따뜻하게 한 후 자기 직전에 당밀 우유 술을 마시세요. 그리고 허락하신다면, 빌롤로고*에 대한 제 답변이 우르반**에게 올라가기 전 선생님께 먼저 보내겠습니다."

* '학문을 사랑하는 자'라는 뜻으로, 로마서 16장 15절에 언급된다.

** 〈젠틀맨스 매거진〉 편집자의 필명.

다음 날 아침 데이비스 씨는 프랫 부인에게 들렀다. 그녀의 몸이 편치 않았기에 친절하게 대화 상대를 해줄 생각으로 전날 밤 들은 바스의 살인 이야기를 들려주었다. 그는 아주 조리 있게 이야기를 전달했고, 프랫 부인은 노파의 운명에 대해 많은 관심을 표했다. 부분적으로 상황에 유사한 점이 있었기 때문이다. 프랫 부인 역시 은밀하게 돈을 쌓아놓았고, 하인이 한 사람뿐이었으며, 일요일 오후면 하인을 교회에 보내고 혼자 집에 있었다.

"그런데 이게 다 언제 일어난 일이라고요?" 그녀가 물었다.

"히긴스 씨가 날짜는 얘기하지 않았습니다만, 분명 바로 지난 일요일일 것으로 생각합니다."

"오늘이 수요일인데요. 나쁜 소식은 빨리 퍼지는 법인데."

"네, 히긴스 씨는 런던 신문에는 났을지도 모른다고 생각하더군요."

"그게 아닐 수도 있어요. 히긴스 씨는 이 이야기를 다 어디서 들었대요?"

"모르겠습니다. 묻지 않았습니다. 어제야 집에 돌아온 듯합니다. 임대료를 받으러 남쪽에 갔었다고 누군가에게 들었습니다."

프랫 부인은 '끙' 하며 불쾌감을 드러냈다. 예전에도 히긴스 씨의 이름이 언급될 때마다 투덜거리며 그에 대한 반감과 의심을 표하곤 했었다.

"음, 한동안 못 볼 거예요. 고드프리 머튼이 자기와 자기 누이와 함께 지내자고 하더군요. 저한테도 그게 좋을 거라 생각해요. 게다가." 그녀가 덧붙였다. "이런 겨울 저녁에, 전국에 활개 치고 다니는 살인범까지, 나는 도움이 필요한 경우에도 페기 말고는 아무도 없이 사는 게 불안해요."

프랫 부인은 사촌인 머튼 씨와 함께 지내러 갔다. 그는 정식 치안판사였고 판사로서 평판이 높았다. 하루는 그가 방금 받은 편지들을 들고 들어왔다.

"여기 네 작은 마을의 도덕이 땅에 떨어진 이야기가 있구나, 제시!" 그가 편지 중 하나를 만지며 말했다. "그 마을 사람 가운데 살인자가 있거나 살인자의 친구가 있어. 지난 일요일 바스에서 불쌍한 노파가 목이 잘려 죽었는데 내무성에서 나에게 편지를 보냈더군. 그들이 범인 찾는 일에 '나의 매우 유능한 도움'을—그 사람들은 기꺼이 그렇게 말해주지—제공해달라고 말이야. 그자는 목이 말랐던 게 분명해 보여. 그리고 아주 편안하고 즐거운 기분이었던 것 같고. 왜냐하면 그 끔찍한 일을 저지르기 전에 노파가 발효시키려 저장해둔 생강 와인 한 통을 열었더라고. 탭을 그의 주머니에서 꺼낸 편지 한 장으로 둘러쌌더군. 그래야 했겠지. 편지 한 조각이 나중에 발견됐는데, 바깥쪽에 이런 글자들만 남아 있었어. 'ㄴ스, 지ㅈ, ㅏ퍼드, ㅔ그워스.' 그런데 머리 잘 돌아가는 사람이 그것이 케그워스 인근 바퍼드를 뜻하는 거라고 읽어냈어. 편지 다른 쪽에는 경마를 암시하는 문구가 있었어. '교회와 왕을 위하여 럼프 의회 타도'*."

프랫 부인은 이 말의 이름에 즉각 반응했다. 그 말 이름이 불과 몇 달 전, 프로테스탄트 교도인 그녀의 감정을 상하게 했기에 잘 기억하고 있었다.

"너새니얼 헌 씨의 말 한 마리 이름이 그 우스꽝스러운 이름이에요. 혹은 이었어요(제가 지금 증인석에 있으니, 이를테면 그런 셈이죠, 제 문장의 시제를 명확히 해야지요)."

"너새니얼 헌 씨." 머튼 씨가 그 말을 되풀이하며 정보를 메모했고, 그러고 나서 내무성의 편지 얘기로 돌아갔다.

"작은 열쇠 조각도 있어. 책상을 열려고 헛수고하다가 부러진 거지, 쯧쯧. 중요한 건 더 없고. 우리가 기대야 할 건 이 편지야."

"데이비스 씨는 히긴스 씨가 얘기해줬다고……." 프랫 부인이 말을 시작했다.

"히긴스!" 머튼 씨가 소리쳤다. "ㄴ스. 히긴스, 너새니얼 헌의 누이와 달아났던 그 오만한 자식?"

"네!" 프랫 부인이 말했다. "난 한 번도 그가 마음에 든 적이 없었어요."

"ㄴ스." 머튼 씨가 되뇌었다. "생각하기 너무 끔찍하군. 사냥 클럽 회원이, 그 친절한 지주 양반 헌의 사위라니! 바퍼드에서 이름

* 찰스 1세를 지지하는 기사들의 건배사. 여기서는 너새니얼의 말의 이름을 의미한다.

이 'ㄴ스'로 끝나는 사람이 또 누가 있지?"

"잭슨, 히긴슨, 블렌킨숍, 데이비스와 존스. 사촌 오라버니! 한 가지가 생각났어요. 히긴스 씨가 어떻게 일요일 오후에 일어난 일을 다 알아서 화요일에 데이비스 씨에게 얘기한 걸까요?"

그것으로 충분했다. 노상강도의 삶에 호기심이 있는 사람은 그들 연대기에서 히긴스라는 이름이 클로드 뒤발**이란 이름만큼이나 두드러진다는 것을 알게 될 것이다. 케이트 헌의 남편은 당시 많은 다른 '신사'처럼 노상에서 임대료를 수금했던 것이다. 그러나 한두 차례 불운을 겪은 후 바스의 노파가 축적한 재산에 대해 다소 과장된 이야기를 들었고, 강도가 살인으로 이어졌다. 그는 1775년 더비에서 교수형에 처해졌다.

그는 고약한 남편은 아니었다. 불쌍한 아내는 그의 마지막 순간에, 그 비참한 마지막 순간에 가까이 있고자 더비에서 지냈다. 그녀의 늙은 아버지는 그녀가 가는 곳이면 어디든 함께 갔지만 그녀 남편의 감방에는 가지 않았다. 그리고 잘 알지도 못하는 남자와 딸의 결혼을 추진한 자신을 끊임없이 책망하며 가슴 아파했다. 그는 아들 너새니얼에게 지주 자리를 물려주었다. 너새니얼이 부유해지자 무력하고 어리석은 아버지는 그에게 아무런 쓸

** 영국에서 활약한 프랑스 태생의 노상강도. 여성에게 기사도를 발휘해 수많은 소설과 희극에서 낭만적인 인물로 그려졌다.

모가 없었다. 하지만 이 바보 같고 정 많은 노인은 홀로된 딸에게 기사였고 보호자였고 동지였으며 가장 신뢰할 수 있는 사랑하는 벗, 그 모든 것이었다. 단지 상담자 역할만은 거절했다. 슬프게 고개를 저으며 말했다.

"아, 케이트, 케이트! 내가 네게 좀 더 나은 조언을 했더라면 네가 여기 브뤼셀에서 타향살이를 할 필요도, 잉글랜드 사람만 보면 네 이야기를 알까 싶어 위축되는 일도 없었을 게다."

내가 하얀 집을 본 것은 한 달도 되지 않았다. 임대 예정이었는데, 히긴스 씨가 거주한 이후로 아마도 스무 번째일 게다. 아직도 바퍼드에서 전해오는 이야기가 있는데, 옛날 옛적에 노상강도가 여기 살았고 보물을 모아놓았지만 누구에게도 말하지 않았다는 것이다. 나쁜 수단으로 축적한 재산이 알려지지 않은 비밀의 방 벽 안에 남아 있을 거라고, 하지만 집 어디인지는 아무도 모른다고 한다.

세를 들어오게 된다면 이 미스터리 벽장을 찾아보실 생각이 있는지? 희망자가 있다면 정확한 주소를 제공해드리겠다.

빈자 클라라 수녀회

1장

1747년 12월 12일. 내 인생은 기이하게도 놀라운 사건들과 엮이게 되었는데, 그 일부는 내가 그 주역들과 어떤 연결점도 없었을 때 혹은 그들의 존재조차 몰랐을 때 일어난 일들이다. 나 같은 노인들은 바로 눈앞에서 어떤 사건이 일어난다고 해도 많은 사람이 훨씬 더 흥미롭게 생각하는 그 사건을 지켜보기보다는 자신의 일생을 애정 어린 관심을 가지고 호의적인 추억을 반추하며 되돌아보기 마련이라고 생각한다. 나이 든 사람들이 전반적으로 그렇다면 나는 더더욱 말할 것도 없다!…… 내가 불쌍한 루시와 연관된 그 기이한 이야기를 하려면 한참 전으로 되돌아가 시작해야 한다. 내가 그녀의 가족사에 대해 알게 된 것은 그녀를 알고 난 후였지만, 이야기를 명확히 전달하려면 사건을 내가 알게 된 순서가 아니라 일어난 순서대로 정리해야 할 것이다.

랭커셔 북동쪽 크레이븐과 인접한 볼랜드 골짜기라 불리는 지역에 오래된 커다란 저택이 있다. 스타키 영주 저택은 균형을 맞춰 지은 저택이라기보다는 잿빛의 거대한 옛 요새 탑을 중심으로 많은 방들이 무리 지어 있는 느낌이다. 실제로 스코틀랜드인들이 남쪽으로 멀리 여기까지 끔찍한 침략을 했던 시절에는 중앙의 커다란 탑 하나가 저택의 전부였던 것 같다. 스튜어트 왕조가 들어선 후, 이 지역 소유지가 좀 더 안전해지면서 당시 스타키 가문도 요새 탑 아래를 둥글게 에워싸는 두 층짜리 낮은 건물을 지었다. 우리 때는 커다란 정원이 저택 근처 남쪽 경사지에 있었지만, 내가 처음 이곳을 알았을 때만 해도 경작지라고는 농장 채마밭 한 뙈기뿐이었다. 응접실 창문에서 눈이 닿는 거리까지 사슴들이 내려왔고, 너무 사납거나 너무 수줍지 않으면 제법 저택 가까이 다가와 잎을 뜯어 먹곤 했다. 스타키 영주 저택은 볼랜드 골짜기 양쪽 줄기를 이루는 가파른 산기슭에서 튀어나온 돌출부의 반도 모양의 고지대 위에 서 있었다. 이 산기슭은 바위가 많고 꼭대기로 갈수록 황량했다. 아래쪽으로는 뒤엉켜 자란 잡목 숲과 녹색 양치류가 덮여 있었고, 그 속에서 군데군데 아주 오래된 거대한 잿빛 삼림이 마치 저주의 말을 내뱉듯 섬뜩하게 허연 가지들을 하늘을 향해 뻗어 올리고 있었다. 이 나무들은 옛 칠왕국 시대에 존재했던 숲의 자취라고 했는데, 그 시절에도 이곳을 대표하는 명소였다고 한다. 나무 위쪽의 더 노출된 가지들에 잎이 없는 것도 죽은 나무껍질이 벗겨진 것도, 늙어 수액이 없으니 당연한 일이었다.

저택에서 멀지 않은 곳에는 오두막 몇 채가 있었는데 요새 탑과 같은 시대의 집들로 보였다. 아마도 영주 가문을 오래 섬긴 종복의 거처로 지었을 것이고, 종복과 그들 가족과 몇 안 되는 가금과 가축이 생활했을 것이다. 어떤 오두막들은 거의 무너져 내려앉은 모습이었다. 그런데 그 오두막들은 낯선 방식으로 지어졌다. 튼튼한 기둥들이 적당한 거리를 두고 땅에 굳건히 박혀 있었고, 기둥의 반대편 끝은 두 개씩 단단하게 묶여 있어 둥근 아치 모양의 집시 텐트 형태였다. 물론 집시 텐트보다는 훨씬 크긴 했다. 그 사이 공간은 진흙과 돌, 버드나무 가지, 쓰레기, 회반죽 등 무엇이든 추위를 막아줄 만한 것들로 가득 채워져 있었다. 이 거친 거주지 한가운데 불을 피우게 되어 있었고, 지붕에 뚫린 구멍 하나가 유일한 굴뚝이었다. 하일랜드 오두막이나 아일랜드 통나무집보다도 훨씬 더 조악한 건축물이었다.

지금 세기가 시작할 무렵에 대저택과 토지의 주인은 패트릭 번스타키였다. 그의 가족은 옛 신앙을 유지하여 독실한 로마 가톨릭 신자였다. 그들은 심지어 프로테스탄트 후손과의 결혼도, 아무리 상대가 기꺼이 로마 가톨릭에 귀의했다고 해도 죄악으로 간주했다. 패트릭 스타키 씨의 아버지는 제임스 2세 추종자였고, 실패로 끝난 왕가의 아일랜드 공격 당시 아름다운 아일랜드 여인 미스 번 양과 사랑에 빠졌다. 그녀는 그만큼이나 그녀의 종교와 스튜어트 왕가에 열정적이었다. 스타키 씨의 아버지는 프랑스로 탈출했다가 아일랜드로 돌아가 그녀와 결혼한 후 다시 생제르맹 궁으로 그녀를 데리고 갔다. 그러나 망명지에서 제임스 2세 주변의 난잡하고 방종한 인간들이 그의 아름다운 아내를 모욕했고, 그는 환멸을 느꼈다. 그는 생제르맹을 떠나 안트베르펜으로 갔다가 몇 년 후 조용히 스타키 영주 저택으로 돌아왔다. 랭커셔 이웃 몇몇이 그가 그곳의 권력자들과 화해하도록 중재했다. 그는 그 어느 때보다 확고한 가톨릭 신자였고, 스튜어트 왕가와 신성한 왕권에 대한 충실한 옹호자였다. 그러나 그의 신앙은 거의 금욕주의의 경지에 이르러, 그가 생제르맹에서 가까이 지내던 이들은 자신들의 행동에 대한 엄격한 도덕주의자의 검열을 견딜 수 없어 했다. 그래서 그는 존경할 수 없는 곳에 충성했고, 그가 아직 권력 찬탈자로 간주하는 사람의 올곧고 도덕적인 성격을 진심으로 존경하는 법도 배웠다. 윌리엄왕의 정부는 그와 같은 이를 두려워할 필요가 전혀 없었다. 그래서 그는 내가 앞서 얘기했던 대로 돌아왔다. 냉철해진 마음과 곤궁해진 재산 상태로 조상이 물려준 집으로. 저택은 주인이 궁중의 신하로, 군인으로, 망명자로 살아가는 동안 슬프게도 폐허처럼 변해버렸다. 볼랜드 골짜기로 들어가던 도로는 이제 마차나 간신히 다닐 수 있을 정도였다. 실제로 저택으로 오르는 길은 경작지를 따라 나 있었고 그곳을 지나면 사슴 사냥터가 나왔다. 마담은—시골 사람들은 스타키 부인을 그렇게 불렀다—남편 뒷자리에서 그의 가죽 승마 벨트를 부드럽게 잡고 앉아 있었다. 어린 나리(그가 훗날 패트릭 번 스타키 지주다)는 하인이 잡고 가는 조랑말을 타고 있었고, 중년이 지난 여인이 단단하고 강인한 발걸음으로 짐을 가득 실은 수레 옆을 걷고 있었다. 높이 쌓은 행낭과 상자들 위, 제일 꼭대기 트렁크에는 눈부시게 아름다운 소녀가 사뿐히 앉아 있었는데, 늦가을 험한 도로 위에서 덜컹대며 흔들리는 수레를 따라 두려운 기색 없이 앞뒤로 몸을 움직이고 있었다. 소녀는 안트베르펜 파유 비단옷을 입고 검은 스페인 망토를 머리 위에 쓰고 있었는데, 많은 세월이 흐른 후 내게 그 행렬을 묘사했던 늙은 농군의 말에 따르면 그런 그녀의 모습을 보고 그곳 시골 사람들은 전부 그녀를 외국인으로 생각했다고 한다. 개들과 그 개들을 돌보는 소년이 또 한 무리를 이루었다. 그들은 말없이 움직이며 진중하고 심각한 눈으로 사람들을 바라보았다. 여기저기 흩어진 오두막에서 나온 사람들이 '마침내 돌아온' 진짜 지주를 향해 고개를 숙이거나 무릎을 굽혀 절했다. 입을 벌린 채 경탄하며 그 작은 행렬을 시선으로 좇았고, 행렬에서 필요에 의해서 주고받는 몇 마디 외국어 소리를 들으며 더더욱 경이로워했다. 그렇게 눈을 떼지 못하고 바라보던 한 청년이 지주의 부름을 받고 수레가 대저택으로 이동하는 것을 도왔다. 그에 따르면, 마담이 뒷자리에서 내려올 때, 다른 사람들은 다

탈것을 탈 때 홀로 걷고 있었다고 내가 묘사했던 그 중년 여인이 재빨리 앞으로 나가 마담 스타키(가냘프고 연약한 몸매)를 두 팔로 안아 들고 문턱을 넘은 후 저택 안에 내려놓으며 열정적인 목소리로 이국적인 축복의 말을 쏟아냈다고 한다. 지주는 옆에 서서 처음에는 진지하게 미소를 짓고 있다가 축복의 어휘들이 흘러나오자 고운 깃털이 달린 모자를 벗고 머리를 숙였다. 검은 망토의 소녀가 어두운 저택 그림자를 향해 걸어가 마담의 손에 입을 맞췄다. 청년이 마을로 돌아와 자신을 둘러싸고 모인 이웃들에게 들려줄 수 있는 이야기는 그게 다였지만, 사람들은 모든 걸 다 듣고 싶어 했고 지주가 청년의 수고에 얼마나 돈을 주었는지도 알고 싶어 했다.

내가 들은 이야기들로 분명히 알 수 있었던 것은 지주의 귀환 당시 대저택은 극도로 퇴락한 상태였다는 것이다. 견고한 회색 벽은 여전히 튼튼하게 손상 없이 버티고 있었으나 내부의 방들은 온갖 목적으로 사용되고 있었다. 대응접실은 헛간이었고, 만찬용 회의실은 양털 보관 창고인 식이었다. 그러나 차츰차츰 방들은 정돈되었고, 새 가구에 쓸 돈이 없으면 지주 부부는 재주껏 옛 가구를 최대한 사용했다. 지주도 목공 솜씨가 나쁘지 않았고, 마담은 무엇을 하든 우아하게 해냈으며 손대는 것마다 기품 있는 아름다운 분위기를 빚어냈다. 게다가 그들은 유럽 대륙에서 희귀한 것들을 많이 가지고 왔다. 어쩌면 잉글랜드의 그 지역에서는 희귀한 것이라고 말해야 할지도 모르겠는데 조각, 십자가, 아름다운 그림 같은 것들이었다. 그리고 다시 말하지만 볼랜드 골짜기에는 나무가 풍부해서 커다란 장작들이 그 어둡고 오래된 실내에서 춤을 추며 빛을 발해 모든 것에 가정의 안락한 분위기를 만들어주었다.

내가 이런 얘기를 다 하는 이유는 무얼까? 나는 스타키 지주 부부와는 아무런 관계가 없다. 그런데도 나는 내 인생과 너무나 이상하게 엮인 실제 사람들 이야기를 꺼내기 꺼리는 것처럼 계속 그들 부부 이야기를 세세히 풀어내고 있다. 아일랜드에서 마담을 키운 유모는 마담을 두 팔로 들고서 랭커셔 스타키 저택으로 따뜻하게 들인 바로 그 여인이다. 브리짓 피츠제럴드는 자신이 결혼 생활을 했던 짧은 기간을 제외하고는 자신이 고이 키운 마담을 떠난 적이 없었다. 자신의 신분보다 높은 사람과 했던 결혼 생활은 행복하지 못했다. 남편이 죽고, 그녀는 남편을 처음 만났을 때보다 오히려 더 빈곤한 처지가 되었다. 둘 사이에 아이가 하나 있었는데, 바로 가구가 쌓인 수레를 타고 대저택으로 들어간 그 아름다운 소녀였다. 마담 스타키는 브리짓이 과부가 되자 종복으로 다시 받아주었다. 브리짓은 딸과 함께 인생의 모든 고비마다 '안주인' 뒤를 따랐다. 그들은 생제르맹과 안트베르펜에서 같이 지냈고 이제 랭커셔 집으로 온 것이다. 브리짓이 도착한 직후 지주 어른은 그녀에게 오두막 한 채를 주었고, 자신의 저택을 꾸밀 때보다 더 세심하게 가구를 마련해주었다. 그런데 그곳은 명목상으로만 그녀의 집이었다. 그녀는 줄곧 대저택에 올라가 있었는데, 실제로 그녀의 집에서 숲을 가로지르기만 하면 아주 가까운 거리에 그녀가 키운 아이가 사는 대저택이 있었다. 브리짓의 딸 메리도 마찬가지로 자유로이 오두막과 저택을 오갔다. 마담은 두 모녀를 끔찍이 사랑했다. 그들은 마담에게 큰 영향력을 가지고 있었고, 마담을 통해 그녀의 남편에게도 영향력을 행사했다. 브리짓이나 메리가 하고자 한 일은 반드시 이루어졌다. 사람들이 그들 모녀를 싫어한 건 아니었다. 모녀는 거칠고 성미도 급했으나 천성적으로 관대한 사람들이었기 때문이다. 다만 비밀스럽게 집 안을 장악하는 분위기가 있어 하인들이 그들을 두려워하곤 했을 따름이다. 지주는 모든 세속적인 것에 흥미를 잃었고, 마담은 상냥하고 정이 많고 유순했다. 남편과 아내는 서로에게 다정다감했고 그들의 아들에게도 그러했다. 그렇지만 어느 시점에 이르자 점차 결정 내리는 일을 피하게 되었고, 따라서 브리짓이 전제적인 힘을 휘두르게 되었다. 모두 그녀의 '우월한 두뇌의 마법'에 순종했지만 딸은 종종 반항했다. 딸과 어머니가 너무나 닮아 서로 동의하기 어려웠다. 그들 사이에 요란한 말다툼이 일어나고 더 요란한 화해가 이루어졌다. 둘 다 격앙될 때면 마치 서로 칼로 찌르기라도 할 것 같은 순간들도 있었다. 하지만 다른 모든 순간 두 사람 다—특히 브리짓은—서로를 위해서라면 기꺼이 목숨이라도 내어놓을 듯했다. 브리짓의 딸에 대한 사랑은 딸이 결코 헤아리지 못할 만큼 깊고도 깊었다. 그런데 브리짓과는 달리 딸은 집에 싫증을 내고 있었고, 안주인이 바다를 건너가면 몸종으로 따라가 더 즐거운 대륙 생활을 누릴 수 있는 상황이 오길 기도했다. 그녀가 가장 행복했던 기억은 유럽 시절이었다. 그녀는 젊은 사람들이 그렇듯 인생이 영원할 거라 믿었고, 어머니의 유일한 자식이긴 하지만 이삼 년 정도 떠나는 일은 인생 전체에서 아주 작은 부분이라 생각했다. 브리짓은 생각이 달랐지만 강한 자존심에 자신의 감정을 내보이지 않았다. 자식이 그녀를 떠나고자 한다면 아, 가야 하는 게다. 하지만 사람들은 이때 두어 달 만에 브리짓이 십 년은 더 늙은 것 같았다고 했다. 그녀는 메리가 그녀를 떠나고 싶어 하는 것으로 받아들였다. 사실 메리는 그곳을 얼마간 떠나고 싶었던 것이다. 변화를 원했고, 가능만 하다면 감사한 마음으로 어머니에게도 함께 가자고 했을 것이다. 실제로 마담 스타키가 메리에게 외국의 어느 귀부인에게 가서 지낼 일을 만들어주어 떠나야 할 시간이 다가오자, 메리는 열정적으로 어머니에게 매달리며 안겼고 눈물을 쏟아내며 절대 어머니를 떠나지 않겠다고 선언했다. 오히려 브리짓이 딸의 팔을 풀며 근엄한 표정으로 눈물 한 방울 흘리지 않고 딸에게 약속을 지키라고, 더 넓은 세상으로 나가라고 말해주었다. 메리는 소리 내어 흐느끼며 하염없이 돌아보고 또 돌아보며 집을 떠났다. 브리짓은 죽음처럼 고요한 모습으로 거의 숨을 쉬지도, 돌같이 냉랭한 눈을 감지도 않았다. 마침내 몸을 돌려 오두막으로 향했고, 오래된 육중한 의자를 끌어와 문에 기대어놓았다. 거기 앉은 그녀는 꼼짝도 하지 않고 꺼진 벽난로의 회색 재만 바라보았다. 들어가게 해달라고, 유모를 위로하게 해달라고 간청하는 마담의 애틋한 목소리도 들리지 않는 듯했다. 그녀는 그렇게 소리에 귀 막고 돌처럼 굳은 채 미동도 없이 스무 시간 넘게 앉아 있었다. 그러다 마침내 세 번째로 마담이 저택에서부터 눈 내리는 오솔길을 가로질러 왔을 때였다. 마담은 어린 스패니얼 한 마리를 안고 왔는데, 저택에서 메리가 키우던 이 강아지는 밤새도록 계속 부재중인 주인을 찾느라 헤매며 울고 끙끙댔다. 마담은 닫힌 문을 사이에 두고 눈물을 흘리며 강아지 이야기를 했다. 그 눈물은 유모의 얼굴에서 봤던, 어제도 오늘도 같은 그 고통, 너무나도 단호하고 너무나도 냉정한 그 끔찍한 표정 때문에 흐르는 것이었다. 그녀의 품속 작은 생명체가 추위로 몸을 떨며 측은한 울음을 내기 시작했다. 브리짓이 흔들렸다. 그녀가 몸을 움직여 귀를 기울였다. 다시 한번 긴 울음소리가 들려왔다. 그녀는 그 울음이 딸을 찾는 것이라 생각했다. 그리고 그녀는 자신이 키운 아이인 안주인에게도 거절했던 것을 메리가 소중히 하던 이 말 못 하는 짐승에게 주었다. 그녀는 문을 열었고 마담의 팔에서 강아지를 받았다. 그러고 나자 마담이 안으로 들어와 늙은 여인에게 입을 맞추고 위로했지만, 여인은 마담의 존재든 무엇이든 거의 시선을 주지 않았다. 그래도 이 다정한 마담은 패트릭 도런님을 저택에 보내 불과 음식을 가져오게 했고 그날 밤 내내 유모 곁을 떠나지 않았다. 다음 날 지주가 직접 아름다운 외국 그림 한 점을 들고 내려왔고, 가톨릭 신자인 그는 그 그림을 성모 마리아라 불렀다. 가슴에 화살들이 꽂힌 마리아의 모습이었다. 화살 하나하나가 저마다 성모의 큰 비애 하나를 상징한다고 했다. 내가 브리짓을 처음 봤을 때 그 그림이 그녀의 오두막에 걸려 있었고, 지금은 내가 그 그림을 갖고 있다.

세월이 흘렀다. 메리는 여전히 해외에 있었다. 브리짓은 여전히 조용하고 접근하기 어려웠으며 예전처럼 적극적이지도 열정적이지도 않았다. 그 작은 강아지 미농은 그녀에게 정말 소중한 존재가 되었다. 그녀가 강아지에게는 끊임없이 이야기했지만 대부분 사람에게는 침묵을 지켰다고 들었다. 지주와 마담은 온 정성을 다해 그녀를 배려했고, 그러는 것도 당연했다. 그녀는 여느 때와 다름없이 그들에게 헌신적이고 충실했기 때문이다. 메리는 상당히 자주 편지를 썼고 자신의 삶에 만족한 듯했다. 그런데 세월이 흐르면서 편지가 끊겼다. 스타키 집안에 지독한 큰 슬픔이 찾아오기 전이었는지 후였는지 나는 잘 모른다. 지주가 발진티푸스로 앓아누운 후 병구완하던 마담마저 같은 병에 쓰러졌고, 결국 세상을 떠났다. 브리짓이 그 누구도 가까이 오지 못하게 하고 직접 마담을 돌본 것은 분명하다. 그리고 그 젊디젊고 고운 여인은 태어날 때 자신을 직접 받았던 유모의 두 팔에 안겨 고개를 떨구며 숨을 거두었다. 지주는 어느 정도 회복은 되었으나 기운이 있은 적도, 예전처럼 미소를 지은 적도 없었다. 그는 예전보다 더 자주 금식하고 기도했다. 사람들은 그가 아들 상속을 철회하고 모든 자산을 해외에 수도원을 세우는 일에 사용하려 했다고, 훗날 어린 지주 패트릭이 그 수도원의 수도원장이 되길 기도했다고 말했다. 그러나 그럴 수 없었는데, 상속법과 가톨릭 신자에 대한 여러 제한 법령들이 엄격하게 시행되었기 때문이다. 그래서 그는 믿을 수 있는 신사들을 아들의 후견인으로 지정할 수밖에 없었다. 무엇보다 아들의 영혼에 대해 많은 책임을 맡기고, 아들이 성년이 될 때까지 땅의 관리에 대한 몇 가지 도움도 청했다. 물론 브리짓도 잊지 않고 챙겼다. 그는 임종이 다가오자 사람을 보내 그녀를 불렀고, 목돈을 받고 싶은지 작은 액수로 연금을 받고 싶은지 물었다. 그녀는 그 자리에서 목돈을 선택했다. 딸을 생각해서였다. 목돈은 딸에게 물려줄 수 있겠지만 연금은 그녀가 죽으면 사라질 것이다. 지주는 그녀가 그 오두막에서 평생 살 수 있도록 해주고 상당한 액수의 돈을 남겼다. 그러고 나서 그는 누구보다 기껍고 준비된 마음으로 이 세상을 떠났던 것 같다. 어린 지주는 후견인들과 함께 떠나고 브리짓만 홀로 남았다.

나는 앞서 그녀가 메리에게서 소식을 들은 지 한참 되었다고 말했다. 마지막 편지에서 메리는 어떤 훌륭한 외국인 장교의 잉글랜드인 안주인과 여행 중이며, 좋은 사람과 결혼을 할 것 같다고 말했다. 나중에 어머니를 깜짝 놀라게 할 기쁜 소식으로 남겨두겠다며 남편 될 신사의 이름은 말하지 않았다. 나중에 내가 알게 된 바로는 그의 신분이나 재산이 기대치보다 훨씬 높았다. 그러고 나서는 긴 침묵이 이어진 것이다. 마담이 세상을 떠나고 지주도 사망했다. 브리짓의 마음은 불안으로 오그라들고 있었으나 누구에게 자식의 소식을 물어야 할지 몰랐다. 글을 쓸 줄 몰랐고, 그때껏 지주가 딸과의 연락을 알아서 주선해주었다. 그녀는 허스트로 걸어가서 안트베르펜 시절에 알던 좋은 사제에게 대신 편지를 써달라고 부탁했다. 답장이 없었다. 울면서 밤의 끔찍한 정적을 버텨내야 했다.

어느 날, 브리짓이 나가고 들어오는 것을 보는 일에 익숙했던 이웃들은 그녀를 볼 수 없었다. 그녀가 그들과 교류를 한 건 아니지만, 그녀의 모습은 일상의 한 부분이었기에 아침이 거듭 올 때마다 여전히 닫혀 있는 문과 어떤 반짝임도 불빛도 없는 검은 창문을 보며 그들의 머릿속에서 서서히 궁금함이 떠올랐다. 마침내 누군가 문을 열어보려 했다. 잠겨 있었다. 두세 사람이 머리를 맞대고 의논한 후 덧문이 닫히지 않은 창문 안을 들여다보는 대담한 시도를 하기로 했다. 드디어 용기를 냈고, 그들 작은 세계 속 브리짓의 부재가 사고나 사망 때문이 아니라 계획된 것임을 알았다. 시간과 습기에 영향을 받을 수 있는 작은 가구 소품은 포장을 해서 상자에 넣어두었고, 성모 마리아의 그림은 벽에서 사라지고 없었다. 한마디로 브리짓은 자신의 집을 떠나버렸다. 어디로 간 것인지 아무런 자취도 남기지 않았다. 그녀와 강아지가 연락이 끊긴 딸을 찾아 먼 길을 떠난 것이었는데, 나는 그것을 훗날 알게 된다. 그녀는 편지를 쓸 방법도 있었고 많이 보내기도 했지만, 전혀 글을 모르기에 편지에 믿음을 가지지 못했다. 대신 그녀는 자신의 굳은 사랑을 믿었고, 열정적인 사랑의 본능이 딸에게로 인도해줄 거라 믿었다. 게다가 그녀에게는 외국 여행이 새삼스러운 것이 아니었고, 여행의 목적을 설명할 정도의 프랑스어는 했으며, 가톨릭 신앙을 가졌기에 외딴 수녀원에서 자선 환대의 대상이라는 이점도 있었다. 그러나 스타키 대저택 주위 시골 사람들은 이에 대해 전혀 알지 못했다. 그들은 그녀가 어떻게 되었는지 별 열의 없이 이따금 궁금해하다가 그녀에 대한 생각을 아예 하지 않게 되었다. 여러 해가 흘렀다. 대저택에도 오두막에도 사람이 살지 않았다. 젊은 지주는 머나먼 곳에서 후견인의 보호 아래 살았다. 저택의 거실로 양과 옥수수가 잠식해 들어왔고, 일꾼들과 마을 사람들은 가끔 낮은 목소리로 브리짓의 오두막 문을 열고 들어가는 게 낫지 않겠냐고, 남겨진 물건들이 좀먹고 녹슬어 슬프게도 망가지는 것을 막아야 하지 않겠냐고 이야기하곤 했다. 하지만 이 생각은 늘 그녀의 강한 성격과 불같은 분노를 떠올리며 사그라들었다. 그녀의 도도한 기질과 맹렬한 태도에 대한 일화가 워

낙 사방에 퍼져 있었기 때문에 소지품에 손을 대어 그녀의 기분을 상하게 한다는 것은 생각만으로도 두려운 일이었다. 그녀가 죽었든 살아 있든 반드시 복수할 거라고 사람들은 믿었다.

어느 날 갑자기 브리짓이 집으로 돌아왔다. 떠날 때와 마찬가지로 어떤 소음도 어떤 예비의 흔적도 없었다. 어느 날 그녀의 굴뚝에서 가느다란 푸른 연기 한 줄기가 구불구불 올라오는 것이 보였다. 한낮 해가 높을 때 문이 열려 있더니 많은 시간이 흐르기 전 누군가 오랜 여정과 슬픔으로 찌든 여인이 우물에 두레박을 내리는 모습을 보았고, 그는 자신을 쳐다보던 그 어둡고 침통한 눈이 이 세상 누구도 아닌 바로 브리짓 피츠제럴드였다고 말했다. 브리짓이긴 한데 마치 지옥 불에 그슬린 듯 완전히 어두운 갈색이었고, 초조하고 사나운 짐승처럼 보였다고 했다. 점점 많은 이들이 그녀를 보게 되었고, 한번 그녀의 눈과 마주친 사람은 다시는 그녀를 쳐다보다 들키지 않도록 조심했다. 그녀는 쉴 새 없이 혼잣말하는, 아니, 그보다 더 많이는 자신에게 대답하는 버릇이 생겼다. 말하는 순간 어느 쪽이냐에 따라 어조가 변했다. 밤에 대담하게 그녀의 집 문밖에서 귀를 대고 들어본 사람들이 그녀가 어떤 영혼과 대화를 하는 것이라 믿는 것도 당연했다. 간단히 말해 그녀는 부지불식간에 마녀라는 무시무시한 평판을 얻고 있었다.

그녀와 함께 유럽 대륙 절반을 떠돈 작은 개가 그녀의 유일한 반려자였고, 말없이 행복했던 나날들을 떠올려주는 존재였다. 한 번은 개가 아팠다. 그녀는 개를 안고서 5킬로미터 정도 걸어 지주의 옛 말구종에게 가서 개 돌보는 법을 물었다. 그 말구종은 짐승의 온갖 질병을 잘 다루는 솜씨로 이름난 사람이었다. 말구종이 어떻게 했는지는 모르겠으나 개의 병이 나았다. 그녀는 고맙다는 인사를 하며 축복을 했고(기도보다는 행운을 약속하는 말에 가까웠다), 다음 해 말구종의 암양들이 쌍둥이를 낳고 그의 목초지가 비옥해지는 것을 보고 사람들은 그가 받은 복에 놀라워하지 않을 수 없었다.

그러던 중 1711년 즈음 어린 지주의 후견인 중 한 사람인 필립 템페스트 경이란 사람이 지주의 토지에 훌륭한 사냥터가 있을 거라는 데 생각이 미쳤고, 친구인 신사 네댓 사람을 데리고 내려와 저택에서 한두 주 묵게 되었다. 사람들 말을 듣자 하니 그들은 떠들썩하게, 상당히 분방하게 지냈던 것 같다. 다른 사람 이름은 듣지 못했고 그중 한 사람이 지주 기즈번이라 했다. 그는 당시 중년도 채 안 된 나이였고, 해외에 오래 있었으며 그러다가 필립 템페스트 경을 알게 되어 그를 위해 일했던 모양이었다. 기즈번 씨는 그 시절 대담하고 방탕한 사내였다. 조심성 없고 두려움도 없었으며, 다툼을 피하기보다는 다툼 한가운데 있는 편이었다. 게다가 욱하는 성질이어서 그럴 때면 사람이든 짐승이든 자비가 없었다. 그를 잘 아는 사람들은 그런 점만 아니면—취하거나 화나지 않았을 때나 어떤 식으로든 짜증이 나지 않았을 때는—심성은 좋은 사람이라고 말하곤 했다. 내가 그를 알게 되었을 무렵엔 그는 많이 변해 있었다.

어느 날 이 신사들이 모두 사냥터에 나갔고, 별다른 소득이 없었던 것 같다. 어쨌든 기즈번 씨는 빈손이었고 따라서 기분이 나빴다. 숙소로 가는 길에 사냥꾼답게 총을 장전한 채 숲을 나와 브리짓의 오두막 옆을 지나던 그는 앞을 가로지르는 작은 미뇽을 보았다. 어느 정도는 악의로, 또 어느 정도는 살아 있는 생명체에 울화를 풀 작정으로 그는 총을 꺼내 쏘았고—총을 절대 쏘지 않았더라면 좋았을 게다. 그런 불운한 총질을 하다니—미뇽이 총에 맞았다. 개의 갑작스러운 비명에 브리짓이 밖으로 나와 한눈에 무슨 일이 일어났는지 알게 되었다. 그녀는 미뇽을 품에 안아 들고 상처를 들여다보았다. 불쌍한 개는 유리알 같은 눈으로 그녀를 올려다보더니 꼬리를 흔들며 피로 범벅이 된 그녀의 손을 핥으려 애썼다. 기즈번 씨는 후회가 되는 듯 부루퉁한 목소리로 말했다.

"개가 내 길을 방해하지 못하게 했었어야지. 조그만 놈이 함부로 뛰어들고 말썽이야."

바로 그 순간 미뇽은 그녀의 품 안에서 다리를 늘어뜨리더니 몸이 굳었다. 사라진 메리의 개, 오랜 세월 그녀와 함께 방황하고 슬퍼했던 그 개가. 그녀는 곧장 기즈번 씨의 앞으로 다가가 그의 떨떠름하고 언짢은 얼굴에 어둡고 무시무시한 시선을 고정했다.

"내게 해를 행한 자, 결코 번영하지 못했습니다." 그녀가 말했다. "나는 이 세상에서 홀로 돕는 이도 없이 삽니다. 그러니 하늘의 성자들이 내 기도를 더 들으실 겁니다. 제 말이 들리시나요, 축복받은 이들이여! 들으소서, 이 잔인하고 사악한 인간에게 비애를 내려주소서. 그는 유일하게 나를 사랑한 생명체를 죽였습니다. 내가 사랑했던 말 못 하는 짐승을. 그 대가로 이자의 머리에 묵중한 비탄을 던져주소서. 오, 성자들이시여! 그는 내가 고독하고 빈곤한 것을 보고 나를 도울 이가 없다고 생각했습니다. 하지만 하늘의 군사들은 나 같은 이를 위한 것이 아니오리까?"

"자, 여기, 여기." 그가 어느 정도 유감스러워하며, 그러나 조금도 두려워하지는 않으며 말했다. "여기 1크라운이면 개 세 마리는 살 수 있을 거요. 받고, 그 저주를 거두시오! 나는 그대의 위협은 개의치 않소."

"그러시오?" 그녀가 한 걸음 더 가까이 왔고, 저주의 외침은 속삭임으로 바뀌었다. 기즈번 씨를 뒤따르던 사냥터지기의 아들은 그 말에 온몸에 소름이 돋았다. "당신은 살아가면서 당신이 가장 사랑하고, 당신을 유일하게 사랑하는 생명체가, 아, 인간이, 죽어버린 내 불쌍한 아가만큼 순수하고 다정한 그 인간이, 차라리 죽음이 행복한 것일 정도로 모두에게 끔찍하고 혐오스러운 존재가 되는 것을 보게 되리라. 바로 이 피의 이름으로! 들으소서, 오, 신성한 성자들이여, 아무도 돕지 않는 이들에게 늘 힘을 주소서!"

그녀가 오른손을, 불쌍한 미농의 생명이 뚝뚝 떨어지는 그 손을 뿌리듯이 들어 올렸다. 피가 그의 사냥복 위에 한두 방울 튀었고, 그것은 뒤따르던 이의 눈엔 분명 불길한 징조였다. 그러나 그는 껄껄하고 조금 억지로 웃었을 뿐이다. 그렇게 경멸의 웃음을 짓곤 그는 저택으로 향했다. 그런데 그는 저택에 도착하기 전에 금화 하나를 꺼내어 소년에게 마을로 돌아가는 길에 그 노파에게 가져다주라고 시켰다. 소년은 많은 세월이 흐른 후 내게 그 이야기를 하면서 "무서웠어요"라고 했다. 그는 오두막에 가서 감히 들어갈 생각을 못 하고 서성거렸다. 한참 후 창문으로 들여다보니 깜박이는 장작 불빛 옆에서 브리짓이 성모 마리아 그림과 그녀 사이에 죽은 미농을 누이고 무릎 꿇고 있는 것이 보였다. 그녀는 맹렬하게 기도하고 있었고, 길게 뻗은 두 팔은 어떤 전조를 보여주고 있었다. 소년은 배가된 두려움에 움츠러들었고, 금화를 삐뚤어진 문짝 아래로 밀어 넣는 것으로 족해야 했다. 다음 날 금화는 두엄 더미 위에 던져져 있었고, 아무도 감히 손대려 하지 않았다.

한편 기즈번 씨는 반은 호기심에서, 반은 꺼림칙해서 자신의 불편한 감정을 덜 생각으로 필립 경에게 브리짓이 누구인지 물었다. 그는 이름을 몰랐기 때문에 묘사를 통해서만 이야기할 수 있었다. 필립 경도 모르기는 마찬가지였다. 그런데 이 행사 때문에 다시 저택에서 하인복을 입게 된 스타키 가문의 옛 하인 한 사람이—브리짓이 힘 있던 시절 여러 차례 해고될 위기에서 구해주었던 건달이었다—말했다. "나리께서 말씀하신 건 그 늙은 마녀일 겁니다. 물에 처박는 벌*을 받아야 할 여자가 있다면 그건 바로 브리짓 피츠제럴드입니다요."

"피츠제럴드!" 두 신사가 동시에 말했다. 그런데 필립 경이 먼저 말을 이었다.

"나는 그 여자를 물에 처박아야 한다는 말을 해서는 안 되는 사람이다, 딕콘. 이런, 그 여자가 스타키가 돌봐달라고 내게 부탁했던 바로 그 사람인 것 같군. 하지만 지난번에 여기 왔을 때는 그 여자가 사라지고 없었고 아무도 어디로 갔는지 몰랐었지. 내일 내가 그 여자를 만나러 가겠어. 그리고 어이, 그 여자에게 어떤 위해가 가해진다면, 마녀니 어쩌니 하는 소리가 나온다면 내가 집에 사냥개 무리를 데리고 있다는 것을 명심해야 할 거야. 그 개들은 수여우를 잘 쫓는 것만큼이나 거짓말쟁이 무리한 냄새도 잘 맡거든. 그러니 돌아가신 네 옛 주인의 충실한 늙은 충복을 물에 담근다는 말은 삼가라고."

"딸이 있지 않았습니까?" 잠시 후 기즈번이 물었다.

"글쎄요. 아, 그래! 그랬다는 것 같소. 마담 스타키를 시중들던

* 의자에 묶인 죄인을 물에 담갔다가 꺼내기를 반복하는 형벌.

아이라고."

"네, 나리." 기가 꺾인 딕콘이 말했다. "브리짓 부인은 딸이 있었습니다. 메리 아가씨라고, 외국에 갔는데 그 이후 소식이 없어서 그 어머니가 아주 환장을 했다는 말이 있습죠."

기즈번 씨가 손으로 눈을 가렸다.

"그 여자가 내게 저주했던 일을 되돌릴 수만 있다면 좋겠군." 그가 중얼거렸다. "어쩌면 그런 힘이 있을지도 모르겠군요, 다른 사람에게는 없는 그런 힘이." 잠시 후 그가 큰 소리로 무슨 말을 했지만 아무도 그 의미를 이해하지 못했다. "쳇! 불가능해!" 그러고는 프랑스 포도주를 달라고 했고, 그와 다른 신사들은 질펀하게 마시기 시작했다.

2장

나는 이제 지금까지 이야기한 사람들과 내가 인연을 맺는 시점에 이르렀다. 내가 어떻게 그들과 연결되었는지 설명하려면 내 얘기를 조금 할 필요가 있다. 내 아버지는 중간 규모의 토지를 소유한 데번셔 신사의 막내아들이었다. 아버지의 큰형이 조상의 유산을 이어받았고, 둘째 형은 런던의 저명한 변호사가 되었으며, 아버지는 성직자가 되었다. 아버지는 가난한 목사가 대부분 그렇듯 대가족을 이루었다. 결혼을 하지 않은 런던 삼촌이 나를 맡아 돌보고 키워 사업을 물려주겠다고 했을 때 나는 당연히 기뻐했다.

그리고 나는 런던에 와서 그레이스 인* 법률사무소에서 멀지 않은 곳에 위치한 삼촌의 집에서 살게 되었다. 아들처럼 대우받

* 영국 런던에 있는 네 개의 법조인 협회 중 하나.

고 존중받았으며 삼촌 사무실에서 함께 일했다. 나는 이 늙은 신사에게 깊은 애정을 갖고 있었다. 그는 많은 시골 지주들이 믿고 일을 맡기는 대리인이었다. 법률 지식에 정통했지만 그 지위까지 오른 것은 법률뿐 아니라 인간 품성에 대한 식견이 풍부했기 때문이다. 그는 직업은 법률이고 취미는 문장학(紋章學)이라고 말하곤 했다. 가문의 역사에 대한 깊은 지식과 거기에 포함된 삶의 온갖 비극적인 행로를 바탕으로, 그가 한가로운 시간이면 살면서 마주쳤던, 연극이나 소설만큼이나 훌륭한 문장(紋章)에 대해 이야기하는 것을 들을 수 있었다. 많은 경우 계보학에 대한 사랑에 의존해야 하는 재산 다툼 의뢰였는데, 그런 문제에 대해서는 그가 상당한 권위가 있었기 때문이다. 상담하러 온 변호사가 젊으면 그는 수수료를 받지 않고 문장학에 주의를 기울이는 일이 중요하다는 길고 긴 조언을 해주었다. 변호사가 중년이고 어느 정도 위치에 있으면 상당한 과금을 했고, 그러고 나서 직업상 그렇게 중요한 분야에 대해 태만한 인간이라고 내게 그 변호사 욕을 하곤 했다. 삼촌의 집은 오먼드 스트리트라는 새로 조성된 품위 있는 거리에 있었고, 집에는 근사한 서재가 있었다. 하지만 책들은 모두 과거의 것들을 다루었고, 미래를 계획하거나 앞날을 내다보는 것은 없었다. 나는 열심히 노력했다. 부분적으로는 고향의 가족을 위해서였고, 부분적으로는 삼촌 당신이 진정한 만족을 느끼며 일하는 업무를 내가 즐기며 일할 수 있도록 잘 가르쳐주었기 때문이다. 나는 내가 너무 무리해서 일한 건 아닌가 하는 생각이 들었다. 어쨌든 1718년, 나는 전혀 건강한 상태가 아니었고 나의 선한 삼촌은 나의 아픈 모습을 보고 걱정스러워했다.

어느 날 그가 그레이스 인 레인에 있던 어두침침한 사무실의 서기실로 벨을 두 번 울렸다. 나를 부르는 소리였고, 내가 그의 개인 집무실로 들어가는데 한 신사가 나오고 있었다. 얼굴을 보니 실력에 비해 평판이 좋은 아일랜드인 변호사였다.

삼촌은 천천히 두 손을 마주 비비며 생각에 잠겨 있었다. 내가 들어가 이삼 분 있자 그가 입을 열었다. 그날 오후 바로 여행 가방을 꾸리고, 밤에 역마를 타고 웨스트 체스터로 출발하라고 했다. 일이 순조로워 내가 닷새 후에 거기 도착하면 거기서 소포가 올 때까지 기다렸다가 더블린으로 건너가라고 했다. 그런 후 킬둔이라는 마을로 가서 그곳에서 머물며 어느 가문의 장남이 아닌 동생 혈통의 후손이 존재하는지 조사하는 것이 내가 할 일이라 했다. 그 가문은 외가에서 상당한 유산을 물려받았는데, 내가 보았던 그 아일랜드인 변호사가 이 사건으로 힘겨워하고 있으며, 유산에 권리를 가진 사람이 나타나면 더는 지체하지 않고 기꺼이 자산을 넘겨주겠다는 것이다. 우선권을 주장하는 사람들이 아주 많을 거라 예상했던 변호사는 이제 삼촌 앞에 도표와 가계도를 펼쳐놓으며 이 일을 전부 삼촌이 맡아달라고 애원했다고 한다. 젊었다면 삼촌이 흔쾌히 직접 아일랜드에 갔을 것이고, 종이나 양피지 조각 하나 놓치지 않고 그 가문의 전통에 관한 모든 소문을 다 찾아냈을 것이다. 그러나 이젠 젊지 않은 데다 통풍까지 걸린 그는 나를 대신 보낸 것이다.

그래서 나는 킬둔으로 갔고, 내가 가계도 단서를 추적하는 일에서 기쁨을 느끼는 삼촌의 무언가를 물려받긴 했다는 생각이 들었다. 가자마자 곧 그 아일랜드인 변호사 루니 씨가 유산이 첫 번째 청구자의 것이라는 의견을 낸다면, 자신과 그 청구자를 곤란에 빠뜨릴 것임을 알아냈기 때문이다. 마지막 소유자와 가까운 친척인 불쌍한 아일랜드인 세 사람이 있었지만, 그 한 세대 전에 한 번도 확인된 적도 없고 변호사들이 존재도 찾아내지 못한 더 가까운 친척이 있었다. 과감히 얘기하자면, 내가 그 가문의 몇몇 나이 든 식솔들의 기억으로부터 그를 찾아낸 것이다. 그는 어떻게 된 걸까? 나는 구석구석 헤매었고, 프랑스로 건너갔다가 작은 단서를 가지고 다시 돌아왔고, 마침내 거칠고 방탕한 생활을 했던 그가 자식 하나를, 아들 하나를 남겼음을 알게 되었다. 그런데 이 휴 피츠제럴드는 아버지보다 더 거친 인물이었고, 번 가문에서 일하던 아주 아름다운 여인과 결혼했다. 그의 집안보다 낮은 서열이었으나 품성은 그보다 더 나은 여성이었다. 그는 결혼 얼마 후 죽었고 아이가 하나 있었는데 아들인지 딸인지 확인할 수 없었다. 그 어머니가 번 가문으로 돌아오지 않았던 것이다. 당시 번 가문의 가장이 버익 공작의 연대에서 복무하고 있어서 나는 한참 후에야 그 가장에게서 소식을 들을 수 있었다. 일 년이란 세월이 흐른 후에 나는 짧고 도도한 편지를 받을 수 있었는데, 군인의 일반 시민을 무시하는 경향과 아일랜드인의 잉글랜드인에 대한 미움이 있었고, 망명한 자코바이트파*로서 그가 찬탈로 간주하는 정권 아래서 번영하여 평화롭게 사는 이에 대한 질투도 있었던 것으로 보인다. 그는 편지에서 이렇게 말했다. '브리짓 피츠제럴드는 누이의 성쇠를 충성스럽게 같이하였습니다. 누이를 따라 해외로 갔고, 스타키 부인이 돌아오는 것이 좋겠다고 생각했을 때는 함께 잉글랜드로 갔습니다. 누이와 남편은 사망했고, 현재는 브리짓 피츠제럴드에 대해 전혀 알지 못합니다. 조카의 후견인인 필립 템페스트 경이 어떤 정보를 드릴 수 있을지는 모르겠습니다.' 내가 약간 무시하는 어휘를 사용한 것은 아니다. 충성스러운 섬김이란 말이 어휘 이상의 것을 의미하도록 하는 방식은 내 이야기와는 아무런 상관이 없다. 필립 경에게 문의했을 때 그는 콜드홈(스타키 대저택 근처 마을)에 사는 피츠제럴드라는 이름의 늙은 여인에게 정기적으로 연금을 보냈으며, 여인에게 후손이 있는지는 알 수 없다고 했다.

어느 스산한 3월 저녁, 나는 이야기 시작 부분에 묘사한 그 장

* 1688년 영국 명예혁명 때 프랑스로 망명한 제임스 2세와 직계의 복위를 지지한 세력.

소들을 보게 되었다. 브리짓의 집으로 가는 길을 알려주던 그 무뚝뚝한 사투리를 나는 거의 이해할 수 없었다.

"댁은 저짜기 부울비치 보여유?" 내가 어떻게 해서 저 멀리 대저택 창가에서 빛나는 불을 따라 그곳을 가게 되었는지는 잘 모르겠다. 당시 그곳에는 관리인 역할을 하는 농부 한 사람이 살고 있었고, 지주는 이제 스물네댓의 나이로 유럽 대륙을 여행하고 있었다. 그런데 마침내 내가 브리짓의 오두막에 도착했을 때, 이끼투성이의 나지막한 집을 둘러싸고 있던 울타리는 부서져 사라지고 없었으며 숲의 잡목들이 벽 옆까지 자라 있어서인지 창문이 어두웠다. 7시쯤 되었는데, 내 런던 사고방식에는 늦은 시간이 아니어서 한동안 문을 두드렸지만 답이 없어 나는 집주인이 이미 잠자리에 들었다고 추측했다. 그래서 나는 오는 길에 보았던 가까운 교회로 향했다. 5킬로미터 정도 되짚어가면 되었고, 교회와 가까운 곳에서 일종의 여관 같은 것을 발견할 수 있었다. 다음 날 아침 다시 콜드홈으로 길을 나서자 주인이 전날 밤 내가 택했던 길 말고 들판을 가로질러 가면 훨씬 가깝다고 알려주었다. 매섭게 추운 아침이었다. 땅을 뒤덮은 반짝이는 서리 위에 발자국이 남았다. 그렇게 추운데 한 노파가 길 한쪽의 가려진 덤불 속에 있는 것이 보였고, 나는 본능적으로 내가 찾는 사람이란 걸 알아챘다. 한창때는 중간 키가 넘었을 것 같았다. 처음 보았을 때의 허리를 굽힌 자세에서 몸을 일으키자 똑바로 선 그녀는 위풍당당한, 뭔가 훌륭한 것이 느껴지는 체격이었다. 일이 분 후 다시 몸을 아래로 낮추었는데 땅에서 무엇인가를 찾고 있는 듯 보였고, 그렇게 머리를 숙인 채 몸을 돌려 내가 그녀를 바라보던 자리를 떠난 뒤 더는 내 시선이 닿지 않았다. 나는 여관 주인의 조언에도 불구하고 가던 길을 벗어나 우회했다. 브리짓의 오두막에 도착하니 그녀는 이미 그곳에 있었고, 서둘러 걸었다거나 어떤 식으로든 당황한 기색은 전혀 없었다. 문이 조금 열려 있었다. 내가 문을 두드리니 위엄 있는 모습으로 내 앞에 서서 아무 말 없이 내가 찾아온 이유를 설명하길 기다렸다. 이가 다 빠지고 하나도 없어서 코와 턱이 거의 맞닿아 있었다. 곧은 일자 잿빛 눈썹이 깊고 휑하게 큰 눈 바로 위에까지 내려와 있었고, 숱 많은 백발이 은빛을 발하며 옆으로 긴 주름이 진 좁은 이마 위로 흘러내리고 있었다. 잠시 나는 그녀의 침묵이 묻는 엄숙한 질문에 어떻게 대답해야 할지 망설이고 서 있었다.

"이름이 브리짓 피츠제럴드가 맞습니까?"

그녀가 그렇다는 뜻으로 고개를 숙였다.

"드릴 말씀이 있습니다. 들어가도 괜찮겠습니까? 계속 서 계시도록 할 수는 없군요."

"힘들지 않아요." 그녀가 말했다. 처음에는 나를 집으로 들이기를 거부하는 것으로 생각했다. 그러나 다음 순간—그녀는 그 잠깐 사이 눈으로 내 영혼 밑바닥까지 다 헤집었다—나를 안으로 들이고는 걸치고 있던 잿빛 망토의 후드를 내렸다. 얼굴에 그늘을 드리우고 있던 그 후드는 그녀의 용모의 특징 일부를 결정짓는 요소였다. 오두막은 상당히 거칠고 황량했다. 그런데 앞서 말한 바 있는 성모 마리아 그림 앞에는 싱싱한 프림로즈가 담긴 작은 컵 하나가 놓여 있었다. 그녀가 성모 마리아에게 예를 표하는 것을 보며 나는 그녀가 왜 숨겨진 잡목 속 녹색 덤불 사이를 뒤지고 있었는지 이해했다. 그녀는 뒤로 돌더니 내게 앉으라고 자리를 권했다. 내가 줄곧 살폈지만, 그녀의 얼굴 표정은 지난밤 여관 주인이 들려준 얘기로 예측했던 것에 비하면 나쁘지 않았다. 거칠고 엄격하고 완강하며 사나운 얼굴이었고, 고독한 흐느낌과 고뇌로 상처 입고 봉합된 흔적들이 있었지만 교활하지도 사악하지도 않았다.

"내 이름이 브리짓 피츠제럴드 맞아요." 그녀가 대화를 열며 말했다.

"그럼 남편이 휴 피츠제럴드인가요? 아일랜드 킬둔 근처 노크마흔 출신인?"

그녀의 검고 음울한 눈에 가느다란 빛이 지나갔다.

"네."

"남편과의 사이에 자녀가 있는지 물어도 되겠습니까?"

그녀의 눈빛이 순식간에 붉게 타올랐다. 그녀가 말을 하려 했으나 뭔가 울컥하여 목이 멘다는 것을 알 수 있었다. 차분하게 이야기할 수 있을 때까지 그녀는 낯선 사람 앞에서 말하는 것을 자제했다. 일 분 정도 지나자 그녀가 말을 이었다.

"딸이 있었어요, 메리 피츠제럴드." 그러고 나서 강한 성격이 강인한 의지를 이긴 것인지 그녀가 떨리는 목소리로 울부짖었다. "아, 세상에! 걔가 왜요? 걔가 왜요?"

그녀가 자리에서 일어나 다가와 내 팔을 잡고는 내 눈을 들여다보았다. 거기서 그녀는 내가 그녀의 자식이 어떻게 되었는지에 대해 아무것도 모른다는 것을 읽어낸 것 같았다. 그녀는 멍하니 의자로 되돌아갔고, 내가 그 자리에 없는 것처럼 몸을 앞뒤로 흔들며 작게 흐느껴 울기 시작했다. 나는 감히 이 고독하고 불행한 여인에게 말을 걸 수 없었다. 잠시 울음을 멈추더니 그녀는 성모마리아 그림 앞에 무릎을 꿇고 호칭기도를 시작하며 온갖 아름답고 시적인 이름들을 불렀다.

"오, 샤론의 장미여!* 다윗 망대여! 바다의 별이여! 나의 쓰라린 마음에 어떤 위로도 없단 말입니까? 희망이란 것이 있을까요? 적어도 절망이 있음은 알아주세요!" 그녀는 내 존재는 잊은 채 그렇게 기도를 이어갔다. 기도는 점점 격렬해지고 맹렬해져 마침내 광기와 신성모독의 경계에 닿은 듯 보였다. 거의 나도 모르게 그녀를 멈추게 하려는 듯 입을 열었다.

* 아가서 2장 1절에 등장하는 꽃.

"당신 딸이 죽었다고 생각할 만한 이유가 있습니까?"

무릎을 꿇고 있던 그녀가 일어나 내게로 와 앞에 섰다.

"메리 피츠제럴드는 죽었어요." 그녀가 말했다. "난 다시는 살아 있는 그 아일 볼 수 없어요. 그렇다고 말해준 사람은 없지만, 그 애가 죽었다는 걸 난 알아요. 그리도 보고 싶어 했건만, 내 가슴의 의지는 무서울 정도로 강해요. 아이가 세상 저편에서 떠돌고 있다면 내 의지가 그 애를 내 앞으로 끌어왔을 거예요. 아이를 무덤에서 불러내어 내 앞에 세우진 못했구나, 내가 얼마나 사랑하는지 들려주진 못했구나 생각해요. 선생님, 우리는 정을 떼고 헤어졌거든요."

내가 아는 건 내 변호사 사건 조사에 필요한 건조한 정보들뿐이었으나 이 비탄에 빠진 여인에게 연민이 생기지 않을 수 없었고, 그녀도 그리움에 잠긴 눈으로 내 남다른 동정심을 읽은 것이 분명했다.

"네, 선생님, 우리는 그렇게 헤어졌어요. 그 아이는 내가 얼마나 자기를 사랑하는지 몰랐고, 우리는 멀어진 상태에서 이별했어요. 난 그 아이의 여행이 잘 안 되길 빌었어요. 오, 성모 마리아시여! 난 그저 세상에서 가장 행복한 곳인 어머니의 품으로 돌아와야 한다는 생각이었지 다른 뜻은 없었어요. 그렇지만 내 소원은 끔찍한 것이고, 그 힘이 내 생각을 넘어서고 있어요. 나의 그 말들이 메리에게 해를 가했다면 내겐 아무런 희망이 없어요."

"하지만." 내가 말했다. "그 아이가 죽었는지 아닌지 당신은 모릅니다. 지금도 당신은 아이가 살아 있기를 바라고 있고요. 제 말을 들어보십시오." 나는 내가 앞서 말한 이야기를 아주 무미한 태도로 들려주었다. 나는 그녀가 젊은 시절 분명 명석한 지각의 소유자였을 것이라 확신했기에, 그녀가 그때처럼 구체적인 사항들에 집중하며 현재의 확인되지 않은 극한의 비탄을 억누르길 바랐다.

그녀는 주의 깊게 귀 기울이며 때때로 질문을 던졌는데, 나는 비록 그녀가 고독과 비밀스러운 슬픔에 빛을 잃고 깎여나가긴 했으나 보통이 아닌 지성의 소유자임을 확신할 수 있었다.

그러고 나서 그녀가 자신의 이야기를 이어갔다. 간단한 몇 마디 말로 딸을 찾아 이국을 헤매었으나 헛수고였다고 했다. 때로는 군대를 뒤따라갔고, 때로는 군 주둔지에서, 때로는 도시에서 찾아다녔다고 했다. 메리가 섬기던 여인은 메리가 마지막 편지를 집으로 보낸 직후 세상을 떠났고, 외국인 장교였던 여인의 남편은 헝가리에서 복무하고 있었는데 브리짓이 그를 뒤쫓아 갔을 때는 너무 늦어 이미 찾을 수가 없었다. 모호한 소문들이, 메리가 굉장히 좋은 결혼을 했다는 이야기가 들려왔다. 그러자 날카로운 의문이 고개를 들었다. 성이 바뀐 딸에게는 어머니가 가까이 갈 수 없는 것은 아닌가? 혹은 딸 이야기를 매일 들으면서도 바뀐 호칭 때문에 인식하지 못하는 것은 아닌가? 그동안 줄곧 메리가 잉글랜드에, 랭커셔에, 볼랜드 골짜기에, 콜드홈 집에 있었던 것은 아닌가? 그래서 브리짓은 그 헛된 희망을 품고 집으로 돌아왔던 것이다. 이 쓸쓸한 난로가 있는 텅 빈 오두막으로. 여기에 남아 기다리는 것이 가장 안전하겠다고 그녀는 생각했다. 만일 메리가 살아 있다면 바로 이곳으로 어머니를 찾아올 테니까.

나는 브리짓의 이야기에서 내게 유용할 듯한 한두 가지 사항을 메모했다. 나는 이상하고 예외적인 느낌으로 좀 더 조사해보고 싶다는 자극을 받았다. 브리짓이 그만둔 그 지점부터 내가 이어받아야만 한다는 어떤 사명감 같은 것이 생긴 듯했다. 그리고 이는 원래의 동기(이 문제에 대한 삼촌의 열망, 변호사로서의 내 명성 등)가 아니라, 바로 그날 아침에 내 의지를 소유해버린 어떤 낯선 힘 때문이었다. 그리고 그 힘은 자신이 원하는 방향으로 나를 밀고 있었다.

"제가 가겠습니다." 내가 말했다. "모든 걸 쏟아부어 조사하겠습니다. 믿어보세요. 알아낼 수 있는 건 모두 알아내겠습니다. 돈, 노력, 기지로 발견할 수 있는 것들은 알게 될 겁니다. 딸이 오래전 사망했을 수도 있으나, 어쩌면 자식을 남겼을지도 모르지요."

"자식을!" 마치 그 생각은 미처 하지 못했다는 듯이 소리쳤다. "이 사람 말을 들어보세요, 성모 마리아시여! 그 아이가 자식을 남겼을지도 모른다고 합니다. 그런데 당신은 왜 말씀해주지 않으셨나요? 내가 자나 깨나 그리도 신호를 주십사 기도했건만!"

"아뇨." 내가 말했다. "나는 당신이 들려준 것 외엔 아무것도 모릅니다. 결혼 이야기를 들었다는 건 당신이 한 말입니다."

그러나 그녀는 내가 하는 말은 귀에 들어오지 않았다. 그녀는 어떤 무아의 경지에서 기도하고 있었는데 그 상태에서는 내 존재를 의식하지 못하는 것 같았다.

나는 콜드홈에서 필립 템페스트 경의 집으로 갔다. 그 외국인 장교의 아내가 필립 경의 아버지와 사촌이었으니, 그에게서 투르도베르뉴 백작의 존재와 그가 어디 있는지에 관한 정보를 얻을 수 있을 거라 생각했다. 나는 구술 질문들이 약해지는 기억을 돕는다는 것을 알았고, 어떤 난관이 있어도 기회를 잃지 않겠다고 마음먹었다. 그러나 필립 경은 외국으로 떠났고 꽤 시간이 흐른 뒤에야 답을 받을 것이다. 그래서 나는 삼촌에게 이 도깨비불을 쫓는 것 같은 조사에 내 몸과 마음이 모두 지쳤다고 얘기하고 그의 조언을 따랐다. 삼촌은 곧장 내게 해러깃으로 가서 거기서 필립 경의 답을 기다리라고 말했다. 나는 내 조사와 연결된 장소 중 한 곳인 콜드홈 가까이 있어야 했고, 필립 경이 돌아올 경우 더 많은 질문을 하고 싶었기에 그와도 멀지 않은 곳이어야 했다. 결국 삼촌은 내게 잠시 이 업무에 관해 모두 잊고 지내라고 말했다.

말이 쉽지 실제로 그러긴 어려웠다. 나는 초지에서 드센 바람을 맞고 있는 아이를 보았다. 폭풍 같은 힘에 저항할 힘도, 가만히 서 있을 힘도 없는 아이의 모습에서 나는 내 정신 상태도 같은 곤경에 처했다고 생각했다. 저항할 수 없는 무언가가 내 생각을 밀어붙이고, 모든 가능한 길을 제시하며 내가 목표에 다다를 가능성이 있다고 주장했다. 나는 걸어 나가도 광활한 황무지가 눈에 들어오지 않았고, 손에 책을 들고 읽어도 글의 의미가 머리에 들어오지 않았다. 잠을 자면서도 같은 생각을 계속했고, 언제나 같은 방향으로 흘렀다. 이것은 오래지 않아 내 몸에 좋지 않은 영향을 끼쳤다. 나는 병이 생겼고, 아픔이 온몸을 훑고 지나갔음에도 긍정적인 위안이 되었다. 현재의 고통 속에서 살다 보니 이전의 끊임없던 머릿속 상상의 탐색에서 벗어날 수 있었다. 친절한 삼촌은 나를 보살피러 왔고, 급박하고 위험한 상황이 끝나자 내 삶은 두세 달 동안 나른한 권태로 빠져드는 듯했다. 나는 필립 경에게서 편지의 답장이 왔는지 묻지 않았다. 다시 옛 생각의 물길로 빠져들까 많이 두려웠다. 나는 내 모든 상상을 그 주제로부터 돌려버렸다. 삼촌은 한여름이 올 때까지 나와 함께 지내다가 런던의 업무로 복귀했다. 나는 완벽하게 강인한 상태는 아니었으나 온전히 괜찮았고, 보름 후 뒤따라가기로 되어 있었다. 삼촌은 내가 돌아가면 "함께 편지들을 검토하고 여러 가지 것들을 이야기하자"고 했다. 나는 이 짧은 문장이 무엇을 암시하는지 알았고, 뒤이어 길게 이어지는 생각에 움찔했다. 애초에 아팠던 것도 이 생각들과 너무나 밀접하게 연결되어 있었기 때문이다. 그런데 나는 기운을 돋우는 요크셔 황무지를 돌아다닐 날들이 보름이나 남아 있었다.

당시 해러깃에는 온천이 가까이 있어 여러 건물을 이어서 지은 커다란 여관이 있었는데, 밀려드는 방문객을 다 수용하기에 이미 너무 작아서 많은 사람들이 근처 농가에서 숙박했다. 그런데 온천의 제철이 막 시작되는 초기여서 나는 여관을 거의 혼자 쓰다시피 했고, 실제로 개인 집의 손님인 느낌이었다. 주인 부부는 나의 긴 투병 동안 나와 매우 가까워졌다. 안주인은 내가 너무 늦게까지 황무지에 나가 있는다고 혹은 음식을 제대로 먹지 않는다고 거의 어머니처럼 야단을 치곤 했다. 바깥주인은 포도 수확기와 와인에 대해 알려주고 말들에 관한 요크셔 지식도 많이 가르쳐주었다. 나는 산책을 하다가 때로 낯선 이들을 만나기도 했다. 삼촌이 떠나기 전에도 미지근한 호기심으로 상당히 눈에 띄는 외모의 젊은 여인을 보았는데, 늘 지긋한 나이의 동행과 함께 다녔다. 그 동행은 귀부인은 아닌 것 같았지만 외모의 무언가 때문에 호감이 갔다. 젊은 여인은 항상 누구든 가까이 다가가면 베일을 내렸고, 그래서 나는 한두 번 예상치 않게 모퉁이를 돌다 마주쳤을 때 흘깃 얼굴을 보았을 뿐이다. 아름다웠는지 아닌지 알 수 없었지만 나중에는 아름답다고 생각하게 되었다. 그런데 그때 보면 한결같은 슬픔이 드리워져 있었다. 창백하고 차분한, 심한 고통을 겪은 듯 체념한 표정에 나는 이끌리지 않을 수 없었다. 사랑은 아니었다. 하지만 그렇게 젊은 나이에 그렇게 절망적으로 불행한 것에 무한한 동정심이 일었다. 동행도 같은 표정이었다. 차분한 우울과 희망이라고는 보이지 않는 체념 상태. 나는 여관 주인에게 그들이 누구인지 물었다. 두 여인은 클라크라는 이름으로 불리며 어머니와 딸로 봐주기를 원한다고 주인이 말했다. 그러나 그가 생각하기에는 그 이름이 아닐 것이며 그런 혈연관계도 아닐 거라고 했다. 그들은 멀리 떨어진 농가에 머무는데 해러깃에 온 지 어느 정도 되었다. 농가 사람들은 두 여인에 대해 어떤 말도 하려 하지 않았다. 두 여인은 상당한 금액을 지불했고 어떤 폐도 끼치지 않았다. 그러니 농가에서 왜 확실치도 않은 수상한 것에 대해 이야기하겠는가? 주인이 그렇게 예리하게 지적했듯이 일상적이지 않은 무언가가 있긴 있었다. 여관 주인은 그 나이 든 여인이 농부의 사촌이라는 소문을 들었다며 그런 관계라 입을 다무는 것이라 했다.

"그럼 그렇게 극도로 은둔하는 이유가 뭐라고 생각한답니까?" 내가 물었다.

"아뇨, 그 농부는 말할 수 없을 겁니다, 말 못 하죠. 젊은 여인이 그렇게 조용해 보이지만 가끔 이상한 농담을 하는 것을 들었답니다." 내가 더 자세히 묻자 그는 고개를 저으며 더는 말하길 거부했는데, 그는 평소 수다스럽고 이야기를 잘 나누는 사람이었기에 뭘 알기는 아는 것인지 의문이 들었다. 삼촌이 떠난 뒤, 나는 별다른 흥밋거리도 없고 하여 이 두 여인을 지켜보기 시작했다. 나는 그들에게 기이하게 매혹되어 그들이 산책하는 근처를 배회했고, 너무 자주 나와 마주치는 것에 그들이 분명 불쾌해하는 것이 보임에도 그 매혹은 사그라지지 않았다. 어느 날 그들이 황소의 공격으로 두려움에 떠는 순간 마침 내가 운 좋게도 가까이 있었다. 사유지화 중인 목초지에서 종종 일어나는 특히 위험한 사고였고, 덕분에 그들을 구하는 기회를 얻을 수 있었지만, 나는 이 일화보다 더 중요한 얘깃거리가 있다. 이 사건에 대해서는 이를 계기로 그들은 마지못해, 나는 열정적으로 서로 교류하기 시작했다는 정도면 충분할 것 같다. 나는 언제 나의 강한 호기심이 사랑으로 물들었는지 정확히는 알 수 없으나 삼촌이 출발한 후 열흘도 되지 않아 루시 아가씨에게 완전히 마음이 사로잡히고 말았다. 동행이 그녀를 루시 아가씨라고 불렀는데, 두 사람 사이에 신분상 대등한 것처럼 보이는 호칭은 세심하게 피하고 있는 것을 인식할 수 있었다. 나이 든 여인인 클라크 부인은 처음에는 내가 그들에게 어떤 식이든 관심을 표하는 것을 꺼렸으나 이제는 내가 아가씨에게 명백한 애정을 보이는 것에 기뻐했다. 돌봄이라는 무거운 짐이 좀 가벼워진 듯했고, 내가 그들이 머무는 농가로 찾아가면 좋아하는 것이 확연했다. 루시는 그렇지 않았다. 그녀의 우울한 분위기와 움츠러들며 나를 피하는 태도에도 불구하고 나는 그렇게 매력적인 사람을 본 적이 없었다. 나는 즉시 그녀의 슬픔의 근원이 무엇이든 그녀의 잘못이 아니라는 것을 느꼈다. 그녀를 대화로 이끌기는 어려웠으나 가끔 잠깐씩 달래어 말을 하도록 했고, 그럴 때면 그녀 얼굴에서 보기 드문 지성과 잠시 내 눈을 쳐다보는 부드러운 회색 눈에서 진중하고 신뢰하는 표정을 읽을 수 있었다. 나는 온갖 핑계를 대어 그곳에 가곤 했다. 나는 루시를 위해 야생화를 찾으러 다녔고, 루시를 위해 산책을 계획했다. 밤이면 하늘을 바라보며 하늘이 유달리 아름답기를 빌었다. 그러면 클라크 부인과 루시에게 저 위의 근사한 보라색 하늘을 보자고 황무지로 초대하는 일이 정당화될 테니까.

내가 보기엔 루시도 내 사랑을 알고 있는 것 같았다. 그러나 내가 추측할 수 없는 어떤 이유로 그녀는 나를 밀어내고 싶어 했고, 그러다가도 다시 그녀의 마음은 내게 호감을 느끼고 있으며 머릿속엔 갈등이 진행되고 있음을 나는 보았다. 혹은 보았다고 생각한다. 그럴 때면 (나는 너무나 사랑했기에) 비록 내 인생의 행복을 희생할지라도 그녀에게 고민하지 말라 애원할 수도 있었을 것이다. 그녀의 얼굴이 갈수록 창백해지고 비애는 더욱 절망적이 되면서 가냘픈 몸매가 더 여위어가고 있었기 때문이다. 이 시기에 내가 삼촌에게 이유도 얘기하지 않은 채 해러깃에 더 머물도록 해달라는 편지를 썼음을 이야기해야겠다. 나에 대한 삼촌의 친절은 너무나 큰 것이어서, 며칠 후 받은 답장에서 그는 기꺼이 허락하며 몸조심하고 더운 날씨에 너무 무리하지 말라는 말만 덧붙였다.

어느 찌는 듯한 저녁, 나는 농가 가까이 갔다. 응접실 창문이 열려 있었고, 내가 집 모퉁이를 돌아 첫 번째 창문을 지날 때 목소리가 들렸다(이 작은 1층 응접실에는 창문이 두 개 있었다). 루시의 모습이 선명하게 눈에 들어왔다. 그런데 응접실 문을 두드렸을 때—현관문은 늘 열려 있었다—루시는 자리를 뜨고 없었고, 클라크 부인이 테이블 위에 놓인 일거리를 초조하게 아무런 의미도 없이 뒤집었다. 나는 본능적으로 뭔가 중요한 대화를 하게 되리라는 것을, 내가 이렇게 자주 방문하는 목적이 무엇인지 얘기해야 한다는 것을 느꼈다. 나는 이 기회가 반가웠다. 삼촌은 여러 차례 내가 젊은 아내를 집으로 데려올 행복한 가능성을 암시하며 오먼드 스트리트의 오랜 집을 꾸미라고 격려했다. 그는 부유했고, 나는 그의 뒤를 이을 예정인 데다 내가 알기로는 변호사로서는 상당히 젊음에도 제법 명성이 있었다. 따라서 내 쪽에서는 어떤 난관도 없었다. 루시가 미스터리에 싸인 사람인 건 사실이었다. 이름(클라크가 아닌 건 분명했다), 출생, 부모와 이전의 삶에 대해 나는 아는 것이 없었다. 그러나 나는 그녀의 선량함과 다정함, 순수함을 확신했다. 말하기 고통스러운 뭔가가, 그녀의 애처로운 슬픔을 설명할 뭔가가 있다는 것은 분명히 알았지만 그것이 무엇이든 기꺼이 슬픔을 나눠 짊어질 생각이었다.

클라크 부인은 차라리 이 주제에 뛰어드는 것에 안도한다는 듯 이야기를 시작했다. "저희가 생각을 해봤습니다, 선생님. 적어도 저는 생각을 해봤지요. 선생님께서는 저희에 대해 거의 모르고, 저희도 선생님에 대해 모릅니다. 실제로 그렇죠. 우리가 이렇게 가까운 지인이 되어도 합당하다고 하기엔 충분하지 않죠. 부탁드립니다, 선생님." 그녀가 소심하게 말을 이어갔다. "저는 그저 평범한 여자이고 무례를 범하려는 건 아닙니다만, 직접적으로 말씀드려야겠습니다. 저는, 우리는 선생님께서 이렇게 자주 오시지 않는 것이 좋겠습니다. 아가씨는 보호자가 없는 상태이고……."

"왜 제가 만나러 오면 안 되는 겁니까, 부인?" 나 자신을 설명할 기회를 얻은 것에 기뻐 열정적으로 말했다. "제가 오는 것은, 저도 인정합니다, 루시 아가씨를 사랑하게 되었기 때문이고 그녀에게 저를 사랑하는 법을 알려주고 싶습니다."

클라크 부인이 고개를 저으며 한숨을 쉬었다.

"아뇨, 선생님. 부디 부탁이니 그녀를 사랑하지도 마시고 당신을 사랑하는 법도 알려주지 마세요! 제가 너무 늦어 당신이 이미 아가씨를 사랑한다니 아가씨를 잊으세요. 지난 몇 주를 잊어버리세요. 아! 애초에 당신이 오지 못하게 해야 했는데!" 그녀가 열정적으로 말을 계속했다. "하지만 제가 어쩌겠습니까? 우리는 하느님을 제외하고는 모두에게 버림받았습니다. 하느님조차 기이하고 사악한 힘이 우리를 괴롭히는 것을 허락하고 있으니 제가 어쩌겠습니까! 어디까지 가야 끝이 난단 말입니까?" 그녀는 비탄에 잠겨 두 손을 비틀었다. 그리고 나를 향해 몸을 돌렸다. "가세요, 선생님! 가주세요, 아가씨에 대한 애정이 더 깊어지기 전에요. 당신을 위해서 그러는 겁니다. 애원합니다! 선생님은 우리에게 친절하셨고, 우리는 항상 감사한 마음으로 당신을 기억하겠습니다. 그러니 지금 가서 다시는 돌아오지 마시고, 우리의 숙명적인 길에서 마주치지 않도록 하세요!"

"설마요, 부인." 내가 말했다. "저는 그러지 않을 겁니다. 당신의 경고는 저를 위한 것이지만, 저는 경고를 받고도 전혀 두려움이 없으며 더 이야기를 듣고 싶다는 것 외에는 어떤 바람도 없습니다. 지난 보름 동안 루시 아가씨와 교류하며 그녀의 선량함과 순수함을 보지 않을 수 없었습니다. 죄송합니다만 부인, 어떤 연유인지 저로서는 알 수 없는 슬픔과 비애에 빠진 당신 두 사람이 매우 외로운 여인이란 것도 알게 되었습니다. 제가 힘 있는 사람은 아니나, 힘을 가졌다고 하는 매우 현명하고 친절한 친구들이 있습니다. 자세한 말씀을 해주시지요. 왜 그리 슬픔에 잠겼는지, 비밀이 무엇인지, 왜 여기에 있는 건지 말입니다. 루시의 남편이 되기 바라는 저로서는 무슨 말을 들어도 굴하지 않을 것임을 엄숙히 선서하는 바입니다. 그런 열망을 가진 사람으로서 제가 맞닥뜨려야 할 어떤 어려움에도 물러서지 않을 것임을 또한 말씀드립니다. 당신들에게 친구가 없다고 하지 않았습니까? 왜 정직한 친구를 물리려 하십니까? 편지를 보내면 저의 인물 됨됨이나 전망에 대해 어떤 질문이든 답해줄 사람들을 말씀드리겠습니다. 얼마든지 저에 대해 알아보십시오."

그녀가 다시 고개를 저었다. "가시는 게 좋겠습니다, 선생님. 우리를 전혀 모르시잖아요."

"이름은 압니다." 내가 말했다. "당신이 어느 지방에서 왔는지 암시하는 말도 들었습니다. 거칠고 쓸쓸한 고장으로 알고 있습니다. 그곳에는 인구가 많지 않으니 제가 가기로 마음먹는다면 쉽게 당신들에 대한 모든 것을 알 수 있겠지만, 저는 직접 듣고 싶습니다." 그녀가 뭔가 결정적인 것을 말하도록 자극하고 싶었다.

"우리 진짜 이름을 모르시잖아요, 선생님." 그녀가 서둘러 말했다.

"흠, 짐작은 했습니다. 그러니 말해보세요, 간청합니다. 루시 아가씨에 대해 제가 한 말을 기꺼이 지킬 용의가 있는데 왜 믿지 않으시는지요?"

"오, 내가 뭘 할 수 있겠어요?" 그녀가 탄식했다. "당신 말대로 내가 진정한 친구를 외면하면? 가지 마세요!" 갑작스럽게 결심을 한 듯했다. "얘기하겠어요. 전부 다 할 수는 없고, 해도 믿지 않을 거예요. 하지만 어쩌면 당신이 맹목적으로 집착하는 걸 말릴 정도는 말할 수 있겠군요. 나는 루시의 어머니가 아니에요."

"그렇게 추측했습니다." 내가 말했다. "계속하세요."

"나는 루시가 그녀 아버지의 적출인지 사생아인지도 몰라요. 그런데 그는 잔인하게 루시에게서 등을 돌렸어요. 루시의 어머니는 오래전에 죽었고요. 어떤 이유로 인해 나 말고는 루시 곁을 지킬 사람이 아무도 없어요. 루시는—불과 2년 전만 해도—그녀 아버지 집에서 사랑이었고 자랑이었지요! 아, 선생님, 언제라도 루시와 연관되어 기이한 일이 일어날 수 있어요. 그러면 당신도 다른 모든 사람처럼 떠나게 될 거예요. 다음번에 루시의 이름을 들을 때면 그녀를 증오할 거고요. 다른 이들도 더 오래 루시를 사랑했지만 그렇게 되었어요. 불쌍한 아가씨! 하느님도 사람도 가엾이 여기지 않으니 분명 죽게 될 거예요!"

이 착한 여자는 우느라고 말을 잇지 못했다. 고백하거니와 나는 그녀의 마지막 말에 조금 놀랐으나, 아주 잠깐이었다. 어쨌든 루시처럼 소박하고 순수한 사람에게 묻은 이 불가사의한 오점을 알 때까지는 그녀를 버릴 생각이 없었고, 그렇게 얘기했다. 그녀가 답했다.

"선생님, 지금처럼 루시에 대해 알고 난 후에 감히 우리 루시를 나쁘게 생각한다면 당신은 정말 못된 사람이에요. 하지만 나는 이 깊은 슬픔에 빠져 어리석고 무력하여 당신이 친구가 되어주길 간절히 바라고 있네요. 당신이 루시에게 연인 감정을 느끼지 않더라도 우리를 측은히 여기리라 믿고 싶어요. 당신은 지식이 있으니 우리가 어디에 도움을 청해야 할지 말해줄 수도 있겠지요."

"이 불가사의한 일이 무엇인지 제발 말해보세요." 나는 이도 저도 아닌 이 상태에 애가 타서 거의 미칠 지경이었다.

"말할 수 없어요." 그녀가 엄숙하게 말했다. "나는 비밀을 맹세했어요. 꼭 들어야 한다면 루시에게서 직접 들어야 해요." 그녀는 방을 나갔고, 나는 그 자리에 남아 이 기이한 대화를 곰곰이 생각했다. 나는 무심코 책 몇 권을 펼치긴 했어도 아무것도 눈에 들어오지 않아 루시가 자주 앉던 그 방에서 그저 그녀의 흔적을 살피고 있었다.

밤에 숙소에 도착했을 때 그 모든 작은 흔적들이 순수하고 부드러운 마음과 순결한 삶을 이야기했음을 떠올렸다. 클라크 부인이 돌아왔다. 그녀는 슬픔으로 줄곧 울다가 왔다.

“네.” 그녀가 말했다. “내가 걱정했던 대로 루시도 당신을 너무나 사랑하고 있고, 그래서 끔찍한 위험을 감수하고 당신에게 자신의 얘기를 모두 하겠답니다. 그러나 루시는 앞날의 가능성은 거의 없다는 것을 인정하고 있어요. 당신이 측은지심을 표한다면 위안이 되겠지요. 내일 아침 10시에 오세요. 고뇌하는 동안 동정심을 가지시어, 혹여 아가씨에게 두려움이나 혐오를 느끼게 되더라도 비통함에 빠진 그녀 앞에서는 억눌러주시길 청합니다.”

나는 희미하게 미소를 지었다. “걱정하지 마십시오.” 내가 말했다. 내가 루시에게 불쾌감을 느낀다니 상상만 해도 너무 어이가 없었다.

“루시의 아버지도 루시를 매우 사랑했습니다.” 그녀가 심각하게 말했다. “그런데도 무슨 괴물처럼 쫓아냈지요.”

바로 그 순간 정원에서 크게 울리는 듯한 웃음소리가 들려왔다. 루시의 목소리였다. 그녀가 마치 열린 창문 한편에 서 있는 듯한 소리였는데 갑자기 즐거워진 듯한, 다른 사람의 행동이나 말 때문에 거의 활기에 넘친다고 할 정도의 즐거운 소리였다. 왠지 이유는 알 수 없으나 그 소리가 표현하기 어렵게 내 신경에 거슬렸다. 그녀는 우리 대화의 주제를 알았고, 적어도 그녀의 친구가 처한 불안한 상태는 알고 있었을 것이다. 평소에는 너무나 온화하고 조용한 사람이었다. 나는 창가로 가려고, 무엇 때문에 그렇게 때에 맞지 않는 웃음을 터뜨렸는지 나의 본능적인 호기심을 충족시키려 반쯤 몸을 일으켰지만, 클라크 부인이 온몸을 던지더니 있는 힘을 다해 손으로 나를 눌러 앉혔다.

"맙소사!" 그녀가 창백해져 덜덜 떨며 말했다. "가만히 앉아 있어요. 조용히. 오! 인내심을 가지세요. 내일 모두 알게 될 겁니다. 그만 가세요. 지금은 우리 모두 몹시 괴로워요. 더는 우리에 대해 알려 하지 마세요."

다시 한번 웃음소리가 들려왔다. 아주 음악적인 소리였음에도 내 마음과는 불협화음이었다. 그녀는 나를 더 꽉, 더욱 꽉 붙잡았다. 폭력적인 힘이 아니면 몸을 일으킬 수 없을 정도였다. 나는 창을 등진 채 앉아 있었는데, 그림자 하나가 태양의 따스함과 나 사이를 지나가는 것을 느꼈고 낯선 전율이 내 몸을 훑고 지나갔다. 잠시 후 그녀가 나를 놓아주었다.

"가세요." 그녀가 다시 말했다. "경고를 받았으니, 다시 한번 부탁합니다. 당신은 그 이야기를 알아도 감당할 수 없을 것 같군요. 내 의지대로 한다면 루시가 동의하지 못하게, 당신에게 얘기하겠다는 약속을 못 하게 했을 거예요. 일이 어떻게 될지 누가 알겠어요?"

"모든 걸 다 알고 싶다는 제 의지는 확고합니다. 내일 아침 10시에 오겠습니다. 루시 아가씨를 직접 만나는 걸로 알고 있겠습니다."

나는 돌아 나왔다. 고백하거니와 클라크 부인이 제정신인지 의심이 생겼다.

그녀가 준 여러 암시의 의미에 대한 추측과 그 이상한 웃음이 주는 불편한 생각으로 머릿속이 복잡했다. 거의 잠을 이룰 수 없었다. 일찍 일어나 약속한 시각보다 훨씬 빨리 길을 나섰고, 그들이 묵는 오랜 농가로 향하는 초지에 난 오솔길을 걷고 있었다. 루시 역시 나 못지않게 힘든 밤을 보낸 것 같았다. 그녀 역시 그곳에서 천천히 고른 발걸음으로 걷고 있었기 때문이다. 시선을 아래로 향한 그녀의 모습은 너무나도 성스럽고 순수해 보였다. 내가 다가가자 그녀는 깜짝 놀랐고, 내가 약속에 대해 상기시키자 창백해졌다. 그녀를 다시 보자 머릿속에 또 떠오른 난관이란 것에 대해 나는 참지 못하고 이야기했다. 기이하고 고약한 암시도, 들뜬 이상한 웃음도 잊어버렸다. 내 마음은 불같은 어휘들을 빚어냈고 내 혀는 그 말들을 입 밖으로 내었다. 그녀는 내 이야기를 듣는 동안 해쓱해졌고 다시 제 낯빛으로 돌아오긴 했으나, 내 열정적인 토로가 끝나자 그 상냥한 눈을 들어 나를 쳐다보며 말했다. "하지만 아직 저에 대해 더 아셔야 하잖아요. 저는 이 말만은 하고 싶어요. 전 당신에 대한 존경심을 잃지 않을 거예요, 절대로요. 제 말은, 당신도 모든 걸 알게 된 후 제게서 멀어진다고 해도 말이죠. 잠깐만요!" 마치 또 다른 나쁜 말들이 터져 나올까 두려운 듯 그렇게 말했다. "들어보세요. 아버지는 대단히 부유한 사람이에요. 어머니에 대해서는 전혀 몰라요. 제가 아주 어렸을 때 돌아가신 것 같아요. 가장 오래된 기억은 제가 커다란 집에서 외롭게 살았고, 제 곁엔 항상 다정하고 성실한 클라크 부인이 있었다는 거예요. 아버지도 그 집엔 없었어요. 아버지는 군인이었고 지금도 군인이며 해외에서 복무 중이죠. 하지만 이따금씩 집에 돌아올 때면 매번 아버지가 저를 더더욱 사랑했다고 생각해요. 이국땅에서 귀한 물건들을 가져다주셨고, 저는 그것이 아버지가 집을 떠나 있는 동안에도 저를 많이 생각했다는 증거라고 믿어요. 그런 기준으로 지금도 저는 잃어버린 아버지의 사랑의 깊이를 가늠할 수 있어요. 전 그때는 아버지가 저를 사랑하는지 아닌지 의심해본 적이 없었어요. 너무나 자연스러운 일이었으니까요. 공기로 숨 쉬는 것처럼요. 아버지는 그 시절에도 때로 화가 많은 사람이었지만 제게는 절대 화를 낸 적이 없었어요. 매우 무모한 사람이기도 했고, 한두 번 하인들이 아버지에게 불운이 찾아왔다고 수군거리는 것을 들은 적이 있어요. 아버지도 그것을 알았고, 숲에서 사냥을 하며 잊으려 애쓰거나 때로는 와인에 빠져 지내기도

했어요. 저는 그 거대한 저택에서, 그 외로운 곳에서 자랐어요. 제 주변 모든 것을 제 뜻대로 할 수 있는 듯했고, 모두가 저를 사랑했다고 생각해요. 저도 그들을 사랑했다고 믿어요. 2년 전까지는요. 생생하게 기억이 나요. 아버지가 잉글랜드로, 우리에게 돌아왔고, 아버지는 저와 제가 해놓은 일들 모든 것에 만족하고 자랑스러워하는 것 같았어요. 하루는 와인을 마시고 말이 많아진 것처럼 보이더니 그때껏 제가 몰랐던 것들을 많이 얘기해주시더군요. 어머니를 많이 사랑했다고, 그런데도 어떤 식으로 거칠게 굴어 어머니를 죽음에 이르게 했다고 털어놓았어요. 그리고 이 세상 누구보다 저를 더 사랑한다고 말했죠. 언젠가는 저를 외국으로 데리고 가고 싶다고, 하나밖에 없는 자식과 헤어져 지내는 것이 참으로 견디기 힘들다고요. 그러고는 갑자기 변하는 것 같더니, 기이하고 사납게 이렇게 말하는 거예요. 자신이 한 말을 믿지 말라고, 더 사랑하는 것이 많다고, 자신의 말이며 자신의 개도 말이죠. 전 도대체 알 수가 없었어요.

그리고 바로 다음 날 아침, 늘 하던 대로 축복을 받으러 아버지의 방에 갔는데, 저를 맞이한 건 분노에 찬 고약한 말들이었어요. '네덜란드에서 가져온 그 유명한 구근으로 가꾼 꽃밭에서, 그 연약한 식물들 위에서 춤을 추다니, 그렇게 악의적인 짓을 하는데 내가 왜 널 어여뻐했던 거지?' 저는 그날 아침 문밖으로 나간 적도 없었어요, 선생님. 아버지가 무슨 말을 하는 건지 이해할 수 없어 그런 적 없다고 말했어요. 그랬더니 거짓말쟁이라 욕하시면서, 그런 못된 짓을 하는 걸 눈으로 직접 보았다며 저는 진짜 혈통이 아니라고 말했어요. 제가 무슨 말을 할 수 있었겠어요? 제 말을 들으려 하지도 않았고, 제 눈물조차 거슬리는 것 같았어요. 그날이 저의 커다란 슬픔의 시작이었어요. 머지않아 아버지는 제가 그의 말구종들과 과도하게 친한 것이 숙녀에게 부적절하다며 비난했어요. 제가 마구간에서 웃고 떠들고 했다고 말했죠. 그런데요, 선생님, 저는 천성이 겁이 많아 늘 말을 무서워했어요. 게다가 아버지의 하인들은, 외국에서 데리고 온 이들은 거친 사내들이어서 저는 늘 그들을 피했고 말도 걸지 않았어요. 숙녀로서 아버지 사람들에게는 꼭 필요한 말만 했죠. 그런데도 아버지는 제게 온갖 욕을 했어요. 저는 그 의미조차 파악하기 힘들었지만 정숙한 여인에게 몹시 모욕적인 언사라는 건 느낄 수 있었어요. 그날부터 아버지는 등을 돌렸고, 그 후 몇 주 지나지 않은 어느 날 손에 말채찍을 들고 오더니 제가 사악한 행동을 했다고 가혹하게 비난했어요. 그러나 저로서는 전혀 모르는 일들이었어요, 선생님. 아버지는 저를 때릴 기세였어요. 어쩔 줄 몰라 눈물을 흘리다가 독설에 비하면 차라리 친절한 편인 매를 맞는 것이 낫겠다고 마음의 준비를 한 순간, 갑자기 아버지가 허공에서 팔을 멈추더니 헐떡거리며 비틀거리다 소리쳤어요. '저주다, 저주야!' 저는 겁에 질려 고개를 들었어요. 반대편 커다란 거울에 제가 보였는데, 바로 뒤에 또 다른 모습이, 저와 너무나 똑같지만 사악하고 무시무시하게 생긴 형상이 있었어요. 저의 영혼이 제 안에서 몸서리를 치는 듯했어요. 마치 두 육신 중 어느 모습에 속하는지 모르겠다는 듯이요. 아버지도 같은 순간 또 다른 나를 보았던 거죠. 그것이 무엇이든 무서운 현실 속에서, 그리고 역시나 똑같이 끔찍한 반영을 거울 속에서. 그 순간 어떻게 된 것인지 모르겠지만 저는 갑자기 혼절했고, 다시 깨어났을 때는 침대에 누워 있었어요. 저의 충실한 클라크가 제 곁을 지키고 있었고요. 여러 날 침대에 누워 지냈고, 제가 누워 있는 동안에도 또 다른 제가 집과 정원을 훨훨 돌아다니며 늘 뭔가 심술궂고 역겨운 짓을 하는 것을 모두가 목격했어요. 사람들이 겁에 질려 저를 보면 피하는 것도, 제가 한 불명예스러운 행동들이 마침내 참기 어려운 지경에 이르러 아버지가 저를 쫓아낸 것도 이해가 가요. 클라크 부인이 저와 함께 왔고, 여기서 저희는 경건함과 기도 속에 삶을 살고 있어요, 언젠가 그 저주에서 풀려나길 바라면서요."

그녀가 이야기하는 동안 나는 그녀의 사연을 머릿속에서 가늠하고 있었다. 나는 그때껏 마법을 그저 미신으로 무시했고, 삼촌이 그의 가까운 친구인 매슈 헤일 경*의 의견을 옹호했을 때 나

* 매슈 헤일(1609~1676)은 영국의 판사이자 법률가이다. 마녀로 기소된 여인들의 재판에 참여했으며 마법의 존재를 믿었다.

는 삼촌과 많은 논쟁을 하기도 했다. 그런데 바로 이것이 마법에 걸린 사람의 이야기가 아닌가. 아니면 단순히 극한의 은둔 생활로 인한 예민한 여자의 신경 증상일까? 나는 마법에는 회의적이었기에 후자 쪽으로 마음이 기울었고, 그녀가 이야기를 중단했을 때 내가 말했다.

"의사들이 당신 아버지가 본 환상에 대한 믿음을 깨우쳐줄 수 있을 거라 생각……."

바로 그 순간, 환하게 비추는 완벽한 아침 햇빛 속에 그녀와 마주 보고 섰던 나는 그녀 뒤에서 또 다른 형상을, 소름 끼치도록 그녀와 닮은 완전히 똑같은 인물을 보았다. 몸매와 얼굴과 드레스의 섬세한 움직임까지 같았으나 그 잿빛 눈에서는 혐오스러운 사악한 영혼이 내비쳤고, 눈 자체에 조롱과 도발이 담겨 있었다. 내 안에서 심장이 멎었다. 온몸의 털이란 털은 다 곤추섰고, 살갗은 전율로 오그라들었다. 진지하고 부드러운 루시는 보이지 않고 내 눈은 그 뒤에 선 존재에 사로잡혀 있었다. 나도 모르게 내 손이 그것을 붙잡으려 했지만, 손에 남은 건 텅 빈 바람뿐이었다. 온몸의 피가 전부 얼음처럼 굳었다. 한동안 눈앞이 보이지 않았다. 다시 시력이 돌아왔을 때 내 앞에 루시가, 다른 존재 없이 루시만 홀로 서 있었다. 죽은 듯이 창백했고, 내 상상일 수도 있겠지만 거의 몸이 줄어들어 있었다.

"**그것**이 내 근처에 있었군요?" 그녀가 질문하듯 말했다.

그녀의 목소리와 결이 다른 소리였다. 오래된 하프시코드의 줄들이 진동하지 않을 때 울리는 음처럼 쉰 소리였다. 나는 말을 할 수 없었고, 그녀는 내 얼굴에서 대답을 읽은 듯했다. 극심한 공포에 사로잡힌 그녀의 표정은 곧 서서히 사라지고 지독히 겸허한 인내로 변했다. 마침내 용기를 내어 뒤를, 주변을 돌아볼 수 있게 된 모양이었다. 보라색 황무지와 저 멀리 푸른 언덕들이 햇빛 속에 일렁이고 있을 뿐 아무것도 없었다.

"집에 좀 데려다주시겠어요?" 그녀가 온화하게 말했다. 나는 그녀의 손을 잡고 싹을 틔우고 있는 헤더들 사이로 말없이 이끌었다. 우리는 감히 입을 열지 못했다. 그 끔찍한 존재가 비록 보이지는 않더라도 우리 말을 들을 수도 있었기 때문이다. **그것**이 다시 나타나 우리 사이를 갈라놓을 수도 있기 때문이었다. 나는 그 어느 때보다 그녀를 더 깊이 사랑했다. 지금 그 입에 담을 수 없는 불행의 순간에도, 그녀를 생각하는 일이 **그것**에 대한 오싹한 생각과 완전히 뒤엉키는 순간에도. 그녀는 어떤 감정인지 이해하는 것 같았다. 정원 문 앞에 도착할 때까지 꽉 쥐고 있던 내 손을 놓고는 창가에 서서 그녀를 바라보던 불안한 친구를 만나러 들어갔다. 나는 집 안으로 들어갈 수 없었다. 나는 **그것**의 존재감을 떨치기 위해 침묵이, 사교가, 여가가, 변화가, 무엇인가가 필요했다. 그런데도 나는 정원을 떠나지 못했는데 이유를 알 수 없었다. 부분적으로는 혼자 초지에서, 그 존재가 사라졌던 그곳에서 그 닮은 존재를 마주치게 될까 두려웠기 때문이었고, 부분적으로는 루시에 대한 설명할 길 없는 연민 때문이었다. 몇 분 후 클라크 부인이 내게로 다가왔다. 우리는 침묵 속에 한동안 걸었다.

"이제 다 아시지요?" 그녀가 무겁게 말했다.

"**그것**을 보았습니다." 내가 낮은 목소리로 말했다.

"그리고 이제 우리를 피하시겠군요." 그녀가 말했다. 희망을 놓아버린 목소리에 내 안의 모든 용기 혹은 선함이 고개를 들었다.

"전혀요." 내가 말했다. "인간은 어둠의 힘과 마주치면 움츠러들기 마련입니다. 제가 알지 못하는 어떤 이유로 순수하고 정결한 루시가 그 힘의 희생자가 된 것 같습니다."

"아비의 죄 때문에 자식이 벌을 받기도 하지요." 그녀가 말했다.

"그녀의 아버지는 누구입니까?" 내가 물었다. "지금 아는 것보다 더 많이 알아야 할 것 같습니다, 모두 다요. 그러니 부인, 부디 말씀해주십시오. 이토록 선량한 이에게 행해진 악마의 박해에 대해 추측할 수 있는 모든 것을요."

"말씀드릴게요. 그런데 지금은 아니에요. 루시에게 가봐야 해요. 오후에 오세요, 혼자서 뵙겠습니다. 그리고 오, 선생님! 선생님께서 우리를 도와 이 고통스러운 곤경을 헤쳐 나갈 길을 찾을 수 있으리라 믿습니다!"

나는 혼절할 것 같은 공포에 지배됐던 터라 극심하게 지쳐 있었다. 여관에 도착하고는 와인에 취한 사람처럼 비틀거리며 들어갔다. 내 방으로 갔고, 시간이 어느 정도 흐른 후에야 배달된 주간 우편물이, 내게 온 편지가 있다는 것을 알았다. 삼촌에게서 한 통, 데번셔 고향집에서 한 통 그리고 첫 주소지에서 재전송된 멋진 문장으로 봉인된 한 통이 있었다. 필립 템페스트 경이 보낸 편지였다. 메리 피츠제럴드에 대한 내 문의가 리에주에 있던 그에게 도달했고, 그곳에는 마침 투르 도베르뉴 백작이 복무 중이었다. 백작은 아내의 아름다운 시녀를 기억했다. 시녀는 지위가 높은 잉글랜드 신사와의 교제 문제로 세상을 떠난 백작부인과 언쟁이 있었다. 그 신사 역시 해외 복무 중이었는데, 백작부인은 그가 악의적인 의도로 접근한 것이라고 메리를 설득했지만, 자존심 강하고 열정적인 메리는 그가 자신과 곧 결혼할 것이라 주장하며 안주인의 경고를 모욕으로 받아들였다. 그 결과 그녀는 백작부인을 떠났고, 백작은 그녀가 그 잉글랜드인과 함께 있다고 믿었다. 그들이 결혼을 했는지는 그로서는 알 수 없다고 했다. '그러나.' 필립 경이 덧붙였다. '메리 피츠제럴드에 대해 알고자 하는 정보는 그 잉글랜드인에게서 어렵지 않게 직접 들을 수 있을 것입니다. 제 생각에 그는 저의 이웃이자 옛 지인인 웨스트 라이딩의 스킵퍼드 홀에 사는 기즈번 씨가 맞습니다. 몇 가지 작은 정보들이 있는데, 어느 것도 결정적이지는 않지만 다 취합해보면 이렇게 추정할 증거가 됩니다. 백작이 외국인 발음으로 말한 이름이지만 최대한 추정해보면 그 잉글랜드인의 이름은 기즈번입니다. 그리고 스킵퍼드의 기즈번이 당시 해외 복무 중이었다는 건 제가 알고 있습니다. 그런 식으로 기만했을 법한 사내이고, 무엇보다 그가 콜드홈의 브리짓 피츠제럴드 노인에 관해 말했던 어떤 표현이 기억납니다. 그가 스타키 대저택에서 저와 함께 머물 당시 한 차례 그 노인과 마주쳤다고 했고, 그 만남이 그의 마음에 어떤 범상치 않은 영향을 끼쳤던 것이 생각납니다. 마치 전생에서 그녀와 인연이 있었던 것을 발견한 사람처럼 말입니다. 제가 더 도와드릴 일이 있으면 연락을 주십시오. 당신의 삼촌이 일전에 제게 호의를 베푼 적이 있어 제 힘이 닿는 한 기쁜 마음으로 그 조카에게 갚고자 합니다.'

몇 달에 걸쳐 찾고자 애썼던 것에 거의 다다른 것이 분명했다. 그러나 일의 성공에 대한 열의가 식었다. 나는 편지를 내려놓았고, 그날 내가 겪은 아침을 생각하느라 편지는 다 잊은 듯했다. 그 비현실적 존재 외에는 아무것도 현실적인 것이 없었다. 그 존재는 악마의 강풍처럼 내 육신의 눈을 뚫고 들어와 뇌에서 불타올랐다. 점심 식사가 왔지만 손도 대지 않고 보냈다. 오후 일찍 농가로 걸어갔다. 클라크 부인이 혼자 있어 나는 안도했다. 그녀는 내가 듣고자 하는 이야기를 말할 준비가 되어 있었다.

"루시 아가씨의 진짜 이름을 물으셨지요? 기즈번입니다." 그녀가 이야기를 시작했다.

"스킵퍼드의 기즈번?" 나는 어떤 예감에 숨이 벅차 외쳤다.

"그렇습니다." 그녀가 내 태도는 신경 쓰지 않고 조용히 말했다. "아버지는 잘 알려진 사람입니다. 로마 가톨릭 신자여서 신분에 걸맞은 지위에 오를 수 없긴 합니다만. 그런 연유로 군인으로 해외에서 더 많이 지냈다고 들었습니다."

"루시의 어머니는요?" 내가 물었다.

그녀가 고개를 저었다. "저는 전혀 모릅니다." 그녀가 말했다. "루시가 세 살 정도 되었을 때 제가 돌보기 시작했으니까요. 어머니는 세상을 떠났다고 했습니다."

"어머니 이름은 압니까? 메리 피츠제럴드인지는 말씀해주실 수 있나요?"

그녀가 몹시 놀라워했다. "그 이름이 맞습니다. 그런데 선생님, 어떻게 그리 잘 아시는지요? 스킵퍼드 저택의 모든 이에게 비밀이었습니다. 젊고 아름다운 여인이었는데 그가 해외에 있을 때 유혹해서 그녀의 보호자와 결별하게 했다고 합니다. 그녀에게 어떤 몹쓸 기만행위를 했고, 그 사실을, 결혼해 평생을 함께할 수 없다는 것을 알게 된 그녀가 곧장 그의 품에서 벗어나 급류에 몸을 던져 익사해 죽었다고 했습니다. 뼈아픈 후회를 했고, 그녀의 참혹한 죽음에 대한 기억 때문에 그가 딸을 더 사랑하게 된 것이라 저는 생각했지요."

나는 간단하게나마 킬둔의 피츠제럴드 가문의 후손과 상속자를 찾고 있는 내 조사에 관해 들려주었고, 그 순간 변호사로서의 직업 정신을 되찾은 나는 루시가 아일랜드의 큰 재산의 적법한 소유자임을 증명하는 데 문제가 없을 거라고 덧붙였다.

그녀의 잿빛 얼굴에 홍조도, 눈빛도 돌아오지 않았다. "이 불쌍한 아가씨가 이 세상 부를 다 가진들 무슨 소용이란 말입니까?" 그녀가 말했다. "아가씨를 박해하는 그 지독한 마법을 풀어줄 수 있는 것도 아닌데. 돈이라니요, 보잘것없는 것이죠! 아가씨에게 아무런 영향도 주지 못해요."

"그 악마란 존재는 아가씨에게 해를 끼치지 못합니다." 내가 말했다. "아가씨의 신성한 성품은 별개의 것이니 이 세상 모든 사악한 주술에도 훼손되거나 더럽혀질 수 없습니다."

"사실이죠! 그러나 모든 이가 악귀가 붙거나 저주받은 이를 피하듯 그렇게 시간이 지나면 다들 아가씨를 떠나니 참으로 잔인한 운명이죠."

"어쩌다 이렇게 된 걸까요?" 내가 물었다.

"저도 모릅니다. 오래된 소문이 있긴 해요. 스킵퍼드 식솔들을 통해 퍼진 얘기가."

"말해주십시오."

"하인들 입에서 나온 거예요. 하인들이란 원래 무슨 이야기든 하고 다니죠. 그들 말로는 오래전에 기즈번 씨가 콜드홈의 늙은 마녀가 키우던 개를 죽였고 마녀가 저주를 걸었는데, 아주 끔찍하고 이상한 저주였다고 합니다. 무엇이든 그가 가장 사랑하는 존재에게 저주가 내리는 거죠. 너무나 크게 상심한 그는 오랜 세월 절대 사랑이라는 유혹에 빠지지 않으려 애썼지만, 어떻게 루시를 사랑하지 않을 수 있겠어요?"

"마녀의 이름을 들은 적이 없습니까?" 내가 놀라 말했다.

"들었어요, 브리짓이라고 했어요. 두려움에 질린 그는 다시는 그 인근에 가지 않았다고 합니다. 그렇게 용감한 사람이요!"

"들어보십시오." 내 이야기에 완전히 집중할 수 있도록 나는 그녀의 팔을 잡으며 말했다. "내 짐작이 사실이라면, 그가 브리짓의 외동딸을 빼앗은 사람입니다. 루시의 어머니인 메리 피츠제럴드를요. 그렇다면 브리짓은 그가 그녀에게 저지른 더 큰 잘못을 알지 못한 채 그를 저주한 겁니다. 지금 이 순간에도 브리짓은 잃어버린 딸을 애타게 찾고 있고, 성인들에게 딸이 죽었는지 살았는지 기도로 묻고 있습니다. 이 저주의 뿌리는 그녀가 아는 것보다 훨씬 깊어요. 그녀는 자신도 모르는 사이, 말 못 하는 짐승을 죽인 것보다 더 큰 죄에 대해 그에게 저주를 내렸던 겁니다. 참으로 조상의 죄 때문에 자손이 벌을 받는군요."

"하지만." 클라크 부인이 간절하게 말했다. "자기 손녀에게 악마를 씌우지는 않겠지요? 선생님, 당신 말이 분명 진실이라면 루시에게 희망이 있네요. 갑시다, 당장 가자고요. 가서 이 무서운 여인에게 당신이 짐작하는 바를 얘기하고 자신의 죄 없는 손녀에게 건 주술을 풀어달라고 간청하자고요."

실제로 그렇게 하는 것이 우리가 할 수 있는 최선으로 보였다. 하지만 우선 단순한 소문이나 경솔한 풍문 이상의 확실한 무언가가 필요했다. 삼촌에게 생각이 미쳤다. 삼촌이라면 현명하게 조언을 해줄 것이고, 그 역시 이 모든 것을 알아야 하기도 했다. 나는 지체 않고 삼촌에게 가기로 마음먹었다. 그러나 클라크 부인에게 내 머릿속 계획을 전부 얘기하지는 않기로 결정했다. 루시 일로 곧장 런던에 가겠다는 생각만 전했다. 루시에 대한 내 관심은 그 어느 때보다 크고, 내 모든 시간이 그녀를 위해 쓰일 것임을 믿어달라 말했다. 생각이 너무 많아 말이 조리 있게 나오지 않아서인지 클라크 부인이 나를 못 미더워하는 것이 보였다. 그녀는 한숨을 내쉬고는 고개를 저은 다음 말했다. "음, 알겠어요!" 비난이 느껴지는 어조였다. 하지만 나는 내 마음이 굳건하고 한결같았기에 자신이 있었다.

나는 런던으로 향했다. 해가 길어진 낮에도, 아름다운 여름밤에도 계속 달렸다. 쉴 시간이 없었다. 런던에 도착했고, 삼촌에게 모든 것을 이야기했다. 이 북적이는 대도시에서 공포는 퇴색되었고, 내가 인적 없는 황무지에서 본 루시의 무시무시한 환영을 설명한다고 해도 삼촌이 믿을 것 같지 않았다. 그러나 삼촌은 오랜 세월을 살고 많은 것을 아는 사람이었다. 의뢰인들이 그에게 털어놓은 가족사의 깊은 비밀에는 무고한 이들이 마법에 걸리거나 루시 경우보다 더 끔찍한 악령에 사로잡힌 경우들이 있었다. 삼촌은 내가 한 얘기로 판단하건대 그 환영이 루시에게 힘을 발휘하지는 못하는 것 같다고 했다. 그녀가 너무나 순수하고 선하여 악의 존재가 맴돌고는 있으나 감히 해를 끼치지는 못한다는 것이다. 삼촌이 이해한 바로는, 그 존재는 사악한 생각을 불러일으키고 사악한 행동을 하게끔 하는 것이 분명하지만, 순결한 처녀인 그녀는 사악한 생각이나 행동과 무관하게 지냈을 확률이 높다는 것이다. 그것은 그녀의 영혼을 건드리지 못했다. 물론 그녀에게서 사랑하는 모든 사람을, 평범한 인간관계를 모두 빼앗은 것은 사실이다. 삼촌은 이 사건에 예순 살이 아닌 스물여섯 살 같은 청년의 에너지로 혼신의 힘을 다했다. 그는 루시의 혈통 증명에 착수했다. 기즈번 씨에 대해 알아보았고, 우선 킬둔의 피츠제럴드 집안의 후손임을 증명하는 법적 문서를 얻었으며, 다음으로 저주와 관련된 모든 것을 수소문하여 그 지긋지긋한 악령 퇴마를 위한 시도는 했는지, 했다면 어떤 방법을 썼는지 알아보려 노력했다. 그리고 기도와 오랜 금식을 했더니 인간 몸에 든 악마가 악을 쓰고 울부짖으며 나간 경우가 있다며 얼마 전 뉴잉글랜드에서 일어났던 기이한 사건들을 들려주었다. 디포 씨의 책*에 관해서도 말했는데, 유령을 물리쳐서 그들이 온 곳으로 돌려보내는 많은 방법이 열거되어 있다고 했다. 그리고 그는 마지막으로 마녀들이

* 《로빈슨 크루소》의 작가 대니얼 디포가 쓴 유령 소설 《빌 부인의 망령》을 말한다.

주술을 풀도록 만드는 가공할 방법들을 나지막이 이야기했다. 그러나 나는 그런 고문과 화형에 대해서는 듣고 있기가 어려웠다. 나는 브리짓은 사악한 마녀가 아니라 거칠고 사나운 여인에 가깝고 무엇보다도 루시가 그녀의 혈육이고 자손이며, 그녀를 물로든 불로든 심판한다면 그것은 우리가 재산을 찾아주려는 여인의 조상을 고문하고, 어쩌면 죽음에 이르게 하는 것이라 말했다.

삼촌은 한동안 생각에 잠기더니 마지막 문제에 있어서는 내가 옳다고, 어쨌든 다른 구제책들이 모두 실패하지만 않는다면 마녀 재판은 없어야 한다고 동의했다. 그리고 내가 직접 브리짓을 만나서 모든 것을 얘기해야 한다는 내 제안에도 찬성했다. 이에 따라 나는 다시 한번 콜드홈 인근 노변 여관으로 갔다. 늦은 밤 도착했고, 저녁을 먹으며 나는 주인에게 브리짓에 대해 구체적인 것들을 물었다. 오랜 세월 고독하고 거칠게 살아온 삶이었다. 길을 가다 마주치는 이들에 대한 그녀의 언행과 태도는 사납고 포악했다. 시골 사람들은 그녀의 오만한 명령을 그대로 따랐는데, 거역하기가 두려웠기 때문이다. 그녀를 흡족하게 하면 좋은 일이 생겼고, 반대로 그녀의 지시를 무시하거나 반항하면 그들과 그들의 가족에게 작든 크든 불행이 일어났다. 그녀가 불러일으키는 감정은 혐오라기보다는 뭐라 설명할 수 없는 공포였다.

아침에 그녀를 만나러 갔다. 그녀는 오두막 밖의 풀밭에 서 있었고, 왕좌를 빼앗긴 여왕의 음울한 위엄을 보이며 나를 맞았다.

얼굴에서 나를 알아보고 반기지 않는다는 것을 읽을 수 있었다. 그럼에도 말없이 서서 내가 용건에 대해 말하기를 기다렸다.

"따님 소식을 가져왔습니다." 내가 말했다. 그녀가 사랑한 모든 것에 대해, 그녀를 배려하지 않고 직설적으로 말하기로 했다. "그녀는 죽었습니다!"

그 단호한 얼굴은 거의 흔들림이 없었으나 손은 문기둥을 찾아 의지했다.

"그 애가 죽은 건 알았어요." 그녀가 깊고 낮은 목소리로 말했고, 그리고 잠시 침묵했다. "그 애를 위한 눈물은 이미 오래전에 다 메말라 붙었지. 젊은이, 그 애 얘기를 더 해줘요."

"아직 아닙니다." 나는 기이한 힘이 들어온 것처럼 그녀에게 맞설 수 있었지만, 그럼에도 마음 깊이 그녀가 두려웠다.

"예전에 개가 있었지요?" 나는 이야기를 이었다. 그 말이 딸의 죽음보다 더 큰 감정을 불러일으켰다. 그녀가 내 말을 끊었다.

"있었지! 딸의 개였어요. 딸과 관련된 거라고는 그 개가 마지막이었는데, 터무니없는 이유로 총에 맞고 내 품에서 죽었어요! 개를 죽인 남자는 지금 이날까지 그 일을 후회하고 있지요. 말 못 하는 짐승의 피에 대한 대가로 그가 가장 사랑하는 이가 저주를 받고 있지."

그녀는 마치 몽환의 경지에서 저주가 걸린 모습을 보기라도 하는 것처럼 두 눈이 커졌다. 내가 다시 말을 했다. "오, 여인이여!

그가 가장 사랑하는 이가, 사람들 앞에서 저주받은 이가 바로 당신의 죽은 딸의 자식입니다."

생명과 에너지, 열정이 그녀의 눈으로 되돌아왔고, 그 눈으로 나를 날카롭게 꿰뚫어 보았다. 내가 진실을 이야기하는지 살피듯이. 그러고 나서 더는 질문도, 말도 없이 격렬한 몸짓으로 거칠게 바닥에 쓰러지더니 경련하는 손으로 무구한 데이지를 움켜쥐었다.

"내 뼈 중의 뼈요! 살 중의 살이라! 내가 네게 저주를 걸고, 네가 저주에 걸렸느냐?"

그녀는 크나큰 비탄에 빠져 엎드린 채 슬퍼했다. 나는 내가 저지른 일에 소스라치게 놀랐다. 내가 더듬더듬 말을 했지만 그녀는 듣지 못했다. 더는 묻지 않고 내 슬픈 표정에서 사실임을, 그녀의 저주가 딸의 자식에게 내려진 것임을 말없이 확인했다. 그녀가 육신과 정신의 다툼 속에 죽는 건 아닐까 두려움이 점점 커졌다. 그렇게 되면 루시는 살아 있는 한 저주에 걸린 상태로 남게 되는 건 아닐까?

바로 그 순간 나는 루시가 브리짓의 오두막으로 이어지는 숲길을 따라 오는 것이 보였다. 클라크 부인도 함께였다. 나는 마음으로 진짜 루시라는 것을 느꼈다. 그녀가 서서히 다가올 때 그 모습이 내게 보내오는 은은한 평화에서, 반가움과 놀라움으로 빛나는 부드럽고 조용한 눈에서 그것을 알 수 있었다. 그녀의 눈이 내 눈과 만났다. 그리고 그 눈길이 흙바닥에 누워 뻣뻣하게 경련하는 노파에게 이르자 딱하게 여기는 측은함으로 가득 찼다. 그녀는 다가가 노파를 일으켜 세우려 애썼다. 풀밭에 앉은 그녀는 브리짓의 머리를 무릎에 누이고는 부드러운 손길로 브리짓의 두건 아래 삐져나와 제멋대로 흘러내린 잿빛 머리카락을 정돈했다.

"하느님, 이 여인을 도우소서!" 루시가 낮은 목소리로 말했다. "너무나 고통받고 있나이다!"

그녀의 바람에 따라 우리는 물을 찾으러 갔고, 돌아왔을 때 브리짓의 불안하던 의식은 회복되어 있었다. 브리짓은 루시 앞에 무릎을 꿇고 두 손을 움켜쥔 채 그 다정하고 슬픈 얼굴을 바라보고 있었는데, 마치 응시하는 매 순간 건강과 평화를 얻어 고통받던 본성을 치유하는 것처럼 보였다. 루시의 창백한 볼이 희미하게 붉어지는 것을 보니 그녀는 우리가 돌아왔음을 인지하고 있었다. 그런데 그 홍조가 아니었다면, 그녀는 자신 앞에 무릎을 꿇은 고뇌와 슬픔으로 애타는 여인에게 미치는 그녀의 선한 영향을 인식하여 그 근심에 찌들고 주름진 얼굴에서 자신의 진지하고 사랑스러운 눈을 결코 떼지 않을 모습이었다.

갑자기 눈 깜빡하는 사이에 그 존재가 거기, 루시의 뒤편에 나타났다. 외모가 닮았다는 것만으로도 두려운데 그 존재는 조롱하듯 브리짓과 똑같은 자세로 무릎을 꿇고 두 손을 움켜쥐고 있었다. 브리짓은 두 손을 움켜쥐고 무아경 속에서 깊은 기도에 빠져 있었다. 클라크 부인이 비명을 지르자 브리짓이 천천히 일어나 저편 그 존재에 시선을 고정했고, '쉿' 소리와 함께 숨을 들이쉬며 그 무섭고 돌처럼 단단한 눈을 움직이지 않은 채 유령을 향해 돌진했다. 그리고 내가 그랬듯이 한 줌의 바람을 잡듯 그 존재를 부여잡았다. 우리에겐 더 이상 그 존재가 보이지 않았다. 올 때처럼 갑자기 사라져버렸다. 하지만 브리짓은 무언가 물러가는 형상을 지켜보는 것처럼 천천히 계속 시선으로 따라가고 있었다. 하얗게 질린 채 앉아 있던 루시는 몸을 축 늘어뜨린 채 떨고 있었다. 내가 그녀를 지탱하지 않았다면 기절했을 것이다. 내가 그녀를 돌보는 동안 브리짓은 누구에게도 단 한 마디 말도 없이 우리를 지나쳐 오두막으로 들어가 문을 잠갔고 우리는 밖에 남겨졌다.

이제 우리는 루시를 전날 밤 그녀가 머물던 숙소로 데려가기 위해 애썼다. 클라크 부인은 내게서 연락이 없자(편지들이 잘못 배달된 것이 틀림없다) 초조함과 실망감이 커져 루시에게 그녀의 할머니를 찾는 모험을 해보자고 권했다. 클라크 부인은 루시에게 할머니의 무서운 평판에 대해, 할머니가 죄 없는 루시를 황폐하게 만든 장본인일 가능성에 대해 얘기하지 않았다. 하지만 한편으로 그런 할머니가 저주를 풀어줄 수 있다고 믿고 있었기에 불가사의한 흥분을 느끼며 큰 희망을 품고 있었다. 그들은 내가 택한 행로와 다른 길로 들어와 콜드홈에서 멀지 않은 마을 여관에 묵었다. 이번이 할머니와 후손의 첫 대면이었다.

무더운 정오 내내 나는 오랫동안 인적이 닿지 않은 숲속의 뒤엉킨 길을 헤매고 다니며 이 복잡하고 신비로운 문제에 대한 치유법을 어디서 찾을 수 있을까 생각했다. 길에서 만난 한 시골 사람에게 가장 가까운 목사에게 가는 길을 물었고, 뭔가 조언을 얻기를 희망하며 목사를 방문했다. 하지만 목사는 조악하고 저속한 마음의 소유자였고, 사안의 복잡성에 대해 시간도 관심도 내어주지 않은 채 즉각적인 행동을 요하는 강경한 의견을 들이밀었다. 예를 들면, 내가 브리짓이라는 이름을 대자마자 그가 소리쳤다.

"그 콜드홈 마녀! 아일랜드 가톨릭주의자! 다른 가톨릭인 필립 템페스트 경만 아니었으면 오래전에 물에 처박았을 텐데. 필립 경이 이곳 정직한 사람들을 거듭 협박하지 않았더라면 흑마술을 하는 그런 여자는 일찌감치 심판을 받게 했을 거요. 마녀는 화형에 처한다는 게 이 땅의 법이니까! 그럼, 성경 말씀도 그렇고요, 선생! 그런데 가톨릭 신자가 부자 지주면 법과 성서를 뒤집는다니까요. 내가 직접 나무 한 단을 가지고 가서 그 여자를 마을에서 쫓아내겠소!"

그런 자가 내게 도움이 될 리 없었다. 나는 차라리 내가 이미 한 말을 철회하고 목사가 그 말을 잊게 만들려 애썼다. 나는 그의 제안으로 우리의 회의를 위해 자리를 옮긴 동네 여관에서 맥주 몇 항아리를 그에게 대접하고는 가능한 한 빨리 일어나 콜드홈으로 돌아왔다. 텅 빈 스타키 대저택을 지나오면서 뒤편으로 돌아가보

왔다. 그쪽에는 오래된 해자가 장방형으로 남아 있었고, 해자 안의 물은 저무는 해의 심홍색 햇살 아래에서 잔잔하고 평온했다. 해자 양쪽을 따라 숲의 나무들이 곧게 늘어서 있었고, 그 짙은 녹색 잎새들이 아래 해자의 반짝이는 검은 수면 위에 물그림자를 드리우고 있었다. 저택과 제일 가까운 끝단에는 고장 난 해시계가 있었고, 물가에는 왜가리들이 한 발로 서서 여유롭게 물고기를 찾고 있었다. 이 쓸쓸하고 황량한 저택은 이미 폐허의 쇠락한 그림이었으나 거기에 부서진 창문과 문지방의 잡초, 저물녘 바람에 앞뒤로 가볍게 흔들리는 고장 난 덧문까지 황폐함을 더해주고 있었다. 나는 그곳에 좀 머물다 어둠이 짙어지면서 자리를 떴다. 그리고 스타키 대저택의 마지막 안주인 지시로 만든 길을 따라 브리짓의 오두막으로 내려왔다. 나는 당장 브리짓을 만나야겠다고 마음먹었다. 문은 닫혔지만—그것이 단호한 의지의 표현일지도 모르겠으나—그녀 역시 분명 나를 만나야 한다. 나는 문을 두드렸다. 부드럽게, 크게, 맹렬하게. 너무 세차게 문을 흔들었는지 마침내 오래된 경첩이 빠지며 우지끈 소리와 함께 문이 안쪽으로 쓰러졌고, 나는 갑자기 브리짓과 얼굴을 마주 보게 되었다. 나는 아주 긴 시간 고투를 한 끝이라 흥분하고 격앙되어 붉어진 얼굴이었고, 그녀는 돌처럼 단단하게 나를 바라보며 서 있었다. 두 눈은 놀라 커지고 잿빛 입술은 떨고 있었으나 몸은 미동도 없었으며, 두 손엔 십자가를 들고 있었다. 마치 그 성스러운 상징물로 내가 들어오는 것을 막고자 했던 것처럼. 내 모습에 그녀의 온몸이 늘어지더니 뒤쪽 의자에 털썩 앉았다. 어떤 강렬한 긴장이 풀어진 것 같았다. 그녀의 두 눈은 여전히 바깥의 검은 허공을 걱정스럽게 바라보고 있었다. 성모 마리아 그림 앞에 놓인 램프의 가물거리는 빛 때문에 밖은 실내보다 더더욱 어두워 보였다.

"그녀가 거기 있나요?" 브리짓이 쉰 목소리로 물었다.

"아뇨! 누구요? 전 혼자입니다. 절 기억하시죠?"

"네." 그녀가 겁에 질려 대답했다. "하지만 그녀는, 그 존재는, 온종일 창문으로 나를 들여다보고 있었어요. 숄로 창을 가렸지만 그래도 빛이 있는 동안 문 아래로 발이 보였어요. 내 숨소리까지 듣고 있다는 걸 알아요. 아니, 더 심한 건 내 기도까지 듣고 있단 거예요. 난 기도도 할 수 없었어요. 저 존재가 듣고 있으니 말이 목에 잠겨 입술까지 올라오지 못해요. 말해봐요. 저 여자는, 그러니까 내가 아침에 본 닮은 두 여자는 누구죠? 하나는 우리 죽은 딸 메리의 모습이었어요. 다른 하나는 내 피를 얼어붙게 했지만 같은 모습이었어요!"

그녀는 인간 곁에 있어야 안심이 된다는 듯 내 팔을 잡았다. 강렬한 공포에 온몸이 미세하게 쉴 새 없이 떨리고 있었다. 나는 하나도 빠뜨리지 않고 지금껏 있었던 이야기를 들려주었다.

클라크 부인에게서 그 존재가 루시와 얼마나 닮았는지 들었고 그 때문에 아버지 집에서 쫓겨났다는 것도 알았지만 나는 믿지 않았었다. 그러다 내 두 눈으로 루시 뒤에서 또 다른 루시를, 몸매와 얼굴은 같으나 눈에 악령이 서려 있는 존재를 본 뒤에는 인정하지 않을 수 없었다. 나는 브리짓에게 모두 이야기했다. 그녀의 저주가 무고한 손녀의 삶을 그렇게 괴롭히고 있으며, 그녀만이 치유와 구제법을 찾을 수 있다고 믿는다고 했다. 내가 말을 마치자 그녀는 한참을 말없이 앉아 있었다.

"메리의 딸을 사랑하나요?" 그녀가 물었다.

"네, 끔찍한 저주에도 불구하고 저는 그녀를 사랑합니다. 그런데도 황무지 그날 이후 그녀와 떨어져 있습니다. 사람들이, 친구와 연인들이 그렇게 가까운 이로부터 멀리 떨어져 있어야 합니다. 아, 브리짓 피츠제럴드! 저주를 풀어요! 그녀를 놓아주어요!"

"어디 있어요?"

나는 주술을 풀려면 어떤 이상한 기도든 퇴마술이든 브리짓의 존재가 필요하다는 생각에 집착했다.

"가서 데리고 오겠습니다." 내가 말했다. 그러나 브리짓은 내 팔을 잡은 손에 더 힘을 주었다.

"아니요." 그녀가 낮고 거친 목소리로 말했다. "오늘 아침처럼 또 그 존재를 본다면 난 죽을 거예요. 내가 살아 있어야만 내가 할 일을 해내지. 가세요!" 그렇게 말하고는 갑자기 또다시 십자가를 손에 쥐었다. "내가 불러들인 악마는 내가 맞서야지. 혼자 싸울 수 있도록 가세요!"

그녀는 마치 영감을 받고 무아경에 빠진 사람처럼 벌떡 일어났고, 그런 그녀에게는 모든 두려움이 사라지고 없었다. 나는 이유는 알 수 없었지만 그 자리에 머무르다 다시 한번 물러가라는 말을 듣고서야 밖으로 나왔다. 숲길을 따라가다 뒤돌아보니 그녀가 문이 있다가 사라진 문지방에 십자가를 꽂고 있었다.

다음 날 아침 루시와 나는 브리짓을 찾으러 갔다. 우리와 함께 기도하자고 부탁할 생각이었다. 오두막은 활짝 열려 있어 안이 들여다보였다. 아무도 없었다. 십자가는 여전히 문지방에 그대로 있었지만 브리짓은 사라지고 없었다.

3장

이제 어떻게 하지? 나 자신에게 던진 질문이었다. 루시는 자신에게 내려진 운명에 기꺼이 복종하려 했다. 그렇게 끔찍한 삶의 무게에 짓눌리면서도 그녀가 온화하고 경건한 것이 내게는 과도하게 수동적으로 보였다. 그녀는 절대 불평하지 않았다. 클라크 부인은 점점 더 불평이 늘었다. 내 얘기를 하자면 나는 진짜 루시와 더욱더 사랑에 빠져 있었다. 그러나 그녀를 닮은 가짜 존재에게서는 내 사랑과 비례하여 멀리 피하였다. 그리고 본능적으로 나는 클라크 부인이 때때로 루시를 떠나고 싶은 유혹을 느낀다는 것을 알 수 있었다. 이 선량한 여인의 신경이 불안해졌고, 그녀 말로 미루어 나는 이 존재의 목표가 루시로부터 마지막 남은 가장 오래된 친구를 몰아내는 것이란 결론을 내렸다. 때때로—차마 인정하기 힘들지만—나도 비겁자가 되려는 것이 느껴졌고, 루시에게 너무 참기만 한다고, 너무 체념하고 산다고 비난하기도 했다. 루시는 하나둘씩 콜드홈의 어린아이들과 친해졌다. (클라크 부인과 루시는 그곳에 머물기로 했다. 그들에겐 어딜 가나 다 마찬가지 아니겠나? 우리의 그나마 희미한 희망이라고는 모두 브리짓에게 달려 있지 않았나? 지금은 보지도 소식을 듣지도 못하지만 우리는 여전히 그녀가 돌아올 거라고 혹은 뭔가 증표라도 줄 것이라고 믿었다.) 내가 말한 바와 같이, 그렇게 어린아이들이 나의 루시의 부드러운 어조에, 상냥한 미소에, 친절한 행동에 이끌려 하나둘씩 모여들었다. 아아! 그러고는 하나둘씩 멀어져 갔고, 새파랗게 겁에 질려 그녀가 다니는 길을 피했다. 우리는 당연히 그 이유를 짐작했다. 그것이 마지막 한계였다. 나는 더는 견디기 힘들었다. 이곳에 더 머물지 않기로, 삼촌에게 돌아가 런던의 박학한 성직자들에게서 이 저주를 무효화할 수 있는 힘을 찾아보기로 마음먹었다.

삼촌은 그동안 루시의 혈통과 출생에 관련한 모든 필수 증명서를 아일랜드 변호사들과 기즈번 씨로부터 입수해놓은 상태였다. 기즈번 씨는 해외에서(다시 오스트리아군에서 복무 중이었다) 편지를 보내왔는데, 심한 자기 책망과 냉정한 반발심이 번갈아 표현되어 있었다. 그가 메리와 그녀의 짧은 생을, 그가 저지른 잘못과 그녀의 급작스러운 죽음을 생각하면 자신의 행동에 마땅한 준엄한 언사를 찾기 어렵다고 했다. 이런 관점에서 그는 브리짓이 그와 그의 자손에 내린 저주를 예언적 판결로 받아들이며, 최후의 순간까지 그녀가 신의 의지에 따라 불쌍한 개의 죽음 이상의 훨씬 더 깊은 복수를 실현하는 것이라 생각했다. 그러나 또 한편으로 딸 이야기를 할 때는 악마의 존재가 그의 마음에 심어놓은 혐오감을 숨기지 못하고 루시의 운명에 대해 지독하게 냉정한 마음을 표현했다. 그녀를 죽인다면 방이나 의자에 침입한 역겨운 파충류를 죽일 때와 같은 만족감을 느낄 듯했다.

막대한 피츠제럴드 재산이 루시의 것이었다. 그리고 그게 다였고, 그건 아무것도 아니었다.

삼촌과 나는 런던의 11월 저녁 어둠 속 오먼드 스트리트의 집에 앉아 있었다. 나는 건강이 좋지 못했고, 마치 헤어날 수 없는 불행의 소용돌이 안에 있는 것만 같았다. 루시와 나는 편지를 주고받긴 했으나 자주는 아니었다. 그 무시무시한 제삼의 존재가 두려워 우리는 감히 만나지 못했다. 그 존재는 우리의 만남에서 여러 번 그녀의 자리를 차지했다. 그날 삼촌은 다음 안식일에 런던의 많은 교회와 예배당에서 악령으로 인해 크게 고통받는 이들을 위해 올리는 기도가 있다고 이야기했다. 그는 기도에 믿음이 있었고 나는 전혀 없었다. 나는 모든 것에 대한 믿음을 빠르게 잃어가고 있었다. 우리는 그렇게 앉아 있었고, 그는 예전의 실없는 잡담으로 내 흥미를 끌고자 했지만 나는 오로지 한 가지 생각에 억눌려 있었다. 그때 늙은 하인 앤서니가 문을 열었고, 아무 말 없이 매우 신사답고 호감 가는 인상의 남자를 안내했다. 옷이 뭔가 남달랐는데, 로마 가톨릭 사제라는 직업을 드러내는 복장이었다. 그는 우선 삼촌에게, 그러고 나서 내게 시선을 던졌다. 그리고 내게 고개 숙여 인사했다.

"이름을 말씀드리지 않았군요." 그가 말했다. "말해도 아마 기억 못 하실 것 같아서요. 혹시 선생님, 북쪽에서 스토니 허스트의 사제인 버나드 신부라고 들어보셨습니까?"

나중에야 그에 관해 들었다는 것이 기억났지만, 그 순간에는 완전히 잊고 있었다. 그래서 나는 완전히 초면이라고 고백했다. 가톨릭 신자를 뼛속 깊이 싫어하지만 방문객에게는 늘 호의적인 삼촌이 의자를 권하고 앤서니에게 신선한 와인 한 병과 잔을 가져오라 일렀다.

버나드 신부는 이 정중함에 대해 세속에 밝은 사람에게서나 볼 법한 태도로 우아하고 편안하게 흔쾌히 고마움을 표했다.

그러고 나서 예리한 눈길로 나를 훑어보았다. 가벼운 대화가 오고 갔는데, 그가 이 대화를 시도했던 의도는 확신컨대 나와 삼촌 사이의 신뢰가 어느 정도인지 알아보려는 것이었다. 그는 잠시 멈추었다가 진지하게 말을 이었다.

"전해드릴 말씀을 가지고 왔습니다, 선생님. 당신이 친절을 베푼 여인이 안트베르펜의 제 참회하는 신자 중 한 사람입니다. 브리짓 피츠제럴드지요."

"브리짓 피츠제럴드!" 내가 큰 소리로 말했다. "안트베르펜에?

말씀해주십시오, 신부님. 그녀에 대해 아는 것 모두요."

"말할 것이 많습니다만." 그가 답했다. "이 신사분께서, 그러니까 삼촌께서 당신과 내가 가진 정보의 구체적 내용을 알고 계신지 여쭤도 되겠습니까?"

"제가 아는 모든 것을 삼촌도 아십니다." 나는 방을 나갈 듯한 자세를 취하는 삼촌의 팔에 간절하게 손을 올리며 말했다.

"그렇다면 두 분께 말씀드리겠습니다. 저와 신앙은 다를지라도 악마의 힘이 배회하며 끊임없이 우리의 사악한 생각을 인지한다는 사실은 온전히 이해하고 계시리라 믿습니다. 그리고 악령의 우두머리가 힘을 부여하면 악령은 노골적인 행동으로 옮길 겁니다. 이것이 이 죄의 본성에 관한 제 이론입니다. 저는 주술이라는 죄를 감히 믿지 않을 수 없습니다. 회의론자들은 믿지 말라 하지만요. 이 무시무시한 죄를 브리짓 피츠제럴드가 지었다는 것을 당신과 저는 압니다. 당신이 그녀를 마지막으로 만난 후 우리 성당에서 그녀를 위해 많은 기도를 올렸고, 많은 미사곡을 불렀으며, 많은 참회가 있었습니다. 하느님과 성자들이 뜻하신다면 그녀의 죄가 사해질 수 있도록 하기 위해서였습니다. 그러나 그렇게 되지 않았습니다."

"설명해주십시오." 내가 말했다. "당신은 누구이며, 브리짓과는 어떤 인연입니까? 왜 그녀가 안트베르펜에 있습니까? 부탁드립니다, 신부님. 더 말씀해주십시오. 제가 조급하게 굴고 있는 것이라면 용서하십시오. 저는 병들고 열에 들떠 맑은 정신이 아닙니다."

신부가 이야기를 시작했는데, 그 어조가 이루 말로 표현할 수 없이 위안이 되었다. 그는 브리짓과 어떻게 알게 되었는지 그 시작부터 들려주었다.

"스타키 부부는 그들이 해외에서 지낼 때 알게 되었고, 제가 스토니 허스트의 셔번 교구 사제로 가면서 자연스럽게 다시 인연을 이어갔습니다. 그렇게 제가 온 가족의 고해신부가 된 것이죠. 셔번이 가톨릭 마을로는 가장 가까운 곳이었고, 그들은 성당 미사를 보기가 힘든 상황이었습니다. 물론 고해성사에서 밝힌 사실들은 무덤까지 가져갑니다. 그런데 브리짓의 성품을 잘 알게 되면서 평범한 여인이 아님을 확신했습니다. 선과 악, 양쪽으로 강력한 힘이 있었습니다. 때때로 제가 그녀에게 영적인 도움을 줄 수 있었다고, 그녀가 저를 신성한 교회의 종복으로 여겼다고 믿습니다. 우리 종복은 사람의 마음을 움직이고 그들의 죄라는 짐을 덜어줄 힘을 가지고 있으니 경이로운 일입니다. 그녀는 폭풍이 몰아치는 거친 밤에도 고해성사를 하고 죄 사함을 받기 위해 황무지를 건너왔고, 마음의 혼란을 가라앉히고 평정을 되찾은 후 돌아가 주인을 위해 일했습니다. 대부분의 사람들은 잠들었기에 그 시간 동안 그녀가 어디에 있었는지 아무도 알지 못했습니다. 딸이, 메리가 이유도 모르게 사라진 뒤, 저는 그녀에게 긴 고해성사를 하도록 한 적이 많았습니다. 참을성 없이 불평하는 죄를 씻어주기 위해서였죠. 그것이 더 큰 죄인 불경으로 이어지지 않도록 말입니다. 아마도 들으셨겠지만, 그녀는 메리를 찾아 긴 여정을 떠났고 원하는 결과를 얻지 못했지요. 그녀가 집을 비운 동안 저는 예전에 사목하던 안트베르펜으로 돌아가라는 지시를 받았고, 그 후 오랜 세월 브리짓의 소식을 듣지 못했습니다.

그런데 몇 달 전, 저녁에 메이르 스트리트로 이어지는 성 자크 성당 근처 거리를 따라 집으로 향하고 있는데, 한 여인이 칠고(七苦)의 성모상 제단 아래에서 몸을 웅크리고 앉아 있는 것이 보였습니다. 머리에 후드를 쓰고 있어 램프 불빛에 그림자가 얼굴 위로 드리워져 있었고, 두 손은 무릎을 감싸 안고 있었습니다. 깊은 절망에 빠진 것이 분명해 보였고, 걸음을 멈추고 말을 거는 것이 제가 할 일이었습니다. 그곳 하층 거주민이라 생각해 처음엔 당연히 플랑드르 말로 이야기를 했습니다. 그녀는 고개를 저었으나 쳐다보지는 않았습니다. 그래서 프랑스어로 말했더니 프랑스어로 대답하긴 했으나 그다지 잘하는 편이 아니어서 잉글랜드나 아일랜드 사람인 듯하여 제 모국어로 말을 했지요. 제 목소리를 알아들은 그녀가 소스라치면서 제 가운을 잡고 성모상 앞으로 끌어당기더니, 그 앞에 자신의 몸을 던져 분명한 바람과 행동을 내보이며 저도 함께 무릎을 꿇게 했습니다.

'오, 성모 마리아시여! 다시는 제 말을 듣지 않으시더라도 이 사람의 말은 들어주세요. 예전부터 이 사람을 아시니까요. 당신의 분부를 따르며 상처 입은 마음들을 달래려 애쓰는 이이니, 이

사람의 말씀을 들으소서!'

그녀가 저를 쳐다보았습니다.

'신부님이 기도만 해주신다면 성모께서 들으실 겁니다. 제 기도는 듣지 못하세요. 천국의 성모와 성자들에게 제 기도가 들리지 않아요. 악마가 그 첫 기도도 빼앗아 가더니 여전히 가로챕니다. 오, 버나드 신부님, 저를 위해 기도해주세요!'

저는 어떤 성질의 것인지는 알 수 없었으나 성모께서는 알고 계실 그 지독한 고통에 빠진 그녀를 위해 기도를 올렸습니다. 브리짓이 저를 붙잡고 간절하게 제 기도의 말에 귀 기울였습니다. 제가 기도를 마치고 일어나서 그녀 위로 성호를 긋고는 신성한 교회의 이름으로 그녀를 축복하려는데 그녀가 겁에 질린 짐승처럼 몸을 움츠리고 물러서며 말했습니다.

'저는 끔찍한 죄를 지었고, 고해성사를 하지도 죄 사함을 받지도 못했습니다.'

'일어나세요, 나의 자녀여.' 제가 말했습니다. '나와 함께 갑시다.' 그리고 성 자크 성당의 고해실로 데리고 갔습니다.

그녀가 무릎을 꿇었고 저는 귀를 기울였습니다. 어떤 말도 나오지 않았습니다. 악마의 힘이 그녀를 벙어리로 만들었고, 나중에 들으니 전에도 그녀가 고해성사를 하려 하면 그런 일이 많았다고 합니다.

그녀는 너무 가난하여 필요한 퇴마 비용도 낼 수 없었고, 그때껏 그녀가 의논을 한 사제들은 그녀의 서툰 프랑스어나 아일랜드식 영어 설명을 이해하기엔 너무 무지했거나, 그녀를 미쳤다고 여기고—그녀의 거칠고 불안한 태도 때문에 그렇게 생각하기가 쉽지요—가진 유일한 수단인 말로 호소하는 그녀를 무시해버렸습니다. 그녀는 자신의 끔찍한 죄를 고해하고, 마땅히 해야 할 참회를 한 후 죄 사함을 받았어야 했는데 말입니다. 하지만 나는 브리짓을 예전부터 알았고 제게 보내신 참회자임을 느꼈습니다. 저는 그런 경우의 구원을 위한 성당의 종교재판기관인 검사성성(檢邪聖省)을 거쳤습니다. 그녀가 오로지 저를 찾아 제게 고해성사를 할 목적으로 안트베르펜에 왔다는 것을 알고 더더욱 구원을 다짐했습니다. 이 가공할 고해성사의 내용에 대해 말하는 것은 금지되어 있습니다. 내용 대부분은 아실 거라 생각합니다. 어쩌면 모두요.

이제 그녀 자신이 스스로 그 지독한 죄에서 벗어나고, 그에 따라 다른 이들도 자유롭게 해주는 일이 남았습니다. 기도와 미사가 그것을 해결해주지는 않을 것입니다. 물론 깊은 사랑의 행동과 순수한 자기 헌신을 행할 때 그 힘을 좀 더 강화하는 역할은 하겠지만 말입니다. 분노에 찬 어휘들과 복수의 다짐, 그런 식의 신성하지 못한 기도는 결코 성자들의 귀에 가 닿을 수 없는 법이죠! 다른 힘이 그 말들을 차단하고, 하늘을 향해 던진 저주들이 그녀의 피붙이에게 떨어지도록 만들었습니다. 그러니 그녀의 사랑의 힘이 오히려 그녀의 마음을 멍들게 하고 으스러뜨린 겁니다.

그 후로 예전의 그녀는 땅에 묻혔습니다. 네, 그래야만 해서 빨리 묻혔고, 이 땅에서는 더는 어떤 흔적도 울음도 찾을 수 없습니다! 그녀는 빈자 클라라 수녀회의 수녀가 되었습니다. 영원한 참회와 타인을 위한 부단한 봉사를 통해서 마침내 마지막 사면을 받고 영혼의 안식을 얻고자 함입니다. 그날이 올 때까지는 그 무고한 이는 고통을 겪어야 합니다. 제가 여기 온 것은 그 무고한 이를 부탁하기 위해서입니다. 마녀 브리짓 피츠제럴드가 아닌, 모든 인간의 참회자이자 종복인 클라라 수녀회의 막달라 수녀를 대신해 말씀드립니다."

"신부님." 내가 말했다. "말씀 잘 들었습니다. 죄송합니다만, 제게 굳이 부탁하실 필요가 없습니다. 그 사람에 대한 사랑은 제 삶의 일부이기에 제가 할 수 있는 모든 걸 다 할 겁니다. 제가 잠시 그녀를 떠나 있는 것은 그녀를 구원할 방법을 생각하고 찾기 위해서입니다. 영국국교회 신자인 저와 청교도인 삼촌은 매일 아침 저녁으로 그녀를 위해 기도합니다. 런던의 신도들도 다음 안식일에 이 모르는 사람을 위하여, 그녀가 어둠의 힘에서 벗어나게 해달라는 기도를 올립니다. 게다가 이 말씀을 드려야겠군요, 신부님. 그 악마의 힘은 그녀의 영혼의 평온함을 침범하지 못합니다. 그녀는 순수하고 사랑이 넘치는 삶을, 손상과 오점 없이 살고 있습니다. 다만 사람들이 떠나갈 뿐이지요. 저도 그녀의 믿음의 크기에 감탄합니다!"

이제 삼촌이 이야기를 시작했다.

"조카." 그가 말했다. "이 신사는 내가 그릇된 것이라 간주하는 교리를 믿는 사람이나 브리짓에게 사랑과 자비를 베풀라고 권한 점에서는 옳은 것 같구나. 그녀는 그렇게 함으로써 증오와 복수라는 죄를 씻을 수 있을 게다. 우리는 우리 방식으로, 아비도 없는 어려운 이들을 방문하고 자선을 하며 우리 기도를 들어주실 수 있도록 해보자. 동시에 내가 직접 북쪽으로 가서 그 아가씨를 돌보마. 나는 너무 늙어서 사람이든 악마든 겁날 게 없다. 그리고 아가씨를 이 집으로, 진짜 집으로 데려오겠다. 그 닮은 악마도 오려면 오라지! 많은 독실한 성직자들이 회합을 소집할 것이고, 그러면 우리는 이 사안을 다뤄보자."

친절하고 용감한 노인! 그러나 버나드 신부는 생각에 잠겨 있었다. "그 많은 증오가 그녀의 마음에서 소멸될 수는 없습니다. 그 모든 기독교적인 용서도 그녀의 영혼에 들어갈 수 없을 것이며, 그러니 악마도 힘을 잃지 않을 겁니다. 그녀의 손녀가 여전히 고통받고 있다고 하셨지요?"

"여전히 고통받고 있습니다!" 클라크 부인의 마지막 편지를 생각하며 내가 슬프게 답했다.

신부는 일어나 떠났다. 후일 그가 자코바이트의 비밀 정치 임무 수행을 위해 런던에 온 것이란 이야기를 들었다. 그럼에도 그는 선하고 현명한 사람이었다.

여러 달이 흘렀지만 아무런 변화도 없었다. 루시는 삼촌에게 그녀가 있던 곳에 그대로 머물게 해달라고 간청했다. 내가 들은 바로는, 그녀가 그 끔찍한 동행과 함께 나와 한집에 살게 되면 나의 사랑이 거듭되는 충격을 견디지 못하고 불행한 결말을 맞게 될까 염려했다고 한다. 내 애정의 힘을 믿지 못해서가 아니라, 그 악마의 출현이 모두에게 어떤 공포감을 주는지 분명히 봐왔기에 그 마음을 헤아려 애달프게 여겨서였다.

나는 불안하고 참담했다. 선행에 몰두했지만, 진정한 사랑의 정신이 아니라 오로지 보상과 대가를 바란 행동이었고 따라서 보상은 오지 않았다. 마침내 나는 삼촌에게 여행 허락을 요청했다. 길을 나섰지만 정처 없는 방랑자였고, 다른 많은 방랑자와 다를 것 없이 자신에게서 도피하는 것이 목적이었다. 이상한 충동이 나를 안트베르펜으로 이끌었다. 저지대*에서 일어난 전쟁과 폭동에도 불구하고, 아니, 오히려 외부적인 무언가에 관심을 쏟고 싶다는 열망에 그들과 오스트리아 사이의 격렬한 갈등으로 뛰어들었는지도 모른다.** 당시 플랑드르의 도시들은 온통 민간인 소요

* 북해 연안으로 지금의 벨기에, 네덜란드, 룩셈부르크 지역이다.

** 18세기 초 스페인 계승 전쟁의 결과로 오스트리아의 합스부르크 왕가가 안트베르펜을 포함해 네덜란드를 통치하고 있었다.

와 폭동으로 들끓고 있었고, 무력으로 간신히 억누르고 있었다. 어딜 가도 오스트리아 주둔군의 존재가 보였다.

나는 안트베르펜에 도착한 후 버나드 신부를 수소문했다. 그는 하루 이틀 예정으로 시골에 가고 없었다. 그래서 나는 클라라 수녀회로 가는 길을 물었다. 나는 건강하고 건장했기 때문에 어둑하고 답답한 잿빛 담장만 보고 와야 했다. 도시의 가장 낮은 지역에 좁다란 거리로 둘러싸인 그곳은 굳게 문이 닫혀 있었다. 숙소 주인은 내가 어떤 지독한 병에 걸렸거나 무엇이든 절망적인 경우여야만 클라라 수녀회에서 나를 받아들여 돌봐줄 거라 말했다. 그는 수녀들에 대해 가장 엄격한 종류의 자선 수녀회라고, 가장 거친 천으로 만든 옷으로 간신히 몸을 가리고 맨발로 지낸다고 말했다. 안트베르펜 주민들이 준 것으로 먹고 살면서도 그나마도 주변에 모여드는 빈자, 약자들과 여러 조각으로 잘라 빵 부스러기까지 나눠 먹고, 편지도 받지 않고 바깥 세계와는 전혀 소통이 없으며, 고통의 구제 외 모든 것에 무관심하다고 했다. 내가 그들 중 한 사람과 이야기할 수 있을지 묻자 주인이 미소를 짓고는, 그들은 일용할 양식을 구걸하는 목적일 때조차 말하는 것이 금지되어 있다고 말했다. 그렇게 그들은 자선으로 받은 것으로 살아가며 다른 사람도 먹였다.

"하지만." 내가 말했다. "다른 이들이 모두 그들에 대해 잊었다고 합시다! 그럼 그냥 조용히 누워서 죽어갈 거란 말입니까? 그들이 극한 상황에 처했음을 알리지도 않고?"

"그게 규칙이라면 클라라 수녀회는 기꺼이 그렇게 할 거요. 그런데 설립자가 선생이 말한 것 같은 극한의 경우를 대비해 방책을 마련했답니다. 종이 있어요. 내가 얘기 들은 바로는 작은 종이고, 사람들이 기억하는 한 아직 울린 적은 없다고 하더구먼. 클라라 수녀회가 24시간 동안 음식 없이 지내면 종을 울려도 좋다고, 그러면 안트베르펜의 선량한 사람들이 클라라 수녀회를 구제하러 달려올 거라 믿는다는 거요. 수녀들이 궁핍에 빠진 우리를 은혜롭게 돌봐줬으니 말이오."

내게는 그런 구제가 때늦을 것으로 보였지만 내 생각을 말하지는 않았다. 나는 그냥 화제를 돌려 주인에게 혹시 막달라라는 수녀에 대해 알거나 들은 것이 있는지 물었다.

"네." 그가 다소 목소리를 낮추며 말했다. "클라라 수녀회 같은 곳에서도 소문이 흘러나오긴 해요. 막달라 수녀는 엄청난 죄인이거나 엄청난 성자요. 듣기로는 그곳 수녀 모두를 합한 것보다 더 많은 일을 한답니다. 그런데도 지난달 수녀원장직을 맡기려 하자 모든 사람보다 아래 자리로 가겠다고, 가장 하찮은 종복이 되겠다고 빌었다나요."

"본 적이 있습니까?" 내가 물었다.

"전혀요." 그가 답했다.

나는 버나드 신부를 기다리는 일에 지쳤지만 그래도 안트베르펜에 남았다. 정치적 상황은 갈수록 나빠졌고, 충분치 못한 추수에 따른 식량 부족으로 사태는 최악에 이르렀다. 거리 곳곳에서 누추한 사람들이 흉포해져 나의 매끈한 피부와 깔끔한 옷을 보면 늑대 같은 눈으로 노려보았다.

드디어 버나드 신부가 돌아왔다. 우리는 긴 대화를 나누었고, 그는 기묘하게도 루시의 아버지 기즈번 씨가 오스트리아 연대의 일원으로 복무하며 당시 안트베르펜에 주둔하고 있다고 말해주었다. 나는 기즈번 씨를 소개해줄 수 있는지 신부에게 물었고, 그는 그렇게 하기로 동의했다. 그러나 하루 이틀 뒤, 내 이름을 들은 기즈번 씨는 어떤 종류든 나의 접근에 답을 거절한다고, 그는 자기 조국을 버렸고 자기 나라 사람들을 싫어한다고 말했다.

딸 루시와 관련된 사람인 내 이름을 상기해낸 것 같았다. 어쨌든 그를 만날 기회가 없다는 건 분명했다. 버나드 신부는 안트베르펜의 '제복들' 사이에서 일고 있는 숨은 소요를, 다가올 악에 대한 내 의심을 확인시켜주며 도시를 떠나라고 말했다. 그러나 나는 오히려 위험의 흥분을 갈구했고, 고집스럽게 떠나길 거부했다.

어느 날 신부와 함께 베르트 광장을 걷고 있을 때 그가 성당을 향해 건너오는 한 오스트리아 장교에게 고개 숙여 인사했다.

"저 사람이 기즈번 씨입니다." 그 신사가 지나가자 신부가 말했다.

나는 고개를 돌려 키가 크고 호리호리한 체격의 장교를 바라보았다. 그는 당당한 태도로 걷고 있었으나 중년이 지난 나이 때문인지 약간 구부정했다. 내가 그 남자를 바라보자 그도 뒤돌아보았고, 시선이 마주치면서 그의 얼굴을 보았다. 깊게 팬 주름, 누르스름한 혈색에 상흔이 있는 얼굴이었다. 전쟁의 부침과 울화가 남긴 흉터였다. 우리의 시선이 만난 것은 짧은 한순간이었다. 우리는 둘 다 고개를 돌렸고, 각자의 길을 갔다.

그러나 그의 모습은 쉽게 잊을 수 있는 것이 아니었다. 완벽하게 몸에 맞게 갖춰 입은 복장과 분명 거기에 쏟았을 정성은 전체적으로 어둡고 음울한 표정과 어울리지 않았다. 그가 루시의 아버지라는 이유로 나는 어디를 가든 본능적으로 그를 찾으려 애썼다. 결국 그가 나의 집요함을 알아차린 것 같았다. 그는 지나칠 때마다 내게 오만하게 인상을 찌푸렸다. 그런데 그렇게 마주치던 중 한번은 내가 그에게 도움이 된 적이 있었다. 그가 거리 모퉁이를 도는데 갑자기 내가 앞서 얘기했던 불만에 찬 플랑드르인 한 무리가 나타났다. 뭔가 말을 주고받더니 기즈번 씨가 검을 꺼내 슬쩍, 그러나 솜씨 좋게 휘둘러 그를 모욕한 자 중 한 사람에게 상처를 입혔고 피를 흘리게 했다. 그가 모욕적이라 생각한 말은 나는 너무 멀어 직접 듣지는 못했다. 내가 서둘러 그들에게 달려가며 당시 안트베르펜에 잘 알려진 집합 구호를 크게 외치지 않았다면, 항시 거리를 순찰 중이던 오스트리아 군사들이 그 소리에 우르르 구하러 오지 않았다면 그 무리 모두 기즈번 씨를 공격했을 것이다. 그런데 기즈번 씨도, 그 불온한 폭도들도 내 개입에 그다지 고마워하는 것 같지 않았다. 기즈번 씨는 벽에 기대어 번쩍이며 빛을 내는 양날 검을 들고 능숙한 검술 자세를 취한 채 무기는 없으나 덩치 크고 사나운 사내 대여섯과 싸울 준비를 하고 있었다. 그러다 그의 군사들이 오자 검을 검집에 넣고 무심한 명령 몇 마디로 그들을 돌려보내더니 혼자 유유히 거리를 따라 산책을 이어갔다. 그의 뒤에서는 그 플랑드르 노동자들이 으르렁거리고 있었는데, 도와달라 외쳤던 내게 달려들고 싶은 마음이 더 큰 것 같았다. 설사 그들이 그랬다 하더라도 당시엔 내 삶의 짐이 너무 고단하여 개의치 않았을 것이다. 그들은 공격하는 대신 나를 그들의 대화로 끌어들였고, 나는 그들의 불만을 들었다. 견디기엔 너무나 고통스럽고 무거운 상황이어서 그 무게에 짓눌린 자들이 그리 난폭하고 무모한 것도 당연했다.

기즈번이 얼굴에 상처를 입힌 남자는 내게서 자신을 공격한 자의 이름을 알아내려 했지만 나는 말하기를 거부했다. 그 무리의 또 다른 사람이 그 대화를 듣고 답했다.

"내가 그자의 이름을 알지. 그는 총사령관의 전속부관인 기즈번이야. 내가 그자를 잘 알아."

그는 낮게 중얼거리는 목소리로 기즈번과 관련된 이야기를 시작했다. 그가 이야기하는 동안 나는 그들에게서 악마의 피가 끓어오르는 것을, 내가 그 이야기를 듣지 않길 바라는 것을 명백히 알 수 있었다. 나는 천천히 숙소를 향해 걸었다.

그날 밤 안트베르펜에 공공연한 반란이 일어났다. 주민들이 오스트리아 지배자들에게 반기를 든 것이다. 도시의 성문을 지키던 오스트리아인들은 처음에는 상당히 조용하게 성채 안에 머물렀고, 이따금 커다란 대포 소리가 도시 위로 음울하게 울리곤 할 뿐이었다. 그러나 그들이 이 소요가 그냥 가라앉을 것이라, 몇 시간의 격분으로 끝날 것이라 기대했다면 오산이었다. 하루 이틀 만에 폭도들은 도시의 중요한 건물들을 손에 넣었다. 그러고 나자 오스트리아인들이 타오르는 불꽃 같은 대열로 쏟아져 나왔다. 사나운 폭도들도 그들에겐 앵앵거리는 여름 파리 떼만 못하다는 듯이 차분하고 웃음 띤 표정으로 배치받은 초소를 향해 행진했다.

그들의 훈련된 동작과 정교한 사격은 끔찍한 결과를 가져왔다. 그러나 한 사람의 폭도가 쓰러지면 그가 흘린 피에서 그의 죽음을 복수하려는 세 사람이 분연히 일어섰다. 그런데 목숨을 위협하는 적이, 오스트리아인들의 무시무시한 동맹이 등장했으니 바로 식량이었다. 여러 달 동안 부족하고 값비쌌던 식품이 이제는 아무리 돈을 줘도 구하기 힘들었다. 도시 외부에 친구가 있었던 폭도들이 식량을 시내로 들여오기 위해 필사적으로 노력했다. 셸드강과 가장 가까운 항구 인근에서 큰 싸움이 일어났다. 폭도들의 대의를 받아들인 나도 그곳에서 그들을 돕고 있었다. 우리는 오스트리아인들과 격렬하게 맞붙었다.

양쪽 다 많은 사람이 쓰러졌다. 그들이 피를 흘리며 누운 광경이 잠시 눈앞에 펼쳐지더니, 일제사격으로 짙은 연기가 몰려오며 그들을 가렸다. 연기가 물러나자 앞서 쓰러진 이들이 이번 총격이 쓰러뜨린 새로운 부상자들에 깔리고 가려진 채 짓밟히거나 질식해 죽어 있었다. 그때 잿빛 가운을 입고 잿빛 베일을 쓴 한 사람이 번쩍이는 총들 가운데로 가로질러 오더니, 목숨이 꺼져가고 있는 누군가에게 몸을 굽혔다. 때로는 허리에 매달고 다니는 깡통에 담긴 물을 주기도 했고, 때로는 죽어가는 이 위로 십자가를 들고 빠르게 기도를 올리기도 했다. 기도는 그 지옥 같은 소음과 굉음 속에서 인간에게는 들리지 않겠지만 저 위 그분은 귀 기울여 들을 것이다. 나는 이 모든 광경을 꿈속인 듯 보고 있었지만 현실의 그 가혹한 시간은 전투와 살육이었다. 그런데 나는 이들 잿빛 사람들이, 온통 피로 젖은 맨발이, 베일로 가려진 얼굴들이 클라라 수녀회임을 알았다. 수녀들이 이제 수녀원 밖으로 나온 것이다. 비참한 고통이 만연하고 위험이 임박했기 때문이다. 그래서 그들은 은둔하던 거처를 떠나 이 악마 같은 깊은 아수라장으로 들어온 것이다.

내 가까이, 많은 사람의 몸싸움에 떠밀려 내 옆을 지나던 안트베르펜 시민 한 사람이 있었다. 얼굴엔 아직 아물지 않은 상처도 보였다. 그런데 한순간 그는 오스트리아 장교 기즈번의 공격에 나가떨어졌고, 그 충격에서 벗어나기도 전에 그는 공격자를 알아보았다.

"하! 잉글랜드 놈 기즈번이군!" 그가 그렇게 외치며 배가된 분노로 기즈번을 향해 몸을 날렸다. 드센 공격에 기즈번이 쓰러졌다. 그때 연기 속에서 어두운 잿빛 인물이 나타나 허공에서 번쩍이는 검 바로 아래로 몸을 던졌다. 안트베르펜 시민의 팔이 그대로 멈췄다. 오스트리아인들도 안트베르펜인들도 감히 나서서 클라라 수녀회 수녀를 해하지는 못했다.

"이자는 내게 맡기시오!" 준엄한 목소리가 낮게 말했다. "그는 내 적이오. 오랜 세월 내 적이오."

그것이 내가 들은 마지막 말이었다. 나 역시 총탄을 맞고 쓰러졌다. 나는 며칠 동안 아무것도 기억하지 못했다. 깨어났을 때 극도로 쇠약한 상태였고 힘을 되찾을 생각에 먹을 것을 간절히 원했다. 숙소 주인이 나를 지키며 앉아 있었다. 그 역시 여위고 쪼그라들어 있었다. 내가 부상했다는 소식을 듣고 그가 나를 찾아 나서 구해주었다고 했다. 그렇다! 싸움은 여전히 계속되고 있었지만 더 혹독한 것은 기근이었다. 그가 듣기로는 식량 부족으로 죽은 사람들도 있다고 했다. 그 말을 하는 주인의 눈에서 눈물이 흘렀다. 그러나 곧 그는 고개를 저어 심약함을 떨쳐내고 천성적인 쾌활함을 다시 보여주었다. 버나드 신부가 나를 보러 왔었고 다른 이는 없었다고 했다. (사실 올 사람이 누가 있는가?) 버나드 신부가 그날 오후 다시 오겠다고 약속했다고 했다. 나는 자리에서 일어나 옷을 입고 간절한 마음으로 그를 기다렸으나 신부는 오지 않았다.

주인이 직접 조리한 음식을 내게 가져왔다. 안에 무엇이 들었는지 그는 말하려 하지 않았지만 아주 훌륭했고, 한 숟가락 뜰 때마다 힘이 솟는 듯했다. 선량한 그는 드러내놓고 맛있어하는 나를 측은하게 바라보며 흡족한 미소를 지었다. 허기가 어느 정도 가시자 나는 그의 눈에서 내가 게걸스럽게 먹다시피 한 그 음식을 간절히 원하는 어떤 아쉬움 같은 것을 읽을 수 있었다. 사실 그때 나는 기근이 얼마만큼 심각한지 거의 알지 못했다. 갑자기 창밖으로 많은 사람이 급하게 뛰어가는 소리가 들렸다. 주인이 옆쪽의 창문 하나를 열고 무슨 일인지 살폈다. 그때 희미하고 날카롭게 종이 울리는 소리가 공기를 가르며 새되게 들려왔다. 다른 모든 것과 확연히 구분되는 소리였다. "성모 마리아시여!" 주인이 외쳤다. "클라라 수녀회!"

그는 내가 먹던 음식 조각들을 움켜쥐더니 내 두 손에 쥐여주며 따라오라고 말했다. 그는 계단을 뛰어 내려가며 집안 여인들이 절절하게 내미는 음식을 더 손에 받았다. 잠시 후 우리는 거리로 나와 거대한 사람들의 물결과 하나가 되었다. 모두 클라라 수녀회로 향하고 있었다. 그리고 여전히, 마치 웅얼거리는 비명이 우리 귀를 꿰뚫는 듯한 종소리가 날카롭게 들려왔다. 그 낯선 무리 속에는 얼마 되지 않는 음식을 들고 몸을 떨며 흐느끼는 노인들도 있었고, 남겨두었던 그릇의 식량을 안아 든 채 눈물로 뺨을 적시는 여인들도 있었는데, 이들은 대부분 먹은 양보다 들고 가는 양이 훨씬 많았다. 어린아이들도 한 입 먹은 케이크나 빵 조각을 꼭 쥐고서, 안전하게 가져가 수녀들을 돕겠다는 열망으로 얼굴이 상기되어 있었다. 그리고 강인한 남자들도 있었다. 안트베르펜인들도 오스트리아인들도 다 같이 이를 악물고 한마디 말도 없이 앞으로 걸었다. 그리고 그런 그들 위로, 모두의 사이로 날카로운 종소리가 울렸다. 극한에 처해 도움을 청하는 울음소리가 되어.

애처롭고 핼쑥한 얼굴로 돌아오는 사람들의 첫 무리와 만났다. 그들은 수녀원에서 나오며 다른 이들이 음식을 바칠 수 있도록 길을 열었다. "서둘러요, 서둘러!" 그들이 말했다. "수녀가 죽어가요! 수녀가 굶주려 죽었어요! 하느님, 우리를, 우리 도시를 용서하소서!"

우리는 계속 나아갔다. 사람들의 물결에 실려 안으로 들어갔다. 텅 빈, 빵 부스러기 하나 없는 수녀원 식당을 지나 작은 방들이 있는 곳으로 갔다. 방문에는 각각 수녀의 이름이 쓰여 있었다. 나는 다른 이들과 함께 막달라 수녀의 방으로 떠밀리다시피 들어갔다. 수녀의 침상에 기즈번이 누워 있었다. 죽은 듯이 창백했지만 죽지는 않았다. 그의 옆에는 물 한 컵과 곰팡이 핀 작은 빵 한 조각이 있었는데, 빵은 손이 닿지 않는 곳으로 밀려나 있었고 그는 몸을 움직여 그걸 잡을 힘도 없었다. 침대 위 벽에 영어로 성경 구절이 쓰여 있었다. '그러므로 네 원수가 주리거든 먹이고, 목마르거든 마시게 하라.'*

* 로마서 12장 20절.

우리 중 누군가 그에게 음식을 주었고, 마치 굶주린 야생동물처럼 탐욕스럽게 먹는 그를 두고 방을 나왔다. 그때 날카로운 종소리가 아니라 엄숙한 종소리가, 모든 기독교 국가에서 영혼이 지상을 떠나 영원으로 들었음을 알리는 소리가 들려왔기 때문이다. 다시 한번 웅얼거림이 시작되고 퍼져 나가면서 많은 사람이 경외심에 가득 찬 목소리로 말했다. "클라라 수녀회 수녀가 죽어가고 있다! 수녀가 죽었다!"

다시 무리의 흐름을 따라 클라라 수녀원의 성당으로 이동했다. 높은 제단 앞 들것에는 여인이, 막달라 수녀가, 브리짓 피츠제럴드가 누워 있었다. 그녀 옆에는 버나드 신부가 미사 가운을 입고 십자가를 높이 들고 서 있었다. 신부는 새로이 대죄를 고해한 이를 향해 십자가를 높이 들고 엄숙하게 면죄를 선언했다. 나는 힘껏 앞으로 밀고 나가 죽어가는 여인 가까이 다가섰다. 그녀는 이제 주변 사람들의 숨죽인 경외의 침묵 속에서 병자성사를 받고 있었다. 그녀의 눈이 빛을 잃고 흐려지고 있었고 사지가 굳어가고 있었다. 그러나 의식이 끝나자 그녀가 수척한 얼굴을 천천히 들어 올렸고, 알 수 없는 강렬한 기쁨으로 눈이 밝게 빛났다. 어떤 혐오스럽고 무시무시한 존재가 사라지는 것을 지켜보는 사람처럼 보였다.

"그 아이가 저주에서 벗어났습니다!" 그녀는 그렇게 말하고 다시 고개를 뒤로 떨군 후 숨을 거두었다.

그리피스 가문의 저주

1장

나는 항상 오언 글렌다워*와 관련해 노스 웨일스 여기저기 흩어져 있는 전통에 많은 관심이 있었다. 웨일스 촌사람들이 여전히 그를 나라의 영웅으로 추앙하는 감정을 나도 온전히 알고 있다. 십오륙 년 전 옥스퍼드에서 웨일스상 수상 시의 주제가 '오아인 글린두르'라고 발표되었을 때 많은 웨일스 공국 사람들이 크게 기뻐했다. 오랜 세월 가장 자랑스러운 민족적 주제였다.

어쩌면 이 경외할 만한 족장이—계몽된 오늘날에도—문맹인 그곳 시골 사람들에게는 그의 애국심 못지않게 마법의 힘으로도 유명하다는 것을 잘 모르는 이도 있을 것이다. 그는 직접 이렇게

* 잉글랜드 헨리 4세의 통치에 맞서 항쟁을 일으킨 웨일스의 지배자. 웨일스에서는 '오아인 글린두르'로 표기한다.

말했다—혹은 셰익스피어가 그를 위해 한 말이기도 한데 사실상 같은 이야기다.

내가 태어날 때
하늘 앞에 불 밝힌 초롱 모양 불길이 가득했나니……
……나는 저 깊고 광대한 곳에서 영혼을 불러낼 수 있다.

공국의 하급 계층에서 홋스퍼가 대답으로 했던 불경한 질문을 할 생각을 하는 이는 없을 것이다.*

웨일스 영웅의 이런 성격과 관련해 전해오는 다른 전통 가운데 오랜 가문에 대한 예언이 있는데, 그것이 바로 이 이야기의 제목이다. 데이비드 갬** 경이 '마치 빌스에서 태어난 것처럼 검은 배신자가 되어' 마킨레스에서 오언을 살해하려 했을 때, 그와 함께 한 자들 중에 적과 힘을 합칠 거라 전혀 생각지 못한 이름이 있었다. 바로 리스 압 그리피드***였다. '오랜 친밀한 친구'였고, 그의 친족이었으며 형제 이상이었던 그가 오언의 피를 허락한 것이다.

* 홋스퍼는 윌리엄 셰익스피어의 희곡《헨리 4세》의 극중 인물로, '그들을 부를 때 그들이 올 것인가?'라고 묻는다.

** 헨리 4세의 편에서 오언 글렌다워와 맞서 싸운 웨일스 전사. 웨일스에서는 '다피드 갬'으로 표기한다.

*** 웨일스 이름 '그리피드(Gryfydd)'는 잉글랜드에서 '그리피스(Griffith 혹은 Griffiths)'로 표기한다.

오언 글렌다워는 데이비드 갬 경은 용서할 수 있을지 몰라도 그가 사랑했던, 그를 배신한 그리피드는 절대 용서할 수 없었다. 오언 글렌다워는 인간 본성을 너무나 깊이 이해하고 있어 그를 죽이지 않았다. 아니, 그를 살려주었다. 살아서 동포들의 혐오와 경멸의 대상이 되도록, 쓰디쓴 후회의 희생자가 되도록 하였다. 카인의 표식이 그에게 새겨진 것이다.

그가 떠나기 전에—그가 오언 글렌다워 앞에 죄수로 서 있었을 때, 양심 때문에 속으로는 웅크리고 있었겠지만—족장 오언 글렌다워는 그와 그의 족속에게 저주를 내렸다.

"나는 그대에게 살아가라는 저주를 내린다. 나는 안다, 그대가 차라리 죽기를 기도하게 되리라는 것을. 그대는 인간의 타고난 수명을 넘어, 모든 훌륭한 인간의 경멸을 넘어 계속 살 것이다. 어린아이들도 그대에게 혀를 차고 손가락질하며 말할 것이다. '저기 형제의 피를 뿌리려 했던 자가 간다!' 나는 그대를 형제보다 더 사랑했다. 오, 리스 압 그리피드! 그대는 살아서 그대 집안 모두가, 가문의 약골들을 제외하고는 검에 죽는 것을 보게 되리라. 그대의 족속은 저주를 받을 것이다. 한 세대가 내려갈 때마다 토지가 눈 녹듯 사라지는 것을 목도하리라. 그렇고말고, 밤낮으로 일해 금을 쌓아 올려도 부는 자취를 감출 것이다. 지상에서 아홉 세대가 지나가면 그대의 피는 더는 어떤 인간의 혈관에서도 흐르지 않으리라. 그날이 오면, 그대 후손의 마지막 사내가 내게 복수하리라. 아들이 아비를 죽이리라."

오언 글렌다워가 한때 신뢰했던 벗에게 한 이야기가 이러했다고 전해 내려온다. 그리고 그 저주가 하나같이 다 이루어졌다는 것이 공공연한 이야기다. 그리피스 가문은 불행한 삶을 이어갔고, 다시는 부유하지도 번영하지도 못했다. 실제로 그들의 세속적인 자산은 명백한 이유도 없이 줄어갔다.

그러나 많은 세월이 흐르면서 그 저주의 경이롭던 힘은 거의 둔화하였다. 그리피스 가문에 운 나쁜 일이 생길 때에야 기억의 저장소에서 꺼내질 뿐, 팔 대째로 내려가자 예언에 대한 믿음은 거의 소멸하였다. 당시 그리피스 가문은 오언 가문의 딸 한 사람과 결혼했고, 오언 부인은 오빠의 사망으로 예기치 않게 상속녀가 되었는데 그 재산이 예언을 뒤집기 충분할 정도로 상당한 액수였다. 상속녀와 남편은 집안에서 내려오던 메리오네스셔의 작은 소유지를 떠나 카나번셔에 있는, 그녀가 유산으로 받은 영지로 옮겼으며 한동안 예언은 잠잠해졌다.

트레마도에서 크리케스로 가다 보면 이니시나난의 교구 교회를 지나간다. 교회는 산맥에서 내려오는 늪지대 계곡에 있었는데, 산맥은 위로는 리발스강까지, 아래로는 카디건만(灣)까지 이어졌다. 이 지역 토지에는 그리 멀지 않은 옛날에 바다가 물러간 자리임을 알려주는 흔적이 어디나 있었고, 그런 늪에 따라붙기 마련인 황량하고 고약한 냄새가 물씬 풍겼다. 그런데 계곡을 넘어가면 특징은 비슷해도 이 이야기의 배경이 되는 시대에는 분위기가 더욱 음울했다. 고지대에는 대규모 전나무 재배지가 있었는데, 너무 빽빽하게 심겨 있어 나무들이 어느 크기 이상은 자라기 힘들어 높이 솟지 못한 채 왜소한 모양새였다. 실제로 작고 약한 나무들은 시들어 죽고, 갈색 흙 위로 떨어진 나무껍질이 시선을 끌지도 못한 채 버려져 있었다. 위쪽 굵은 가지들 사이로 힘겹게 내려오는 희미한 빛들 속에서 이 나무들을 보면 허연 몸통이 드러나 끔찍해 보였다. 바다와 가까워질수록 계곡은 더 개방된 느낌이었지만 그렇다고 더 환한 것도 아니었다. 일 년 대부분 바다 안개가 잔뜩 끼어 있어 어두워 보였고, 농가는 대개 풍경에 밝은 분위기를 부여하기 마련인데 여기서는 그러지 못했다. 이 계곡은 오언 그리피스가 아내 덕에 권리를 갖게 된 소유지의 많은 부분을 차지했다. 계곡 고지대에 가족의 저택, 아니 그냥 거주하는 주택이 있었다. '저택'이란 단어는 튼튼하게 짓긴 했으나 어설픈 보도웬에는 너무 거창하다. 외관은 정사면체에 육중해 보였고 전면에 온갖 장식이 있어 그나마 일반 농가와 구분이 되었다.

이 집에서 오언 그리피스 부인은 두 아들을 낳았다. 미래의 지주인 루엘린과 일찍이 교회에 귀의할 운명이었던 로버트였다. 그들 상황의 유일한 차이는, 로버트가 지저스 칼리지에 들어갈 때까지는 형은 자신이 원하는 것을 주위 사람 모두가 항상 다 받아줬지만, 로버트는 때로는 원하는 바를 할 수 있었으나 때로는 저지당하곤 했다는 것이다. 루엘린은 명목상 그의 개인 교사였던 불쌍한 교구 목사에게서 배운 것이 아무것도 없었던 반면, 로버트는 수시로 근면 성실을 강조하는 지주 그리피스에게서 스스로 벌어먹고 살아야 하니 반드시 애써 배워야 한다는 말을 들었다. 로버트도 제대로 된 정규교육을 받은 것은 아니어서 대학 시험들을 어느 정도나 치러냈을지는 알 수 없는 일이다. 그런 면에서 그에게는 다행히, 그의 배움을 시험하기 전에 형의 사망 소식이 들려왔다. 과도한 음주로 짧은 기간 병석에 누웠다가 세상을 떠난 것이다. 당연히 로버트는 집으로 소환되었고, 역시나 당연히 이젠 '먹고살기 위해 배워야' 할 필요가 없어져 옥스퍼드로 돌아가지 않아도 되었다. 그래서 교육을 마치지 못한, 그렇다고 지성을 갖추지 못한 것은 아닌 젊은이는 부모의 얼마 남지 않은 여생 동안 집에서 지냈다.

그는 유별난 성격은 아니었다. 전반적으로 유순하고 느긋했으며 까다롭지 않았다. 하지만 한번 머리끝까지 화가 나면 불같아져서 무섭게 돌변했다. 실제로 그는 그런 자신이 두려운 듯했고, 대개는 화를 낼 법한 일에도 그러지 않았고 자기통제력을 상실할까 우려했다. 그가 사려 깊은 교육을 받았더라면 아마도 생각과 판단의 발휘가 필요한 쪽보다는 감각과 상상력이 필요한 문학 분야에서 탁월함을 보였을 것이다. 그러나 실제로는 그렇지 않았기에 그의 문학 취향은 온갖 종류의 웨일스 유물 수집으로 발현되었고, 그의 웨일스 필사본 소장 목록은 내가 이 글을 쓰는 지금 퓨 박사*가 생존했다면 박사도 흥분했을 만한 것이었다.

로버트 그리피스의 특징 하나를 말하지 않았는데, 그 계층의 다른 이들과는 달리 그는 술을 많이 마시지 않았다. 머리가 쉽게 아파서인지, 일정 부분 세련된 취향이어서 취한 상태와 그에 따른 상황이 싫어서였는지 나로선 알 수 없다. 하지만 스물다섯의 로버트 그리피스는 술 취한 적 없이 늘 맑은 정신이었고, 이런 경우는 웨일스의 린반도(半島)에서는 너무나 드문 일이어서 그는 예의가 없고 사교적이지 못한 사람으로 알려져 거의 소외당했으며 많은 시간을 고독하게 보냈다.

이즈음 그는 카나번셔 순회재판소의 재판에 참석해야 했다. 그는 그의 대리인인 영민하고 현명한 웨일스 변호사의 집에 손님으로 머물다가 변호사의 매력적인 딸에게 마음을 빼앗기고 말았다. 그 집에서 지낸 건 불과 며칠에 지나지 않았으나 자신의 애정을 판단하기엔 충분한 시간이어서 허락된 짧은 기간을 보낸 후 여인을 보도웬에 있는 집으로 데리고 왔다. 새로이 그리피스 부인이 된 그녀는 온화하고 유순한 사람이었다. 남편을 몹시 사랑했음에도 경외하기도 했다. 부분적으로는 나이 차이에서 기인했고, 부

* 윌리엄 오언 퓨(1759~1835). 최초로 웨일스-영어사전을 편찬한 문법학자이자 골동품 전문가.

분적으로는 남편이 많은 시간 연구에 몰두했는데 그녀로서는 전혀 이해할 수 없는 내용이었기 때문이다.

그녀는 곧 그에게 꽃 같은 딸을 안겨주었다. 그녀의 어머니 이름을 따라 앙하라드라고 이름 지었다. 그 후 여러 해 동안 집안에 별다른 특별한 일이 없다가, 나이 든 여인들이 하나같이 이젠 아기 요람이 흔들리는 일이 없을 거라 말하던 때 그리피스 부인이 아들이자 상속자를 임신했다. 아들의 출산 후 얼마 되지 않아 아기 어머니가 세상을 떠났다. 그녀는 임신 기간 동안 병약하고 기운이 없었고, 출산 후 회복하는 데 필요한 몸과 마음의 활력이 부족했던 것 같다. 오로지 남편의 애정 외엔 바라던 것이 거의 없던 아내였기에 그녀를 더더욱 사랑했던 남편은 그녀의 때 이른 죽음으로 큰 슬픔에 빠졌고, 유일한 위안은 그녀가 남기고 간 어여쁜 아들뿐이었다. 그의 성격의 매우 부드럽고 거의 여성적인 부분이 작은 아기의 가엾은 상황으로 인해 표출된 듯했다. 아기는 행복한 아이들이 어머니에게만 하는 진심 어린 옹알이를 아버지를 향해 두 손을 벌리며 하곤 했다. 앙하라드는 거의 방치되었고 아기 오언은 집안의 왕이었다. 그럼에도 그의 아버지 다음으로는, 누나만큼 아기를 깊은 애정으로 보살피는 사람은 없었다. 그녀는 아기에게 양보하는 것이 너무나 익숙해서 이젠 상처를 받지도 않았다. 밤이나 낮이나 오언은 늘 아버지 곁에 있었고, 시간이 흐르면서 그것은 습관으로 굳어졌다. 아이에게는 자연스럽지 못한 생활이었다. 얼굴을 바라봐주는 밝고 환한 얼굴도 없이(앞서 말했지만 앙하라드는 대여섯 살 위였고, 어머니 없는 이 불쌍한 소녀도 얼굴이 밝을 리가 없었다), 맑게 울리는 목소리도 없이, 오늘도 내일도 아들이 없었으면 외로웠을 아버지의 고독한 시간을 함께 나누며 어두침침한 방에서 마법사의 물건 같은 골동품에 둘러싸여 있거나, 아버지의 산속 산책이나 사냥 여행에서 '아빠'를 따라가느라 그 작은 발로 종종걸음을 쳤다. 포말이 이는 작은 시냇가에 이르러 징검다리 간격이 멀고 넓으면, 아버지는 어린 아들을 안고 더할 나위 없이 조심스럽게 시냇가를 건넜다. 아들이 지치면 아버지는 품에 안고 함께 휴식을 취하거나, 아들을 들어 올려 안고서 집으로 향했다. 아들이 아버지의 음식이 먹고 싶다면 그렇게 해줬고, 온종일 같이 있겠다면 그렇게 해주었다(아버지는 소년이 그러고 싶어 한다는 것이 너무 기뻤다). 온갖 응석을 다 받아주고 키웠다 해서 오언이 사랑스럽지 않은 아이가 된 것은 아니지만 고집이 세졌고, 행복한 아이는 아니었다. 어린 소년의 얼굴에서 보기 힘든, 생각에 잠긴 표정이 나타나곤 했다. 게임이나 재미있는 운동도 알지 못했다. 그가 아는 지식은 풍부한 상상력과 사색을 바탕으로 했다. 그의 아버지는 아들이 자신의 연구에 관심을 갖도록 하면서 기뻐했지만 그 연구들이 어린아이의 정신에 얼마나 유익한 것인지는 고려하지 않았다.

물론 지주 그리피스도 자신의 세대에서 이루어진다는 그 예언을 모르지 않았다. 때때로 친구들과 있을 때 그 얘기를 하며 경솔하게 회의적인 시각을 보이곤 했지만, 사실 그 예언은 그가 인정한 것보다 훨씬 더 그의 마음 가까이 자리하고 있었다. 그는 상상력이 풍부해 그런 주제에 남달리 민감했고, 철저한 사고를 통해 판단을 내리고 그것을 강화하는 경우가 드물어 예언을 지속적으로 떠올리지 않을 수 없었다. 그는 아들의 슬픔이 깃든 얼굴을 한동안 바라보곤 했다. 아들은 커다란 검은 눈을 들어 너무나 다정하게, 그러면서도 뭔가 묻는 듯 아버지를 쳐다보곤 했는데, 그러면 옛 전설이 마음에서 스멀스멀 부풀어 오르며 가슴이 너무나 아파 공감을 바라지 않을 수 없었다. 게다가 그가 아이에게 품은 압도적인 사랑은 부드러운 말보다 더 온전한 표출이 필요해 보였다. 그런데도 정반대의 무시무시한 예언이 기다리고 있다니 그는 그 사랑의 대상에게 비난을 가하고 싶기도 하고 두렵기도 했다. 어쨌든 그리피스는 어린 아들에게 그 전설을 반은 농담조로 들려주었다. 가을날, '한 해 중 가장 슬픈 때', 야생 황무지를 산책하다가 혹은 참나무 징두리판벽이 둘러진 방에서 깜빡이는 불빛 옆에서 기이하게 빛을 발하는 신비로운 골동품에 둘러싸여 앉아 이야기하곤 했다. 전설이 일단 머릿속으로 들어오자 소년은 몸을 떨면서도 거듭 되풀이해서 듣고 싶어 했고, 이야기의 단어들은 그의 사랑에 대한 애정과 질문과 함께 뒤엉켰다. 때때로 소년의 애정 어린 말과 행동은 아버지의 가벼우나 씁쓸한 말로 중단되기도

했다. "저리 가거라, 아들아. 너는 이 모든 사랑이 어떻게 될지 알지 못한다."

앙하라드가 열일곱 살, 오언이 열한두 살 되었을 때 보도웬이 속한 교구의 목사가 소년을 학교에 보내라고 그리피스를 설득했다. 목사는 그리피스와 마음이 잘 맞았고, 그리피스의 유일한 친우이기도 했다. 목사는 거듭된 주장을 통해 그리피스에게 오언의 생활이 자연스러운 것이 아니며 모든 면에서 아이에게 해가 된다는 것을 납득시켰다. 아버지는 아들과 헤어지는 것이 내키지 않았지만 마침내 뱅고어에 있는, 당시 훌륭한 문호가 관리하던 문법학교에 보냈다. 여기서 오언은 목사가 생각했던 것보다 더 많은 재능을 보여주었고, 자신이 보도웬에서 살았던 방식에 완전히 충격을 받았다. 그는 학교의 명성 높은 특정 학문 분야에서 학교의 자랑거리가 될 가능성이 보였다. 그러나 학우들 사이에서는 인기가 없었다. 일정 부분 제멋대로인 구석이 있었지만 관대했고 이기적이지는 않았다. 내성적이고 온화하면서도 예외적으로 갑자기 불같이 무시무시하게 화를 내뿜을 때가 있었다(아버지와 성격적으로 비슷한 면이었다).

뱅고어에서 일 년 정도를 보내고 크리스마스에 집으로 돌아온 오언은 그간 과소평가하던 앙하라드가 곧 에버리스트위스 근처에 사는 사우스 웨일스의 신사와 결혼한다는 소식을 듣고 깜짝 놀랐다. 소년들은 누이의 진가를 몰라보기 마련이다. 그는 앙하라드가 자신에게 보여준 인내심을 무시와 경멸로 되갚았던 일들을 생각하며 쓰라린 후회를 했다. 그는 이기적으로 자신의 말을 통제하지 못하고 아버지에게 한탄을 거듭했다. "앙하라드가 가면 우리는 이제 어떡해요?" "앙하라드가 결혼하면 우리는 참 따분할 거예요!" 결국 그리피스도 심하게 가슴 아파하며 유감스럽게 생각하게 되었다. 오언은 누이의 결혼식에 참석하기 위해 몇 주 더 집에서 보내게 되었다. 잔치가 다 끝나고 신부와 신랑이 보도웬을 떠나고 나자 소년과 아버지는 조용하고 다정한 앙하라드의 빈자리가 얼마나 큰지 느끼게 되었다. 그녀는 그간 그들의 평온한 일상을 지탱했던 작은 일들을 너무나도 사려 깊게, 소리 없이 해내고 있었던 것이다. 이제 그녀가 없는 집안은 평화로이 질서를 지켜주던 요정이 사라진 것만 같았다. 하인들은 명령과 지시를 찾아 우왕좌왕했고, 평소 기분 좋은 분위기로 만들어주던 수수한 취향도 방에서 사라졌다. 환히 타던 불은 어두워지며 윤기 없는 회색 잿더미로 사그라들었다. 오언은 뱅고어로 돌아가는 것을 전혀 안타깝게 생각하지 않았고, 아버지 또한 아들의 생각을 알아차리고 굴욕감을 느꼈다. 그리피스 지주는 이기적인 아비였다.

그 당시 편지는 아주 드물게 오갔다. 오언은 집을 떠나 있는 반년 동안 편지를 대개 한 번 받았고, 이따금 그의 아버지가 아들을 방문했다. 이번 반년 동안은 방문도 편지도 없다가 학교를 떠날 시기가 거의 다가왔을 때 아버지가 재혼한다는 소식을 알려와 오언은 깜짝 놀랐다.

그리고 발작 같은 분노가 일었다. 행동으로는 분출구를 찾을 수 없었기에 그의 성격에 미치는 영향은 더 파괴적이었다. 첫 아내에 대한 기억을 경시하는 것과는 별개의 문제였다. 아이들은 재혼이 어머니의 추억 지우기를 의미한다고 생각하기 쉽지만, 오언은 그때껏 자신이 아버지 인생의 첫 번째 목표라고 생각했던 터라 다른 경우였다(그런 생각이 무리는 아니다). 서로가 서로에게 너무나 큰 존재였다. 그런데 이제 형체는 없으나 너무나 실질적인 무엇이 그와 아버지 사이에 영원히 끼어들었다. 그는 자신의 허락을 구했어야 한다고, 자신에게 의논을 했어야 한다고 생각했다. 분명 그는 아버지가 재혼을 결정하기 전에 이야기를 들었어야 했다. 그리피스 지주도 그렇게 생각했고 그래서 어색하게 편지를 썼고, 이것이 오언의 씁쓸한 감정을 더욱 배가시켰다.

이렇게 분노에 찬 오언은 막상 계모를 만나자 그녀 나이대에 그렇게 아름다운 여인을 본 적이 없다는 생각이 들었다. 그녀가 아버지와 결혼했을 때는 이제 꽃 같은 시절은 지난 나이의 미망인이었다. 그런데 그녀의 거동은, 아버지와 함께 방문했던 몇몇 골동품 전문가 가족에서도 여성의 우아함을 거의 경험하지 못한 웨일스 청년의 눈에는 너무나도 매혹적이어서 그는 숨죽이고 감탄하며 그녀를 바라보았다. 그녀의 절제된 우아함, 완전무결한 움직임 그리고 목소리의 음색, 그 다정하고도 줄곧 귀를 가득 채

우는 달콤함에 아버지의 결혼에 대한 오언의 분노가 누그러졌다. 그럼에도 그 어느 때보다 더 그와 아버지 사이에 구름이 껴 있음을 느꼈다. 결혼 발표에 맞춰 서둘러 보내왔던 그 편지는 잊을 수 없었다. 비록 그에 대해 언급은 하지 않았지만. 이제 그는 아버지가 속내를 털어놓는 상대도 아니었고 곁을 지키는 벗도 아니었다. 새로 결혼한 아내가 늘 지주의 곁을 지켰고, 아들은 자신이 오랜 시간 아버지의 모든 것이었는데, 이제는 거의 하찮은 존재가 되었다고 생각했다. 부인은 의붓아들을 너무나 상냥한 태도로 배려했고 그가 필요한 것에 과도할 정도로 관심을 기울였지만, 그는 환심을 사려는 행동에 진심이 담겨 있지 않다고 생각했다. 그는 주변에 사람이 없을 때 그녀가 자신에게 어떤 경계의 시선을 던지는지 한두 번 본 적이 있었고, 계모에게 진실성이 부족하다는 것을 분명하게 느낄 수 있었던, 설명하긴 힘들지만 그런 소소한 상황이 많았다. 오언 부인은 첫 남편과의 사이에서 낳은 어린 아이를 데리고 왔는데 서너 살 정도 된 아들이었다. 그는 말썽꾸러기 꼬마 요정 같은, 주변 사람을 잘 관찰해서 조롱하는 아이였으며 감정이 통제가 안 되는 것 같았다. 재빠르고 장난이 심했으며, 자신의 못된 장난이 사람들에게 고통을 준다는 것을 처음에는 모르는 것 같았고, 나중에는 그 고통을 보며 악의적인 기쁨을 느끼는 단계로 발전했다. 요정이 아기를 바꿔치기해서 고약한 아이가 오게 됐다는 미신을 사람들이 믿는 것도 정말 무리가 아닌 듯했다.

세월이 흘렀다. 오언은 나이가 들면서 관찰력이 더욱 예민해졌다. 그는 어쩌다 오는 집에서도(이제 대학에 들어갔기 때문이다) 아버지의 성격이 외부로 표현되는 방식에 큰 변화가 있다는 것을 알 수 있었다. 그리고 서서히 오언은 이러한 변화가 계모의 영향 때문임을 알게 되었다. 너무나 미세한 것이어서 다른 이들은 거의 인지하지 못했지만, 그 효과는 불가항력적이었다. 지주 그리피스는 아내가 겸허하게 내놓은 의견을 따라갔고, 자신도 모르게 그것을 자신의 의견으로 생각하여 다른 의견과 반대를 무시했다. 그녀의 요청에 대해서도 마찬가지였다. 그녀는 극단적이고도 섬세한 솜씨로 자신의 요구가 남편의 마음에—마치 남편이 원하는 바인 양—스며들게 했다. 그녀는 권위를 과시하지 않음으로써 힘을 얻었다. 마침내 오언은 아버지가 식솔들에게 일부 강압적인 행동을 하거나 오언의 요청을 별 설명 없이 거부하는 경우가 있음을 알았고, 그것이 계모가 아버지에게 비밀스러운 영향을 끼친 결과라 생각하게 되었다. 설사 그녀가 그와 둘이 있을 때 대화에서 아버지의 행동이 부당하다고 유감을 표현하더라도 그것이 진심이 아니라 믿게 된 것이다. 아버지는 술을 절제하던 습관을 빠르게 잃었고 잦은 음주는 일반적으로 그렇듯 곧 성마름으로 이어졌다. 그런데 여기에도 아내의 주술 같은 영향력이 작용했다. 재혼 전 아버지는 자신의 분노를 억제할 줄 알았다. 그런데 그녀는 그의 성마른 기질을 온전히 알면서도, 그녀의 말이 초래할 결과를 모르는 척 아버지의 성질을 이리저리 조종했다.

그러는 사이 오언은 자신의 상황이 특히나 굴욕적으로 느껴졌다. 어린 시절의 기억을 떠올려보면 지금 상태와 극명한 대조를 이루었다. 어릴 때 그는 어른처럼 떠받들어졌다. 나중에 나이를 먹고 정신적으로 성장하면서 그때의 행동이 이기적이기 쉬웠음을 깨달았다. 그의 의지가 하인과 식솔들에게 법이었던 시절을, 그의 공감이 아버지에게 필요했던 시간을 떠올렸으나, 이제 그는 아버지 집에서 미미한 존재나 마찬가지였다. 아버지는 계획했던 결혼을 더 빨리 알리지 않아 아들에게 마음의 상처를 준 것 때문에 멀어졌다. 그러고 나서는 아들을 벗 삼기보다 피하는 듯했고, 고귀하고 독립적인 영혼의 젊은이가 누려야 할 바람과 감정에 너무 자주 극도로 무심하게 굴었다.

어쩌면 오언은 이 모든 상황의 위력을 완전히 깨닫지 못한 것인지도 모른다. 가족 드라마의 배우는 완벽한 관찰자가 될 만큼 충분히 냉정하지 못하기 때문이다. 그는 우울해지고 심사가 틀어졌다. 사랑받지 못하는 존재가 된 것을 곱씹으며 인간적인 마음에서 공감을 갈구했다. 대학을 졸업하고 집으로 돌아와 한가하고 목적 없는 생활을 하게 되면서는 완전히 이런 감정에 사로잡히게 되었다. 상속자이기에 대단한 노력을 기울일 세속적 필요성도 없었다. 그의 아버지 역시 도덕적 필요성을 꿈꾸기엔 너무나 많은 것을 소유한 웨일스 지주였고, 오언 자신도 일상의 굴욕으로 가득한 삶의 장소와 방식을 단번에 포기하기엔 정신력이 충분히 강하지 못했다. 그럼에도 그의 판단이 서서히 그 방향으로 가고 있을 때 어떤 상황이 생겨 그는 보도웬에 주저앉게 된다.

오언처럼 심사가 틀어지고 지켜주는 사람도 없는 젊은이가 대학을 마치고 아버지의 집으로 돌아오면, 방문객이 아닌 상속자로 온 것이라면, 의붓아들과 경계심 많은 계모 사이에 표면적으로라도 화합이 오래 지속되리라 기대할 수 없는 법이다. 어떤 원인이든 차이가 발생하고, 계모는 그녀의 숨겨둔 분노를 충분히 억누르면서 오언이 그녀가 생각했던 것처럼 전적으로 속이기 쉬운 인간은 아니라는 확신을 하게 된다.

그때부터 그들 사이엔 평화가 존재하지 않았다. 그런 분위기가 저속한 언쟁을 통해 나타난 것은 아니었고, 오언은 침울한 침묵으로 거리를 둠으로써, 계모는 모욕적으로 공공연한 계획을 추진함으로써 드러났다. 보도웬은, 오언이 사랑도 관심도 받지 못한다면 적어도 평온 속에서 자신을 돌볼 수 있는 곳이 되어야 하는데 그러지 못했다. 그는 하는 일마다, 하고 싶은 일마다 저지당했다. 형식적으로는 아버지의 생각이었으나, 그의 곁에는 아내가 그 아름다운 입술에 의기양양한 미소를 짓고 앉아 있었다.

그래서 오언은 이른 새벽에 집 밖으로 나가 때로는 해안에서 산책을 했고 때로는 고지대에 올라 계절에 따라 사냥을 하거나 낚시를 하곤 했다. 그러나 더 자주는 짧게 자란 부드러운 풀밭 위에서 '한가로이 누워 휴식을 취하며' 우울하고 음침한 공상에 빠져 있었다. 그는 이 모멸적인 존재 상태가 꿈이기를, 끔찍한 악몽이기를 바랐다. 그렇다면 꿈에서 깨어나 다시 아버지의 유일한 사랑의 대상이 될 수 있을 테니까. 그리고 다시 시작해 이 악몽을 떨쳐버릴 수 있을 것이다. 어린 시절 새빨갛게 빛나는 노을을 본 기억이 있다. 서쪽에 겹겹이 쌓였던 찬란한 심홍색 빛이 점차 흐려지며 차갑고 고요하게 올라오는 달빛이 되었고, 여기저기 천사의 날개 같은 구름이 불꽃처럼 아름답게 서쪽 하늘을 가로질러 떠다녔다. 지상은 어린 시절과 다를 바 없었다. 부드러운 저녁 소리와 저물녘 조화로움으로 가득했다. 산들바람이 그의 옆 블루벨과 헤더 위를 낮게 쓸며 지나갔고, 풀밭에선 향기로운 저녁 내음이 올라오고 있었다. 그러나 그 흘러간 시절 이후로 삶도, 마음도, 희망도 변해버렸다!

때로 모엘 제스트 언덕의 바위 사이, 그가 좋아하는 틈새에 앉아 있곤 했다. 사람들 눈에 띄지 않도록 덜 자란 능금나무나 마가목 옆에 몸을 숨기고서, 짙게 물든 바위채송화 무리 위에 발을 올리면 바로 위로는 깎아지르게 솟아오른 바위가 보였다. 몇 시간이고 그렇게 앉아 보랏빛 언덕을 뒤로하고 펼쳐지는 만과, 바다 한복판에서 햇빛을 받아 하얗게 빛나는 돛을 단 작은 어선이 유리 같은 바다의 온화한 아름다움과 조화를 이루는 것을 무심하게 내려다보곤 했다. 혹은 오랜 시간 벗이었던 학창 시절의 책 한 권을 꺼내고는 마음 한구석에 여전히 웅크린 어두운 전설—윤곽이 분명히 드러날 때를 기다리며 가장 깊은 곳에서 맴돌고 있는 어둠—과 소름 끼치도록 일치하는, 운명에 의해 복수가 예정된 가문을 다루는 옛 그리스 연극들을 찾아 책장을 넘겼다. 손때 묻은 페이지는 저절로 오이디푸스왕 희곡에서 펼쳐졌고, 오언은 자신과 너무나 닮은 예언에 병적인 갈망과 마주해야 했다. 의식적으로 무시했지만, 전설이 그에게 준 결말에는 일종의 자기 미화가 있었다. 그는 그들이 어떻게 감히 경멸과 모욕으로 그렇게 복수의 여신을 자극했는지 경이로울 지경이었다.

시간은 계속 흘렀다. 그는 자주 열정적으로 사냥에 몰두하며 격렬한 신체 활동을 함으로써 생각과 감정이 일지 않도록 했다. 때로는 저녁에 인적이 드문 길가의 작은 술집에 가서 시간을 보내기도 했다. 그곳은 비록 돈을 주고 사는 것일지라도 사람들의 환대와 친절이 있어, 음울한 냉대로 가득한 집, 인정이라곤 없는 집과는 완전히 반대였다.

어느 저녁(오언이 스물네댓 정도였을 것이다), 클렌니 무어에서 온종일 사냥을 한 후 지친 그가 펜모파의 '고트'를 지나는데 문이 열려 있었다. 안에서 흘러나오는 불빛과 유쾌함이 그를, 세속적인 상황의 더 가련한 많은 사람들에게 그랬듯이, 스스로를 지치게 만든 불쌍한 남자를 유혹했다. 그는 안으로 들어가 적어도 그의 존재가 어떤 영향력을 보여주는 그곳에서 저녁 식사를 했다. 그 작은 여관 안은 손님으로 북적였다. 몇백 마리에 이르는 양 떼 한 무리가 잉글랜드로 가는 길에 펜모파에 도착해 여관 앞 공터에 모여 있었다. 여관 안에는 영민하고 마음이 친절한 여주인이 이리저리 바삐 오가며 그 집에서 밤을 보내게 된 피곤한 양몰이꾼들 하나하나에게 쾌활한 인사를 보내고 있었고, 양들은 근처의 들판 우리로 들어갔다. 때로 그녀는 여관에서 시골 결혼식을 축하하고 있던 또 다른 무리의 손님들 시중을 들었다. 마사 토머스는 아주 분주했으나 미소를 잃지 않았고, 오언 그리피스가 저녁을 마치자 곁에 서서 음식이 맛있었길 바란다고, 입맛에 맞았으면 좋겠다고 선선히 말했다. 그리고 결혼식 손님들이 곧 주방에서 춤을 출 것이며 하프 연주자는 유명한, 코웬의 에드워드라고 알려주었다.

오언은 여주인의 은근한 요청을 기분 좋게 받아들일 생각도 있었고, 부분적으로는 호기심도 일어 슬슬 걸어 나가 복도를 지나 주방으로 갔다. 매일 일하고 조리하는 부엌은 그 뒤쪽에 따로 있었고, 이 주방은 상당한 크기의 공간으로 여주인이 일이 끝난 후 앉아 쉬거나 지금처럼 시골 사람들이 결혼식에 초대받아 떠들썩하게 즐기는 장소였다. 문의 가로대들이 액자 모양이 되고, 사람들은 그 액자의 틀 안에서 움직이는 그림이 되었다. 오언은 어두운 복도 벽에 기대어 그 그림을 바라보았다. 벽난로의 붉은 불빛이, 이따금 굴러떨어지는 토탄 한 덩이가 새로이 불꽃을 일으키며 젊은 남자 네 사람을 환하게 밝혔다. 그들은 스카치 릴 같은 춤을 추었는데, 하프가 연주하는 멋진 선율에 박자를 맞추어 그 빠른 동작을 해내고 있었다. 오언이 처음 그 자리에 섰을 때 그들은 모자를 쓴 상태였는데 점점 흥이 나자 모자를 벗어 던지고 지금은 신발을 벗어 차버렸다. 신발이 어디에 떨어지든 전혀 개의치 않았다. 멋지고 날렵한 춤사위가 나올 때마다 갈채와 함성이 터져 나왔다. 저마다 동료들보다 뛰어난 동작을 보이려 애쓰는 듯했다. 마침내 기진맥진 지친 그들이 자리에 앉고, 하프 연주자는 그를 유명하게 만든 열광적이고 흥겨운 민족적 분위기의 선율로 옮겨갔다. 모인 사람들이 자리에 앉아 열중하며 숨을 죽이자 바늘 떨어지는 소리도 들릴 정도로 조용했다. 분주한 모습의 여인이 너울대는 촛불을 들고 뒤편 부엌으로 서둘러 지나가는 소리만 들려왔다. 그가 '할렉 사람들의 행진'의 아름다운 테마를 마치고 다시 '트리 칸트 오부난(300파운드)'으로 곡을 바꾸자 그 즉시 음악과 아주 거리가 멀어 보이는 남자가 '피닐리언', 즉 일종의 서창(敍唱) 스탠자를 낭독했고, 곧 다른 사람이 이어받았다. 이 놀이가 너무 오래 계속되자 오언은 싫증이 나서 문 옆 원래 자리로 돌아갈 생각을 하고 있었다. 그때 뭔가 소소한 부산함이 느껴지더니 방 반대편 입구에서 중년 남자와 딸로 보이는 젊은 여자가 들어왔다. 남자는 파티의 윗사람들이 앉은 장의자로 다가갔고, 그들은 지극히 웨일스적인 인사로 그를 반겼다. "파 수트 마이 디 갈론?(그대의 마음은 어떤가?)" 그리고 좋은 맥주 한 잔을 그에게 건네며 건배했다. 마을의 미인이 분명한 듯한 여자는 젊은 남자들의 따뜻한 인사를 받았고, 다른 여자들은 곁눈질로 그녀를 쳐다보았는데 반쯤 시샘하는 표정이었다. 오언은 그것이 그녀의 극한의 아름다움을 보여주는 것이라 생각했다. 웨일스 여인들이 대부분 그렇듯 그녀도 키는 중간 정도였지만 아름다운 몸매에 가장 완벽하면서도 우아한 팔을 가졌다. 작은 모브캡을 세심하게 쓴 얼굴은 과할 정도로 예뻤지만 잘생겼다고 할 수는 없었다. 얼굴도 둥글었는데 아주 살짝 타원형으로 보이기도 했다. 피부색은 발그레하게 짙었고 약간 올리브색도 느껴졌으며 볼과 턱에 보조개가 있었고, 오언이 지금껏 어디서도 보지 못했던 심홍색 입술은 너무 짧아 진주 같은 작은 치아들 위로 서로 닿지 않았다. 코가 가장 부족한 부분이었고, 눈은 근사했다. 눈이 너무나 길고 너무나 반짝이다가도, 짙은 속눈썹 아래에서 아주 부드러워 보이기도 했다! 밤색 머리카락은 모자의 정교한 레이스 테두리 아래로 단정하게 땋은 상태였다. 이 조그마한 마을의 미인이 자신의 매력을 돋보이게 할 줄 안다는 것을 목에 두른 스카프가 피부색과 완벽한 조화를 이룬다는 점에서 분명히 알 수 있었다.

오언은 상당히 끌리기도 했고 흥미롭기도 했다. 여자는 드러나게 교태를 과시하면서, 몇몇에게는 밝은 대화를 하고 몇몇에게는 매력적인 표정을 짓거나 행동을 하며 젊은 사내들을 주변으로 끌어모았다. 얼마 지나지 않아 보도웬의 젊은 그리피스도 별다를 것 없는 이런저런 동기로 그녀 곁에 다가갔고, 그녀가 오로지 이 웨일스 상속자에게만 관심을 보이자 그녀의 찬양자들이 한 사람씩 차례로 떨어져 나가더니 그녀보다는 덜 매혹적이지만 좀 더 제대로 시선을 주는 이들에게로 가서 앉았다. 오언은 여자와 대화를 하면 할수록 더욱 매료되었다. 그녀는 그가 생각했던 것 이상으로 재치와 재능이 있는 사람이었다. 사려 깊게 자신을 낮추었고, 매력적인 점이 참 많았다. 목소리는 너무나 맑고 다정했으며 행동은 아주 우아해서 오언은 스스로 깨닫기도 전에 그녀에게 빠져들고 말았다. 발그레해진 빛나는 얼굴에서 눈을 떼지 못하던 그의 열중한 시선과 위로 들어 올린 그녀의 반짝이는 눈이 만났다.

그리고 두 사람은 아무 말도 하지 않았다. 그녀는 그의 애정 어린 눈빛의 예기치 않은 따스함에 혼란스러워하며, 그는 그녀의 부드러운 얼굴에 나타난 아름다운 변화에 넋을 잃고서. 오언이 그녀의 아버지라 생각했던 남자가 다가와 그의 딸에게 뭔가 이야기하더니 시선을 돌려 오언에게 덤덤하나 예를 갖춘 인사를 했다. 그 지역에 대해 가벼운 대화를 이끌던 그가 마침내 펜트린반도의 상오리가 많은 한 장소에 관해 이야기하며 오언에게 언제든 내킬 때 그곳을 보여주겠노라고, 집으로 데리러 가 배를 태워 안내하겠으니 허락해달라고 간청했다. 오언은 그의 이야기를 듣고 있었으나 온전히 집중한 것은 아니어서, 곁의 그 자그마한 미인이 그녀를 데려가기 위해 춤 신청을 하는 남자 한두 명을 거절하는 것을 충분히 알 수 있었다. 그녀의 거절을 자기식으로 해석한 그는 기쁜 나머지 다시 모든 관심을 그녀에게 쏟았고, 시간이 흘러 그녀는 파티를 떠나는 아버지의 부름을 받았다. 그녀의 아버지는 떠나기 전 오언에게 약속을 상기시키며 이렇게 덧붙였다.

"아마도 나리는 저를 잘 모르시겠죠. 제 이름은 엘리스 프리처드고, 모엘 제스트 언덕 이편의 티 글라스에 삽니다. 누구든지 알려줄 겁니다."

부녀가 떠난 후 오언은 천천히 집으로 돌아갈 준비를 했다. 그런데 여주인과 마주치자 엘리스 프리처드와 아름다운 딸에 대해 묻지 않을 수 없었다. 그녀는 간단히 예의를 갖춰 대답한 후 약간 주저하며 말했다.

"그리피스 나리, 트라이어드* 아시지요? '세 가지가 비슷하다. 옥수수 없는 훌륭한 곳간, 술 없는 훌륭한 술잔, 좋은 평판 없는 훌륭한 여인'." 그녀는 서둘러 자리를 떴고 오언은 말을 타고 천천히 행복하지 못한 집으로 돌아갔다.

엘리스 프리처드는 농부이자 어부였으며, 세상 이치에 빨라 통찰력이 있고 예리했다. 그러면서도 마음이 온후하고 관대해 사

* 웨일스 전통 음유 문학의 한 형식.

람들 사이에서 인기가 있는 편이었다. 그는 젊은 지주가 아름다운 딸에게 관심을 가지는 것을 알아차렸고, 거기에서 얻을 혜택에 둔감하지 않았다. 그의 딸 네스트 전에도, 어떤 의미에서든, 웨일스 대저택에 여주인으로 옮겨 앉은 시골 아가씨가 없었던 것도 아니었다. 그래서 그는 영리하게도 딸에게 호감을 표하는 젊은이에게 딸을 다시 만날 구실을 주었던 것이다.

네스트 역시 아버지의 세상 읽는 기질을 물려받아 새로운 구애자의 높은 신분을 온전히 의식하고 있었으며, 그를 위해서라면 그녀의 모든 옛 연인들을 무시할 준비가 되어 있었다. 그런데 그녀의 셈법에는 뭔가 감정이 더 많이 들어 있었다. 그녀는 오언이 그녀에게 보여주던 진지하면서도 비교적 세련된 애정 표현에 무감하지 않았다. 표정이 풍부한 얼굴, 때로는 멋져 보이는 용모에 감탄하고 있었으며, 일행이 많았는데도 즉시 유독 그녀를 선택한 것에 설레기도 했다. 마사 토머스가 넌지시 던져준 이야기에 따르면 네스트는 아주 밝은 사람이라 할 수 있었고, 어머니는 없었다. 상당히 쾌활하며 칭찬받는 것을 즐겼는데, 좀 순하게 표현하자면 남자, 여자, 아이 할 것 없이 사람들을 기쁘게 해주려 애썼고, 미소와 목소리로 모두에게 즐거움을 주었다. 행동에 애교가 많고 교태가 심했는데, 웨일스의 구애 기준에는 너무 과도해 마을 어른들이 고개를 설레설레 흔들며 딸들에게 그녀와 가까이 지내지 말라고 주의를 시킬 정도였다. 절대적으로 잘못한 것은 아니더라도 아슬아슬한 경우가 너무 빈번했다.

그날 마사 토머스가 암시를 주었음에도 오언의 감각은 달리 사로잡혀 있어 별다른 영향을 받지 않았다. 게다가 며칠 지나면서 그 기억도 완전히 사라졌고, 어느 아름답고 따뜻한 여름날 그는 두근거리는 가슴으로 엘리스 프리처드의 집을 향해 발을 내디뎠다. 오언은 옥스퍼드에서 장난 삼아 아주 가벼운 추파를 던진 것 말고는 여인의 손끝조차 스친 적이 없었다. 그의 생각과 상상은 항상 다른 곳에 집중해 있었다.

티 글라스는 모엘 제스트 언덕의 낮은 바위들 중 하나를 뒤로 하고 세워졌고, 그것이 실제로는 낮고 긴 집의 옆면이 되어주었다. 바위 위쪽에서 떨어진 넓적한 돌들을 쌓아 거칠게 회반죽을 발라 세운 집에는 깊게 들어간 작은 타원형 창문들이 있었다. 전체적으로 외관은 오언이 생각한 것보다 훨씬 더 조야했으나 내부는 안락한 편이었다. 집은 두 개의 방으로 나뉘어 있었고, 오언이 발을 들인 곳은 크고 널찍했으며 어두컴컴했다. 더 안쪽 방에서 얼굴을 붉힌 네스트가 나오기 전(그녀는 젊은 지주가 오는 것을 보고 옷차림을 매만지려 서둘러 안으로 들어갔었다), 그는 주위를 둘러볼 시간이 있었고 방의 여러 작은 특색을 눈여겨보았다. 창문(창밖 풍경이 근사했다) 아래에는 서랍과 선반이 많이 달린 오크 장이 있었는데, 잘 손질되어 짙은 검은색 윤기가 흘렀다. 방 반대편은 처음에는 눈부신 햇살 때문에 잘 보이지 않았으나 곧 오크 침대 두 개가 모습을 드러냈다. 가까이 가서 보니 웨일스 양식이었다. 엘리스 프리처드와, 바다에서도 뭍에서도 그를 위해 일하는 일꾼의 침실이었다. 양털을 뽑는 커다란 물레가 마치 불과 조금 전에도 사용 중이었던 것처럼 마루 한가운데 서 있었고, 폭이 넓은 굴뚝 둘레에는 베이컨 조각들, 말린 새끼 염소 고기, 생선 등이 걸린 채 겨울 저장 식량으로 훈제되고 있었다.

네스트가 수줍어 감히 들어서지 못하고 있을 때, 집 아래에서 그물을 손질하다 오언이 집으로 올라가는 모습을 본 그녀의 아버지가 집으로 들어와 따뜻하면서도 존경이 담긴 환영 인사를 했다. 그러고 나자 시선을 아래로 하고 얼굴을 붉힌 네스트가—아버지의 조언과 대화를 통해 얻었던 영감을 의식하며—용기 내어 그들 옆으로 다가왔다. 이 신중함과 수줍음이 오언에겐 새로운 매력으로 느껴졌다.

너무 밝고 너무 더워 오전이 지나도록 상오리 사냥을 하러 갈 생각조차 할 수 없었기에 오언은 오후가 될 때까지 그곳에서 점심 식사를 하자는 조심스러운 초대를 기쁜 마음으로 받아들였다. 아주 단단하고 건조한 양젖 치즈, 귀리 케이크, 말린 새끼 염소 고기를 물에 불려 끓인 것, 맛있는 버터와 신선한 버터밀크, '디오드 그리아폴(마가목 열매를 물에 우린 후 발효시켜 만든다)'이라는 술 등을 차린 소박한 식사였지만, 너무나 깨끗하고 깔끔한 뭔가가 있었다. 거기에 진심 어린 환대가 더해져 오언은 이렇게 즐겁게 식사를 한 것이 언제인가 싶었다. 실제로 당시 웨일스 지주들이 농부들과 다른 점은 식탁 음식의 세련된 스타일이 아니라 생활 방식의 양적인 풍부함과 소박한 풍요로움이었다.

지금은 저 아래 린 지역 웨일스 지주들의 값비싸고 우아한 생활 방식이 잉글랜드 신사들에게 조금도 뒤지지 않으나, 당시에는 (노섬벌랜드 전역에 백랍 차 세트가 단 하나밖에 없었다) 엘리스 프리처드의 생활 방식에서 젊은 지주의 세련에 대한 감각에 거슬릴 만한 것은 아무것도 없었다.

식사하는 동안 두 젊은 남녀는 거의 말을 하지 않았고, 아버지는 들뜬 표정의 손님이 자신의 이야기에 무심했지만 신경 쓰지 않고 모든 대화를 혼자 하다시피 했다. 오언은 자신의 감정에 더 진지해졌으나 표현에는 더 소심해졌다. 밤이 되어 사냥에서 돌아온 그는 네스트를 포옹했는데, 받는 사람만큼 하는 사람도 많이 수줍어했다.

이날이 네스트에게 실제로 헌신한 많은 날들 중 첫날이었다. 처음엔 비록 그의 목적을 조금 숨기는 것이 필요하다고 생각한 적도 있었지만 말이다. 과거도 미래도 그 행복한 사랑의 나날 속에서 다 잊혔다.

엘리스 프리처드와 딸은 온갖 세속적 계획과 온갖 여성적 간계를 실행에 옮겨 오언의 방문을 기분 좋고 매혹적인 것으로 만들었다. 사실 불쌍한 젊은이는 환대를 받는다는 것만으로도 충분했고, 그런 상황에서 느껴지는 감정이 새롭고 신비로웠다. 그는 집을 나섰다. 집은 원하는 바를 얘기해도 좌절당할 것이 분명하여 표현을 꺼리게 되는 곳이다. 그곳에서는 애정 어린 어조는 다른 이를 향할 뿐 그의 귀에는 절대 들려오지 않았고, 그의 존재에도 부재에도 아무도 관심을 기울이지 않았다. 반면 그가 티 글라스에 가면 모두가, 심지어 요란하게 짖어대는 작은 잡종견까지도 그에게 관심을 주며 반가워하는 듯했다. 엘리스 집안에는 그가 어떤 하루를 보냈는지 이야기하면 늘 기꺼이 귀 기울이는 한 사람이 있었다. 물레를 돌리거나 버터를 젓느라 바쁜 네스트 곁을 지나가면 그녀는 얼굴을 붉히며 관심 어린 눈길을 보냈고 그의 애정 어린 손길에 조금씩 몸을 맡겨왔다. 매혹적인 세상이었다. 엘리스 프리처드는 보도웬의 소작인이어서 젊은 지주의 방문을 비밀로 하고 싶은 이유가 많았다. 오언 입장에서는 이 평화로운 나날의 화사한 평온을 집에서의 폭풍으로 뒤흔들고 싶지 않았고, 그래서 그가 티 글라스를 방문하는 방식에 대해 엘리스가 제안한 모든 술책을 사용할 준비가 되어 있었다. 그러지 않으면, 아, 분명히 이 거듭되는 행복한 나날들이 끝나게 되리라는 것을 알고 있었다. 그는 네스트의 아버지가 무엇보다 딸과 보도웬 상속자의 결혼을 원하고 있다는 것을 잘 알고 있었다. 네스트가 두 팔로 그의 목을 단단히 감싸 안고 얼굴을 묻으며 그의 귀에 사랑한다는 말을 속삭이면 그 역시 영원히 자신을 사랑할 사람을 간절히 원한다는 것을 느끼곤 했다. 대단히 고결하지는 않을지라도, 그가 결혼이 아닌 다른 방식으로 네스트를 얻을 생각을 하는 사람은 아니었다. 그는 지속적인 사랑을 간절히 원했고, 결혼이라는 엄숙한 맹세를 선택함으로써 그녀의 마음과 그의 마음이 영원히 하나가 되리라 생각했다.

모 장소, 모 시간에 비밀 결혼을 하는 것은 큰 어려움이 없었다. 어느 바람 부는 가을날, 엘리스는 배로 두 사람을 펜트린에서 란드트린으로 데리고 갔고, 그곳에서 그의 딸 네스트가 보도웬의 미래 안주인이 되는 것을 지켜보았다.

교태를 부리는 천방지축 가벼운 아가씨들이 결혼하면서 참해지는 것을 자주 보았는지? 삶의 커다란 목표가 결정되면 온갖 변화가 일어나며 모든 생각이 그 목표만을 향해 달린다. 그들은 아름다운 물의 요정 운디네 이야기*를 증명해주는 것 같다. 새로운 영혼이 그들의 미래 삶의 평온과 온화함 속에서 빛을 발한다. 형언할 수 없는 부드러움과 친절이, 감탄을 불러일으키려 노력하느라 심신이 지치던 허영심의 자리를 대신했다. 이런 종류의 무언가가 네스트 프리처드에게서 일어났다. 처음에는 그녀도 초조하게 보도웬의 젊은 지주를 사로잡으려 애썼는지 모르겠지만, 결혼하기 오래전부터 그녀의 그러한 감정은 전에는 한 번도 느껴본

* 물의 요정 운디네는 인간과 사랑에 빠지면 영혼을 얻을 수 있다고 알려져 있다.

적 없는 진정한 사랑으로 바뀌어 있었고, 이제 그가 그녀의 남자이자 남편이 된 지금, 그가 그녀의 품 안에 있는 한, 그녀의 영혼은 온전히 그의 상처를 아물게 하는 데 열중하고 있었다. 그의 집에서 그가 견뎌내야 하는 불행을 여자의 촉각으로 알아차렸던 것이다. 그녀의 인사는 섬세하게 표현한 사랑으로 가득했다. 지치지 않고 그의 취향을 살펴 옷차림, 시간, 생각을 맞춰나갔다.

그가 결혼식 날을 되돌아보며 감사하는 것도 당연했는데, 이는 동등하지 않은 결혼에서는 보기 드문 결과였다. 그가 티 글라스로 향하는 작은 오솔길을 올라가다가, 아무리 겨울바람이 몸을 에는 듯해도, 문가에서 그가 다가오는 희미한 윤곽을 지켜보는 네스트가 보이면 예전과 다름없이 가슴이 뛰는 것도 당연했다. 작은 창 근처에선 촛불이 그를 옳은 길로 안내하는 횃불처럼 밝게 빛나고 있었다.

집에서 겪었던 성난 언어들과 고약한 행동들이 그의 마음에서 사그라들었다. 그는 분명 그의 것인 사랑을, 그리고 머지않아 탄생할 새로운 사랑의 약속을 생각했고, 그 무엇도 그의 평화를 깨뜨릴 수 없음에 미소를 지을 수 있을 것 같았다.

몇 달 후, 어느 이른 아침에 가늘고 작은 울음소리를 들으며 젊은 아버지가 서둘러 티 글라스로 들어갔다. 보도웬으로 비밀스럽게 전해온 소식을 듣고서였다. 핼쑥한 어머니가 미소를 지으며 힘없이 들어 올린 아기에게 아버지는 입을 맞춘다. 그녀는 펜모파의 그 작은 여관에서 그의 마음을 빼앗았던 밝고 명랑한 네스트보다 더욱더 사랑스러워 보인다.

그러나 저주는 여전히 사라지지 않았다! 예언의 실현도 머지않았다!

2장

아들이 태어나고 맞은 가을이었다. 눈부시게 밝고, 덥고, 햇빛 가득한 날씨가 이어지던 찬연한 여름을 보낸 후였다. 이제 한 해가 이울고 있어 계절에 맞게 빛이 부드러워지고 있었다. 아침이면 은빛 안개가 자욱했고 밤이면 맑은 서리가 내렸다. 꽃이 만발하던 시절 풍경은 이제 지나가 사라졌고, 그 대신 더욱더 깊어진 빛깔이 햇살로 물든 잎새와 이끼, 황금빛 꽃을 피운 금작화를 수놓고 있었다. 사그라지는 시간이라 할지라도 그 쇠퇴함 속에도 찬란함이 있었다.

네스트는 애정 어린 간절한 마음으로 남편을 위해 집 주변을 아름답게 꾸미고 싶어 정원을 가꾸었다. 집 앞 소박한 마당의 작은 구석구석에 고운 산꽃을, 희귀한 꽃보다는 예쁜 꽃을 옮겨와 심었다. 오래된 잿빛 야생 장미 덤불도 보이는데, 예전에 그녀와 오언이 그들의 작은 방의 창 아래에 심었던 초록 줄기가 자란 것이다. 그런 순간들이면 오언은 현재가 아닌 모든 것은 다 잊었다. 과거에 알았던 모든 걱정거리와 고통도, 앞날에 기다리고 있을지 모르는 비애와 죽음도. 아들 역시 어떤 애정 넘치는 부모라도 축복으로 느낄 그런 사랑스러운 아이였다. 즐거울 때면 까르륵 웃으며 작은 두 손을 마주쳤다. 어느 화창한 가을 아침, 엄마가 아이를 품에 안고 오두막 문에 서서 티 글라스로 이어지는 거친 오솔길을 오르는 아버지를 바라보고 있었고, 세 식구가 함께 집으로 들어설 때 모두가 벅찰 정도로 행복했다. 오언은 아들을 안고 아이를 던져 올리며 함께 놀았고, 그동안 네스트는 작은 일감을 찾아서 창문 아래의 서랍장 위에 앉아 분주하게 바늘을 움직이면서 때때로 남편을 쳐다보며 소소한 집안일들을, 아이가 어리광 부린 이야기며 어제의 어획량, 더는 가지 않지만 귀동냥한 펜모파 여관의 소문들 등을 들려주었다. 그녀는 조금이라도 보도웬과 관련된 일을 말하면 남편이 불안해지고 불편해지는 것을 알 수 있었고, 마침내 그에게 집을 떠올리게 하는 것은 무엇이든 피하게 되었다. 사실 그는 최근 들어 그의 아버지의 성마름 때문에 고통받고 있었다. 명백히 하찮은 일에도 분통을 터뜨렸고, 그렇다고 짜증이 덜한 것도 아니었다.

그들이 그렇게 이야기를 하고 서로를, 아기를 어루만지고 있을 때 그림자 하나가 창을 가리며 방이 어두워졌고, 그들이 그림자의 주인을 일별하기도 전에 사라졌다. 그리고 그리피스 지주가 빗장을 열고 그들 앞에 서 있었다. 그는 선 채 바라보았다. 우선 너무나 달라진 그의 아들을, 팔에 고귀한 아들을 안고서 자랑스럽고 행복한 아버지로서 만족과 즐거움으로 들뜬 표정인 그를. 보도웬에서 너무나 자주 봐야 했던 우울하고 언짢은 젊은이가 전혀 아니었다. 그리고 그는 네스트를 보았다. 몸을 떨며 겁에 질린 불쌍한 네스트! 그녀는 하던 일을 내려놓았지만 자리에서, 서랍장에서 감히 움직이지도 못하고 그리피스 지주로부터 보호를 구하듯 남편을 쳐다보았다.

지주는 아무 말 없이 화를 억누르는 듯 하얗게 질린 얼굴로 그 둘을 번갈아 노려보았다. 마침내 그가 입을 열었고, 부자연스러운 침착함 속에서 또렷하게 말했다. 그는 직접 아들에게 질문을 던졌다.

"저 여자! 누구냐?"

오언은 잠시 주저하다가, 확고하고 조용한 목소리로 답했다.

"아버지, 저 여인은 제 아내입니다."

그는 결혼을 오랫동안 감춘 것에 대한 사죄의 말을 더하려 했었다. 아버지의 용서를 구하려 했었다. 그러나 지주의 입술에서 거품이 일며 네스트를 향한 모욕적인 언사가 터져 나왔다.

"저 여자와 결혼을 했다는 것이냐! 사람들 말이 맞았구먼! 창녀 네스트 프리처드와 결혼을 해! 그러고도 마치 불명예스러운 일을 하지 않았다는 듯이 거기 그렇게 섰구나, 이따위로 마누라를 얻는 염병할 짓을 하고도! 그리고 저 반반한 창녀는 저기 앉아 거짓으로 겸손한 척, 얌전한 척, 마치 미래의 보도웬 안주인이라도 될 것처럼 하고 있구나. 하지만 내 눈에 흙이 들어가기 전에는 저 부정한 계집이 우리 아버지의 집에 안주인으로 발을 들여놓지 못할 것이다!"

이 모든 말들이 너무나 빠르게 흘러나와 오언은 자신의 입안으로 밀려드는 말을 할 기회가 없었다. "아버지!" (마침내 그가 입을 열었다.) "아버지, 누가 그런 얘기를 했는지 모르겠지만 네스트 프리처드가 창녀라는 건 완전히 거짓입니다! 아! 정말 거짓입니다!" 그는 우레 같은 목소리로 그렇게 덧붙이며 지주 가까이 한두 걸음 다가갔다. 그리고 낮은 목소리로 말했다.

"이 여자는 당신 아내만큼 깨끗한 사람입니다. 아니, 하느님, 도와주십시오! 나를 세상에 데려다 놓고 떠나간 사랑하는 소중한 어머니, 어머니의 사랑이란 피난처도 없이 홀로 인생을 헤쳐 나가야 하는군요. 말씀드리죠, 네스트는 사랑하는, 돌아가신 어머니만큼 순수한 사람입니다!"

"바보 같은 놈, 불쌍한 바보 같은 놈!"

이때 아기가—작은 오언이—화난 얼굴들을 번갈아 쳐다보다가, 지금껏 사랑만 가득했던 얼굴이 왜 사납게 노려보는지 이해하려는 듯 진지한 표정을 짓고 있었는데, 이것이 어떤 식으로든 지주의 시선을 끌었고 그의 분노는 더 커졌다.

"그래." 그가 말을 이어갔다. "이 불쌍하고 약해빠진 놈아, 남의 새끼를 네 자식처럼 그렇게 안고 있다니!" 오언은 겁에 질린 아이를 저도 모르게 쓰다듬으면서 아버지의 말에 뭔가를 떠올리며 희미하게 미소를 지었다. 그것을 본 지주는 격노한 목소리로 고함을 내질렀다.

"네가 내 아들이라면 그 비천하고 뻔뻔한 여자의 자식을 버려라. 지금 당장 버려라, 지금 당장!"

제어할 수 없는 분노 속에서 그는 오언이 자신의 명령을 들을 생각이 전혀 없음을 알고는 사랑으로 품은 그 불쌍한 아기를 잡아채 아기 엄마를 향해 던지고는 격분하여 말도 제대로 못 하고 집을 나가버렸다.

네스트는 이 끔찍한 대화가 오가는 동안 창백한 얼굴로 대리석처럼 굳은 채, 그녀의 가슴을 때리는 말들에 주술이라도 걸린 듯 계속 바라보며 이야기를 듣고 있었다. 그리고 팔을 벌려 그 소중한 아기를 받아 품으려 했다. 그러나 아기는 엄마의 가슴, 그 하얀 안식처에 닿을 운명이 아니었다. 노여움이 치솟은 지주의 행동은 제대로 방향을 잡지 못했고, 아기는 결국 서랍장의 날카로운 모서리에 부딪힌 후 돌바닥으로 떨어지고 말았다. 오언이 놀라 아기를 안으러 가니 아기는 전혀 움직임 없이 너무나도 가만히 누워 있었다. 죽음의 두려움이 아기 아버지를 엄습했고, 그는 몸을 숙이고 더 가까이 아기를 응시했다. 바로 그 순간 위로 뒤집힌, 흐릿해진 눈이 발작하듯 구르며 돌아갔다. 경련이 아기 몸을 훑고 지나갔고, 아직도 입맞춤으로 따뜻한 입술이 가늘게 떨리더니 영원히 멈추었다.

남편에게서 나온 한마디로 네스트는 모든 것을 알았다. 그녀는 앉았던 자리에서 아래로 미끄러져 내려와 시신이 되어버린 어린 아들 곁에 누웠다. 아기는 남편의 고뇌에 찬 사랑의 말들과 열정적인 간구도 듣지 못했다. 아, 괴로워하는 저 불쌍한 남편, 아버지! 불과 십여 분 전만 해도 그는 사랑을 느끼며 큰 축복 속에 있었다! 아기의 얼굴에서 앞으로 다가올 미래라는 밝은 약속을 보았고, 싱그러운 새 영혼이 하나둘 깨달아가며 빛나는 것을 보았었다. 그런데 이제, 이 작은 육신의 모습은 그를 보고도 기뻐하지 못할 것이며 그의 품에 안기려 팔을 뻗지도 못할 것이다. 말을 이루지는 못해도 이 세상에서 가장 감동적이었던 옹알거림은 이제 꿈에서도 그를 맴돌겠지만 깨어나면 다시는 듣지 못할 것이다! 불쌍한 어미는 죽은 아기 곁에서 거의 아무런 감각이 없는 듯 혼절해 있었는데, 그녀에겐 그것이 차라리 자비로워 보였다. 비방을 당하고 가슴에 구멍이 뚫린 네스트! 오언은 구토가 올라오는 것을 참아내며 그녀를 깨어나게 하려 애썼으나 허사였다.

이제 거의 한낮이었다. 집으로 돌아온 엘리스 프리처드 앞에 꿈에서도 상상하지 못한 광경이 기다리고 있었다. 충격을 받기는 했으나 불쌍한 딸의 회복에는 그가 오언보다 좀 더 효과적인 방도를 취할 수 있었다.

그녀의 의식이 조금씩 돌아오는 것이 보이자 어두운 방 그녀의 작은 침대 위에 뉘었다. 그녀는 온전히 정신을 차리지 못하고 다시 잠에 빠져들었다. 그러자 괴로운 생각에 짓눌려 숨 쉬는 것도 버거워진 남편은 그녀가 꼭 쥐고 있던 그의 손을 조용히 빼고는 그녀의 희고 매끄러운 이마에 부드럽고 긴 입맞춤을 한 후 서둘러 방을 빠져나와 집을 나갔다.

모엘 제스트 언덕 거의 아래까지 내려가면, 티 글라스에서 400미터 정도 거리에 방치된 작은 외딴 잡목림이 있었다. 늘어진 찔레나무 가지들과 흰 브리오니아 덩굴손이 거칠게 뒤엉킨 곳이었다. 이 빽빽한 수풀 가운데로 가다 보면 푸른 하늘을 깨끗한 거울처럼 담고 있는 깊고 맑은 연못이 있었고, 연못가에는 수련의 넓은 초록잎들이 떠 있었다. 장엄한 태양이 한낮의 찬란함으로 세상을 비추면 시원하고 깊은 물 주위의 꽃들이 그를 반겼다. 숲을 가득 채운 소리가 음악 같았다. 숲 그늘에서 들려오는 즐거운 새 지저귐, 물 위를 떠도는 벌레들의 끊임없는 울음소리, 멀리 폭포의 물 떨어지는 소리, 때로 산꼭대기에서 들려오는 양 떼 울음, 이 모든 것이 하나가 되어 자연의 아름다운 조화를 이루었다.

이곳은 오언이 외로운 방랑자 시절, 지난 세월 사랑을 찾아 나섰던 순례자였을 때 좋아하던 장소였다. 티 글라스에서 나왔을 때 그는 마치 본능처럼 이곳으로 향했고, 치솟는 고뇌를 억누르며 간신히 이 외딴 자리에 이르렀다.

하루 중 이맘때면 날씨 변화가 아주 빈번하여 더는 작은 연못에 비친 푸르고 환한 하늘을 볼 수 없었다. 어두침침한 암회색 구름이 되돌아와 있었고, 이따금 거친 바람이 불어오면 온갖 색으로 물든 나뭇잎들이 가지에서 흔들리며 그 모든 음악도 황무지에서 내려오는 세찬 바람 소리에 묻혀버렸다. 바위 절벽 뒤편으로 산이 이어졌고 그 산 위에 황무지가 펼쳐졌다. 곧 비가 내렸고, 비는 도랑을 이루며 세차게 흘러내렸다.

그러나 오언은 비도 무시했다. 그는 젖은 바닥에 앉아 얼굴을 두 손에 묻은 채 온몸과 정신의 힘을 다해 솟구쳐 끓어오르는 피를 가라앉혀야 했다. 머릿속에서 소용돌이치는 피 때문에 그는 곧 미칠 지경이었다.

죽은 아기의 유령이 그의 앞에 나타나 복수를 해달라고 우는 것만 같았다. 보복에 대한 그의 격렬한 열망의 대상이 자신의 아버지라는 것에 생각이 미치자 그는 몸서리를 쳤다!

그는 거듭거듭 생각하지 않으려 애썼다. 그러나 여전히 생각은 머릿속에서 돌고 돌며 회오리를 일으켰다. 마침내 그는 분노를 통제하고 냉정하게 앞날의 계획을 세우는 데 집중했다.

당시 급박하게 돌아가던 상황 속에서 그는 아버지가 아기를 죽음에 이르게 한 사고를 인지하기 전에 오두막을 나갔다는 것을 알지 못했다. 오언은 아버지가 모든 것을 다 보았다고 생각했다. 그는 당장 집으로 가서 아버지의 행동으로 인한 마음의 고통을 이야기하고, 말하자면 슬픔의 무게로 그를 위압할 생각이었다. 그러나 감히 그럴 용기가 없었다. 자신의 통제력을 믿을 수 없었다. 끔찍한 옛 예언이 떠올랐고, 그는 그 운명이 두려웠다.

마침내 그는 영원히 아버지를 떠나기로 마음먹었다. 네스트를 데리고 어딘가 멀리 시골로 떠나는 것이다. 그녀가 첫아이를 잊을 수도 있고, 그가 자력으로 생계를 꾸릴 수도 있는 곳으로.

그러나 이 계획의 실행에 필요한 여러 작은 준비에 생각이 미치자 그가 가진 돈이 모두(이 점에 있어 그리피스 지주는 수전노는 아니었다) 보도웬의 잠가둔 책상 안에 있다는 사실이 떠올랐다. 이 실질적인 어려움을 해결할 방법을 생각해봤지만 허사였다. 보도웬에 갈 수밖에 없었고, 유일한 바람은—그의 의지와는 무관하지만—아버지와 마주치지 않는 것이었다.

그는 일어나 보도웬으로 가는 샛길로 향했다. 거세게 쏟아지는 빗속에서 집은 더욱더 음울하고 황량해 보였다. 오언은 뭔가 아쉬운 감정으로 집을 바라보았다. 저 집에서 비록 슬픈 나날을 보냈으나 이제 영원히는 아니더라도 오랜 세월을 떠나 있게 될 터였다. 그는 옆문을 통해 안으로 들어갔다. 복도는 그의 방으로 이어졌다. 방에는 책, 총, 낚시 도구, 필기 용품 등이 있었다.

그는 서둘러 가져가려 했던 몇 가지를 꺼내기 시작했다. 누군가 방해할까 두렵기도 했지만, 무엇보다 그날 밤, 네스트가 여정을 제대로 따라올 수만 있다면 가능한 한 멀리 이동하고 싶은 마음이 강했다. 그는 그렇게 준비를 하면서 한때 사랑했던 아들이 영원히 떠났음을 발견하고 아버지가 느끼게 될 감정을 가늠하려 해보았다. 아들이 집을 떠나도록 만든 자신의 행동을 후회할까? 예전에 자신의 발이 닿는 곳마다 따라다니던 사랑스럽고 애정 넘치던 소년을 쓸쓸히 생각할까? 아니면 아, 슬프게도, 그의 일상의 행복, 아내와의 만족스러운 생활, 아이에 대한 그 기이한 맹목적 애정 사이에 놓였던 장애물이 사라졌다고만 느낄까?

그들은 상속자가 떠난 것을 조롱할까? 그때 그는 네스트를 생각했다. 아이를 잃은 젊은 어머니는 자신의 마음이 얼마나 황폐한지 아직은 깨닫지 못했을 것이다. 측은한 네스트! 그렇게 사랑스럽던 그녀를, 아이에게 그렇게 헌신적이던 그녀를 어떻게 위로할 수 있을까? 그녀가 멀리 낯선 땅에서 고향의 산을 그리워하는 모습을, 아이가 위로받지 못했기에 자신의 위로도 거부하는 모습을 상상해보았다.

향수병 때문에 네스트가 괴로워하리라 생각하면서도 그 때문에 결심이 흔들리지는 않았다. 아버지와 거리를 두고 멀리, 아주 멀리 떨어져 있을 때만 그 운명을 피할 수 있을 거라는 생각이 그를 확고하게 사로잡았다. 자신의 아이를 살해한 자와 가까이 있는 한 운명은 그의 인생 목적과 하나가 될 수밖에 없을 것 같았다.

황급하나마 떠날 준비가 거의 다 되어갈 무렵, 아내에 대한 따뜻한 생각으로 가득한 순간 문이 열리고 요정 같은 로버트가 방 안을 들여다보았다. 그는 형의 물건을 뒤지러 왔다. 로버트는 오언을 보자 잠시 주저하더니 대담하게 다가와 손을 오언의 팔에 올리고 말했다.

"네스트 창녀! 왜 네스트가 창녀야?"

그는 심술궂게 오언의 얼굴을 바라보며 자신의 말이 어떤 효과를 나타내는지 살피다가 오언의 표정을 읽고 겁에 질렸다. 그는 발걸음을 떼더니 문으로 달려갔고, 오언은 자신의 분노를 자제하며 거듭 말했다. "그냥 어린아이야. 자기가 하는 말이 무슨 뜻인지 이해하지 못해. 그냥 어린아이라고!" 로버트는 이제 안심해도 좋다고 판단한 듯 여전히 그 모욕적인 언사를 계속했고, 오언의 손은 총 위에서, 끓어오르는 분노를 억누르기라도 하듯 총을 꽉 잡고 있었다.

그러나 로버트가 대담하게도 죽은 불쌍한 아기를 조롱하는 말을 하기 시작하자 오언은 더는 참을 수가 없었다. 로버트가 채 알아차리기도 전에 오언은 한 손으로 그를 무자비하게 움켜쥐고 다른 손으로 세게 때렸다.

곧이어 그는 자신을 통제했다. 그는 멈추었고 움켜쥔 손을 풀었다. 그러자 놀랍게도 로버트가 바닥으로 쓰러졌다. 실은 반은 놀라고 반은 무섭기도 했던 아이가 정신을 잃은 척하는 것이 최선이라 생각했던 것이다.

오언은, 불쌍한 오언은 엎드린 아이를 보며 지독한 회오를 느꼈다. 그는 아이를 조각된 나무 의자로 끌고 가 아이의 의식이 돌아오도록 할 수 있는 일을 다 했다. 그런데 바로 그때 지주가 들어왔다.

아마도, 그날 아침 보도웬의 식솔들이 일어났을 때 그들 중 상속자와 네스트 프리처드와 그녀의 아이 사이의 관계를 모르는 이는 단 한 사람뿐이었을 것이다. 그는 티 글라스 방문을 비밀로 하려 애썼지만 너무 잦았기에 사람들의 눈에 띄지 않을 수 없었고, 춤을 추러 가거나 요란하게 놀거나 하지 않는 네스트의 변화된 행동이 강한 상황 증거가 되었다. 하지만 보도웬에서 그리피스 부인의 영향력은—공인된 것은 아닐지라도—최고 권력이었고, 그런 그녀가 비밀 폭로를 허락할 때까지는 누구도 감히 지주에게 얘기하지 못했다.

그런데 이제 그녀가 남편에게 아들이 누구와 관계를 맺고 사는지 알려줄 때가 다가왔다. 그래서 많은 눈물을 흘리며, 마지못해 털어놓는 듯 보이도록 하며 그 소문을 전했고, 동시에 네스트가 가벼운 인물이란 것을 알리는 것도 절대 잊지 않았다. 그리고 네스트의 행동거지에 대한 평판이 나빴다는 것을 결혼 전으로 국한하지 않고 지금까지도 '숲과 수풀 속 여자'라는 인식을 심어주었다. 몇백 년 동안 웨일스에서는 헤픈 여자라는 악담을 그렇게 표현해왔다.

지주 그리피스는 어렵지 않게 티 글라스의 오언을 찾아갈 수 있었다. 다른 목적은 없이 오로지 불타오르는 분노를 토하기 위해 그의 뒤를 따라가 우리가 보았던 그 분풀이를 했다. 그러나 그는 그 집에 들어갔을 때보다 아들에 대한 분노가 더욱 커진 채 집을 나왔고, 집으로 돌아와서는 계모의 사악한 의견을 들어야 했다. 그리고 그는 복도를 지나가다 작은 실랑이 소리를 들었고 그 안에 로버트의 목소리도 있음을 알아차렸다. 잠시 후 그는 겉보기에 생명이 빠져나간 듯한 그의 사랑하는 어린 아들의 몸을 범인인 오언이 끌고 가는 것을, 지독한 분노의 흔적이 아직도 생생하게 읽히는 얼굴을 보았다. 아버지가 아들에게 뱉은 악의적인 말은 큰 소리는 아니었으나 신랄하고 심각했고, 오언은 당당하고 언짢은 표정으로 침묵을 지키며, 자신에게 훨씬 더 커다랗고 치명적인 부상을 입힌 사람의 존재 앞에서 굳이 자신을 변호할 생각을 하지 않았다. 로버트의 엄마가 방으로 들어왔다. 그녀의 당연한 감정을 보며 그리피스의 노여움은 배가되었고, 오언의 로버트에 대한 이러한 폭력이 미리 계획된 행동이었다는 그의 빗나간 추측은 분노의 안개를 지나며 증명된 진실처럼 생각되었다. 그는 마치 자신과 아내를 아들의 어떤 시도들로부터 보호라도 하듯 식솔들을 불러 모았고, 하인들은 무슨 일인지 의아해하며 서서 둘러보다가 그리피스 부인이 번갈아 야단을 치다, 흐느끼다, 멍이

든 채 반쯤 의식이 없는 아이를 회복시키려 애쓰는 모습을 응시했다. 그러고 나서는 격노한 지주를, 또 슬픔에 젖어 잠자코 있는 오언을 쳐다보았다. 아버지가 무언가 말을 하지만 오언의 무감각한 귀에는 들어오지 않았다. 그의 눈앞에는 핏기 없는 죽은 아기의 모습이 떠올랐고, 계모의 요란한 애탄의 소리에서 그는 더 큰 비탄에 빠진, 더 절망적인 아기 엄마의 울부짖음을 들었다. 어느 정도 시간이 흐른 지금 로버트가 눈을 떴고, 오언의 손찌검 여파로 상당히 고통스러운 게 분명했지만 그럼에도 그는 주위에서 일어나는 모든 일을 완전히 인식하고 있었다.

오언이 본래 성품대로 했더라면 그는 자신이 상처 입힌 아이에게 갑절의 애정을 주었을 것이다. 그러나 그는 이 부당함에 고집스러워졌고 괴로움에 마음이 굳어졌다. 그는 자신을 변호하길 거부하고, 로버트의 부상이 어느 정도인지 의사의 소견이 있을 때까지 감금하라는 아버지의 명령에도 아무런 저항도 하지 않았다. 마치 흉포하고 사나운 짐승을 가두듯 문이 잠기고 빗장이 걸린 후에야 그는 가련한 네스트가, 곁에서 위로해줄 남편도 없이 있을 그녀가 떠올랐다. 오! 그녀가 얼마나 지쳐 있을지, 얼마나 그의 따스한 마음을 갈구하고 있을지. 그녀가 정신적 충격에서 어느 정도 깨어나 위로를 필요로 하고 있다면! 그의 부재를 어떻게 생각하고 있을까? 그가 아버지의 말을 믿고 그녀를 떠났다고, 그녀를 이 쓰라린 고통과 상실 속에 남겨두었다고 생각할 수 있지 않을까? 거기에 생각이 이르자 그는 미칠 것 같았고 탈출 방법이 없을까 주변을 둘러보았다.

그는 1층의 가구도 없는 작은 방에 갇혀 있었다. 벽 하단을 두른 나무 판에는 조각이 되어 있었고, 문은 육중해서 열두어 명의 힘센 남자들이 시도해도 꿈쩍도 하지 않을 것 같았다. 나중에 그는 누구의 눈에도 띄지 않고, 아무런 소리도 없이 방을 빠져나갈 수 있었다. 창문이 (옛 웨일스 집이 그렇듯) 벽난로 위에 있었고, 양쪽으로 굴뚝이 가지처럼 뻗어 외부로 돌출되어 있었다. 이 배출구로 그는 손쉽게 탈출했다. 그가 지금보다 결의가 좀 부족하고 필사적이지 않았더라도 쉽게 탈출했을 것이다. 일단 배출구를 통과해 아래로 내려가면, 약간만 신경을 쓰고 약간만 돌아간다면 모두의 시선을 피해 원래 계획대로 티 글라스로 갈 수 있을 것이다.

오언이 창문에서 내려오면서 보니 폭풍은 이미 가라앉아 있었고 물기 머금은 햇빛이 바다에서 금빛으로 반짝이고 있었다. 그는 오후의 커다란 그늘을 따라 조심스럽게 움직이며 가파른 바위 고원 위에 있는 정원의 작은 녹색 풀밭을 향해 나아갔다. 예전에 그는 종종 절벽의 깎아지른 정면을 따라 안전하게 고정시킨 밧줄을 타고 아래로 내려가곤 했었다. 절벽 아래 깊은 바다에는 그가 정박시켜놓은 작은 돛배가 있었다(아, 지난 시절 아버지의 선물이었다). 그는 늘 배를 그곳에 두었는데 집에서 가장 가까운 곳이라 정박지로 적당했다. 그런데 그리로 가려면 집의 옆면 창문들을 통해 훤히 보이는 햇빛 가득한 넓은 마당을 가로질러야 했다. 그곳엔 몸을 숨길 그림자를 떨궈줄 나무나 관목이 한 그루도 없었다. 그는 거의 반원을 이루는 덤불을 빙 돌아가야 했다. 그 덤불은 누군가 공을 좀 들였다면 관목 숲으로 여겨졌을 것이다. 한 걸음, 한 걸음 조심스럽게 움직이고 있는데 목소리가 들려왔다. 아버지와 계모가 멀지 않은 곳에서 산책을 하고 있었다. 아버지는 아내를 어루만지며 위로했고 계모는 몹시 화를 내며 뭔가를 단호하게 이야기하고 있었다. 거기다 텃밭에서 허브를 한 아름 들고 돌아오는 요리사의 눈을 피해야 해서 또다시 몸을 더 깊이 숙이지 않을 수 없었다. 이렇게 해서 보도웬의 저주받은 상속인은 조상의 집을 영원히 떠났고, 그의 운명도 남겨놓고 가는 것이길 바랐다. 마침내 고원에 도착했고, 그는 비로소 자유롭게 숨 쉴 수 있었다. 그는 몸을 숙여 숨겨놓았던 밧줄을 찾아냈다. 크고 둥근 평평한 바위 아래의 구멍 속에 둥글게 말아놓은 밧줄은 무사하고 건조한 상태였다. 머리를 아래로 숙이고 있던 그는 아버지가 다가오는 것을 보지 못했고, 구부정한 자세로 돌을 들어 올리느라 피가 머리로 쏠려 발소리를 듣지 못했다. 그가 몸을 다시 일으키기도 전에, 자신을 제어하는 손이 누구의 것인지 알아차리기도 전에 아버지가 그를 붙잡았다. 한 인간으로서 행동의 자유를 되찾았던 그가 이제 다시 구속에서 벗어나려고 온 힘을 다해 몸싸움을 했다. 잠시 아버지와 맞붙었던 그는 아버지를 세게 밀쳤고 들어내 옮겨놓은 커다란 돌 쪽으로 몰아갔다. 불안정하게 놓였던 돌이 흔들렸다.

지주가 아래로 떨어졌다, 저 아래 깊은 물속으로. 오언도 아버지를 뒤따라 아래로 떨어졌다. 반은 의식적으로 반은 무의식적으로, 부분적으로는 상대편의 몸이 갑자기 사라져 어쩔 수 없이, 또 부분적으로는 아버지를 구해야겠다는 강렬한 충동에서. 그러나 그는 자신이 떨어질 깊은 바다의 위치를, 본능적으로 더 안전한 곳을 선택했다. 아버지는 떨어지면서 배 측면에 세게 부딪혔다. 그가 바다에 가라앉기 전에 이미 죽었는지 아닌지 확인하기 어렵다. 어쨌든 오언은 지금 이 순간 끔찍한 운명만이 존재한다는 것을 깨달았다. 그는 물속으로 몸을 던졌고, 다시 떠오르게 할 생명의 탄력성이 사라진 육신을 찾아 물을 헤치며 들어갔다. 저 깊은 곳에서 아버지를 발견한 그는 아버지를 붙들고 물 위로 올라와 그 무거운 육신을 배 위로 던지듯 실었다. 완전히 힘이 빠진 오언은 다시 물속으로 빨려 들어가기 시작했으나 본능적으로 기를 쓰고 다시 위로 올라와 흔들리는 배에 기어올랐다. 거기에 아버지가 누워 있었다. 추락 때 머리가 골절되어 측두부에 깊은 상처를 입은 채. 피가 돌지 않는 얼굴은 완전히 검은색이었다. 오언은 아버지의 맥을 짚어보고 심장에 손을 대어보았지만 모두 멈추었다. 그는 아버지를 불렀다.

"아버지, 아버지!" 그가 울었다. "돌아오세요! 돌아오세요! 제가 얼마나 사랑했는지 모르실 겁니다! 어떻게 제가 아직도 당신을 사랑할 수 있는지! 만약에, 아, 하느님!"

그리고 자신의 어린 아기 생각이 그의 앞을 가로막았다. "네, 아버지." 그가 다시금 소리쳤다. "그 아이가 어떻게 떨어졌는지, 어떻게 죽었는지 모르시죠! 오, 제가 인내하며 말씀을 드렸더라면! 저를 참아주고 얘기를 들어주셨더라면! 어쨌든 다 끝났어요! 오, 아버지! 아버지!"

그녀가 이 거친 울부짖음을 들었던 것인지, 남편이 보이지 않자 그저 몇 가지 일상적인 질문을 하러 찾아 나선 것인지, 아니면 아마도 개연성이 더 큰 쪽일 텐데, 오언의 탈출을 알아차리고 남편에게 알리러 온 것인지 알 수 없다. 하지만 절벽 위에서, 그의 머리 바로 위에서 계모가 남편을 부르는 소리가 들려왔다.

그는 침묵을 지켰다. 그리고 조용히 절벽 아래로 배를 밀어 옆면이 바위에 닿도록 했다. 드리워진 가지들이 수면과 같은 높이에 있지 않은 모든 것들로부터 그와 배를 감추었다. 그는 물에 젖은 몸이 더 잘 은폐될 수 있도록 죽은 아버지 옆에 누웠다. 그런데 그 행동에서 웬일인지 어린 시절이 떠올랐다. 아버지가 어머니를 잃고 혼자이던 시기에 오언은 아버지와 한 침대에서 잤고, 아침이면 아버지를 깨워 오랜 웨일스 전설을 듣곤 했다. 그렇게 얼마나 누워 있었는지 알 수 없었다. 온몸이 으슬으슬했고, 머리는 악몽 같은 끔찍한 현실의 무거운 압박감 속에서 힘겹게 작동하고 있었다. 마침내 그는 몸을 일으켰고 네스트를 생각했다.

큰 돛을 펼쳐 그것으로 배의 바닥에 누운 아버지 시신을 덮었다. 그러고 나서 추위에 곱은 손으로 노를 잡고 더 넓은 바다로 나가 크리케스로 향했다. 그는 해안을 따라가다가 검은 바위들 속에서 그늘진 틈새를 발견했다. 그 지점까지 노를 저은 후 배를 육지 가까이 정박시켰다. 그리고 비틀거리며 뭍으로 오른 그는 한편으로는 그대로 검은 물속으로 떨어져 영원히 쉬고 싶었고, 한편으로는 본능적으로 그 가파른 절벽에서 안전하게 발 디딜 곳을 찾고 있었다. 마침내 그는 위로 오르고 올라 풀이 많은 꼭대기에 무사히 닿았다. 그리고 마치 쫓기는 사람처럼 펜모파를 향해 달렸다. 미친 듯한 광기로 달리고 달렸다. 갑자기 멈춰 선 그가 뒤돌아서더니 올 때와 같은 속도로 다시 달려 절벽 꼭대기에 몸을 던져 엎드렸고, 눈을 부릅뜨고 아래편 배를 살폈다. 혹시라도 어떤 살아 있음을 알려주는 움직임이 없었는지, 돛의 주름이 움직인 흔적은 없었는지. 저 아래는 모든 것이 잠잠했지만 그가 응시하는 동안 빛의 방향이 움직이면서 아주 미미한 움직임이 나타났다. 오언은 절벽 아래로 달려 내려가 옷을 벗고 물속으로 뛰어들었고 배를 향해 헤엄쳤다. 배에 닿으니 어떤 미동도 없었다. 지독한 정적뿐이었다! 잠시 기다렸지만 감히 돛을 들춰볼 엄두가 나지 않았다. 그러다 혹시라도 아직 한 줌 생명의 불꽃이 남았는데도 아버지를 그대로 내버려둔 것은 아닌가 하는 생각이 엄습하자

경악한 그는 마치 수의 같은 돛을 치웠다. 초점을 잃은 눈이 그의 눈을 쳐다보고 있었다! 그는 아버지의 눈을 감기고 턱을 묶었다.*
다시 한번 그는 아버지를 바라보았다. 이번에는 물에서 나와 이마에 입을 맞추었다.

"이것은 제 숙명이었습니다, 아버지! 제가 출산 때 죽었더라면 차라리 더 나았을 겁니다!"

한낮의 햇빛이 물러나고 있었다. 소중한 햇빛! 헤엄쳐 돌아온 그는 옷을 입고 다시 펜모파로 출발했다. 그가 티 글라스의 문을 여니 엘리스 프리처드가 난롯가의 어둠 속에 앉은 채 비난하는 표정으로 쳐다보았다.

"이제야 왔군." 그가 말했다. "우리 같은 사람은(그러니까 우리 신분은) 아내를 죽은 아이 옆에서 혼자 슬퍼하게 두지 않을 거네. 우리 같은 사람은 자기 아버지가 자기 친아들을 죽이도록 하지도 않을 거고. 난 딸을 자네에게서 영원히 데려와야겠다 싶어."

"내가 아버지에게 말한 게 아니에요." 네스트가 소리치며 측은하게 남편을 바라보았다. "아버지가 묻는 질문에 답하다 보니 일부분만 들으셨고 나머지는 추측하신 거예요."

그녀는 아기가 마치 살아 있는 것처럼 무릎에 안고 있었다. 오언은 엘리스 프리처드 앞에 섰다.

* 시신을 염하는 방식의 하나.

"조용히 해요." 오언이 조용히 말했다. "어떤 말도 어떤 행동도 운명의 결정을 빠져나갈 순 없습니다. 저는 수백 년도 더 전부터 제 일을 하게 되어 있었어요. 시간이 저를 기다리고 있었고, 그가 저를 기다렸습니다. 저는 대를 이어 내려온 예언을 행했을 뿐입니다!"

엘리스 프리처드도 오랜 예언 이야기를 알고 있었고, 막연하고 모호하게 믿고도 있었다. 그러나 그 예언이 그의 시대에 오리라고는 결코 생각지 못했다. 그런데 이제 짧은 순간 그는 모든 것을 이해했다. 비록 그가 오언의 성품을 잘못 판단해 그가 의도적으로 그 일을 했다고, 죽은 아들의 복수를 위해 했다고 생각했지만. 그렇게 보니 엘리스는 이 긴 오후 내내 그의 하나밖에 없는 자식이 고통스럽게 겪었던 격렬하고 절망적인 슬픔의 원인에 대한 벌에 불과하다는 생각이 들었다. 물론 법은 그렇게 간주하지 않을 것임을 알았다. 당시 웨일스 법이 느슨하긴 했지만 그래도 지주 그리피스의 지위를 생각하면 그의 죽음을 조사하지 않을 수 없을 것이다. 그래서 영민한 엘리스는 어떻게 한동안 이 범인을 숨길 수 있을까 생각했다.

"이리 오게." 그가 말했다. "그렇게 두려워할 것 없어! 자네의 운명이지 자네의 잘못이 아니야." 그가 한 손을 오언의 어깨 위에 얹었다.

"젖었군." 문득 그가 말했다. "어디에 있었던 건가? 네스트, 네 남편이 물을 뚝뚝 흘린다. 흠뻑 젖었어. 그래서 그렇게 파랗게 질려 창백했던 거군."

네스트가 가만히 아기를 아기 요람에 누였다. 그녀는 하도 울어서 반쯤 넋이 나간 모습이었고, 오언이 저주가 이루어졌다고 말했지만, 그 말을 실제로 듣고도 그것이 무엇을 암시하는지 이해하지 못했다. 그녀의 손길이 오언의 얼어붙은 심장을 녹여주었다.

"아, 네스트!" 그가 그녀를 끌어안으며 말했다. "나를 아직도 사랑하나? 나를 아직도 사랑할 수 있나, 나의 소중한 사람이여?"

"당연하죠." 그녀의 눈에 눈물이 가득 고였다. "더욱더 사랑해요, 내 불쌍한 아기의 아버지니까요!"

"하지만, 네스트. 아, 엘리스, 말씀해주세요, 아시잖아요."

"그럴 필요 없네, 그러지 말자고!" 엘리스가 말했다. "저 아이는 지금도 머리가 복잡해. 움직여라, 내 딸아, 가서 내 일요일 정장을 가져다 다오."

"이해할 수 없네요." 네스트가 손을 그녀의 머리에 올리며 말했다. "무슨 이야기를 한다는 거죠? 왜 그렇게 젖었어요? 하느님, 제 정신이 아닌 이 불쌍한 것을 도와주세요. 난 당신 말의 의미도, 당신의 이상한 모습의 이유도 짐작조차 가지 않네요! 내가 아는 건 우리 아기가 죽었다는 것뿐이에요!" 그녀가 눈물을 터뜨렸다.

"어서, 네스트! 갈아입을 옷을 가져다주어라, 서둘러라!" 그리고 그녀가 더 이해하려 애쓰기엔 도무지 기력이 없어 조용히 그 말을 따르는 동안 엘리스가 재빨리 오언에게 낮고 다급한 목소리로 말했다.

"지주가 죽었다는 말인가? 저 아이에게 들리지 않게 작게 말하게! 음, 음, 어떻게 죽었는지는 말할 필요 없네. 갑작스러웠겠지, 알아. 사람은 다 죽게 마련이지. 그를 묻어야겠군. 곧 밤이야. 자네가 여행을 떠나게 되는 건 당연한 일이겠고. 그게 네스트에게 좋을 걸세. 세상에는 집을 나간 후 다시는 돌아오지 않는 사람들이 많지. 그런데 그가 자기 집에 누워 있는 건 아니겠지. 소동이 좀 있겠군. 찾아 나설 거고, 궁금해할 거고, 그러다 시간이 흐른 후에 상속자가 가능한 한 조용히 그냥 나타나면 되는 거네. 그게 자네가 할 일이야. 마침내 네스트를 보도웬으로 데리고 들어가는 거지. 아니다, 얘야, 그것보다 더 좋은 스타킹들이 있다. 내가 란루스트 시장에서 사 온 파란색 모직을 찾아보아라. 다만 절망만 하지 말게. 이미 벌어진 일이고 돌이킬 수도 없는 일이니. 튜더 시대부터 자네가 하도록 정해진 일이라고 하지 않나. 그리고 그는 마땅한 벌을 받은 거야. 저기 저 요람을 봐. 그가 어디에 있는지 말하면 내가 용기를 내서 그를 위해 뭘 할 수 있는지 보겠네."

그러나 오언은 젖고 초췌한 모습으로 앉아 과거의 환상을 보고 있는 것처럼 토탄이 타오르는 불을 들여다보았고, 엘리스가 하는 말에 전혀 귀를 기울이지 않았다. 네스트가 마른 옷을 한 아름 들고 와도 꿈쩍도 하지 않았다.

"자, 일어서게!" 엘리스가 초조하게 말했다. 그러나 그는 아무 말도 하지 않았고, 움직이지도 않았다.

"무슨 일이에요, 아버지?" 어리둥절해진 네스트가 물었다.

엘리스는 잠시 더 오언을 지켜보다가 딸이 그 질문을 되풀이하자 마침내 말했다.

"네가 직접 물어보아라, 네스트."

"아, 여보, 무슨 일이에요?" 그녀가 무릎을 꿇고 눈높이를 맞추며 말했다.

"모르겠어?" 그가 무거운 어조로 말했다. "당신이 알게 되면 나를 사랑하지 않게 될 거야. 그리고 이건 나의 행위가 아니라 나의 숙명이었어."

"무슨 뜻이에요, 아버지?" 네스트가 고개를 들며 물었다. 하지만 엘리스는 그녀에게 남편에게 물어보란 몸짓을 할 뿐이었다.

"무슨 일이 일어났든 난 당신을 사랑할 거예요. 그 최악의 사건이 뭔지 이야기만 해줘요."

잠시 정적이 흘렀고, 그동안 네스트와 엘리스는 숨을 죽였다.

"우리 아버지가 세상을 떠났어, 네스트."

네스트가 날카롭게 숨을 삼키고는 더 이상 숨을 쉬지 못했다.

"하느님, 그를 용서하소서!" 그녀는 아기를 생각하며 그렇게 말했다.

"하느님, 저를 용서하소서!" 오언이 말했다.

"설마 당신이……." 네스트가 말을 잇지 못했다.

"맞아, 내가 그랬어. 이제 당신도 알게 됐군. 이게 내 운명이었어. 내가 뭘 어쩌겠어? 악마가 내 편이었고, 악마가 바위를 그렇게 놓아 아버지가 떨어지게 만들었어. 아버지를 구하러 나도 뛰어내렸지. 정말이야, 네스트. 나도 거의 물에 빠져 죽을 뻔했다고. 그런데 아버지는 죽었어, 죽었다고. 추락으로 죽었다고!"

"그럼 지금 아무도 모르게 바닷속에 가라앉아 있단 말인가?" 엘리스가 아주 간절하게 물었다.

"아뇨, 바다가 아니라 제 배 위에 있습니다." 오언이 말했다. 그는 몸을 약간 떨었다. 추워서가 아니라 마지막으로 일견했던 아버지의 얼굴이 떠올라서였다.

"오, 여보, 일단 젖은 옷부터 갈아입어요." 네스트가 애원했다. 네스트에겐 노인의 죽음이 그녀와 아무 상관 없는 그저 끔찍한 일에 불과했지만, 남편이 불편한 것은 눈앞에 있는 괴로움이었다. 오언이 혼자서는 벗을 기운조차 없어 그녀가 도와 젖은 옷을 벗겨냈고, 그동안 엘리스는 분주히 음식을 준비하고 커다란 잔에 술과 뜨거운 물을 섞었다. 그는 이 불행한 젊은이 옆에 서서 억지로라도 먹고 마시게 했고, 네스트 역시 조금이라도 먹도록 했다. 그리고 머릿속으로는 이 일을 누가 저질렀는지를 생각하며, 어떻게 감추는 것이 최선인지 계획을 세워나갔다. 저기 서 있는 딸이 — 비탄에 젖어 신경을 쓰지 않아 비록 옷매무새는 다 흐트러졌지만—사실상 보도웬의 안주인이란 생각을 하면 속된 승리감이 느껴지지 않는 것도 아니었다. 엘리스 프리처드는 그 저택보다 더 큰 집을—있기야 하겠지만—본 적이 없었다.

몇 가지 더 노련한 질문을 던진 덕에 그는 먹고 마시고 있던 오언에게서 알고 싶은 정보를 모두 얻었다. 실제로 오언도 입 밖에 내어 이야기함으로써 공포를 좀 희석시킨 것 같아 거의 안도감을 느꼈다. 식사가 끝나기 전, 식사라고 부를 수 있을지 모르겠지만, 엘리스는 알고자 하는 것을 다 알았다.

"이제 네스트, 망토를 입고 숄을 둘러라. 가지고 갈 필요한 것들을 챙겨라. 내일 아침까지 너와 네 남편은 리버풀까지 절반 거리는 가야 한다. 내가 너희를 내 어선으로 릴 샌즈까지 데리고 가마. 너희 배는 뒤에 매달아 끌고 가고. 일단 위험한 지역을 벗어나면 나는 생선을 가득 잡아 돌아와 보도웬에서 어느 정도 소동이 있는지 알아보마. 리버풀에 안전하게 숨으면 너희가 어디 있는지 아무도 모를 것이다. 거기서 조용히 머물다가 때가 되면 돌아오너라."

"다시는 집에 돌아오지 않을 겁니다." 오언이 완강하게 말했다. "그곳은 저주받았어요!"

"훗, 내 말을 듣게나. 여보게, 아니, 그건 그냥 사고였다고! 그리고 우리는 홀리섬의 린곶에 내릴 걸세. 거기에 내 늙은 사촌이 있어. 그곳 교구 목사지. 프리처드 집안이 예전엔 꽤 괜찮았거든. 지주는 그곳에 묻도록 하지. 그건 그냥 사고였어. 머리를 들라고! 자네와 네스트는 집으로 돌아와 보도웬을 아이들로 가득 채우게 될 걸세. 나는 오래오래 살면서 그 모습을 보고 싶네."

"그럴 일 없습니다!" 오언이 말했다. "내가 우리 집안 마지막 남자고, 아들은 아버지를 살해했습니다!"

네스트가 짐을 들고 망토를 입고 왔다. 엘리스가 서둘러 그들을 데리고 나갔다. 불은 꺼졌고 문은 잠겼다.

"여기, 네스트, 내 딸아. 내가 앞장서서 계단을 내려가는 동안 네 짐은 내가 들도록 하마." 하지만 오언은 고개를 숙이고 단 한 마디도 하지 않았다. 네스트는 아버지에게 짐 꾸러미를 건네고 (엘리스가 판단하기에 가져가야 한다는 물건들로 꾸린 짐이었다) 다른 것은 조심스럽게 꼭 안았다.

"이건 내가 들고 가야 해요." 그녀가 낮은 목소리로 말했다.

그녀의 아버지는 이해하지 못했으나, 그녀를 이해한 남편은 강인한 팔로 그녀의 허리를 감싸며 신의 가호를 빌었다.

"우리 모두 함께 가는 거야, 네스트." 그가 말했다. "하지만 어디로?" 그는 바람 부는 쪽에서 다가오는 폭풍에 찢긴 구름을 올려다보았다.

"사나운 밤이 되겠군." 엘리스가 고개를 돌려 그들에게 말했다. "하지만 겁내지 마. 우린 헤치고 나갈 거다!" 그는 자신의 배를 정박한 곳으로 갔다. 그리고 동작을 멈추고 잠시 생각했다.

"여기 있어라!" 그가 말했다. "사람들과 마주칠지도 모르고, 어쩌면 이야기를 나누어야 할지도 모르겠다. 내가 돌아올 때까지 여기서 기다려라." 그래서 그들은 길모퉁이에 나란히 앉았다.

"아이가 보고 싶어, 네스트!" 오언이 말했다.

그녀가 숄 아래에서 죽은 어린 아들을 꺼냈다. 그들은 창백한 아기의 얼굴을 부드러운 시선으로 오래 바라보았고, 입을 맞춘 후 다시 경건하고 조심스럽게 덮었다.

"네스트." 오언이 마침내 말했다. "아버지의 영혼이 우리 가까이 있었던 기분이야. 마치 우리 불쌍한 아기를 굽어보고 있었던 것만 같아. 내가 고개를 숙이고 아이를 보는 동안 이상한 서늘한 기운이 느껴졌어. 우리 순수하고 무구한 아기의 영혼이 아버지를 안내한다는 걸 알 수 있었어. 하늘로 가는 길로, 천국의 문으로 말이지. 그리고 북쪽에서 달려 나와 죽은 지 얼마 안 된 영혼들을 쫓는 저주받은 지옥 개들에게서도 벗어났어."

"그렇게 말하지 말아요, 오언." 네스트가 잡목 숲의 어둠 속에서 그를 향해 몸을 웅크리며 말했다. "뭔가 듣고 있을지도 모르잖아요?"

두 사람은 형언할 수 없는 두려움에 말없이 있었다. 엘리스 프리처드의 속삭이는 소리가 들려올 때까지. "어디 있나? 살살 똑바로 따라와라. 아직도 주변에 사람들이 있어. 지주가 사라져서 마담이 아주 놀란 상태고."

그들은 재빠르게 작은 포구로 내려가 엘리스의 배에 올랐다. 바다는 포구에서부터 솟구쳐 오르며 요동치고 있었다. 찢어진 구름들이 머리 위에서 거칠고 요란하게 흘러가고 있었다.

그들은 만으로 나갔다. 여전히 아무 말이 없었고, 아주 가끔 지시를 내리는 엘리스의 몇 마디 말만 들려왔다. 엘리스가 배의 조종간을 잡았다. 그들은 오언의 배가 매여 있는 바위투성이 해안으로 갔다. 배가 없었다. 밧줄이 풀린 채 사라지고 없었다.

오언은 주저앉아 손에 얼굴을 묻었다. 이 일은, 그 자체로는 너무나도 단순하고 자연스러운 이 일은 격양된 오언의 미신적인 바람과 예상외로 세게 충돌했다. 그는 말하자면 어떤 화해 같은 것을 바랐다. 아버지와 아기를 나란히 한 무덤에 누이고 싶었다. 그런데 이제 그가 보기엔 용서란 있을 수 없는 일이 되어버렸다. 아버지는 심지어 죽어서조차도 그런 평화로운 화합에 반발하는 것 같았다. 엘리스는 이 일을 현실적인 눈으로 바라보았다. 지주의 시신이 아들의 배를 타고 떠다니다 발견된다면 죽음의 원인을 두고 가공할 의혹을 불러일으킬 것이다. 엘리스는 그날 저녁 어느 때에 지주를 어부의 무덤에 묻자고, 달리 말하자면 돛으로 시신을 잘 싸고 무거운 것을 달아서 영원히 가라앉히자고 오언을 설득해볼 생각도 했었다. 그는 그 말을 꺼내지는 않았다. 오언이 그 계획에 지독한 혐오감을 보일 것 같아 두려웠기 때문이다. 그렇지 않고 만일 그가 동의한다면 그들은 다시 펜모파로 돌아가 일이 어떻게 돌아가는지 잠자코 기다렸다가 머지않아 보도웬을 상속받으면 되는 것이었다. 그도 아니면, 오언이 이 모든 일에 압도당해 충격에서 벗어나지 못한다면, 잠시 이곳을 떴다가 소란과 소문이 가라앉은 후 돌아오라고 조언할 수도 있었다.

그런데 이제는 이야기가 달라졌다. 절대적으로 이곳을 한동안 떠날 수밖에 없는 상황이 되었다. 당장 이 밤에 저 폭풍이 부는 바다를 헤치고 나가야 한다. 엘리스는 두려움이 없는 사람이었다. 어쨌든 두려움 따위는 없었을 것이다. 하루 전, 일주일 전의 오언과 함께였다면. 그러나 지금의 오언은 제정신이 아니었고 절망에 빠져 무기력하게 운명론자가 되어 있었다. 그가 무엇을 할 수 있겠는가?

그들은 비바람 치는 어둠 속으로 배를 타고 나갔고, 그 후로 그들을 보았다는 사람은 아무도 없었다.

보도웬 저택은 황량하고 어두운 폐허가 되었다. 그리고 잉글랜드에서 온 낯선 이가 그리피스의 땅을 차지했다.

굽은 나뭇가지

이번 세기가 시작하고 몇 해 지나지 않은 즈음, 헌트로이드란 이름의 존경할 만한 부부가 요크셔 노스 라이딩의 작은 농장에 살았다. 그들은 늦은 나이에 결혼했지만 처음 서로의 '곁에 있었던' 시기는 아주 젊었을 때였다. 네이선 헌트로이드는 헤스터 로즈의 아버지 밑에서 농장 일꾼으로 일했다. 헤스터에게 애정을 표현했으나 그녀의 부모는 그녀가 더 나은 사람을 만나야 한다고 생각했고, 그래서 그녀의 감정이 어떤지 묻지도 않고 다소 무신경한 방식으로 네이선을 해고했다. 그가 예전에 알던 사람들과 멀어진 상태에서 지내다 마흔 줄에 접어들었을 때, 삼촌이 세상을 떠나면서 작은 농장을 사고도 미래를 위해 은행에 저축할 정도의 돈을 남겨주었다. 유산을 상속받았으니 아내와 살림할 사람을 구할 수 있게 되었다. 서두르지 않고 신중하게 지내던 어느 날,

옛사랑인 헤스터 소식을 들었다. 그가 늘 그러리라 생각하던 대로 한창나이인데도 결혼을 하지 않았고, 리편이란 마을에서 온갖 잡일을 하는 가난한 가정부로 살고 있다고 했다. 그녀의 아버지는 연달아 불운을 겪은 끝에 이제 노인이 되어 구빈원에 들어갔고, 어머니는 세상을 떠났으며, 유일한 피붙이인 오빠는 대가족을 먹여 살리느라 고생 중이었다. 헤스터는 수수한 외모에 열심히 일하는 서른일곱 살 하녀였다. 네이선은 운명의 수레바퀴가 그렇게 돌아갔다는 이야기를 듣고 아주 잠시지만 꿈틀대는 만족감을 느꼈다. 그는 소식을 알려준 이에게 알아듣기 힘든 몇 마디를 한 후, 다른 사람에게는 이에 대해 단 한 마디도 하지 않았다. 그리고 며칠 후 그는 일요일에 입는 가장 좋은 옷차림으로 리편의 톰슨 부인 집 뒷문에 나타났다.

그가 좋은 오크 지팡이로 문을 두드리자 그 좋은 두드림 소리에 헤스터가 문을 열었다. 그녀는 환하게 빛을 받고 섰고 그는 그늘 속에 있었다. 잠시 침묵이 흘렀다. 그는 이십 년이나 만나지 못한 옛사랑의 얼굴과 자태를 살폈다. 젊은 시절의 어여쁜 미모는 완전히 퇴색했지만, 이미 얘기했듯이 수수한 외모에 소박한 얼굴이었고, 맑은 피부에 상냥하고 솔직한 눈빛이었다. 이제는 과히 풍만하지 않은 몸매에 파란색과 흰색의 작업복을 단정하게 입고 흰색 앞치마의 줄로 허리를 여몄으며, 빨간색 거친 리넨으로 만든 짧은 페티코트 아래로 작은 발과 발목이 보였다. 네이선은 황홀함 따위는 없었다. 그는 그저 '이 정도면 되었다'라고 생각하고는 곧장 용건을 말하기 시작했다.

"헤스터, 날 기억하지 못하는군요. 네이선이에요. 내가 당신을 아내로 맞을 생각을 하자 당신 아버지가 바로 그 자리에서 나를 자른 지가 어느덧 다음 성 미카엘 축일이면 이십 년이 됩니다. 그 후로 결혼 생각을 하지 않고 지냈습니다. 그런데 벤 삼촌이 돌아가시며 은행에 재산을 조금 남겨주어 내브엔드 농장을 인수하고 가축도 좀 샀습니다. 이 모든 걸 돌볼 아내가 필요한데 와주겠습니까? 오해의 소지를 없애자면, 이건 젖소 농장이에요. 경작을 할 수도 있었겠지만, 경작하려면 말도 더 필요하고 예산이 맞지 않았어요. 그래서 소를 키울 만한 웬만한 땅을 구한 거죠. 저를 받아들여준다면, 건초가 들어오는 즉시 데리러 오겠습니다."

헤스터는 이렇게 말할 뿐이었다. "들어와서 앉으세요."

그는 들어가 앉았다. 잠시 그녀는 그에게도 그의 지팡이에도 별다른 신경을 쓰지 않고 주인 가족의 저녁을 준비하느라 분주히 움직였다. 그동안 그는 그녀의 날렵하고 활달한 동작을 바라보며 다시 한번 되뇌었다. '이 정도면 되었다!' 20여 분 묵묵히 있던 그가 자리에서 일어서며 말했다.

"자, 헤스터. 그만 가겠습니다. 언제 다시 오면 될까요?"

"좋으실 대로 하세요." 헤스터가 말했다. "저는 괜찮아요." 가볍고 무심하게 들리게 하려고 애쓰는 어조였으나 얼굴을 붉히는 것이 보였고, 몸도 떨고 있었다. 그리고 다음 순간 헤스터는 진심 어린 키스를 받았다. 이 중년 농부를 꾸짖으려 쳐다보았을 때 그가 너무나도 태연한 얼굴이라 그녀는 주저할 수밖에 없었다. 그가 말했다.

"저 좋을 대로 했습니다. 그리고 당신도 좋았기를 바랍니다. 급료는 월급제인가요? 한 달 전에 그만둔다고 하면 되나요? 오늘이 8일입니다. 7월 8일이 우리 결혼식 날입니다. 나는 그날까지 구애하며 보낼 만한 시간이 없고, 결혼식은 오래 걸리지 않을 겁니다. 우리 인생에서 허비할 시간은 이틀이면 충분합니다."

꿈만 같았다. 하지만 헤스터는 집안일이 끝날 때까지는 이 문제를 생각하지 않기로 마음먹었다. 저녁에 할 일이 다 끝난 후 그녀는 안주인에게 가서 자신이 살아온 삶을 간단히 이야기하고 한 달 후 그만두겠다고 알렸다. 다음 달 8일 그녀는 톰슨 부인의 집에서 결혼식을 올렸다.

결혼 후 아들 벤저민이 태어났다. 그리고 몇 년 지나지 않아 헤스터의 오빠가 열 명인지 열두 명인지 자식을 남기고 리즈에서 사망했다. 헤스터는 오빠의 죽음에 몹시 슬퍼했다. 네이선은 조용히 그 슬픔에 공감해주었지만 젊은 시절 상처받았던 이유 중에 잭 로즈의 모욕도 있었음을 떠올리지 않을 수 없었다. 그는 아내가 마차를 타고 리즈로 갈 수 있도록 준비했다. 그는 어려운 집안일 부담을 덜어주었고, 그녀는 출발을 위한 모든 준비가 되고 나서야 그 사실에 생각이 미쳤다. 그는 그녀의 지갑을 채워주며 오빠 가족에게 급히 필요한 것이 있으면 해결해주라고 배려했다. 그녀가 막 떠나는데 그가 마차 뒤를 쫓아왔다. "멈춰, 멈춰!" 그가 외쳤다. "헤티, 당신이 원하면, 당신이 너무 버겁지만 않으면 잭의 딸아이 중 하나를 데리고 와. 우리는 넉넉해서 나눌 여유도 있고, 사람들이 그러는데 집안에 여자아이가 있으면 분위기가 밝아진다고도 하더군."

마차가 움직이기 시작했다. 헤스터는 가슴 깊은 곳에서 조용히 벅차오르는 고마움을 느꼈다. 남편에게도 하느님에게도 감사했다.

그렇게 해서 꼬마 베시 로즈가 내브엔드 농장에서 함께 살게 되었다.

이 경우 덕을 베푸니 보답이 있었다. 그것도 아주 분명하고 구체적인 보답이었다. 선행에 당연히 따라오기 마련인 보상이라고 착각해서는 안 되는 특별한 경우였다. 베시는 밝고 다정하며 활발한 소녀로 성장했다. 고모와 고모부에게 늘 기쁨을 주는 아이였다. 집안에서 너무나 소중한 존재였기에, 하나뿐인 귀한, 그들 눈에는 완벽한 아들의 짝으로도 생각할 정도였다. 평범하고 소박한 두 사람 사이에서 드물게 아름다운 아이가 태어나는 것은 자주 있는 일이 아닌데, 바로 벤저민 헌트로이드가 그런 예외적인 경우였다. 열심히 일하며 노동과 보살핌으로 살아온 농부와 한창 때에도 그저 수수한 정도였던 어머니 사이에서 귀족의 아들이라고 해도 믿을 만한 우아하고 아름다운 아들이 태어났다. 이웃에서 사냥하던 지주들도 벤저민이 게이트를 열어줄 때면 말고삐를 늦추고 아이에게 감탄하곤 했다. 그는 수줍음이 없었고, 어린 시절부터 낯선 사람의 찬사와 부모의 애정에 아주 익숙했다. 베시 로즈도 처음 그를 본 순간부터 절대적으로 그녀의 마음을 지배당했다. 그녀는 자라면서 그를 더욱 깊이 사랑하게 되었고, 고모와 고모부가 그리도 사랑하는 존재이니 그녀 역시 사랑하는 것이 그녀의 의무라고 자신을 이해시켰다. 사촌에 대한 소녀의 사랑이 무의식중에 드러날 때면 부부는 미소를 지으며 서로 눈을 찡긋하곤 했다. 모든 일이 그들이 바라는 대로 되어가고 있어 벤저민의 아내를 구하러 멀리 갈 필요가 없어졌다. 집안은 늘 지금처럼 흘러갈 수 있을 것이다. 네이선과 헤스터는 남은 세월에 침잠하며 집안 살림과 권한을 사랑하는 아이들에게 넘겨줄 것이고, 시간이 흐르면 그 아이들 역시 사랑을 나눌 아이들을 새롭게 세상에 내어놓을 것이다.

그러나 벤저민은 이 모든 것을 매우 냉정하게 받아들였다. 그는 이웃 도시의 주간학교에 갔다. 심하게 방치된 문법학교였는데, 30년 전에는 학교들 대부분이 그랬다. 그의 아버지도 어머니도 배움에 대해 아는 것이 별로 없었다. 그들이 아는 것이라고는 (학교 선택을 결정한 요소는) 어떤 경우든 사랑하는 아들을 멀리 기숙학교로 떠나보낼 수 없다는 것, 아들이 학교에 다니긴 해야 한다는 것, 지주 폴러드의 아들이 하이민스터 문법학교에 다닌다는 것 정도였다. 지주 폴러드의 아들과 여러 다른 집 아들들이 이 학교에 다니면서 훗날 부모 마음을 아프게 할 예정이었다. 그렇게 극도로 나쁜 교육의 장에 가지 않았다면 소박한 농부와 그의 아내는 그 사실을 좀 더 일찍 알게 되었을지도 몰랐다. 그런데 그곳 학생들은 사악함뿐 아니라 기만하는 법도 배웠다. 벤저민은 당연히 열등생으로 지내기엔 너무나 영리했다. 혹은 그가 하이민스터 문법학교에서 스스로 최고 열등생이 되는 것을 선택했다면 그 역시 가능했을 것이다. 그러나 어느 모로 보나 그는 똑똑했고, 신사 분위기를 풍기는 젊은이로 성장했다. 아버지와 어머니는 그가 휴일에 집에 오면 그 분위기와 우아함을 보며 자랑스러워했다. 그러나 그런 세련됨은 실질적으로는 부모의 소박함과 단순한 무지를 경멸하는 결과를 가져왔다. 열여덟 살이 된 그는 하이민스터의 변호사 사무실의 수습생으로 일하고 있었다. '한낱 무지렁이 농부'로 살고 싶지 않았기 때문이다. 결국 열심히 노동하는 정직한 농부인 아버지처럼 살고 싶지 않다는 말이었다. 그런 그에게 불만인 사람은 베시 로즈뿐이었다. 열네 살 소녀는 본능적으로 그가 뭔가 이상하다고 느꼈다. 아, 슬프게도, 그러나 세월이 이 년 더 흘러 열여섯 살이 되자 그녀는 그의 그런 어두운 그림자를 숭배하게 되었고, 그렇게 다정하게 이야기하고 그렇게 잘생기고 친절한 사람인 사촌 벤저민에게 문제가 있을 수 있다는 것을 인정하지 않았다. 벤저민은 자신이 원하는 사치를 누리는 데 필요한 돈을 부모에게서 받아내는 방법을 알아냈다. 부모의 순진한 계획에 순응하는 척, 아름다운 사촌 베시 로즈를 사랑하는 척하면 되었다. 그녀에 대한 애정은 사랑하는 척 연기할 때 필요한 작업이 불쾌하게 느껴지지 않을 딱 그 정도였다. 그러나 그녀와 함께 있지 않을 때는 그녀의 작은 요구를 기억하고 맞춰주는 일이 피곤해지기 시작했다. 주중에 하이민스터에 있는 동안 보내기로 약속한 편지, 그녀가 부탁한 사소한 심부름 등이 모두 성가시게 느껴졌다. 그리고 심지어 그녀와 함께 있을 때도 그가 어떻게 시간을 보내는지, 하이민스터에서 아는 여자들이 어떤 사람인지 묻는 그녀의 질문이 짜증스러웠다.

수습이 끝났지만 그는 마땅한 일이 없어 일이 년 런던에 갈 수밖에 없었다. 농부 헌트로이드는 아들 벤저민을 신사로 만들려 했던 자신의 야심을 후회하기 시작했다. 그러나 이제 불평하기엔 너무 늦었다. 아버지와 어머니 모두 그렇게 느꼈고, 아무리 서글퍼도 침묵을 지키며 처음 그가 그런 계획을 말했을 때 반대도 동의도 하지 않았다. 하지만 베시는 눈물을 흘리면서도 고모와 고모부가 그날 밤 평소보다 훨씬 더 피로해 보인다는 것을 알아차렸다. 그들은 벽난로 옆 장의자에 손을 잡고 앉은 채 타오르는 불꽃을 하염없이 바라보고 있었다. 마치 그 불꽃 안에 한때 그들이 바라던 삶의 광경이 펼쳐지기라도 하는 것처럼. 베시는 벤저민이 떠난 후 저녁 테이블을 치우면서 분주하게 달가닥거리며, 평소보다 더 소리를 내며 오갔다. 마치 소음과 부산스러움이 터져 나올 듯한 울음을 막아주기라도 하는 것처럼. 그러다 흘깃 네이선과 헤스터를 쳐다보았고, 그들의 자세와 표정을 본 후에는 그쪽으로 눈길을 주지 않으려 애썼다. 그리움에 잠긴 그들의 얼굴을 또 보게 되면 눈물이 넘쳐흐를 것만 같았기 때문이다.

"앉거라, 얘야. 앉거라. 거기 낮은 의자를 불가로 가져오렴. 그 아이의 계획에 대해 함께 얘기 좀 해보자꾸나." 네이선이 마침내 말을 꺼냈다. 베시는 불 앞에 앉고는 앞치마에 얼굴을 묻으며 두 손으로 머리를 감쌌다. 네이선은 두 여자가 먼저 울음을 터뜨릴 것 같다고 느꼈다. 그는 덩달아 눈물을 흘리지 않으려 이야기를 시작했다.

"전에 이 미친 계획을 들은 적이 있느냐, 베시?"

"아뇨, 전혀요!" 앞치마에 묻힌 목소리가 먹먹했다. 헤스터는 질문하는 사람이나 대답하는 사람이나 비난하는 어조라고 느껴지자 참기 어려웠다.

"걔를 수습생으로 보낼 때 이리될 줄 알았어야 했어요. 필연적으로 이렇게 되는 거였으니까. 시험이니 문답이니 걔가 런던에서 온갖 일을 해내야 할 텐데. 이건 그 아이 잘못이 아니에요."

"누가 잘못이라 했나?" 네이선이 다소 성을 내며 말했다. "어쨌든 그 문제라면, 몇 주 고생하면 어떤 판사 못지않은 훌륭한 변호사가 될 거야. 우드 로슨 변호사가 내게 그렇게 말했어. 그 후에 변호사와 얘기를 해봤거든. 아냐, 아냐! 걔가 런던을 동경해서 그런 거라고. 그래서 거기서 이 년이든 일 년이든 지내고 싶어 하는 거야."

네이선이 고개를 흔들었다.

"본인의 동경 때문이라면." 베시가 앞치마를 내려놓으며 말했다. 온통 붉어진 얼굴에 눈이 퉁퉁 부어 있었다. "잘못된 거 없잖아요. 남자는 여자와 달라서 저기 저 솥단지 거는 갈고리처럼 자신의 불가로 가게 마련이죠. 젊은 청년이라면 결혼해서 정착하기 전에 멀리 나가서 세상을 보는 게 맞아요."

헤스터의 손이 베시의 손을 잡았고, 두 여인은 지금 그 자리에 없는 사랑하는 사람에게 던져질 어떤 비난도 무시하겠다는 공감을 형성하고 있었다. 네이선은 이렇게만 말했다.

"아니다, 얘야. 그렇게 화내지 말아라. 이미 정해진 일이다. 그리고 실은 내가 더 문제였다. 내가 우리 아이를 신사로 만들고 싶어 했지. 그리고 우리는 그 대가를 치러야 하는구나."

"고모부! 그 사람은 그렇게 많은 돈을 쓰지 않을 거예요. 제가 장담해요. 제가 알뜰하게 아끼고, 이 집을 잘 꾸릴게요."

"얘야!" 네이선이 침울하게 말했다. "돈으로 대가를 치른다는 말이 아니다. 우리 마음의 애정, 영혼의 무거움으로 대가를 치른다는 말이다. 런던은 조지왕뿐 아니라 악마도 함께 다스리는 곳이고, 내 불쌍한 자식은 여기서는 악마의 손아귀에 붙잡힐 뻔한 적이 한 번도 없는데, 거기 가까이 가서 그놈이 냄새 맡게 되면 어떻게 될지 알 수가 없구나."

"보내지 마세요, 고모부!" 처음으로 이런 우려를 알게 된 베스가 말했다. 그때까지는 벤저민과 이별하는 자신의 슬픔만 생각했었다. "고모부, 그렇게 생각하시면 그 사람을 여기에, 눈앞에 안전하게 있게 하세요."

"아니다!" 네이선이 말했다. "그럴 나이는 지났다. 봐라, 그 아이가 나간 지 한 시간도 안 됐다만 우리 중에 그 아이가 지금 어디 있는지 아는 사람이 있느냐? 보행기에 태우기에도, 의자를 뒤집어 문손잡이에 끼워 가두기에도 너무 컸다."

"난 그 아이가 다시 작은 아기가 되어 내 품 안에 있었으면 좋겠어요. 젖을 떼던 날 참 슬펐지요. 아이가 어른이 되어가는 순간마다 점점 내 인생이 슬퍼지는 것 같아요."

"아니, 여보, 그렇게 말하면 안 되지. 키가 180센티미터나 되고 아픈 곳 하나 없는 장성한 아들을 둔 것에 감사해야 해요. 그 아이가 잠시 하고 싶은 일을 한다고 해서 우리가 불평할 순 없지. 그렇지 않니, 베시, 우리 아가? 일 년이나, 어쩌면 좀 더 걸릴지도 모르지만 돌아올 게다. 그리고 이런 조용한 마을에 지금 바로 이 순간 자기 가까이에 있는 사람을 아내로 맞아 정착할 게야. 그럼 우리 부부는 세월이 흘러 늙으면 농장을 처분하고 변호사 벤저민 가까이 집을 얻을 거고."

그렇게 선한 네이선은 마음이 무겁기 짝이 없었지만 두 여자를 달래려 애썼다. 하지만 세 사람 중 그가 가장 오래 눈을 감고 있었는데 그의 불안이 가장 근원적이었기 때문이다.

'내가 개를 잘못 키운 게 아닌지 나 자신이 의심스럽구나. 나 자신이 정말이지 의심스러워.' 그는 이런 생각에 새날 새벽을 맞을 때까지 잠을 이루지 못했다. '개가 좀 이상해. 그렇지 않고서야 사람들이 개 얘기를 할 때 날 그렇게 측은하게 볼 리가 있나. 내가 내 입으로 말하는 게 속상해서 그렇지 내가 그 의미를 모르는 게 아니지. 그리고 로슨도 그래. 내가 우리 아들이 어떻게 지내는지, 어떤 변호사가 될 건지 물으면 필요 이상으로 말을 아낀단 말이야. 하느님, 아들이 떠나더라도 헤스터와 제게 은총을 베푸소서! 자비를 베푸소서! 어쩌면 이렇게 뜬눈으로 누워 밤을 지새우는 것, 난 그게 두려운지도 모르겠다. 나도 아들 나이였을 때는 감히 돈을 버는 족족 다 써버리곤 했지. 하지만 그래도 나는 내가 직접 돈을 벌어야 했어. 그 점이 큰 차이야. 허 참, 우리처럼 늙은 나이엔 자식을 꺾기가 어려워. 그렇게 오래 자식 얻기를 바랐었는데!'

다음 날 아침 네이선은 이름이 모기인 마차용 말을 타고 로슨 씨를 만나러 하이민스터로 들어갔다. 말을 타고 마당을 나서는 그를 본 사람이라면 그가 돌아왔을 때 변한 모습에 놀랐을 것이다. 평소와 다른 힘든 하루 여정을 보낸 후 나이도 나이인지라 나갈 때와는 다르긴 했지만, 아예 말고삐도 제대로 쥐고 있지 못했다. 모기가 머리를 한 번만 흔들어도 고삐가 손에서 빠질 것 같았다. 그는 머리를 앞으로 숙이고 있었고 눈은 멍하니 깜빡임도 없이 허공을 바라보고 있었다. 그래도 집이 가까워지자 정신을 차리려 애썼다.

"식구들 애태울 필요 없어." 그가 혼잣말했다. "사내 녀석들이 그렇지 뭐. 하지만 걔가 젊어도 그렇지, 그렇게 생각이 없을 줄은 몰랐어. 그래, 그래! 런던에 가면 더 현명해질지도 모르지. 어쨌든 윌 호커나 그런 사악한 녀석들에게서 떼어놓는 게 최선이야. 우리 아들을 엇나가게 한 건 바로 그놈들이야. 걔는 착한 녀석이었지. 그놈들을 알기 전에는 좋은 아이였다고. 그놈들이 문제야."

하지만 그는 모든 근심을 뒤로하고 거실로 들어갔다. 베시와 아내가 문가에서 그를 맞았고, 두 사람 다 기꺼이 손을 내밀며 그의 외투를 받았다.

"이런, 이 사람들아, 이봐! 옷은 혼자 벗을 테니 좀 내버려둬! 젠장, 부딪힐 뻔했잖니, 얘야." 그리고 그는 머릿속 이야기가 잠시라도 나오지 않도록 계속 말을 이어갔다. 그러나 영원히 그럴 수는 없는 법이다. 아내의 되풀이되는 질문 공세에 원래 말하려던 것보다 더 털어놓게 되었다. 결국 이야기를 듣던 두 사람 모두를 속상하게 만들었지만, 그래도 이 용감한 노인은 최악은 그의 마음속에만 담아두었다.

다음 날 벤저민이 런던으로 떠나기 전 한두 주 정도 집에서 지내러 돌아왔다. 아버지는 거리를 두고 엄숙한 태도로 말없이 아들을 대했다. 베시는 처음에는 화를 내며 신랄한 말들을 많이 했지만 누그러졌고, 그러고 나서는 고모부가 너무 오랫동안 말을 거는 법도 없이 냉정함을 유지하자 언짢아지며 상처를 받았다. 고모는 과거도 미래도 생각하게 되는 것 자체가 두려운 사람처럼 옷장과 서랍을 정리하느라 부산을 떨며 오갔다. 한두 번 아들 뒤로 가서 문득 몸을 숙여, 앉아 있는 아들의 뺨에 입을 맞추고 머리를 쓰다듬었다. 베시는 나중에, 아주 오랜 세월이 흐른 후에 그가 그 중 한 번 아주 짜증스러워하며 머리를 흔들고는 중얼거리던 일이 기억났다. 그 중얼거림을 고모는 듣지 못했으나 그녀는 들었다.

"좀 내버려둘 수 없나?"

그는 베시에게는 상당히 호의적이었다. 그의 태도에 대해 다른 표현은 찾기 힘들다. 따뜻하지도, 부드럽지도, 사촌 같지도 않았으나, 젊고 예쁜 여인을 대하는 순수하지 못한 공손함 같은 분위기였다. 그 공손함은 어머니를 대하는 권위적이고 불만 많은 태도나 아버지를 향한 못마땅한 침묵에서는 볼 수 없었다. 그는 한두 번 베시에게 외모를 칭찬한 적도 있었다. 그녀는 놀라워하며 그대로 서서 그를 쳐다보았었다.

"당신이 지난번 내 눈을 본 이후로 내 눈이 달라졌나요? 그러니 그런 식으로 얘기하는 거겠죠? 그런데 난 차라리 어머니가 바늘을 떨어뜨리고 어두워 줍지 못할 때 도와드리는 당신을 더 보고 싶어요."

그러나 베시는 그가 자신이 그런 말을 했다는 것조차 잊은 지 한참 뒤에도 그녀의 눈이 아름답다던 그의 말을 생각했다. 그는 아마 당황하며 눈 색깔도 말하지 못했을 것이다. 그가 떠나고 난 후 그녀는 하루에도 몇 번씩 작은 침실 벽에 걸린 조그만 타원형 거울을 열중해서 들여다보았다. 거울을 벽에서 내려 그가 칭찬해준 눈을 살펴보며 "부드러운 회색의 아름다운 눈이여! 부드러운 회색의 아름다운 눈이여!"라고 중얼거리고는 혼자 웃음을 터뜨리며 장밋빛으로 얼굴을 붉히고서 다시 거울을 걸어놓곤 했다.

그가 막연히 멀고, 더 막연하게 느껴지는 곳인 런던이란 도시로 떠나간 후, 베시는 아들이 부모에게 가져야 할 애정과 의무에 대한 그녀의 생각과 다르게 일어난 모든 일을 잊으려 애썼다. 마음속에 계속 일렁이는 이런 종류의 많은 일들을 잊고자 노력했다. 예를 들면, 어머니와 그녀가 기쁜 마음으로 그를 위해 준비했던, 집에서 실을 자아 만든 셔츠를 그가 거부하지 않았더라면 좋았을 것 같았다. 그가 몰라서 그랬을 거라고, 그녀의 사랑이 그를 감쌌다. 그녀가 얼마나 정성을 기울여 섬세하고 고운 실을 뽑았는지 몰라서 그렇다고. 햇볕이 가장 좋을 때 초지에서 실을 희게 만드는 것에 만족하지 않고, 베 짜는 사람에게서 돌려받은 리넨을 달콤한 여름 풀밭 위에 산뜻하게 펼쳐놓고 이슬이 친절한 제 역할을 못 할 때는 매일 밤 세심하게 물을 뿌려주었다는 걸 몰라서 그런다고. 그가 알 리가 없었다. 베시 자신 외에는 아무도 몰랐다. 고모가 눈이 침침해졌어도 가장 까다로운 부분을 직접 하고 싶어 하다가 바늘땀을 잘못 뜨거나 너무 크게 뜨면 베시가 자기

방에서 다 뜯고 한밤중에 얌전하게 열심히 다시 바느질했다는 것을. 이 모든 것을 그는 몰랐다. 알았더라면 옷감이 거칠다고, 구식으로 만든 셔츠라고 절대 불평하지 않았을 것이다. 그리고 어머니에게 하이민스터에서 유행하는 신식 리넨을 살 테니 달걀과 버터 판 돈을 달라고 하지 않았을 것이다.

어머니가 얼마 되지 않는 소중한 비상금을 꺼내 왔을 때 그녀가 기니를 실링으로, 또는 그 반대로 착각하며 동전들을 허술하게 세었다는 사실을 베시가 몰랐던 것은 차라리 베시의 마음의 평화를 위해 좋은 일이었다. 그래서 오래되어 주둥이가 깨진 검은 찻주전자 속에 있던 돈의 액수는 같은 적이 거의 없었다. 그럼에도 이 아들은, 희망이자 사랑인 그는 여전히 이 집안을 매혹적으로 휘어잡는 기이한 힘을 가지고 있었다. 그가 떠나기 전날 저녁, 그는 부모 사이에 앉아 양쪽으로 손을 잡고 있었고, 베시는 그 오래된 낮은 의자에 앉아 고모의 무릎에 머리를 댄 채 마치 그의 얼굴을 마음에 속속들이 담으려는 듯 때때로 그를 올려다보았다. 그러다 그와 눈이 마주치면 시선을 떨구며 한숨을 쉬었다.

여자들이 침실에 들고 한참이 지난 후에도 그는 늦은 밤까지 아버지와 앉아 있었다. 여자들이 잠이 든 것은 아니었다. 백발의 노모는 그 가을날 늦은 새벽까지 한숨도 자지 못했고, 베시는 고모부가 무겁고 신중한 걸음으로 계단을 올라 그의 은행과도 같은 낡은 스타킹이 있는 곳으로 가는 소리를 들었다. 그는 기니 금화를 세다가, 잠시 멈추는 듯하더니 다시 세기 시작했다. 이왕 주는 선물이니 관대하게 베풀기로 마음먹은 것처럼.

다시 돈 세는 소리가 길게 멈췄다. 알아듣긴 힘들었지만 조언 같기도 하고 기도 같기도 한 말이 고모부의 목소리로 계속 들려왔다. 그러고 나서 두 부자가 침실로 들어갔다. 베시의 방은 사촌의 방과 얇은 나무 벽으로 나뉘어 있었고, 그녀가 우느라 지친 눈을 감고 잠이 들기 전 분명하게 들은 마지막 소리는 동전이 규칙적인 간격으로 서로 쨍그랑 부딪치는 소리였다. 벤저민이 아버지의 선물을 던지고 노는 것 같았다.

그가 떠났다. 베시는 하이민스터까지 가는 길을 얼마간이라도 함께 걷자고 말해주길 바랐었다. 그녀는 자신의 물건들을 침대 위에 꺼내두는 등 채비가 되어 있었지만, 초대 없이 동행할 수는 없는 일이었다.

단출한 세 식구는 최대한 텅 빈 자리를 메워보려 애썼다. 그들은 평소보다 훨씬 더 힘차게 일과를 해나가는 듯 보였으나 저녁이 오면 제대로 되어 있는 일은 별로 없었다. 무거운 마음으로는 가벼운 일조차 할 수 없었고, 밭에 있든 물레 앞이든 외양간에 있든 얼마나 많은 걱정과 불안을 속으로 견뎌내고 있는지 서로 얘기하지 않았다. 예전엔 토요일마다 그가 올 것을 기대했었다. 오지 않을 때도 있었지만 오게 되면 이야깃거리가 있었고 그의 방문은 그저 기쁨이었다. 여전히 그가 올 것이고, 그러면 모든 것이 괜찮다는 이야기였다. 이 소박한 사람들에게 그것은 햇살 같은 기쁨이었다! 그러나 이제 그는 멀리 떠났고 음산한 겨울이 다가오고 있었다. 노인들의 시력이 나빠지고, 베시가 최선을 다해 뭔가를 하거나 말해도 저녁은 길고 우울하기만 했다. 게다가 그는 그리 자주 편지를 보내지 않았다. 모두 그렇게 생각했다. 하지만 누구라도 그런 생각을 입 밖에 낸다면 나머지 두 사람은 그를 옹호할 준비가 되어 있었다. "물론이지!" 아늑하고 햇볕 좋은 산울타리 둑에 첫 앵초꽃이 피어났을 때 베시는 그렇게 자신에게 말하곤 오후 교회에서 집에 돌아가는 길에 앵초꽃을 꺾어 모았다. "물론이지, 이번처럼 황량하고 혹독한 겨울은 다시는 없을 거야." 지난해 네이선과 헤스터 헌트로이드에게는 큰 변화가 있었다. 작년 봄 벤저민은 두려움이 아닌 희망의 대상이었고, 부모는 중년 부부였다. 여전히 왕성하게 많은 일을 하는 사람들이었다. 그런데 지금은 쇠약하고 늙어 보였다. 이런 변화를 가져온 것은 단순히 아들이 없기 때문만은 아니었다. 매일 당연히 해야 하는 일들도 벅찬 부담으로 다가왔다. 네이선은 하나뿐인 자식에 대해 슬픈 소식을 들었고, 침통하게 그 소식을 아내에게 알렸다. 너무 나쁜 일은 믿기가 힘든 법이다. "그 아이가 정말 그런 녀석이라니, 하느님 저희를 도와주소서!" 움푹 파인 그들의 눈은 이제 마를 대로 말라버려 눈물도 많이 흐르지 않았다. 손을 잡고 함께 앉은 부부는 몸을 떨며 한숨을 쉬고는 말도 제대로 하지 못했고 감히 서로를 쳐다보지도 못했다. 그러자 헤스터가 입을 열었다.

"우리는 그 아가씨에게 얘기하면 안 돼요. 젊은 사람은 작은 일에도 가슴이 무너져요. 게다가 그녀는 사실이라 믿고 싶어 하고요." 이에 노부인의 목소리가 새된 울음처럼 터져 나왔지만, 애써 다음 말을 똑바로 이어갔다. "그 아가씨에게 말해선 안 돼요. 그 아이가 그 아가씨를 좋아할 수도 있고, 어쩌면 그 아가씨도 그 아이를 좋게 생각하고 사랑하는지도 모르죠. 그럼 그 아이도 괜찮아질 거예요!"

"하느님, 허락해주소서!" 네이선이 말했다.

"하느님도 허락해주실 거예요!" 헤스터가 비탄에 젖은 목소리로 열정적으로 말하고는 되풀이해서 또 말했다. 슬프게도 헛된 되풀이였다.

"거짓말이 힘든 곳이에요, 하이민스터는요." 마침내 침묵을 참을 수 없다는 듯 헤스터가 말했다. "그렇게 이야기들이 많이 돌아다니는 곳도 없어요. 베시는 아무것도 몰라요. 당신도 나도 그런 건 믿지 않고. 그건 축복이에요."

그러나 그들이 진심으로 믿지 않았다면 왜 그리 슬프고, 나이 핑계를 댈 수 없을 정도로 지쳐 보이는 걸까?

그리고 또 한 해가 지나가고 다시 겨울이 되었다. 이번 겨울은 지난번보다 더 지독했다. 올해는 앵초꽃과 함께 벤저민이 왔다. 못되고 거칠고 경박한, 그러면서도 여전히 허울만 그럴듯한 좋은 태도와 잘생긴 외모의 청년이 돌아온 것이다. 런던에서 쾌락이나 좇는 낮은 신분의 젊은 남자는 처음이고 낯선 이들에게는 얼핏 멋져 보이는 용모였다. 아주 처음에는 무심한 듯 거들먹거리며 다니는 그에게 가식적인 면도, 진짜인 면도 있었기에 늙은 부모는 마치 그가 아들이 아닌 진짜 신사라도 되는 듯 소박한 경외심을 느끼기도 했다. 그러나 잠시 후 그가 진짜 왕자가 아니라는 것을 알 정도의 훌륭한 본능은 그들의 순박한 본성에 내재해 있었다.

"재 말이 도대체 무슨 소리냐?" 헤스터는 조카와 둘만 있게 되자 곧장 물었다. "그들이 만든다느니 마법사라느니? 그리고 혀가 짧아진 것처럼, 까치 혀가 갈라진 것처럼 왜 말을 뭉개면서 하는지. 허! 런던은 8월엔 엄청나게 덥다더니 좋은 피부가 망가졌구나. 재 좀 봐라. 피부가 주름지고 습자지처럼 자글자글하네!"

"전 훨씬 더 좋아 보이네요, 고모. 새로 유행하는 수염도 기르고요!" 베시는 그가 그녀를 보자마자 키스한 것을 떠올리며 얼굴을 붉혔다. 서약이라고, 이 불쌍한 아이는 생각했다. 그가 편지도 없이 오래 침묵을 지켰음에도 여전히 그녀를 혼인을 약조한 아내로 생각한다는 언질이라고. 가족들은 모두 그에게 마음에 들지 않는 구석이 분명 있었지만, 아무도 얘기를 꺼내지 않았다. 한편으로는 그가 조용히 농장에 머물고 있어 흡족하게 느끼기도 했다. 예전 같으면 지루함을 달래려 인근 도시로 줄곧 나가곤 했을 것이다. 아버지는 벤저민이 런던으로 간 직후 그가 알고 있는 모든 빚을 갚아주었고, 그래서 그를 불안하게 하고 그를 집에 머물게 하는 빚 독촉이 없다는 것을 부모는 알고 있었다. 그는 아침에 노인이 된 아버지와 집 밖으로 나가 아버지가 밭을 돌아보는 동안 옆에서 어슬렁댔다. 네이선은 불편한 걸음걸이로, 그의 표현을 따르면 하는 모든 것에 마음을 다 쏟고 있었다. 그가 이웃의 울타리 너머 덩치 큰 쇼트혼 소들과 자신의 작은 갤러웨이 소들을 비교하는 동안 아들이 농사일에 흥미를 보이며 참을성 있게 곁에 서 있지 않은가.

"있잖냐, 우유 파는 거 지저분하게들 한단다. 사람들은 우유가 좋은지 아닌지 신경을 안 써. 그래서 파인트 용기 한가득 받긴 하는데 그 전에 젖소 앞에서 물을 탄 거지. 유축기를 쓰는 대놓고 하는 속임수 대신 말이다. 그런데 베시의 버터를 봐라, 정말 솜씨가 좋지 않으냐! 걔가 만드는 방법도 훌륭하고 좋은 소를 선택해서 그렇기도 하고. 시장 갈 물건들로 가득 채워진 그 아이 바구니를 보면 기분이 좋단다. 저기 소에게 먹일 파란 전분 물이 가득한 바구니들을 보는 건 즐겁지 않지만 말이다. 생각 중인데, 요즘에는 유축기로 교배를 시킨다더라. 허! 그런데 우리 베시가 참 영리하고 꾀가 많은 아이야! 가끔 생각한다. 네가 법을 포기하고 우리 가업을 이어받아 저 아이와 결혼을 하고, 그런 거!" 이는 벤저민이 법조계를 포기하고 돌아와 아버지의 소박한 일을 물려받기를 바라는 늙은 농부의 소원과 기도가 합당함을 확인시켜주는 나름의 노련한 방식이었다. 네이선은 아들이, 본인도 얘기했듯이 인맥이 부족해 직업적으로 그다지 성공한 것도 없으니 이제는 감히 그렇게 희망을 품어도 된다고 생각했다. 농장과 가축, 순수한 아내도 이미 준비되어 있지 않은가. 네이선은 힘들게 벌어 아들 교육에 쓴 몇백의 돈에 대해 무의식적으로라도 단 한 순간도 아들을 원망한 적이 없다고 자신했다. 그래서 노인은 대답하기 어려워하는 듯한 아들에게 안쓰러운 관심을 보이며 귀를 기울였다. 아들은 잔기침을 하더니 코를 풀고는 말을 시작했다.

"글쎄요, 아버지. 법으로 먹고사는 건 불안정한 생활이에요. 어떤 사람이, 저를 어떤 사람이라 표현해보죠, 잘 알려진 경우가 아니라면, 판사와 일류 법정 변호사 같은 이들과 친분이 없다면 이 업계에서는 기회가 없어요. 보세요, 어머니도 아버지도 그쪽 세계에 있다고 할 만한 지인이 없잖아요. 그런데 운 좋게도 친구라고 불러도 좋을 사람을 만났어요. 대법관부터 저 아래까지 전부 다 아는 진짜 최상위층이에요. 그가 같이 일을 하자고, 간단히 말해 동업을 하자고 제안했어요." 그는 잠시 주저했다.

"보기 드문 종류의 신사인 게 분명하구먼." 네이선이 말했다. "내가 직접 감사를 표하고 싶구나. 이런 촌 젊은이를 뽑아주는 사람이 어디 많겠냐. 거기다 '여기 가진 것 절반은 당신 겁니다, 아주 건강하시길 바랍니다'라고 하다니. 행운을 얻은 이들 대부분은 독차지하려 들고 달아나서 구석에서 혼자 먹어치우거든. 그 사람 이름이 뭐냐? 좀 알고 싶구나."

"아버지, 제 말을 잘 이해 못 하셨네요. 말씀하신 대부분은 표면적으로는 맞아요. 행운을 나누고 싶은 사람은 없죠."

"그래서 나누는 사람들을 더 칭찬하는 게고." 네이선이 끼어들었다.

"아, 그런데요, 제 친구 캐번디시처럼 그렇게 훌륭한 사람도 자기 일감의 절반을 그냥 주지는 않아요. 그것에 상당하는 대가를 기대하죠."

"상당하는 대가라." 네이선의 목소리가 아주 낮아졌다. "그게 무어냐? 어려운 단어 표현에는 늘 어떤 의미가 있던데, 물론 난 무지렁이라 그게 뭔지 모르겠다만."

"아, 이 경우 그가 저를 동업자로 받아주고 훗날 사업 전체를 제게 양도하는 일에 상응하는 대가는 300파운드 계약금이에요."

벤저민은 아버지가 이 제안을 어떻게 받아들이는지 보려고 눈을 내리뜨고 곁눈질을 했다. 아버지는 지팡이를 땅 깊숙이 박고는 한 손으로 지팡이를 잡고 기댄 채 그를 향해 얼굴을 돌렸다.

"그렇다면 네 그 훌륭한 친구는 나가 죽어야겠다. 300파운드라! 나도 젠장할 뒈져야지. 그 돈을 어디서 구할 거며, 너나 나나 조롱거리가 되겠지."

그는 이제 숨을 헐떡였다. 아들은 처음 나온 아버지의 어휘들을 완강한 침묵으로 받았다. 엄청나게 놀랄 것이란 정도만 예상했던 것이다. 그는 오래 위축되지는 않았다.

"전 그럼 이렇게 생각해야겠군요, 어르신……."

"어르신이라, 왜 나를 그렇게 부르느냐? 그게 예의범절이라는 거냐? 난 그저 네이선 헌트로이드고 신사인 척한 적도 없었다. 이날까지 빚지지 않고 열심히 살아왔는데, 아들이란 놈이 내게 와서 300파운드를 달라고 하니 더 이상 그리 살지도 못하겠구먼. 아들놈이 나를 젖소 보듯이 하네. 다른 건 관심도 없고 그냥 쓰다듬어주는 첫 번째 사람에게 우유를 내주면 된다는 듯이 말이지."

"흠, 아버지." 벤저민이 진솔한 척 말했다. "그렇다면 전 할 수 있는 게 없어요. 예전에 종종 생각했던 것처럼 이민을 갈 수밖에요."

"뭐라고?" 그의 아버지가 날카로운 시선으로 한동안 그를 바라보았다. "이민이라. 미국으로, 인도로, 식민지로, 어디든 패기 있는 젊은이를 받아줄 곳으로 간다고?"

벤저민은 이 제안을 비장의 한 수로 유보하고 있었고, 이 패를 쓰면 모든 것이 그의 앞에 굴러올 것이라 기대했다. 그러나 놀랍게도 아버지는 격한 동작으로 땅에 지팡이를 박으며 만든 구멍에서 지팡이를 다시 빼더니 앞으로 서너 걸음 걸어 나와 다시 그 자리에 움직이지 않고 섰다. 몇 분 정도 지독한 침묵이 흘렀다.

"그게 어쩌면 네가 할 수 있는 최선의 일일지도 모르겠구먼." 아버지가 입을 열었다. 벤저민은 욕설이 나오려는 것을 이를 악물어 참았다. 불쌍한 네이선이 그 순간 고개를 돌려 아들이 자신을 바라보던 표정을 보지 않은 것은 참 다행이었다. "그렇지만 우리는,

네 엄마와 나는 힘들겠다. 네가 좋은 놈이든 아니든 우리 혈육이고 유일한 자식인데. 그리고 네가 바라는 대로 안 되었다면, 그건 어쩌면 널 자랑거리로 생각했던 우리 잘못인지도 모르겠다. 흠, 걔가 미국으로 가면 아내가 상심할 텐데, 베시도 그렇고. 베시는 걔를 정말 많이 마음에 품고 있는데!" 원래는 아들에게 시작했던 말이 어느새 혼잣말처럼 흘러가고 있었다. 그래도 벤저민은 그 모든 말을 자기에게 하는 것으로 주의 깊게 들었다. 잠시 생각에 잠겼던 아버지가 돌아보았다. "그 사람, 그렇게 엄청난 돈을 요구했다니 네 친구라고는 못 부르겠다. 근데 그 사람뿐이냐? 분명히, 네가 법 쪽에서 일을 시작하려면? 혹 더 적은 돈으로 해줄 사람은 없고?"

"없어요. 누구도 그런 혜택은 안 줄 거예요." 벤저민은 뭔가 누그러지는 기미를 포착하며 말했다.

"흠, 그렇다면 그자에게 말해라. 그자도 너도, 나도 내 돈 300파운드는 못 볼 거라고. 만약을 위해 조금 모아둔 게 있는 걸 부정하진 않으마. 근데 얼마 되지 않아. 일부는 우리에게 딸이나 다름없는 베시에게 줄 돈이기도 하고."

"베시는 제가 데리고 갈 집이 생기면 그때 진짜 딸이 될 거예요." 벤저민이 말했다. 그는 머릿속으로 아무렇게나 대충 베시와의 약혼을 그려보았다. 그녀가 가장 밝고 아름다워 보이던 시절 그녀와 함께 있을 때면 그는 마치 약혼한 연인들처럼 행동했었다. 떨어져 있을 때면 부모의 호의를 그에게 가져다줄 훌륭한 도구로 생각했었다. 그런데 이제 그가 그녀를 아내로 맞을 것처럼 이야기하는 것이 꼭 거짓만은 아니었다. 아버지를 설득할 수단으로 사용하긴 했지만 생각이 없었던 것도 아니었다.

"그렇다면 우리에겐 우울한 날이 되겠구나." 노인이 말했다. "하지만 하느님이 우리를 돌봐주실 거고, 어쩌면 베시, 그 착한 아이가 농장에서 우리를 돌봐준 것보다 천국에서 더 잘 보살펴주실지도 모르지. 베시의 마음도 네게 가 있다. 하지만 얘야, 나는 300파운드가 없다. 난 현금을 스타킹에 넣어두지, 너도 그건 알지. 50파운드가 되면 리펀 은행으로 가져간다. 마지막으로 들었을 때 모인 돈이 겨우 200파운드라고 들었고, 스타킹에는 아직도 15파운드밖에 없다. 그중에 100파운드와 붉은 암소의 송아지는 베시 몫이다. 베시가 얼마나 기쁜 마음으로 그 소를 키우는지 모른다."

벤저민은 아버지가 사실을 이야기하고 있는지 날카로운 눈길로 살폈다. 노인을, 아버지를 의심할 생각을 한다는 것 자체가 충분히 그의 성격을 말해준다.

"난 못 한다, 결혼에 보태는 거라고 생각하고 싶기도 하지만 그래도 분명히 그렇게는 못 한다. 아직 팔지 않은 검은 어린 암소가 있는데 10파운드 정도 할 게다. 하지만 이 거래로는 옥수수 종자를 사야 해. 작년 경작이 나빴지만 그래도 시도를 해볼 생각이다. 이건 어떠냐, 얘야! 베시가 네게 100파운드를 빌려주는 걸로 하

마. 넌 그 아이에게 차용증서를 써주기만 해라. 리펀 은행에서 돈을 받아서 그 변호사가 300파운드에 제안했던 몫을 200파운드에 주지 않는지 보자꾸나. 그 사람이 틀렸다는 게 아니라 너도 그 돈의 당연한 몫을 받아야 한다는 거다. 때때로 난 네가 사람들에게 당하는 것 같아서 말이야. 자, 넌 어린애에게도 동전 한 푼 속이지 않도록 하고, 동시에 너도 물러터져서 속고 다니지 않도록 해라."

이를 설명하려면, 벤저민이 아버지에게서 돈을 받아 갚았던 청구서 일부가 변조되었음을 말해야 한다. 그가 빚진 다른 비용과 자랑스럽지 못한 경비 등을 감추기 위해서였다. 여전히 아들에게 신뢰가 남아 있던 순박한 농부 노인도 구입한 물건에다 통상 가격보다 더 많은 돈을 지불했다는 것을 알아차릴 정도의 날카로움이 있었다.

다소 망설인 후 벤저민은 200파운드를 받는 것에 동의하고 그 돈을 최대한 활용해서 사업을 시작하겠노라 약속했다. 그래놓고도 그는 스타킹에 모인 15파운드를 갖고 싶은 기이한 갈망을 품었다. 그는 생각했다. 그건 아버지의 상속인인 자신의 돈이라고. 그는 곧 그날 저녁 평소 베시에게 보이던 상냥함을 잃은 채 그녀를 위해 모아둔 돈을 계속 생각했고 상상 속에서도 그녀에게 질투를 느꼈다. 아버지가 열심히 벌어 소박한 생활로 저축한, 곧 소유하게 될 200파운드보다 가질 수 없는 15파운드에 더 집착했다. 한편 네이선은 여느 때와 달리 기분이 좋았다. 진심으로 관대하게 베풀어 애정을 보였고, 행복한 출발을 하려는 두 아이를 재산의 상당 부분을 희생해서 도운 것이 은연중에도 흡족했다. 아들을 그렇게 믿어주었다는 것 자체가 아들을 더욱 믿을 만한 존재로 만든 것이라고 아버지는 판단했다. 그가 애써 피하는 생각 한 가지는 모든 것이 그가 바라는 대로 되었을 때 벤저민과 베시가 내브엔드 농장에서 멀리 떨어진 곳에 정착하리란 사실이었다. 그러나 그때도 그는 어린아이 같은 순수한 믿음이 있었다. "하느님이 저 아이와 아내를 어떤 식으로든 돌봐주시겠지. 너무 앞서 생각하는 것은 부질없는 짓이야."

베시는 그날 밤 고모부에게서 알 수 없는 농담을 많이 들어야 했다. 그는 당연히 벤저민이 베시에게 다 이야기했을 거라 믿어 의심치 않았지만 실제로 벤저민은 이 문제에 대해 베시에게 단 한 마디도 하지 않았다.

노부부가 잠자리에 들었을 때 네이선은 아내에게 아들에게 한 약속과 200파운드를 미리 줌으로써 진행할 수 있는 인생 계획을 들려주었다. 불쌍한 헤스터는 돈의 행선지에 갑작스러운 변화가 생긴 것에 놀랐다. 그녀는 '은행에 넣어둔 돈'에 오랫동안 남몰래 자부심을 느끼고 있던 터였다. 그러나 필요하다면 벤저민을 위해 그 돈을 기꺼이 내놓을 마음이 있었다. 다만 어떻게 그런 많은 돈이 필요한 건지 어리둥절했다. 그러나 이런 당혹스러움도 '우리 벤'이 런던에 정착할 뿐 아니라 베시도 아내로서 함께 런던에 간다는 감당하기 어려운 생각에 곧 밀려났다. 이 크나큰 근심이 돈 걱정을 모두 삼켜버렸고, 헤스터는 속이 상해 밤새 몸을 떨며 한숨을 쉬었다. 아침이 되어 베시가 빵 반죽을 치대고 있을 때 늘 그렇듯 습관처럼 불가에 앉았던 고모가 평소와 다른 분위기로 말했다.

"이제 우리는 가게에 가서 빵을 사야 하는구나. 내가 사는 동안 그런 일이 있을 거라 생각을 못 했는데."

베시가 놀라서 반죽을 하다 말고 고개를 들었다.

"전 가게에서 사는 형편없는 건 먹지 않을 거예요, 분명히요. 빵집 빵은 왜요, 고모? 이 반죽이 남풍을 받은 연처럼 높이 솟아오를 텐데요."

"내가 예전처럼 반죽을 못 할 것 같아 그런다. 허리도 아프고. 네가 런던으로 가면 우리는 내 평생 처음으로 빵을 사다 먹어야겠구나."

"전 런던에 안 가요." 베시가 새로운 결심을 보이며 반죽을 이어갔고, 점차 얼굴이 붉어졌는데 런던 생각 때문인지 반죽이 힘들어서인지는 알 수 없었다.

"그런데 우리 벤이 런던의 유명한 변호사와 동업을 한다잖니. 걔가 머지않아 너를 데리고 간다는 거 너도 알고 있고."

"저, 고모." 베시가 반죽에서 팔을 빼며, 그러나 고개는 들지 않은 채 말했다. "만일 그게 이유라면 걱정하지 마세요. 벤은 일이든 결혼이든 결정하기 전에 머릿속으로 스무 가지 생각도 더 할 사람이에요. 전 가끔 생각해봐요." 베시가 점차 격해지며 말을 이었다. "내가 왜 그 사람 생각을 계속하나, 그쪽은 내가 없을 때 내 생각을 하는지 마는지도 알 수 없는데. 전 이번에 그가 우릴 떠나고 나면 추모 미사 하는 마음으로 잊으려 애쓸 거예요. 그런 마음이라고요!"

"무슨 망발이냐, 얘야! 그 아인 너를 위해서 계획을 하고 목표를 세우고 있단다. 바로 어제 그 애가 네 고모부에게 아주 현명하게 앞날을 그려 보이며 얘기를 했다더라. 다만 너와 그 아이 둘 다 떠나고 나면 우리가 서글퍼서 그러는 게지."

헤스터는 나이 든 이들이 눈물 없이 우는 그런 울음을 터뜨리기 시작했다. 베시는 서둘러 그녀를 위로했다. 두 사람은 이야기를 나누고, 슬퍼하고, 희망하고, 다가올 앞날을 설계했다. 이야기가 끝나고 나자 한 사람은 위안을 얻었고, 다른 한 사람은 은밀히 행복해졌다.

네이선과 아들이 그날 저녁 하이민스터에서 무난하게, 네이선으로서는 아주 만족스럽게 일을 처리하고 돌아왔다. 그는 돈을 안전하게 런던으로 보내는 방법에 온통 신경을 썼는데, 그보다 아들이 동업을 제안받은 이야기를 하며 내세운 그럴듯한 세부 사항의 사실 여부 확인에 그 반만큼이라도 필요한 관심을 보였더라면 참으로 좋았을 것이다. 그러나 그는 이 모든 것을 알지 못했고 자신의 불안을 해소하는 방식으로만 행동했다. 그는 몸은 피곤하지만 마음은 흡족한 상태로 돌아왔다. 전날 밤처럼 기분이 좋은 건 아니었지만 아들의 출발 전날인 것을 생각하면 상당히 편안한 마음이었다. 베시는 아침에 고모에게서 들은 자신에 대한 사촌의 진실한 사랑 이야기에 기분 좋게 들떠 있었다. 너무나 열정적으로 소원하며 오래도록 믿어온 바였다. 이제 마침내 결혼으로 이어질, 적어도 그의 여인이 될 계획을 들은 것이다. 환하게 빛나며 얼굴을 붉히는 베시의 단정한 모습은 거의 아름답기까지 했다. 한 번, 또 한 번 벤저민은 부엌에서 외양간으로 오가는 베시를 끌어안고 키스했다. 그런 걸 알면서도 노부부는 못 본 척해주었다. 그리고 밤이 다가왔을 때 내일의 이별을 생각하며 모두 슬퍼지고 조용해졌다. 시간이 흐르면서 베시 역시 기분이 가라앉았다. 그래도 곧 그녀는 소박한 꾀를 내어 벤저민을 어머니 곁에 앉게 만들었다. 베시가 보기에도 어머니의 마음은 아들 생각으로 절절했기 때문이었다. 아들이 곁에 앉자 헤스터는 손을 잡고 계속 쓰다듬으며 오랫동안 하지 못했던, 어린 시절의 아들에게 들려주곤 했던 애정 담긴 말을 낮게 중얼거렸다. 그러나 이 모든 것이 그에겐 피곤할 뿐이었다. 베시와 노닥거리며 치대고 애무하는 동안은 지루하지 않았지만 지금은 노골적으로 하품을 해댔다. 베시는 그가 그렇게 대놓고 행동하지 말아야 하는데도 보란 듯 입을 떡 벌리고 하품을 한 것에 뺨을 때릴 수도 있었을 것이다. 그의 어머니가 안쓰러워했다.

"피곤하구나, 우리 아들!" 그녀가 다정하게 손을 그의 어깨에 올리며 말했다. 그러나 그가 갑자기 일어섰고, 손은 아래로 툭 떨어지고 말았다.

"네, 지독하게 피곤해요! 자러 갑니다." 그리고 모두에게, 심지어 베시에게도, 연인과 노는 것도 '지독하게 피곤하다'는 듯 거칠고 성의 없는 키스를 한 후 자리를 떴다. 남은 세 사람은 천천히 생각에 빠져들며 그의 뒤를 따라 계단을 올랐다.

다음 날 아침 그는 배웅을 위해 때맞춰 일찍 일어난 식구들을 보는 것도 거의 못 견뎌 하는 듯 보였다. 그는 더 이상의 작별 인사 없이 이렇게만 말했다. "자, 여러분, 다음에 만나게 될 때는 지금보다 밝은 표정이시기 바랍니다. 나 참, 장례식 가는 사람들처럼 보여요. 가는 동네만으로도 충분히 무섭다고요. 베시, 어젯밤 그러고 나니까 얼굴이 흉하잖아."

그는 떠났다. 그들은 집 안으로 들어왔고, 상실감에 대해선 별다른 말 없이 긴 일과를 시작했다. 그가 와 있던 얼마 되지 않은 기간 동안 하지 못한 일이 많아 실제로 불필요한 이야기를 할 시간도 없이 밤낮을 가리지 않고 일을 해야 했다. 열심히 일을 하는 것이 수많은 긴 나날 그들에게 위로가 되어주었다.

자주는 아니었지만 때로 벤저민의 편지가 왔고, 잘 지내고 있다는 의기양양한 소식이 담겨 있었다. 어떻게 성공하고 있는지 구체적인 내용이 없어 모호한 건 사실이었다. 그렇지만 성공했다는 사실 자체는 분명하고 명백하게 언급되어 있었다. 그러다 한 동안 연락이 없었다. 짧은 편지들이 왔고 어조도 변했다. 그가 떠난 지 일 년 정도 되었을 때 네이선은 편지 한 통을 받았다. 그는 그 편지에 당혹했고 과할 정도로 화를 냈다. 뭔가가 잘못되었다. 그것이 무엇인지 벤저민은 밝히지 않았지만 편지는 거의 요구에 가까운 부탁을 하고 있었다. 아버지가 저축한 돈 나머지를, 그 돈이 스타킹에 있든 은행에 있든 달라는 것이었다. 그런데 네이선도 그해는 경기가 좋지 않았다. 소에 전염병이 돌아 그도 이웃들과 마찬가지로 고생했고, 게다가 죽은 소들 대신 새로 소를 사 왔는데 그 값이 그 어느 때보다 비쌌다.

벤저민이 가져가지 못한 스타킹 안의 15파운드는 이제 3파운드 정도로 줄었고, 그는 단호한 태도를 보이지 않을 수 없었다! 네이선은 편지 내용을 알리지도 않고 (베시와 헤스터는 이웃 사람의 수레를 타고 시장에 가고 없었다) 펜과 잉크, 종이를 가져와 편지를 썼다. 맞춤법은 엉망이었지만 매우 함축적이고 단호하게 거절하는 내용이었다. 벤저민은 그의 몫을 가졌고, 그 돈으로 성공할 수 없다면 그의 잘못이다. 아버지에게는 더는 줄 돈이 없다. 그것이 편지 내용이었다.

주소를 쓰고 봉한 그는 편지 배달과 수거 후 하이민스터로 돌아가는 시골 우체부에게 편지를 건넸다. 헤스터와 베시는 아직 시장에서 돌아오지 않았다. 이웃들과 만나 동네 소문이며 이야기를 나누기에 좋은 날씨였다. 가격을 높게 받아 즐거운 기분이었고, 조금 나른하게 피곤했지만 이런저런 소식을 가득 가져왔다. 그러나 얼마 지나지 않아 그들은 자신들의 이야기가 집에 온종일 있었던 네이선의 귀에 전혀 들어가지 않는다는 것을 알아차렸다. 작은 일상사 때문이 아니라 그들이 이해하지 못하는 무언가 때문에 그가 우울하다는 것을 알고는 무슨 문제냐고 캐물었다. 그는 아직 화가 식지 않은 상태였다. 생각할수록 오히려 화가 더 치밀었고, 그래서 그는 아주 단호한 말로 이야기를 들려주었다. 그가 말을 마치기 전에 이미 두 여자는 네이선만큼 화가 나지는 않았다 해도 그에 못지않게 슬펐다. 많은 날이 흘러서야 분노도 슬픔도 그들의 마음에서 가라앉았다.

베시가 가장 먼저 평온을 되찾았다. 그녀는 행동을 통해서 슬픔을 배출하는 법을 터득했다. 반쯤은 사촌이 지난번에 왔을 때 그녀를 불쾌하게 한 것이 없었는데도 그녀가 가시 돋친 말을 많이 했던 것에 대한 일종의 보상으로서의 행동이었고, 또 다른 절반은 그가 정말 돈이 부족해서 엄청난 압박을 받고 있는 게 아니라면 아버지에게 그런 편지를 썼을 리 없다는 믿음에 따른 행동이었다. 그렇긴 하지만 그리 많은 돈을 받아놓고도 그리 빨리 돈이 또 필요하다는 것은 그녀로서는 옹호하기 힘들었다. 베시는 현재 가지고 있는 모든 돈을 다 꺼냈다. 어릴 때부터 그녀의 몫인 암탉 두 마리에서 나온 달걀을 팔아 모은 6펜스 동전과 실링들이었고, 다 합치니 2파운드가 넘었다. 정확히 2파운드 5실링 7펜스였다. 앞으로 저축할 돈으로 페니는 제외하고 나머지 돈을 작은 꾸러미로 만들어 쪽지 한 장과 함께 런던의 벤저민 주소로 보냈다.

행복을 빌어주는 사람으로부터,

사랑하는 벤저민, 고모부는 소 두 마리와 많은 돈을 잃었어요. 고모부는 화가 났지만 그보다는 더 속이 많이 상했어요. 그러니 지금은 더 이상은 없어요. 이 편지가 잘 도착하길 바라요. 여기 없지만 추억하는 그대에게.* 돈은 갚을 필요 없어요.

정 많은 사촌, 엘리자베스 로즈

소포를 일단 보내고 난 후 베시는 일을 하며 노래를 부르기 시작했다. 그녀는 어떤 형식의 영수증도 기대하지 않았다. 사실 그녀는 그만큼 우체부를 믿었다. 우체부는 소포를 요크로 가져갈 거고, 거기서 마차에 실어 런던으로 보낼 것이다. 우체부는 그가 위탁한 사람이나 마차와 말을 온전히 믿을 수 없으면, 자신을 믿고 맡긴 것이 무엇이든 그것을 전달하러 직접 런던으로 가리라 믿었다. 따라서 그녀는 소포가 도착했다는 말을 듣지 못할까 걱정하지

* 일반적으로 묘비에 새기는 글귀이다.

않았다. "아는 사람에게 물건을 주는 건 우체통 구멍으로 넣는 것과는 완전히 다르지. 그 통 속은 한 번도 본 적이 없잖아. 어쨌든 편지는 어떤 식이든 안전하게 배달되니까." (우편제도가 무결점이라는 이러한 확신은 머지않아 충격으로 다가온다.) 그러나 그녀는 벤저민의 감사 인사는 마음속 깊이 원하고 있었다. 오래 들어보지 못한 예전의 사랑의 말들도 듣고 싶었다. 며칠이 지나고 몇 주가 지나도 한 줄 편지도 없자 그녀는 이렇게도 생각했다. 아냐, 어쩌면 그 지치고 힘든 런던에서 사업을 접을지도 몰라. 그리고 이 내브엔드 농장으로 돌아와 직접 고맙다고 인사할 수도 있어.

어느 날 고모는 2층에서 여름 치즈 제조를 살피고, 고모부는 밭에 나가 있었다. 그동안 우체부가 부엌에 있던 베시에게 편지 한 통을 가지고 왔다. 시골 우체부는—요즘도 별로 시간에 쫓기지 않지만—당시에는 배달할 편지가 거의 없었기 때문에 하이민스터에서 일주일에 한 번 정도 내브엔드가 속한 지역으로 오곤 했다. 그 경우 우체부는 편지를 전달할 다양한 사람들을 주로 아침에 찾아가곤 했다. 서랍장 옆에서 반쯤 서다시피 위에 앉다시피 하면서 우체부는 가방을 뒤적거리기 시작했다. "이번에 네이선 앞으로 온 편지가 있는데 좀 이상해. 나쁜 소식이 들어 있을까 겁난다. 왜냐하면 '사문(死文)* 담당과' 스탬프가 찍혀 있거든."

* 배달 불능 편지(dead letter)라는 뜻으로, '죽음'이라는 단어가 있다.

"오, 하느님!" 베시가 종잇장처럼 창백해지며 가까이 있던 의자에 주저앉았다. 그러나 잠시 후 그녀는 다시 일어나 우체부의 손에서 그 불길한 편지를 낚아챈 후 그를 집 밖으로 밀어 내보냈다. "고모가 내려오기 전에 어서 가세요." 그러고는 그를 지나쳐 뛰기 시작했고, 최대한 열심히 달려 밭으로 가서 고모부를 찾았다.

"고모부." 그녀가 숨을 헐떡이며 말했다. "이게 뭐예요? 아, 고모부, 말씀 좀 해보세요! 이 사람 죽은 거예요?"

네이선의 손이 떨리고 그의 눈이 휘둥그레졌다. "네가 보고 뭔지 말해다오." 그가 말했다.

"편지예요. 고모부가 벤저민에게 보낸 거요. 그런데 거기 쓰인 말들이 있어요. '주소지 수취인 불명.' 그래서 보낸 사람에게, 고모부에게 돌려보냈어요. 아, 그런데 봉투에 끔찍한 단어가 있어 너무 놀랐지 뭐예요!"

네이선이 편지를 손에 받아들고 뒤집었고, 눈치 빠른 베시가 처음 흘깃 본 글을 이해하려 애썼다. 그러나 그는 베시와 다른 결론을 내렸다.

"개가 죽었구나!" 그가 말했다. "개가 죽었어. 내가 그렇게 독한 편지를 쓰고 얼마나 미안했는지 알지도 못하겠구나. 내 아들! 내 아들!" 네이선은 서 있던 땅에 주저앉아 그 늙고 주름진 손으로 얼굴을 가렸다. 되돌아온 편지는 그가 엄청난 고통 속에서 여러 번에 걸쳐 이전보다 더 친절한 어휘로 더 길게 왜 아들이 요구한 돈을 보낼 수 없었는지 이유를 설명한 것이었다. 그런데 이제 벤저민은 죽었다. 아니, 노인은 아들이 돈이 없어 거칠고 넓디넓은 객지에서 굶어 죽었다고 곧장 성급한 결론을 내렸다. 그는 처음엔 이렇게밖에 말할 수 없었다.

"가슴이, 베시, 내 가슴이 너무 아프구나!" 그리고 그는 한 손을 허리에 대고 다른 손으로는 감은 눈을 가린 채, 마치 다시는 햇빛을 보고 싶지 않은 듯 그렇게 앉아 있었다. 베시가 잠시 그의 곁에 앉아 두 팔로 그를 안고 쓰다듬으며 입을 맞췄다.

"나쁜 일 아니에요, 고모부. 그 사람 죽지 않았어요. 편지에 그런 말이 없으니 그렇게 생각하지 마세요. 그 사람은 숙소에서 몰래 이사한 거고, 게으른 요크셔 사람들이 어디로 갔는지 못 찾아서 편지를 돌려보낸 거라고요. 마크 벤슨이었다면 집집이 찾으러 다녔을 텐데. 남쪽 사람들이 게으르다는 얘기 항상 들었어요. 안 죽었어요, 고모부. 그냥 이사한 거고, 어디로 갔는지 금방 우리에게 소식을 전할 거예요. 어쩌면 그 변호사가 사기를 쳐서 더 싼 곳으로 갔을지도 모르죠. 생각해보세요, 그 사람은 가능한 한 아껴서 생활하려 노력 중이고, 그게 다예요, 고모부. 그러니 슬퍼 마세요. 죽었다는 말 없어요."

베시는 이 사건에 대한 자신의 견해를 굳게 믿었고, 이 흉측한 편지를 열어보면서 안도하기도 했지만 그럼에도 심란함에 울고 있었다. 그러다 곧 그녀는 말과 행동으로 고모부가 계속 눅눅한

풀밭 위에 앉아 있으면 안 된다고 달래기 시작했다. 그가 걷는 것을 도우며 몇 번이고 되풀이해서 이 사건에 대한 해석을 이야기했다. 늘 같은 말로 시작했다. "그 사람 죽지 않았어요. 그냥 이사 간 거예요." 그런 식으로. 네이선은 고개를 저으며 그렇게 납득하려 애썼지만, 그러기엔 마음속 깊이 흔들리지 않는 결론이 이미 들어와 있었다. 그가 베시와 함께 집으로 돌아왔을 때 너무나 죽을 듯이 아파 보여(베시는 그가 그날 일과를 하려는 것을 말렸다) 헤스터는 그가 감기에 걸린 것이라 생각했고, 사는 일에 지치고 무심해진 그는 침대로 가라앉듯 누워 진짜 육체의 병으로 인한 피로로 쉬게 된 것이 기뻤다. 베시도 그도 많은 나날 그 편지에 대해 서로 이야기하지 않았다. 그녀는 마크 벤슨의 입을 닫게 할 방법도 찾았다. 그에게 편지 반송에 대한 그녀의 희망적인 의견을 얘기하여 그의 인정 많은 호기심을 충족시켜주었다.

네이선은 다시 일어났지만 침대에 누워 지낸 한 주가 마치 십 년 세월이 흐른 듯 얼굴도 몸도 더 폭삭 늙은 노인이 되어 있었다. 그의 아내는 아무리 피곤해도 그렇지 어떻게 경솔하게 젖은 밭에 앉느냐고 여러 번 핀잔을 주었다. 하지만 지금은 그녀 역시 벤저민이 오랫동안 소식이 없는 것에 불안해지기 시작했다. 그녀는 편지를 쓸 줄 몰라 남편에게 안부를 묻는 편지를 보내라고 자주 부탁했다. 그는 한동안 아무 대답도 하지 않았다. 마침내 그는 일요일 오후에 편지를 쓰겠노라 말했다. 일요일은 그가 일반적으로 편지를 쓰는 날이었고, 이번 일요일은 아프고 난 후 처음으로 교회에 갈 생각이었다. 토요일에 그는 아내의 의견을(베시도 최대한 아내 편을 들었다) 완강히 거부하며 하이민스터 시장에 가겠다고 고집을 부렸다. 이런 변화가 그에게도 좋을 거라고 그는 말했다. 그러나 그는 피곤한 몸으로 돌아왔고, 그의 행동에 약간 이상한 점이 있었다.

그는 지난밤 마지막으로 외양간에 가면서 베시에게 함께 가서 그가 병든 소를 보는 동안 랜턴을 들어달라고 부탁했다. 집에서 소리가 들리지 않을 정도로 충분히 멀어지자 그는 주머니에서 가게에서 포장한 작은 꾸러미를 꺼낸 후 말했다.

"내가 일요일에 쓰는 모자에 이걸 달아주겠니, 아가? 그러면 내게 위로가 될 게다. 나는 우리 아들이 죽었다는 걸 알지만, 네 늙은 고모와 네가 슬퍼할까 차마 입에 담을 수도 없으니."

"달아드릴게요, 고모부. 하지만 그 사람은 죽지 않았어요." 베시가 흐느껴 울고 있었다.

"안다, 알아. 난 다른 사람이 내 의견을 따르라는 게 아니다. 그저 우리 아들의 명복을 비는 뜻에서 크레이프 상장(喪章)을 달았으면 하는 거지. 검은 재킷을 주문했더라면 좋았겠지만 내가 일요일에 결혼할 때 입었던 재킷을 안 입으면 네 고모가 알게 되지 않겠냐. 그런데 시력이 나빠지고 있으니, 불쌍한 여자 같으니라고! 작은 상장은 알아차리지 못할 게다. 네가 신경 써서 아주 작게 달아다오."

그렇게 네이선은 베시가 섬세하게, 가능한 한 좁게 만든 검은 띠를 모자에 두르고 교회에 갔다. 인간의 본성이란 게 참 모순된 것이, 혹여 아들이 죽었다고 확신하는 그의 속내를 아내가 알게 될까 너무나 걱정하던 그였지만, 막상 이웃들이 그의 애도의 표시를 알아보지 못하고 누구를 위해 검은 띠를 둘렀는지 묻지 않자 마음에 상처를 입었다.

시간이 어느 정도 흐른 뒤에도 벤저민에게서 소식이 없자 그의 안부에 대한 집안의 걱정이 너무나 고통스럽게 커졌고, 네이선은 더는 그 생각을 혼자만 품고 있을 수가 없었다. 그러나 불쌍한 헤스터는 온 마음과 영혼과 의지를 다해 그 생각을 거부했다. 그녀는 믿을 수가 없었고 믿으려 하지도 않았다. 누가 뭐라 해도 하나밖에 없는 자식인 벤저민이 그녀에게 사랑 표현이나 작별 인사도 없이 죽었다는 것을 믿을 수 없었다. 어떤 논리도 그 점에서는 그녀를 흔들 수 없었다. 그녀는 자신과 아들 사이의 자연적 소통 수단이 최후의 순간 끊긴다면, 그러니까 죽음이 급작스럽게 예기치 않게 닥친다면 그 즉시 그녀의 강렬한 사랑이 초자연적으로 그 공백을 알아차렸을 거라 믿었다. 네이선은 때로 아내가 여전히 아들을 다시 볼 수 있다고 희망을 놓지 않고 있는 것이 기뻤다. 그러면서도 때로는 아내가 그의 슬픔과 자책을, 부모에게 그리도 한숨과 걱정거리였던 아들에게 무엇을 어떻게 잘못했는지 지치도록 되새김질하는 괴로움을 공감해주길 바랐다. 베시는 처음에는 고모에게, 나중에는 고모부에게 설득되었다. 양쪽 생각 둘 다 솔직히 납득이 되었다. 그래서 지금은 두 사람 모두 공감할 수 있었다. 그러나 베시는 몇 달 사이 젊음을 잃었다. 얼굴은 굳었고 아직 한참 먼 나이인 중년처럼 보였다. 미소를 짓는 일도 드물었고 다시는 노래를 부르지 않았다.

그 충격은 내브엔드 식구 모두의 활력에 지독한 영향을 끼쳤고 집안일 전부가 재정비되어야 했다. 네이선은 이제는 부지런히 돌아다니며 일꾼 둘을 부리거나, 바쁠 때는 자신도 일을 거들거나 할 수가 없었다. 헤스터도 낙농 일에 흥미를 잃었다. 거기다 시력도 너무 나빠져 사실상 그 일을 제대로 하기 어려웠다. 베시가 밭일도 하고 소와 외양간을 돌보고 버터와 치즈도 만들었다. 그녀는 그 모든 일을 잘해냈으나 예전처럼 명랑한 모습은 간데없고 어떤 엄격한 솜씨로 습관적으로 처리할 뿐이었다. 어느 저녁 고모부가 이웃 농부 잡 커크비가 상당한 땅을 사겠다고 제안했다고 했다. 그러고 나면 경작할 땅은 없고 소 두 마리 먹일 목초지만 남게 된다고. 그녀는 그 이야기를 듣고도 별로 애석하지 않았다. 농부 커크비는 안채 쪽은 전혀 관여하지 않을 것이며 그저 살이 오르는 그의 소들이 헛간 일부만 사용한다고 했다.

"우리는 호키와 데이지가 있으니 괜찮을 게야. 여름에는 버터가 8파운드나 10파운드 정도 나오니 시장에 내다 팔면 되고, 적당히 바쁠 테니 생각을 너무 많이 할 일도 없을 거고. 나이가 들수록 생각이 많아지는 게 두려워."

"좋아요." 헤스터가 말했다. "당신이 밭에 안 나가도 되겠네요, 애스터-토프트 농가 땅만 당신 손에 남으니. 베시는 치즈에 대한 자부심은 포기하고 크림 버터를 만들어야죠. 난 늘 크림 버터를 해보고 싶었지만 유장을 써야 해서 못 했거든요. 우리 고향에서는 유장 버터는 보지도 못했어요."

헤스터는 베시와 둘만 남게 되자 이런 계획 변경에 대해 말했다. "지금 이렇게 된 걸 난 하느님께 감사한다. 왜냐하면 난 늘 네 고모부가 집과 농장을 한꺼번에 포기할까 봐 걱정했거든. 그럼 그 애가 미국에서 돌아와도 우리를 못 찾을 거 아니냐. 걔가 간 곳이 바로 미국이야, 분명해. 돈을 벌러 간 게야. 희망을 잃지 마라, 얘야. 그 아인 방탕한 생활도 해봤으니 언젠간 집으로 돌아올 게다. 아, 성경의 탕아에 대한 좋은 이야기가 그런 거지. 돼지 먹이를 먹던 아들이 돌아와 아버지 집에서 잘 산다고 하잖니.* 네 고모부도 그 애를 용서하고 사랑할 준비가 되어 있다고 믿는다. 아주 애지중지할 게다. 어쩌면 나보다 더 많이 그 아일 귀히 여기고 죽을 때까지 포기하지 않을 게다. 고모부에겐 부활과도 같은 거라."

그러고 나서 커크비는 내브엔드 농장 땅 대부분을 가져갔다.

* 누가복음 15장 11절부터 32절.

나머지 땅과 남은 소 두 마리를 돌보는 일은 가끔 도움을 받으면 셋이서도 수월하게 할 수 있었다. 커크비 가족은 좋은 사람들이라 잘 지낼 수 있었다. 아들이 하나 있었는데 무뚝뚝하고 뚱한 독신남이었다. 자기 일에 대해서는 매우 꼼꼼하고 체계적이었고, 말이 거의 없었다. 네이선은 이 존 커크비가 베시에게 관심이 있다는 생각이 들었고, 그러자 마음이 상당히 괴로워졌다. 아들의 사망을 믿는다면 받아들여야 하는 상황을 처음으로 대면했고, 의외로 온전하게 믿고 있지 않다는 것을 발견하게 되었다. 아들의 죽음을 정말 믿었다면 베시를 어릴 때 정혼한 아들이 아닌 다른 남자의 아내로 생각하는 일이 수월했을 것이기 때문이다. 어쨌든 존 커크비에게 실제로 그런 의도가 있는지 알 수 없었지만 베시에게 의사 표현하는 일을 서두르지 않았고, 네이선만 떠나버린 아들을 대신해 그를 보며 때로 질투에 사로잡히곤 했다.

그런데 사람은 늙고 깊은 절망과 슬픔에 빠지게 되면 때로 짜증도 늘어간다. 자신이 짜증 부린 것을 후회하고 그러지 않으려 노력해도 여전히 그렇게 된다. 베시가 고모부의 성마름을 꾹 참아내야 했던 날들이 있었지만, 그녀는 여전히 그를 사랑했고 많이 존경했기에 다른 사람들에게는 화를 내는 일이 있더라도 절대 고모부에게는 거친 말로 조급하게 말대답하지 않았다. 고모부가 그녀를 깊이 진심으로 아낀다는 믿음이 있었고, 고모도 전적으로 그녀에게 의지하며 누구보다 다정하게 대해주었기 때문이다.

그러던 어느 날, 11월 말 즈음이었다. 베시는 고모부가 평소보다 더 터무니없이 행동해 아주 힘들었다. 사실은 그날 커크비의 소 한 마리가 아팠고, 그 때문에 존 커크비가 농장 마당에서 아주 바빴다. 그 소를 좋아했던 베시는 아픈 소에게 따뜻한 먹이를 주려고 불을 피워 밀기울을 준비했다. 존의 존재만 아니었다면 사실 이 일에 대해 누구보다 관심을 보이고 염려했을 사람은 네이선이었다. 그는 천성이 친절하고 이웃에게 따뜻했으며, 가축 질병에 해박하다는 명성을 자랑스러워했다. 그런데 존의 일이었기 때문에, 베시가 그 일을 돕고 있었기 때문에 네이선은 전혀 나서지 않으려 했고 '그 아픈 짐승은 생각할 필요도 없는데, 젊은 사내와 계집은 늘 괜히 걱정을 사서 한다'라고 단정해버렸다. 이제 존은 마흔이 다 되어갔고 베시는 거의 스물여덟이었으니 젊은 사내와 계집이란 말이 딱히 어울리는 것도 아니었다.

베시가 소젖을 짜서 우유를 가지고 왔을 때 5시 반이 좀 넘은 시간이었는데 네이선은 그녀에게 문을 다 잠그라고, 어둡고 추운데 다른 사람 일로 밖으로 돌아다니지 말라고 명령했다. 그 어조에 베시는 좀 놀라고 상당히 기분이 상했지만 반발하지 않고 자리에 앉아 저녁을 먹었다. 오래전부터 네이선은 습관처럼 밤에 마지막 일과로 밖을 내다보며 '날씨가 어떨지' 살폈다. 8시 반이 다 되었을 무렵 그는 지팡이를 짚더니 그들이 앉아 있던 거실과 연결되는 문에서 두세 걸음 밖으로 나갔다. 헤스터가 베시의 어깨에 손을 얹으며 말했다.

"저 양반 류머티즘이 좀 오는 것 같다. 쿡쿡 쑤신다고 하고, 말하는 것도 아주 날카로워졌어. 네 고모부 앞에서는 묻기 그랬다만, 저 집 불쌍한 소는 어떠냐?"

"많이 아픈 것 같아요. 제가 들어가니까 존 커크비가 수의사를 데리러 가더라고요. 그 사람들 밤늦게까지 못 잘 거예요."

그들이 슬픔을 겪은 이후 고모부는 밤에 잠들기 전 성경을 한 장(章)씩 소리 내 읽는 버릇이 생겼다. 유창하게 읽지는 못해 종종 단어 하나를 두고 오래 망설였고, 한참 있다가 틀리게 읽었다. 하지만 책을 펼친다는 그 자체가 자식 잃은 노부부에게는 위안이 되어 보였다. 하느님의 품 안에서 고요와 안전을 느꼈고, 성경을 읽음으로써 이 세상의 근심과 걱정에서 벗어나 내세를 그려볼 수 있었다. 희미하고 모호할지라도 그곳에서는 자신들의 신실한 믿음만큼이나 분명하고 확실한 휴식을 얻을 수 있으리라. 이렇게 조용하고 소소한 시간, 네이선은 뿔테 안경을 쓰고 앉았고, 그와 성경 사이에 놓인 수지 양초의 강한 불빛이 그의 경건하고 진지한 얼굴에 떨어지고 있었다. 헤스터는 불가 반대편에 앉아 머리를 기울이고 열심히 귀 기울이다 때때로 고개를 저으며 끙끙거리기도 했지만 약속의 말씀이 있거나 큰 기쁨이 몰려오면 열정적으로 '아멘'을 외치기도 했다. 베시는 고모 옆에 앉아 있었다. 아마도 머릿속은 집안일을 근심하거나 이 자리에 없는 이들을 생각하고 있을지도 몰랐다. 이 작고 조용한 휴식 시간은 이 집안 식구들에겐 피곤한 어린이가 듣는 자장가처럼 고마운 위안이 되었다. 그러나 이날 밤, 베시는 길고 낮은 창문 반대편에 앉아 있었다. 창문을 가린 것은 창틀에서 자라는 제라늄 화분 몇 개뿐이었고 창문과 나란히 문이 있었다. 불과 10여 분 전 고모부가 들어온 그 문의 나무 빗장이, 마치 누군가 밖에서 열려고 하는 것처럼 부드럽게, 거의 소리 없이 올라가는 것이 보였다.

그녀는 화들짝 놀라 다시 한번 주의 깊게 보았는데, 이번에는 전혀 움직임이 없었다. 그녀는 아마도 고모부가 들어와 문을 잠글 때 빗장이 제대로 들어가지 않았던 모양이라고 생각했다. 마음이 편치 않았지만 그 이상은 아니었다. 잘못 본 게 틀림없다고 자신을 다독거렸다. 그래도 혹시 몰라 위층으로 올라가기 전 창가로 가 어두운 바깥을 내다보았지만 모든 것이 고요했다. 아무것도 보이지 않았고 아무 소리도 들리지 않았다. 그래서 세 사람은 조용히 위층 침실로 올라갔다.

집은 오두막보다 조금 나은 정도였다. 현관문을 열면 거실이 있고, 거실 위가 노부부의 침실이었다. 훈훈한 분위기의 거실로 들어가면 왼쪽에, 입구와 직각에 가깝게 문이 하나 있는데 작은 응접실로 이어졌다. 거실만큼 편안한 장소는 아니었지만 헤스터와 베시가 자부심을 느끼는 공간으로 어느 경우에도 거실로 이용하지는 않았다. 벽난로 안에는 조개껍질과 루나리아 꽃다발이 있었고, 가장 좋은 서랍장과 손님 접대용인 화려한 색깔의 도자기 세트, 바닥에는 밝은 빛깔의 평범한 카펫이 있었다. 그러나 그 모든 것도 거실의 섬세한 깔끔함과 수수한 편안함을 주지는 못했다. 이 응접실 위에는 벤저민이 어릴 때, 집에 올 때 자던 침실이 있었다. 여전히 언제든 그가 사용할 수 있도록 정돈되어 있었다. 침대도 그 자리에 있었지만, 그가 팔구 년 전 마지막으로 잠을 자고 떠난 후 누구도 그 침대에 눕지 않았다. 가끔 늙은 어머니가 아무 말 없이 조용히 침대 데우는 팬을 들고 올라갔고, 철저하게 환기를 하곤 했다. 그녀는 이런 일들을 남편이 없을 때만 했고 다른 사람에겐 이에 대해 말하지 않았다. 베시도 돕겠다고 나서지는 않았지만, 고모가 이 희망도 없는 일을 여전히 해나가는 것을 보노라면 눈물이 차올랐다. 그런데 이 방은 사용하지 않는 것들을 모두 놓아두는 곳이 되었다. 한쪽 구석은 겨우내 사과를 보관하기 적합했다. 거실에서 벽난로를 마주하고 섰을 때 왼쪽에, 그러니까 창문과 현관문 반대쪽에 문이 두 개 더 있었다. 오른쪽 문은 일종의 보조 주방으로 연결되었고 그곳엔 부섭지붕이 있었다. 그리로 나가면 집 뒷마당과 농장이었다. 왼쪽 문을 열면 계단이 나오고, 계단 아래 벽장에는 다양한 집안 물건들이 보관되어 있었다. 그 너머에 낙농장이 있었고 그 위는 베시의 침실이었다. 그녀의 작은 침실 창문은 보조 주방의 경사진 부섭지붕 바로 위로 나 있었다. 아래층이든 위층이든 창문에는 블라인드도 나무 덧문도 없었다. 집은 돌로 지어졌고, 작은 여닫이 창문들은 같은 소재의 견고한 틀에 고정되어 있었다. 거실의 길고 낮은 창문은 칸칸이 나뉘어 있어 더 큰 주택이었다면 문설주라 불렸을 것이다.

이날 밤 9시가 되었을 때는 모두 위층에서 잠자리에 든 후였다. 이조차 평소보다 좀 늦은 시간이었다. 초를 켜두는 것도 사치로 여겼기에 식구들은 시골 사람치고 일찍 일어나고 일찍 잤다. 그러나 이날 밤 베시는 잠이 오지 않았다. 보통은 베개에 머리를 대면 5분이면 깊은 잠에 빠지곤 했다. 그녀는 존 커크비의 소가 회복할 수 있을지 염려하고 있었고, 혹 전염병은 아닐까, 그래서 그녀의 소들도 병이 옮는 건 아닐까 걱정하고 있었다. 이런 순박한 근심 위로 문득 빗장이 올라갔다 내려온 생생하고 불편한 기억이 덮쳐왔다. 분명 그럴 만한 요인이 없었다. 지금은 아까 아래층에 있을 때보다 더 확신할 수 있었다. 그건 상상이 아니라 실제 움직임이었다. 고모부가 성경을 읽는 동안 일어난 일이 아니었다면 재빨리 일어나 문으로 가서 살펴볼 수 있었을 텐데 그것이 안타까웠다. 생각이 불안 속에서 초자연적인 것으로 흘렀고, 그러고 나서는 벤저민, 친애하는 사촌이자 놀이 친구이자 옛 애인인 그에게로 향했다. 그녀는 이미 오래전에, 그가 실제로 죽지 않았더라도 그녀에게서 영원히 떠난 사람으로 포기하고 있었다. 막상 그렇게 완전히 포기하고 나자 그가 그녀에게 했던 모든 잘못을 대가 없이 온전히 용서할 수 있었다. 그녀는 친절한 마음으로 그가 나이 들고 길을 잃은 사람이라 생각했지만, 기억 속에는 여전히 순진한 아이, 쾌활한 소년, 잘생기고 멋있는 청년으로 남아 있었다. 존 커크비는 그저 조용히 관심을 가지고 있었지만, 혹여 베시를 향한 그의 바람을—실제로 어떤 바람이 만약 있다면—드러냈다면, 베시의 우선적인 반응은 존의 비바람에 시달린 중년 얼굴과 추억 속에 존재하는, 다시는 보지 못할 그 사람의 얼굴과 모습을 비교하는 일이었을 것이다. 이런저런 생각에 베시는 들썩이다 지쳐갔다. 그리고 한참을 뒤척이다가 결국 밤새 못 자겠다고 생각하는 순간 갑자기 깊은 잠에 빠져들었다.

문득 그녀는 잠에서 깨어 침대에서 일어나 앉았다. 무슨 소리가 나서 잠을 깬 것이라 귀를 기울였으나 한동안 그 소리는 반복되지 않았다. 분명 고모부 방이었다. 고모부도 일어났다. 일이 분간 아무 소리도 들리지 않았다. 그러다 고모부가 문을 열고 아래층으로 내려가는 소리가 들렸다. 비틀거리는 발걸음으로 서둘러 계단을 딛고 있었다. 고모가 아픈 것이란 생각이 들어 그녀는 재빨리 침대에서 뛰쳐나와 떨리는 손으로 급히 페티코트를 입고 침실 문을 열었다. 그때 현관문 빗장이 풀리고, 실랑이와 여러 사람의 발소리, 나지막한 쉰 목소리로 흘러나오는 거칠고 격한 말들이 들려왔다. 순간 그녀는 모든 것을 이해했다. 외딴집이었고, 고모부가 잘산다는 소문도 있었다. 그들은 늦은 시간에 길을 잃었다거나 그런 식으로 말했을 것이다. 존 커크비의 소가 아픈 것이 천만다행이었다. 여러 사람이 존과 함께 소를 보고 있다! 그녀는 다시 방으로 돌아가 창문을 열고 밖으로 빠져나간 다음 경사진 지붕을 타고 아래로 내려가 맨발로 숨차게 외양간을 향해 뛰었다.

"존, 존, 맙소사, 빨리 와요. 우리 집에 강도들이 들었어요. 고모와 고모부를 살해할 거예요!" 그녀가 닫히고 빗장을 지른 외양간의 문틈에 대고 끔찍한 억양으로 목소리를 낮춰 말했다. 잠시 후 문이 열리더니 존과 수의사가 그녀의 말을 즉각 이해한 듯 행동할 준비가 된 모습으로 선 것이 보였다. 그녀는 다시 그 말을 되풀이하며 그녀 역시 제대로 파악하지 못한 것을 알아듣기 힘들게 띄엄띄엄 설명을 이어나갔다.

"현관문이 열려 있다고요?" 존이 갈퀴로 무장하며 말했고, 그동안 수의사는 다른 농기구를 들었다. "그럼 저쪽으로 집에 들어가서 덫에 빠진 그놈들을 잡는 게 좋겠군."

"뛰어요! 뛰어요!" 베시는 존 커크비의 팔을 잡고 그를 끌어당기며 그 말밖에 할 수 없었다. 세 사람은 재빨리 집을 향해 달렸고, 모퉁이를 돌아 열린 현관문으로 들어갔다. 그들은 외양간에서 사용하던 뿔 랜턴을 들고 있었고 랜턴에서 갑자기 타원형 불빛이 던져지자 그녀가 그리도 불안해하던 주된 대상인 고모부가 넋이 나가 힘없이 부엌 바닥에 누워 있는 것이 보였다. 그녀가 제일 먼저 생각한 것은 고모부였다. 2층에서 발소리, 억누른 거친 목소리가 들렸으나 그녀로서는 고모가 즉각적인 위험에 처했는지 알 수 없었기 때문이다.

"우리 뒤로 가서 문을 닫아요, 아가씨. 그놈들 빠져나가게 하면 안 돼요!" 용감한 존 커크비가 위에 몇 명이나 있는지도 알지 못한 채 두려움 없이 선의의 행동에 나섰다. 수의사가 빗장을 걸어 잠그며 말했다. "됐네!" 열쇠를 주머니에 넣으며 대담한 어조로 말했다. 사느냐, 죽느냐, 아니면 적어도 효과적인 포획이냐, 필사적인 탈출이냐의 상황이었다. 베시는 무릎을 꿇고 앉아 고모부를 살폈으나 그는 말을 하지 못했고 의식의 징후도 전혀 없었다. 베시는 장의자에서 쿠션을 끌어 내려 그의 머리를 받쳤다. 보조 주방으로 물을 가지러 가고 싶었으나 격렬한 몸싸움과 세찬 타격 소리, 몸을 쓰느라 말하는 데 호흡을 낭비할 수 없다는 듯 악문 이 사이로 내뱉는 낮고 격한 욕설과 분노에 찬 중얼거림이 들려와 거기 그대로 부엌에서 고모부 옆에 움직이지 않고 조용히 있을 수밖에 없었다. 어둠이 너무나 짙고 깊어 거의 만지면 느껴질 것만 같았다. 순간, 심장이 문득 멎는 것처럼 갑작스럽게 공포감이 밀려왔다. 지독하게 캄캄한 공간에서 어떤 살아 있는 생명체의 힘이 존재해 우리 의식에 작용하는 듯한 그 기이한 방식으로, 누군가 그녀 가까이 있다는 것을, 그녀와 마찬가지로 가만히 있다는 것을 느낄 수 있었다. 그녀가 들은 것은 불쌍한 노인의 숨결이 아니었고, 그녀가 느낀 것은 노인에게서 나오는 열기가 아니었다. 누군가 부엌에 있었다. 아마도 강도 중 한 명이 노인을 지켜보려고, 혹시 의식이 돌아오면 살해할 의도로 남아 있는 것인지도 몰랐다. 이제 베시는 자기 보호 본능이 저 끔찍한 손님을 조용히 있게 만들었다는 것을, 자신을 드러내려는 동기가 없으며 오히려 탈출하려는 욕구가 더 크다는 것을 온전히 인식할 수 있었다. 보이지 않는 목격자가 어떤 시도를 해도 문이 잠겨 있어 실패한다는 것을 알 것이다. 그가 거기 그녀 가까이 무덤처럼 침묵하고 있다는 사실을 깨닫자, 어쩌면 그가 마음속에 무섭고 사악한, 차마 입 밖에 낼 수 없는 생각을 품고 있을지도 모르고, 어둠 속에 더 오래 적응한 더 날카롭고 강력한 시선으로 그녀의 모습과 자세를 식별하며 야생 짐승처럼 그녀를 노려보고 있을지도 모른다는 생각이 들었다. 그러자 베시는 그 상상력이 보여주는 환상에 몸이 움츠러들었다. 위에서는 여전히 몸싸움이 이어지고 있었다. 발이 미끄러지고, 주먹이 오가고, 겨냥이 빗나가고, 마치 레슬링하는 사람들이 잠시 동작을 멈춘 듯 크게 헐떡이는 소리도 들렸다. 이렇게 잠시 소음이 멎은 어느 순간, 베시는 그녀 쪽으로 조금씩 다가오는 움직임을 느꼈는데, 그 움직임은 위층의 싸움 소리가 사라지면 함께 중단되었다가 소리가 다시 들려오면 계속되었다. 그녀는 감각이나 소리가 아닌 공기의 미세한 진동으로 그것을 감지할 수 있었다. 그녀가 무릎을 꿇는 그 순간에 가까이 있던 그가 다음 순간 그녀를 지나쳐 살금살금 계단으로 향하는 문으로 가고 있음을 확실히 느꼈다. 공범들과 힘을 합치기 위해 가는 거라 생각한 그녀는 크게 소리치며 그를 향해 뛰어갔다. 문가에 이르렀을 때 위층 침실에서 흘러나오는 희미한 불빛 속에 한 남자가 난폭하게 밀쳐져 계단을 구르는 것이 보였고, 거의 그녀 발치에 떨어졌다. 그새 스멀스멀 움직이던 검은 인물은 갑자기 왼쪽으로 미끄러지듯 가더니 마찬가지로 갑자기 계단 밑 벽장으로 들어갔다. 베시는 그의 목적이 무엇인지, 처음에는 공범의 처절한 싸움을 도울 의도였는지 아닌지 생각할 시간이 없었다. 그녀가 아는 것은 그가 적이고 강도라는 것뿐이어서 벽장 문으로 달려가 곧장 밖에서 문을 잠갔다. 그러고 나서 어두운 구석에서 겁에 질린 채 숨을 헐떡였고, 자신의 앞에 놓인 남자가 존 커크비나 수의사면 어쩌나 싶어 토하고 싶을 정도로 공포에 휩싸였다. 둘 중 한 사람이라면 다른 사람은 어떻게 되는 건가? 고모는, 고모부는, 그녀 자신은? 그런데 바로 몇 분 후 이 의문이 풀렸다. 그녀를 지켜주는 두 사람이 천천히 무거운 걸음으로 한 남자를 끌고 계단을 내려왔다. 흉포하고 음울하고 절망적인 모습의 남자는 지독하게 맞아 움직이지도 못했고 얼굴은 피투성이에 퉁퉁 부어 있었다. 그 점은 존이나 수의사도 마찬가지였다. 한 사람이 랜턴을 입에 물고, 온 힘을 다해 남자의 육중한 몸을 끌고 내려오고 있었다.

"조심하세요." 구석에 선 베시가 말했다. "당신 발아래에도 한 놈 있어요. 죽었는지 살았는지 모르겠지만요. 그리고 고모부가 저 뒤쪽 바닥에 쓰러져 있어요."

그들은 잠시 계단에 그대로 멈춰 섰다. 그때 그들이 계단 아래로 굴려 떨어뜨린 강도가 몸을 뒤척이며 신음했다.

"베시." 존이 말했다. "마구간으로 달려가서 이놈들 묶을 밧줄과 기어 장치를 가져와요. 그러고 나서 집 밖으로 내쫓을 테니 당신은 가서 다른 식구들을 살펴요. 그게 급하지."

베시는 금방 돌아왔다. 그녀가 들어오니 거실이 밝아져 있었다. 누군가 벽난로의 불을 긁어 다시 지펴놓았다.

"저놈은 다리가 부러진 것 같아요." 존이 여전히 바닥에 너부러진 남자를 향해 고개를 끄덕이며 말했다. 베시는 그들이 그를 거칠게 다루며 묶는 것을 바라보며 그자가 측은하다는 생각도 들었다. 반쯤 의식이 없는 그자는 사납고 험악한 공범 못지않게 단단하게 꽉 결박되었다. 그들이 그를 뒤집고 또 뒤집을 때 그가 고통을 느끼는 것이 그대로 보여 베시는 안됐다는 생각에 물 한 컵을 가져와 그의 입술을 축여주었다.

"그놈과 당신 혼자만 두기가 꺼림칙하지만." 존이 말했다. "다리가 부러진 건 확실하니까 정신을 차리더라도 움직이지도 당신을 해치지도 못할 거예요. 우리는 이놈을 밖으로 데리고 나가 확실히 처리하고 우리 중 한 사람이 다시 돌아와 출입구나 뭐 그런 걸 찾아서 그놈도 집 밖으로 내보내 못 들어오게 해줄 거예요. 충분히 안심해도 되는 상태예요, 확실해요." 그는 강도를 쳐다보며 말했다. 강도는 멍들고 피투성이인 몸으로 서서 음침한 얼굴로 증오를 뿜고 있었다. 그의 눈이 겁에 잔뜩 질린 베시의 눈과 마주치자 그가 씩 웃었고 그 표정과 웃음에 베시는 하려던 말을 못 하고 말았다. 거기서 멀쩡한 몸의 공범이 여전히 집 안에 남아 있다는 말을 할 수가 없었다. 어떤 식으로든 공범을 가둔 문이 열리고 싸움이 다시 붙을까 두려웠다. 그래서 그녀는 집 밖으로 나가는 존에게 이렇게만 말했다.

"오래 걸리지 말아요. 이 남자와 혼자 남는 게 무서워요."

"당신을 해치지 못해요." 존이 말했다.

"아뇨! 이 남자가 죽을까 봐 걱정하는 거예요. 고모와 고모부도 있으니 빨리 돌아와요, 존!"

그들이 나가고 베시는 문을 닫긴 했지만 집 안에서 변고라도 생길까 염려되어 잠그지는 않았다. 그리고 다시 고모부에게 갔다. 이번에는 아까 존과 수의사와 집에 들어왔을 때보다는 호흡이 편안해져 있었다. 불이 지펴져 있어 이제 그가 머리를 맞았고, 그것이 아마도 정신을 잃은 이유임을 눈으로 볼 수 있었다. 상처 주변에 피가 제법 흐르고 있어 베시는 수건을 찬물에 적셔 대주었다. 고모부 곁을 잠시 떠나 촛불을 켜고 2층의 고모에게 가기 위해 몸이 다치고 결박된 강도를 지나는 순간, 낮고 다급하게 그녀의 이름을 부르는 소리가 들렸다.

"베시, 베시!" 처음에는 너무나 가까이 들려 발치의 의식도 없는 강도의 소리인 줄 알았다. 그런데 또 그 목소리가 들려와 그녀를 전율하게 했다.

"베시, 베시! 젠장, 나 좀 내보내줘!"

그녀는 계단 아래 벽장 앞으로 가서 말을 하려 했으나 입이 떨어지지 않았고, 가슴이 거칠게 뛰었다. 다시 가까이서 소리가 들렸다.

"베시, 베시! 그들이 금방 돌아올 거야. 나를 내보내달라고 하잖아! 맙소사, 문을 열어!" 그는 난폭하게 문짝을 발로 차기 시작했다.

"쉿, 쉿!" 그녀는 끔찍한 두려움 속에서 그렇게 말하며 자신의 확신에 강하게 저항했다. "누구예요?" 그러나 그녀는 알았다, 아주 잘 알았다.

"벤저민." 맹세가 이어졌다. "문을 열어달라잖아. 그럼 난 떠날게. 내일 밤까지 영국을 떠나서 다시는 돌아오지 않을 거고, 그럼 우리 아버지 돈은 네 차지가 될 거야."

"내가 그런 거 신경 쓸 것 같아요?" 베시가 격한 어조로 말하며 떨리는 두 손으로 잠금장치를 만졌다. "세상에 돈 같은 게 없었으면 좋겠어. 그랬다면 당신이 이렇게 되지 않았겠지. 자, 이제 자유야. 난 다시는 당신 얼굴을 보고 싶지 않아. 당신을 풀어줄 생각이 없지만 당신 부모의 마음이 아플까 걱정해서 열어주는 거야. 설마 이미 죽인 건 아니겠지." 그러나 그녀가 말을 끝내기도 전에 그는 사라지고 없었다. 검은 어둠 속으로 떠나버렸고 문은 활짝 열려 있었다. 또 다른 두려움이 밀려와 베시는 다시 문을 닫았고, 이번에는 빗장까지 질렀다. 그러고 나서 의자에 앉자 긴장이 풀리며 크게 너무나도 쓰라린 울음을 터뜨렸다. 하지만 넋을 놓고 있을 시간이 없었다. 천근만근인 몸을 힘겹게 움직여 자리에서 일어난 그녀는 부엌 뒤로 나가 찬물을 마셨다. 그런데 놀랍게도 고모부의 목소리가 희미하게 들려왔다.

"나를 데리고 올라가다오. 네 고모 옆에 누여다오."

그러나 베시는 그를 옮길 수가 없었고, 그저 간신히 애써 계단을 오르는 것을 부축할 수 있을 뿐이었다. 침실에 들어간 그는 베시가 가까이 있던 의자에 앉혀주자 거칠게 숨을 쉬었다. 그때 존 커크비와 수의사 앳킨슨이 돌아왔다. 존이 위로 올라와 그녀를 도왔다. 고모는 침대에 기절해 있었고, 고모부는 극도로 쇠진한 상태로 앉아 있어 베시는 두 사람 다 곧 죽는 것이 아닌가 두려웠다. 그러나 존은 그녀를 달래며 노인을 들어 올려 침대에 눕혔고, 베시는 불쌍한 헤스터의 팔다리를 편안한 자세로 바꿔주었다. 그 사이 존은 만약을 대비해 항상 찬장 구석에 보관해두었던 술을 가지러 갔다.

"두 사람 다 엄청나게 놀란 거예요." 그가 고개를 설레설레 흔들며 말하고는 진과 뜨거운 물을 찻숟가락으로 그들 입에 흘려 넣었다. 그동안 베시는 그들의 차가운 발을 비벼 따뜻하게 해주었다. "게다가 너무 추웠던 거예요, 불쌍한 노인네들이!"

그는 부드러운 시선으로 그들을 바라보았고, 베시는 그 표정을 보며 속으로 그를 축복했다.

"난 이제 가봐야겠어요. 아까 앳킨슨에게 농장에 가서 밥을 데리고 와달라고 했고, 잭도 밥과 함께 와서 외양간에 둔 다른 놈을 살펴봤어요. 그놈이 악담을 퍼붓기 시작해서 밥과 잭이 내가 두고 온 고삐로 그놈에게 재갈을 물렸어요."

"그 사람이 뭐라 떠들든 신경 쓰지 말아요." 다시금 극심한 공포가 그녀를 괴롭히자 불쌍한 베시는 큰 소리로 말했다. "그런 종류의 사람은 늘 자기 잘못에 다른 사람을 끌어들이거든요. 재갈을 물렸다니 다행이네요."

"흠! 근데 내가 하고 싶은 얘기는 이거예요. 앳킨슨과 내가 저 놈도 외양간으로 데리고 갈 거예요. 저 친구는 조용한 것 같은데, 가서 저놈들이랑 소랑 같이 다루어주는 거지요. 그러고는 늙은 적갈색 암말에 안장을 얹고 하이민스터로 치안관과 의사를 데리러 갈 거예요. 프레스턴 박사를 모셔 와서 네이선과 헤스터를 먼저 보게 하고, 다음에 다리 부러진 녀석을 살펴보게 해야겠지요. 줄 잘못 섰다가 인생 꼬인 놈이니."

"네!" 베시가 말했다. "의사 꼭 모셔 와야 해요. 두 분 누워 있는 걸 보세요. 교회 기념비의 슬프고 근엄한 석조 동상들 같아요."

"안색을 보니 정신이 돌아오는 것 같군. 진과 물을 마셔서 그런가. 고모부 머리를 계속 닦아주고 가끔 저걸 마시게 해줘요, 베시."

베시는 그를 뒤따라 아래층으로 내려가 나가는 길의 불을 밝혀 주었다. 쓰러진 사람을 옮기는 그들이 집 모퉁이를 돌아갈 때까지 계속 불을 비춰주진 못했다. 벤저민이 근처에 숨은 채 다시 들어올 기회를 엿보고 있다는 두려운 확신이 너무나 강했기 때문이다. 그녀는 서둘러 다시 부엌으로 들어가 문을 닫고 빗장을 지른 뒤 서랍장을 밀어 문을 막았다. 그리고 커튼이 없는 창문을 눈을 감고 지나갔다. 유리창에 얼굴을 대고 그녀를 응시하는 흰 얼굴이라도 보게 될까 무서웠다. 불쌍한 노부부는 조용히 말도 없이 누워 있었지만 헤스터의 자세가 약간 달라져 있었다. 남편을 향해 약간 옆으로 돌아누워 주름진 팔로 남편 목을 감싸고 있었다. 그러나 고모부는 머리에 젖은 수건을 두른 채 베시가 눕힌 그 상태였다. 눈에 어떤 인지가 없는 것은 아니나 음울했고, 죽음의 눈처럼 주변에서 일어나는 모든 일을 의식하지 못했다.

고모는 가끔 입을 열곤 했다. 고맙다, 한마디, 아마 그랬던 것 같다. 그러나 고모부는 전혀 말이 없었다. 끔찍한 밤 내내 베시는 불쌍한 노부부에게 계속 애정을 쏟으며 돌보았지만, 그녀의 마음은 큰 충격 속에서 감정에 멍이 들어 경건한 의무를 해내면서도 거의 꿈속에 있는 것만 같았다. 11월은 아침이 오기까지 오래 걸렸다. 8시경 의사가 오기 전까지 그녀는 어떤 변화도 깨닫지 못했다. 그것이 최악의 변화든 최선의 변화든. 존 커크비가 의사를 데리고 왔고, 강도 둘을 잡은 이야기를 자세히 얘기했다.

베시가 이해한 바로는, 이상한 제삼의 인물의 존재 여부는 알 수 없다는 결론이었다. 안도했다. 너무나 걱정해서 거의 그 역겨움에 토할 지경이었다. 밤새도록 그 생각이 머리를 떠나지 않았고 실제로 그 생각으로 자신이 마비된 것 같았다. 지금은 어느 정도는 아마도 지난 불면의 밤 때문인지, 열이 오른 채 날카롭고 선명하게 느끼고 생각했다. 고모부는, 어쩌면 고모도 분명 벤저민을 알아봤을 거란 느낌이 들었다. 하지만 아주 작은 가능성이라도 보지 못했을 수도 있으니 그녀는 결단코 이 비밀을 혼자 안고 가리라 생각했다. 무심코 말을 흘려 또 다른 사람이 그 자리에 있었다는 사실을 드러내서는 안 되었다. 네이선은 단 한 마디도 하지 않았다. 그런데 베시는 오히려 고모의 침묵에서 고모가 어떤 식으로든 아들이 관련됐다는 것을 아는 건 아닌지 불안했다.

의사는 두 사람을 세심하게 진찰했고, 네이선의 머리 상처를 자세히 들여다보며 질문을 던졌다. 헤스터는 짧게 마지못해 대답했고 네이선은 낯선 사람을 보는 것 자체가 고통스럽다는 듯 눈을 꼭 감고 전혀 대꾸하지 않았다. 베시는 그들의 상태를 존중해 자신이 답할 수 있는 것은 대신 대답했다. 의사를 따라 아래층으로 내려간 그녀는 가슴이 요동쳤다. 두 사람이 거실에 가니 존이 환기를 시키느라 바깥으로 나가는 문을 열어둔 것이다. 그는 벽난로 안을 쓸고 불을 피우고 의자와 테이블도 제자리에 정돈해두었다. 베시의 시선이 그의 붓고 상처 난 얼굴로 향하자 그가 살짝 얼굴을 붉히고는 담담하게 미소를 지으며 아무렇지 않은 척했다.

"알다시피 노총각이라서요. 좀 정리를 할까 생각했어요. 노인들은 어떤가요, 의사 선생님?"

"음, 이 불쌍한 노부부가 엄청나게 충격을 받았네. 맥박을 낮출 진정제와 노인 머리에 바를 물약을 보내지. 피를 상당히 많이 흘렸더군. 염증이 많이 생겼을지도 모르네." 의사는 베시에게 오늘 하루는 환자들을 침대에서 조용히 쉬게 하라고 주의 사항을 알려주었다. 이런 의사의 말에서 베시는 노부부가 그녀가 밤새 걱정했던 것처럼 거의 죽을 뻔한 것은 아님을 추측할 수 있었다. 의사는 돌봄이 필요하긴 하지만 회복될 것이라 했다. 그녀는 차라리 그 반대이기를 빌고 싶었다. 그녀도 교회 묘지의 그들 곁에 함께 눕는 편이 낫겠다는 생각이 들었다. 인생이 왜 이리 그녀에게 잔인한 것인지. 숨어 있던 강도의 억제된 목소리, 누구인지 알아차렸을 때 그 충격을 떠올리면 너무나 끔찍했다.

그녀가 그러는 동안 내내 존은 여인의 솜씨로 아침 식사를 준비하고 있었다. 베시는 그가 프레스턴 박사에게 차 한잔하라고 호의를 베푼 것이 반쯤 원망스러웠다. 의사를 보내고 혼자 앉아 생각을 좀 하고 싶었다. 이 모두가 그녀를 사랑해서 하는 일임을 그녀는 알지 못했다. 인상이 투박하고 말수도 적은 존이 그녀가 아프고 가련해 보인다고 줄곧 생각한다는 것을, 의사에게 식사 대접하는 친절을 그녀가 베풀도록 세심하게 배려하는 중이라는 것을.

"소젖 짜는 거 봤어요." 그가 말했다. "당신네 소랑 다. 그리고 앳킨슨이 우리 소를 잘 돌봤고요. 우리 소가 때마침 밤에 아팠던 게 얼마나 다행인지! 당신이 우리를 데리러 안 왔으면 저기 두 놈은 순식간에 일을 끝냈을 거예요. 우리가, 거, 말하자면, 격렬하게 격투를 했지. 한 놈은 죽을 때까지 그 상처가 남을 거예요. 그렇죠, 선생님?"

"요크 순회재판소에서 재판을 받을 때 제대로 서 있기도 힘들 것이네. 보름 후에 재판이 열릴 걸세."

"아, 그 말 들으니 생각나는군요, 베시. 당신이 로이즈 판사 앞에서 증언을 해야 할 거예요. 치안관이 호출한다고 전하랬어요. 겁내지 말아요. 기분 좋은 일은 아니겠지만 오래 걸리진 않을 테니. 그냥 묻는 질문에 어떻게 된 건지 이 일에 대해 다 대답만 하면 돼요. 내 동생 제인이 와서 노인들 옆에 있을 거고, 내가 이륜마차로 데려다줄 거예요."

베시가 왜 하얗게 질린 건지, 왜 눈앞이 캄캄해진 건지 아무도 알지 못했다. 어떤 식으로든 법망이 빨리 그의 뒤를 쫓아 잡지 않는 경우, 자신의 입으로 벤저민이 강도였다는 것을 말해야 할까 봐 그녀가 얼마나 두려워하는지 아무도 알지 못했다.

그런데 그런 식의 재판은 겪지 않았다. 존은 그녀에게 대답할 때 필요 이상은 말하지 말라고, 오히려 이야기가 불분명해진다고 미리 얘기해주었다. 로이즈 치안판사와 법원 서기도 그녀의 성격을 알고 있어서 증인신문을 가능한 한 부담되지 않게 해주었다. 일이 다 끝나고 존은 그녀를 태우고 돌아오며 증거가 충분해서 네이선과 헤스터를 호출해 범인을 확인하는 일 없이도 유죄를 입증할 수 있다며 기쁨을 표현했다. 베시는 너무 피곤하여 얼마나 가까스로 일을 모면한 것인지 깨닫지 못하고 있었고, 존 역시 상황을 제대로 이해하지 못하고 있었다.

제인 커크비는 일주일 이상 그녀와 함께 지냈고 이루 말로 표현하기 어려울 정도로 위안이 되었다. 제인이 없었다면 베시는 미쳤을 거라는 생각도 들었다. 고모부의 얼굴을 볼 때마다 그 돌 같은 고뇌의 표정에서 그 무서운 밤이 늘 떠올랐다. 고모는 슬픔으로 더욱 나약해지며 경건한 삶과 신앙에 매달렸지만, 속으로 피눈물을 흘리고 있는 것을 쉬이 알 수 있었다. 고모는 고모부보다 더 빠르게 기운을 회복했으나 의사는 머지않아 완전히 실명할 것으로 보았다. 베시는 처음에는 초조해하며 말했던 내용을, 이제는 그녀가 알고 있다는 것을 그들이 알아차리면 어쩌나 하는 두려움도 없이 대담하게 매일, 아니, 매시간 강도에 관련된 사람은 전혀 모르는 남자 두 명뿐이었다고 얘기하곤 했다.

베시가 그 일에 관한 정보를 다 알려주지 않는데도 고모부는 전혀 묻지 않았다. 그러나 벤저민이 의심을 받거나 잡혔는지 정보를 얻을 만한 장소나 사람에게 다녀올 때면 고모부가 재빨리 시선을 던지고는 대답을 기다리며 바라보는 것을 알아차릴 수 있었다. 그럴 때면 늘 그녀가 들은 이야기를 모두 들려주며 불안한 노인을 서둘러 안심시켜주었다. 다행히도 시간이 흐르면서 생각하는 것조차 괴로운 그 위험 요소는 갈수록 줄어들었다.

점차 베시는 그녀가 처음 생각했던 것보다 고모가 더 많은 것을 알고 있다는 생각이 들었다. 눈이 먼 헤스터가 무거운 표정으로 수심에 찬 네이선을 더듬어서 만지는 손길에, 깊은 고뇌에 빠진 남편을 말없이 위로하려는 그 모습에 아주 겸허하고 감동적인 무언가가 있었다. 베시는 이 사랑으로 행하는 애처로운 태도에서 고모가 알고 있다는 것을 깨달았다. 고모의 얼굴이 망연히 고모부의 얼굴을 향했고, 앞도 못 보는 눈에서 눈물을 천천히 흘리며, 고모부만 자신의 말을 듣고 있다고 생각할 때면 행복하던 시절 교회에서 들었던 구절을 다시 들려주곤 했다. 그녀의 소박하고 진실한 신앙심으로 그 구절이 남편에게 위로가 될 거라고 생각한 것이다. 그러나 고모 역시 날이 갈수록 점점 더 슬픈 모습이었다.

순회재판이 열리기 사나흘 전, 요크셔의 재판에 참석하라는 소환장 두 통이 노인에게 전달되었다. 베시도, 존도, 제인도 이를 이해할 수 없었다. 이 세 사람이 오래전 소환장을 받아 나갔었고, 그들의 증언이면 유죄 입증이 충분하다는 말을 들었다.

그러나 슬프게도, 사실은 죄수들이 고용한 변호사가 현장에 제삼의 인물이 있었다는 것, 그리고 그 인물이 누구인지를 그들에게서 들은 것이다. 변호사로서는 자신의 의뢰인들이 피해자 집과 식구들의 일상생활을 잘 아는 사람의 도구에 불과했다는 것을, 그 인물이 이 모든 일을 시작하고 계획했다는 것을 증명할 수 있다면 의뢰인의 죄를 경감할 수 있었다. 이를 위해서는 죄수의 말에 따라 그 젊은이의, 아들의 목소리를 알아들은 것이 분명한 노부부에게서 증언을 얻는 것이 필수적이었다. 베시 역시 인물의 존재를 목격했을 수 있다는 것은 아무도 몰랐고, 벤저민은 영국을 빠져나간다고 했으니 공범들이 그를 넘겨줄 수 있는 것도 아니었다.

당황한 노부부는 근심 걱정 속에 존과 베시와 함께 재판 전날 요크셔에 도착했다. 네이선은 여전히 어떤 속내도 드러내지 않아 베시는 그가 무슨 생각을 하는지 추측조차 할 수 없었다. 그는 늙은 아내가 떨리는 손으로 어루만져줄 때도 거의 아무 반응 없이 잠자코 있을 뿐이었고, 그들을 전혀 의식하지 못하는 듯 아주 굳은 모습이었다.

베시는 때로 고모가 어린아이가 되는 것 같아 두려웠다. 남편을 향한 사랑이 너무나 크고 간절하여 고모부의 돌처럼 냉랭한 모습과 태도를 녹이려는 노력 속에서 기억을 잃어가는 듯 보였다. 때로 왜 그가 그렇게 바뀌었는지 이유를 잊은 채 그를 다시 예전으로 되돌리기 위해 애처로운 시도를 하는 것 같았다.

"이렇게 나이 든 노인네들인 걸 보면 분명히, 절대 괴롭히지 않을 거예요!" 베시가 재판일 아침, 머릿속을 덮쳐오는 희미한 두려움에 이렇게 외쳤다. "그렇게 잔인하진 않을 거예요, 분명히!"

그러나 '분명히' 그러했다. 변호가 시작되고 법정 변호사가 네이선 헌트로이드를 증인으로 불렀을 때 백발이 성성하고 안쓰러워 보이는 노인이 증인석에 선 걸 보더니 그 변호사는 거의 사죄하듯 판사를 쳐다보았다.

"유감스럽게도 판사님, 제 의뢰인들을 위해서 이 절차를 진행할 수밖에 없는 이유가 있습니다."

"진행하시오!" 판사가 말했다. "정당한 법적 절차는 이루어져야 합니다." 그러나 노인인 판사 역시 손으로 떨리는 입을 가렸다. 표정 없는 잿빛 얼굴에 침울하고 텅 빈 눈빛의 네이선은 두 손으로 증인석 옆을 잡고 질문에 답할 준비를 하고 있었다. 질문이 어떤 성격일지 예상이 되었으나 사실대로 답변하는 일을 피하지 않을 것이다. "그런 죄인에게는 돌들이 소리 지르리라 하시니."* 그는 일종의 희미하고 영원한 정의감을 느끼며 자신에게 말했다.

"이름이 네이선 헌트로이드가 맞습니까?"

"네."

"내브엔드 농장에 삽니까?"

"네."

"11월 12일 밤을 기억합니까?"

"네."

* 누가복음 19장 40절.

"그날 밤 어떤 소리를 듣고 잠에서 깼다고 들었습니다. 무슨 소리였죠?"

노인이 궁지에 몰린 짐승의 표정으로 질문자를 응시했다. 변호사가 결코 잊지 못할 표정이었다. 그는 죽을 때까지 그 표정을 떠올릴 것이다.

"창문으로 돌을 던지는 소리였습니다."

"그게 처음 들은 소리였습니까?"

"아니요."

"그럼 왜 잠에서 깬 거죠?"

"아내가 깨웠습니다."

"그러고 나서 둘 다 돌소리를 들었군요. 다른 소리가 들린 게 있었나요?"

긴 침묵이 흘렀다. 그리고 낮고 또렷한 대답이 있었다. "네."

"무슨 소리죠?"

"우리 벤저민이 문을 열어달라고 하는 소리였습니다. 어쨌든 아내가 그 아이인 것 같다고 했습니다."

"당신도 그렇게 생각했나요?"

"아내에게(이제 목소리가 커졌다) 자라고 했습니다. 지나가는 술주정뱅이마다 우리 벤저민이라 생각하지 말라고, 그 아인 죽고 없으니까."

"아내는요?"

"아내가 벤저민 소리를 들은 것 같다고, 완전히 깨기 전에 문 열어달라고 그랬다고 했습니다. 하지만 나는 꿈이니 신경 쓰지 말고 돌아누워서 더 자라고 말했습니다."

"아내가 그렇게 했나요?"

긴 침묵이 흘렀다. 판사도, 배심원도, 변호사도, 방청객도 모두 숨을 죽였다. 마침내 네이선이 말했다.

"아뇨!"

"그래서 어떻게 했나요(판사님, 저도 이 가슴 아픈 질문을 하지 않을 수 없습니다)?"

"아내가 가만히 있지 않으려 했습니다. 늘 아들이 돌아올 거라 생각하니까요. 성경에 나오는 탕아처럼요." 그의 목소리가 약간 메더니 곧 안정을 찾으려 애썼고, 다시 말을 이었다. "제가 일어나지 않으면 아내가 일어나겠다고 말했어요. 그런데 바로 그때 목소리가 들렸어요. 선생님들, 제가 지금 정상이 아닙니다. 아파서 침대에 누워 지냈고, 그래서 이렇게 몸을 떠는 거예요. 누군가 밖에서 말했어요. '아버지, 어머니, 저예요. 추위 속에서 굶고 있어요. 일어나서 저를 들여보내주세요'."

"그 목소리는?"

"우리 벤저민 같았어요. 왜 그렇게 묻는지 알아요, 근데 난 사실을 말하는 겁니다. 말하기가 끔찍한데요. 난 우리 벤저민이라고 하지 않았어요, 벤저민 같았다고만 했지."

"그거면 됐습니다, 노인 양반. 당신 아들 목소리로 부탁하는 소리가 들리자 아래로 내려가 문을 열었더니 지금 법정에 있는 저 죄수 두 명과 제삼의 인물이 있었습니까?"

네이선이 고개를 끄덕여 동의했다. 변호사는 관대하게 굳이 말로 대답하라고 강요하지 않았다.

"헤스터 헌트로이드를 부르겠습니다."

늙은 여인이, 누가 보아도 눈이 먼 것을 알 수 있는 얼굴로, 다정하고 부드럽고 근심으로 여윈 얼굴로 증인석에 들어왔고, 존경을 표하라고 배운 대상들, 눈에는 보이지 않는 존재들을 향해 온순하게 몸을 숙여 인사했다.

그리고 자신에게 일어날 일을 기다리는, 무슨 일인지 몰라 불안한 마음으로 측은하게 서 있는 그 모습에는 뭔가 겸허하고 맹목적인 것이 있어 그녀를 보는 이들 모두의 마음을 이루 말로 표현할 수 없을 정도로 움직였다. 변호사는 또다시 사죄를 했으나 판사는 말로는 아무 대답도 하지 않았다. 판사의 얼굴은 온통 떨리고 있었고, 배심원들은 죄수의 변호사를 불편하게 쳐다보았다. 변호사는 자신이 너무 과하게 나갈 경우 그들의 동정심이 다른 쪽으로 향할 수 있음을 깨달았다. 그래도 질문 한두 가지는 해야 했다. 그래서 서둘러 그는 네이선에게서 파악한 내용을 정리해 물었다. "들여보내달라는 목소리가 아들이라고 믿었습니까?"

"네! 우리 벤저민이 집에 왔어요. 확실해요. 어디로 갈지 정한 거죠."

그녀는 고개를 여기저기 돌렸다. 법정의 숨죽인 침묵 속에서 자식의 목소리가 들리는지 찾는 사람 같았다.

"네, 그날 밤 아들이 집에 왔군요. 남편이 내려가서 문을 열어주었고요?"

"음, 그랬을 거예요. 아래층에서 큰 소리가 들렸어요."

"그 속에서 아들 벤저민의 목소리도 들었고요?"

"그 아이에게 해를 끼치려는 건가요, 선생님?" 그녀는 지금 일어나고 있는 일에 대해 점차 알아차리며 집중하는 표정이었다.

"질문드리는 목적이 그것은 아닙니다. 저는 아들이 영국을 떠났다고 알고 있으며, 따라서 부인이 무슨 말을 해도 아들에게는 해가 되지 않을 겁니다. 아들의 목소리를 들었습니까?"

"네, 선생님. 확실해요, 들었어요."

"남자들이 2층 침실로 올라왔나요? 그들이 무슨 말을 했나요?"

"네이선이 스타킹을 어디 보관하냐고 물었어요."

"그래서, 말해주었나요?"

"아뇨, 네이선이 그러면 안 된다고 할 걸 아니까요."

"그럼 어떻게 했나요?"

그녀는 동기와 결과를 인식하기 시작한 듯 내키지 않는 낯빛이 되었다.

"그냥 큰 소리로 베시를 불렀어요. 베시는 조카예요, 선생님."
"계단 아래에서 누군가 외치는 소리를 들었죠?"
노파가 측은한 모습으로 그를 쳐다보더니 대답하지 않았다.
"배심원 여러분, 이 사실에 특별히 주의를 기울이기 바랍니다. 증인은 누군가 소리치는 것을 들었다고 인정합니다. 제삼의 인물이 있었고, 그가 위의 두 사람에게 소리친 겁니다. 뭐라고 했나요? 힘드시겠지만 이것이 마지막 질문입니다. 그 세 번째 사람이, 계단 아래 있던 그가 무슨 말을 했나요?"
그녀의 얼굴이 움직였다. 뭔가 말하려는 듯 입을 두세 번 열더니 간청하는 것처럼 두 팔을 앞으로 내밀었다. 그러나 말은 나오지 않고 그녀는 뒤로 쓰러지고 말았고, 가까이 있던 이들이 그녀를 팔로 받았다. 네이선이 앞으로 나가 증인석으로 들어갔다.
"판사님, 판사님을 낳아준 여인이 있겠지요. 어머니를 이리 취급하는 것은 정말 잔인하고 부끄러운 일입니다. 내 아들이었어요. 하나밖에 없는 내 자식이 문을 열어달라고 소리쳤어요. 이 늙은 여인이 조카에게 도와달라 외치니까 소리 지르는 걸 멈추지 않으면 목을 잡으라고 소리치더라고요. 자, 이제 진실을 알았네요, 진실을. 그러니 이제 당신이 어떻게 할지는 하느님의 심판에 맡기겠습니다."
밤이 오기 전 어머니는 몸이 마비되었고 임종을 맞았다. 마음에 상처를 입은 이들은 집으로 돌아간다. 하느님의 위로를 받고자.

궁금하다, 사실인지

리처드 휘팅엄 지주에게서 온 편지 발췌

작가님은 예전에 제가 칼뱅의 누이의 후손임을 자랑스럽게 생각하는 것을 무척 재미있게 생각하셨죠. 저의 그 유명한 선조에게 그다지 관심이 있으리라 생각하지 않습니다만, 칼뱅의 누이는 더럼의 수석 사제인 휘팅엄 가문 사람과 결혼했고, 저는 선조의 주민등록과 기록들을 살펴보고자 프랑스로 건너갔습니다. 어쩌면 칼뱅이라는 위대한 종교개혁가의 방계 친족들, 사촌이라 부를 이들도 발견할 수 있으리라 생각했습니다. 조사 과정의 수고로움과 모험은 이야기하지 않겠습니다. 굳이 들으실 필요 없지요. 그런데 지난 8월 어느 저녁, 아주 흥미로운 일이 제게 일어났습니다. 깨어 있다는 것을 완벽하게 확신하지 않았다면 꿈이라고 생각했을 겁니다.

앞서 말한 목적을 위해 저는 한동안 투르를 근거지로 삼아야 했습니다. 노르망디의 칼뱅 가문 후손을 추적하다 보니 프랑스 중부로 들어가게 되었습니다. 가문 관련 특정 서류가 성당 소유가 되어 교구 주교의 허락을 받아야 한다고 했습니다. 투르의 ○ 주교에게 청을 넣고 답을 기다렸습니다. 그곳에 영국인 친구가 여러 명 있어서 어떤 초대라도 받아들일 준비가 되어 있었지만 불러주는 이가 거의 없었답니다. 저는 때로 저녁에 무얼 해야 할지 약간 당황스럽기도 했습니다. 호텔 저녁 식사는 5시였습니다. 1인실에 돈을 쓰고 싶지는 않았고, 식당의 저녁 식사 분위기도 마음에 들지 않았으며, 포켓볼도 당구도 칠 줄 몰랐습니다. 호텔의 다른 손님들 면면이 호감이 가지 않아 그들과 머리를 맞대고 도박을 할 생각도 없었지요. 그래서 저는 대개 식사 테이블에서 일찍 일어나 8월 저녁 아직 남은 일광 속에서 경쾌하게 걸으며 주변 시골로 산책을 다녀오곤 했습니다. 한낮엔 너무 더워 거리의 벤치에 느긋하게 앉아 멀리서 들려오는 밴드에 한가로이 귀 기울이거나 지나가는 여인들의 얼굴과 몸매를 역시나 한가로이 바라보곤 했고요.

목요일 저녁, 그러니까 8월 18일이었던 것 같습니다. 저는 평소 산책할 때보다 더 멀리 나갔고, 돌아가려 걸음을 멈춘 순간 생각했던 것보다 시간이 늦었음을 알아차렸습니다. 충분히 돌아갈 수 있을 것이라 생각했어요. 저는 방향감각이 있었고, 제 왼쪽 좁고 곧은 길을 따라가면 더 빨리 투르에 도착한다는 것도 알았거든요. 제대로 나가는 진출로만 찾았다면 그랬을 거라 믿습니다. 하지만 프랑스 그 지역의 들판 오솔길들은 거의 알지 못했고, 제가 걷던 좁은 길은 시내의 거리 못지않게 곧고 똑바로 나 있었으나 양쪽으로 포플러 나무들이 규칙적으로 끝도 없이 줄지어 서 있어 주변이 전혀 보이지 않았습니다. 당연히 밤이 되었고, 저는 어둠 속에 있었습니다. 영국이었다면 밭 한두 뙈기만 건너가면 인가의 불빛을 발견하고 길을 물을 수 있었겠지만, 여기는 그런 반가운 풍경을 찾을 수 없었습니다. 프랑스 농부들은 여름 일광이 아직 남았을 때 잠자리에 드는지, 인근에 사람이 살기는 할 텐데 전혀 볼 수가 없었지요. 결국 그 어둠 속에서 두 시간 정도를 걸은 후에야, 사람 지치게 만든 그 길 한편에서 어둑어둑한 숲의 윤곽이 보였고, 무단침입자에 대한 산림법이니 처벌이니 따위는 무시하고 숲으로 들어갔습니다. 최악의 경우를 대비해 은신처 같은 것을 찾을 수 있으리라 생각했어요. 누워서 쉬다가 아침 햇살이 비치면 투르로 돌아가는 길을 찾겠다고요. 빽빽하게 보이는 숲 바깥쪽에는 어린나무 같은 식물이 아주 촘촘하게 자라 있었는데 제법 굵은 줄기들이 상당히 높이 뻗어 올라가 있었고 꼭대기에는 잎도 듬성듬성했습니다. 안으로 들어가니 숲은 더 울창하더군요. 일단 들어왔으니 걸음을 좀 늦추고 잠자리를 찾으려 두리번거렸습니다. 눈덩이를 베고 잤다가 꼭 베개가 있어야 잠을 자는 사치를 누리느냐, 할아버지를 분노하게 했던 로치엘의 손자*처럼 저는 까다로운 사람이니까요. 숲에는 검은딸기나무가 너무 많아 이슬 때문에 눅눅했습니다. 제대로 된 벽 안에서 밤을 보내는 희망은 접었기에 서두를 일은 없었지요. 그래서 여유로운 마음으로 주위를 더듬으며 제 막대기 때문에 여름날 졸음에서 깨어나는 늑대가 있는 건 아닌지 살폈습니다. 그런데 갑자기 제 앞에 성이 나타났어요. 400미터도 채 떨어지지 않은 곳에(이제는 웃자라고 부스스한 가로수가 줄지어 있는), 오래된 진입로 끝자락에 있었어요. 마침 그 진입로를 가로지르려던 저는 오른쪽으로 그 반가운 광경을 본 것이죠. 어둑어둑한 밤하늘을 배경으로 크고 장엄한 검은 윤곽이 뚜렷했습니다. 장식용 탑들, 작은 탑들, 뭐 그런 것들이 희미한 별빛 아래 솟아 있었습니다. 마침 적절하게도, 마주 보이는 건물들이 자세히 보이지는 않았지만, 불 밝힌 창문이 많다는 것은 분명했습니다. 즐거운 행사라도 있는 듯 보였습니다.

'어쨌든 호의가 있는 사람들이야.' 저는 생각했습니다. '어쩌면 침대라도 내어줄지 모르지. 프랑스 집주인들은 영국 신사들만큼이나 마차와 말이 많지는 않겠지만 큰 파티가 있는 건 맞는 것 같은데. 어쩌면 손님 중에 투르에서 온 사람이 있으면 리옹 도르 호

* 스코틀랜드의 소설가 월터 스콧(1771~1832)의 《스코틀랜드 역사 이야기》에 나오는 내용이다.

텔까지 태워줄 수도 있지. 이러는 게 자존심 상하긴 하지만 너무 피곤해. 필요하면 뒤에 매달려서라도 갈 수 있어.'

그래서, 걸음을 좀 더 빠르게 기운차게 걸어 문에 이르니 문이 열려 있는 겁니다. 이 같은 환대라니. 불빛이 환한 커다란 홀이 보였고, 사냥한 수확물과 갑옷 등이 사방에 걸려 있었지만 자세히 들여다볼 여유는 없었습니다. 문턱을 넘는 순간 거대한 덩치의 문지기가 나타났기 때문이죠. 그는 이상한 구식 옷을, 일종의 하인 제복을 입었는데 집의 전체적인 외관과 잘 어울렸어요. 그는 제게 프랑스어로 (아주 신기한 발음이어서 새로운 사투리라 생각했습니다.) 이름과 어디서 왔는지를 물었어요. 제가 얘기해도 그가 잘 모를 것이라 생각했지만 그래도 제가 도움을 청하기 전에 그렇게 물은 것은 예의 바른 행동이죠. 그래서 대답했습니다. "제 이름은 휘팅엄, 리처드 휘팅엄**입니다. 영국 신사이고 머무는 곳은……." 그런데 너무나 놀랍게도 알고 있다는 기쁨의 빛이 그 거인의 얼굴을 스쳤습니다. 그는 허리 숙여 절하고는 여전히 그 신기한 사투리로 환영한다고, 오래전부터 기다렸다고 말했습니다.

"오래전부터 기다리다니!" 이 친구 무슨 소리지? 내가 우연히 장 칼뱅 쪽 친척들 모임에 온 건가? 그들 중에 내가 가계도 조사를 한다는 이야기를 전해 듣고 그래서 고마워하며 관심을 가지고

** 《리처드 휘팅턴과 고양이》라는 영국 전승 민화가 있다.

있었나? 그러나 저는 일단 그날 밤 쉴 곳을 구했다는 것이 너무 기뻐 그 환대를 즐기기 전에 그에 대한 설명을 들어야 한다는 데까지는 생각이 미치지 못했습니다. 그가 홀에서 내부로 들어가는 거대하고 육중한 문의 양쪽 문짝을 열고는 돌아서서 말했습니다.

"제앙키외르 씨*는 함께 안 오신 것 같군요."

"아뇨, 전 혼자입니다. 길을 잃어서요." 저는 설명을 이어가려 했으나 그는 별 관심 없다는 듯 커다란 석조 계단을 향해 앞장서더군요. 계단은 몇 개의 방에 해당하는 너비였고, 층계참마다 육중한 구조물 안에 자리 잡은 거대한 철제문이 있었습니다. 문지기는 나이에서 오는 근엄하고 느린 동작으로 그 문을 열었습니다. 이 성이 지어진 이후 흘러간 몇 세기 세월의 기이하고 신비로운 경이로움이 옛 자물쇠 안에서 묵직한 열쇠가 돌아가는 것을 기다리던 제게 다가왔습니다. 저는 넓은 계단 양쪽으로 펼쳐진 비어 있는 커다란 회랑에서 웅장하게 밀려드는 웅얼거림을 (마치 먼 바다에서 물결이 밀려나고 또 밀려들기를 영원히 반복하는 그 쉼 없는 소리를) 들은 것만 같았고, 우리 위 어둠 속에 희미하게 그 소리를 인지하고 있는 것만 같았습니다. 마치 수 세대에 걸친 목소리가 침묵하는 허공에서 메아리치다 물러가고 있는 듯했습

* 영국 웨일스와 콘월 지역의 민화에 등장하는 거인 사냥꾼 잭(Jack the Giant-killer)을 프랑스 방언으로 발음한 것이다.

니다. 문지기가 제 앞에서 노쇠한 무거운 몸을 이끌고 힘없는 늙은 손으로 긴 촛대를 잡은 채 흔들리지 않으려 헛되이 애쓰는 모습도 기이했습니다. 기이했다고 말하는 것은, 제가 이 광대한 홀과 통로에서 본, 그 웅장한 계단에서 만난 유일한 하인이기 때문입니다. 마침내 우리는 가족이 모인, 떠들썩한 목소리가 들리는 것으로 보아 어쩌면 많은 일행이 있는 살롱으로 통하는 금박 입힌 문 앞에 섰습니다. 저는 먼지투성이에 여행으로 더러워진, 저의 제일 좋은 옷도 아닌 정장 차림의 저를 그가 이 장려한 살롱에 소개하려는 것을 알았을 때 이의를 제기하려 했습니다. 얼마나 많은 신사 숙녀가 모여 있겠습니까? 그러나 노인은 고집스럽게 맡은 일을 하기 위해 저를 곧장 그의 주인에게로 데리고 가느라 제 말에는 주의를 기울이지 않았어요.

문이 활짝 열렸고, 저는 창백한 불빛이 신기한 방식으로 가득 채우고 있는 살롱으로 안내되었습니다. 그 빛은 어느 한 곳을 유달리 비추지도 않았고, 중앙에서 흘러나오지도 않았으며, 어떤 공기의 움직임에도 깜박이지 않았는데, 그러면서도 구석과 모퉁이마다 환하게 채우고 있어 모든 것이 선명하게 모습을 드러냈어요. 우리네 가스등이나 촛불의 빛과는 분명 달라서 맑은 남쪽 나라 공기와 우리 안개 낀 영국 분위기만큼이나 차이가 있었어요.

처음에는 제가 들어갔음에도 아무도 관심을 주지 않더군요. 살롱에는 사람들이 가득했으나 모두 대화에 열중하고 있었습니다.

그러나 우리 문지기는 최근 다시 유행하는 고풍스러운 화려한 옷차림의 아름다운 중년 숙녀에게로 다가간 후 아주 깍듯한 자세로 기다렸습니다. 그녀의 시선이 그에게 닿자, 그의 몸짓과 그녀가 갑작스럽게 던지는 눈길로만 추측건대, 제 이름과 뭔가 저에 대한 이야기를 전하는 것 같았습니다.

그녀는 말을 걸 만큼의 거리가 되기도 전에 즉시 매우 호의적인 몸짓으로 인사하며 저에게 왔습니다. 그런데 — 이상하지 않나요? — 그녀가 막상 입을 여니 어휘와 억양은 시골의 아주 평범한 농부의 것이었어요. 보기에는 분명 상류층이었고, 위엄 있어 보이기도 했을 겁니다. 만약 좀 더 차분한 낯빛이었다면, 그리고 좀 덜 명랑하고 덜 호기심에 찬 표정이었다면 말이지요. 제가 투르의 오래된 지역을 상당히 많이 헤매고 다녀 금요 시장이나 그런 곳에 있는 이들의 사투리를 접했으니 망정이지, 그렇지 않았다면 이 멋진 여주인이 남편을 제게 소개했을 때 제대로 알아듣지 못했을 뻔했습니다. 남편은 그녀보다 더 극단적인 스타일로 입고 있었습니다. 프랑스도 영국처럼 지방에서 더 우스꽝스럽게 보일 정도로 과도한 패션을 추구하나 보다 생각했습니다.

그런데 그가 (여전히 사투리로) 저를 알게 되어 기쁘다고 말하고는 기이하게 불편한 안락의자로 데리고 가지 뭡니까. 다른 가구들도 다 같은 종류여서 시대는 다르지만 중세 골동품이 많은 호텔 클뤼니라 착각할 지경이었습니다. 제가 들어가서 잠시 중단됐던 프랑스인들의 수다가 다시 이어졌고, 저는 천천히 주변을 둘러보았습니다. 제 건너편에는 아주 상냥해 보이는 여인이 앉았는데 젊었을 때 상당한 미인이었을 것 같았고, 얼굴의 사랑스러움을 볼 때 노인이 되어도 매력적일 듯했습니다. 그런데 그녀는 매우 뚱뚱했고 두 발을 앞쪽 쿠션 위에 올려놓고 있었는데, 저는 즉시 발이 너무 퉁퉁 부어 걸을 수 없을 지경이며 그것이 과도한 비만을 야기했음을 알아차릴 수 있었죠. 손도 작고 통통했으며 그다지 매끈하지 않고 다소 거친 피부였어요. 전체적으로 매혹적인 얼굴에 비해 아주 귀족적인 외양은 아니더군요. 근사한 검은 벨벳에 전체적으로 다이아몬드가 박힌, 흰담비로 가장자리를 장식한 드레스를 입고 있었습니다.

그녀의 의자에서 멀지 않은 곳에 지금껏 본 가장 작은 남자가 있었어요. 비율이 너무나 좋아 난쟁이라고 부를 수는 없었고요. 난쟁이라는 단어는 일반적으로 기형적인 것을 의미하니까요. 그런데 그의 얼굴엔 날카롭고 강한, 처세를 잘하는 꼬마 요정의 모습이 있어서 섬세하고 정상적인 작은 이목구비가 풍겼을 다른 인상을 반감시키고 있었어요. 실은 그가 그곳의 다른 이들과 동등한 지위는 아니라는 생각이 들었습니다. 저는 어쩌다 손님이 된 경우지만 그는 분명 초대받아 온 것 같은데도 옷차림이 때와 장소에 어울리지 않았고, 몸짓과 행동 한두 가지는 배운 것 없는 촌사람의 특징이었어요. 설명해보죠. 그의 장화는 하도 많이 신어서 윗부분도, 뒤꿈치도, 밑창도 전부 구두장이가 최대한 능력을 발휘해 수선한 것이었어요. 만일 그 장화가 제일 좋은 것이 아니라면, 유일한 신발이 아니라면 왜 그걸 신고 왔겠습니까? 빈곤보다 더 우아하지 못한 것이 또 있겠습니까? 그러다 그는 또 마치 목에 뭔가 문제가 있는 것을 찾으려는 듯 목에 손을 대는 불편한 행동을 했습니다. 그가 닥터 존슨*의 행동을 따라 한 것은 아니라 생각합니다. 존슨은 방 안에서 바닥의 특정한 널 위로만 걸으며 특정한 부분만 오가곤 했는데 이 사람이 존슨에 대해 들어봤을 것 같지는 않습니다. 게다가 이 문제에 종지부를 찍자면, 사람들이 그를 엄지 선생이라고 부르는 것을 들었어요. 귀족이었다면 '드(de)'라는 어휘를 넣었을 것인데 그러지 않더군요. 이 방에 있는 사람들은 어쨌든 거의 다 후작은 되는 듯했습니다.

제가 '거의 다'라고 한 것은 저처럼 밤길을 잃은 게 아니라면, 좀 이상한 사람들이 입장해 있었기 때문입니다. 한 손님은 하인으로 보였지만 그의 주인으로 짐작되는 남자에게 대단한 영향력을 지니고 있었고, 주인은 보아하니 이 수행원이 얘기하지 않으면 아무것도 하지 않았어요. 근사한 차림새였으나 마치 남의 옷을 입은 양 불편해하는 주인은 허약해 보이는 잘생긴 남자로 쉴

* 새뮤얼 존슨(1709~1784). 영국의 시인이자 평론가. 병에 시달릴 때 기이한 행동들을 했다고 한다.

새 없이 어슬렁거려 그곳에 있는 신사들 일부가 의심스럽게 보는 듯했고, 그래서 어쩌면 수행원에게 더 의지하는지도 몰랐어요. 수행원은 옷이 대사의 사냥꾼 스타일이었는데, 딱히 사냥꾼 복장도 아닌 완전히 옛날 세상에서 온 차림새였어요. 장화는 우스꽝스럽게 작은 다리 중간까지 올라온 데다 걸을 때마다 작은 발에 너무 커서인지 덜거덕거리더군요. 재킷 가장자리를 장식한 엄청난 양의 잿빛 털, 망토, 장화, 모자, 이 모든 것이 구식이었어요. 알다시피 볼 때마다 계속 새든 동물이든 짐승을 연상시키는 얼굴이 있지요! 흠, 이 사냥꾼은 (더 나은 호칭도 없으니 사냥꾼이라 부르겠습니다.) 제 침실에서 자주 보던 커다란 수고양이와 몹시 닮았더이다. 저는 그 고양이 톰의 기이하게 근엄한 태도 때문에 볼 때마다 웃음을 터뜨리곤 했지요. 고양이 톰의 수염이 잿빛인데 이 사냥꾼도 잿빛 수염을 기르고 있었어요. 잿빛 털이 제 고양이 톰의 윗입술 위를 덮은 것처럼 잿빛 콧수염이 사냥꾼 입술도 가리고 있었어요. 톰의 눈동자는 확장하고 수축했는데 저는 고양이만 그런 줄 알았더니 사냥꾼 눈도 그러더군요. 확실히 고양이는 영리했지만 똑똑한 표정에서는 사냥꾼이 우위였습니다. 그는 주인에게 완전한 통제권을 가진 듯 주인의 표정을 살피며 주인의 발걸음을 따랐는데, 믿지 못해 주시하는 것 같아 저는 그 점이 적잖이 당황스러웠습니다.

살롱 저쪽에는 다른 그룹들도 여럿 있었는데, 태도로 추측건대 모두 엄숙한 노친네들과 저명하고 높은 신분의 사람이었습니다. 서로 완벽하게 잘 알고 자주 모임을 하는 지인들 같았어요. 그런데 건너편에 있던 그 조그만 남자가 방을 가로질러 오더니 제 옆에 앉는 바람에 저의 주변 관찰이 중단되었습니다. 프랑스인은 대화를 시작하는 것이 전혀 어려운 일이 아닌지라 저의 이 피그미 친구 역시 너무나도 우아하게 프랑스 국민답게 행동해 저희는 10분도 채 지나기 전에 거의 절친한 사이가 되었습니다.

이제 저는 문지기부터 그 활기찬 여인, 유순한 성주에 이르기까지 제게 베풀었던 환대가 실은 제가 아닌 어떤 다른 사람에게 예정되었던 것임을 깨닫게 되었습니다. 저로서는 운이 좋았던 것인 그 실수를 행한 이들에게 진실을 알리는 일은 어느 정도 도덕적 용기가 필요한데 저는 그런 것이 부족했고, 아니면 자존감과 대화 기술이 필요한데 그 역시 저보다 대담하고 현명한 사람들에게나 있는 것이라서요. 옆의 키 작은 남자가 어찌나 자신감을 불어넣는지 제 정확한 상황을 그에게 털어놓고 친구 겸 동지로 만들어볼까도 생각했습니다.

"마담이 눈에 띄게 나이를 먹고 있네요." 제가 난처해하고 있는 가운데 그가 안주인을 쳐다보며 말했습니다.

"마담은 여전히 아주 고운 여인입니다." 제가 답했습니다.

"그런데 이상하지 않나요?" 그가 목소리를 낮추며 말을 이었습니다. "여자들은 한결같이 자리에 없거나 고인이 된 사람을 칭찬

하죠. 그들이 무슨 빛의 천사였던 것처럼요." 여기서 그는 그 작은 어깨를 으쓱하고는 얼굴을 찌푸리며 잠시 말을 멈췄습니다. "말이 안 되죠! 마담은 늘 대놓고 죽은 남편을 칭송해요. 그런데 실은 우리 손님들은 어떤 표정을 지어야 할지 아주 당황스럽거든요. 고인인 드 레츠 씨란 인물이 상당히 악명 높으니까요. 전부 들어봐서 알아요." 투렌 사람들 전부겠지. 그렇게 생각했지만 저는 동의하는 듯한 감탄사를 내뱉었습니다.

그 순간 성주가 제게 다가왔고, 예의 바르게 호의를 보이는 표정으로 (사람들이 털끝만치도 관심 없으면서 당신 어머니 안부를 물을 때 짓는 그런) 요즘 제 고양이가 어떻게 지내는지 들었냐고 물었습니다. 내 고양이가 잘 있냐고! 이 사람 무슨 소릴 하는 거지? 내 고양이! 만섬에서 태어나 지금은 런던 내 방에서 쥐와 생쥐들의 침입을 막고 있는 그 꼬리 없는 고양이 톰? 톰은 제 친구들과도 상당히 사이가 좋아 친구들 다리를 기둥 삼아 서슴없이 비벼대고, 오만한 자태와 한쪽 눈을 찡긋하는 현명한 태도로 아주 많은 사랑을 받고 있죠. 하지만 톰의 명성이 어떻게 해협을 건너 여기까지 온 걸까요? 어쨌든 물었으니 답은 해야 했습니다. 더구나 그는 염려하는 표정으로 정중하게 몸을 숙여 저를 보고 있었거든요. 그래서 저도 고마운 표정을 지으며 믿건대 제 고양이는 놀라울 정도로 건강하다고 안심시켰습니다.

"기후가 맞나 보죠?"

"완벽하게요." 잔인한 덫에 걸려 한쪽 발과 귀 반쪽을 잃은 꼬리 없는 고양이에게 이렇게 깊은 염려를 표하는 것에 놀라워하며 제가 말했습니다. 성주는 다정한 미소를 지으며 제 옆의 키 작은 남자에게 몇 마디 말을 걸고는 걸음을 옮겼습니다.

"귀족들은 참 피곤하단 말이지!" 옆의 남자가 슬쩍 냉소를 지으며 말했습니다. "성주는 누구에게든 대화가 두 문장을 넘어가는 경우가 드물어요. 대화 능력이 소진되면 침묵으로 기력을 회복해야 하고요. 당신과 저는, 선생님, 어쨌든 우리가 세상에서 높이 상승하는 건 우리 위트 덕분이네요!"

여기서 저는 또 당황했습니다! 알다시피 제가 귀족은 아니어도 귀족과 연결된 가문 후손인 것을 자랑스러워하는 편입니다. 그리고 '세상에서 상승' 말이 나왔으니 하는 말인데, 제가 상승을 한다면 그건 타고난 위트 덕이 아니라, 머리나 주머니에 무거운 모래주머니가 있어도 굴하지 않고 상승하는 열기구 같은 자질이 있기 때문이죠. 하지만 역시나 동의하는 것이 제 역할이었고, 그래서 또 미소를 지었습니다.

"난 말이죠." 그가 말했습니다. "남자가 사소한 것에 매달리지 않는다면, 적절하게 사실을 더하거나 뺄 줄 알면, 인간성 과시에 감성적이지 않다면 그럼 분명 잘된다고 생각해요. 귀족처럼 '드'나 '폰'을 이름 앞에 붙이고 안락하게 살게 되죠. 제 말에 좋은 예가 있어요." 그리고 그는 제가 사냥꾼이라 불렀던 그 날카롭고 지적인 하인을 데리고 다니는 허약한 모습의 주인을 슬쩍 쳐다보더군요.

"후작 나리는 저 하인의 능력이 아니었다면 그저 방앗간 집 아들로 남았을 거예요. 물론 그의 선조들을 아시죠?"

저는 막 루이 16세 이후 귀족 사회의 변화에 대해 언급하려던 참이었습니다. 사실 대단한 역사적 지식을 피력하려는데 방 반대편 끝에서 약간의 어수선함이 있었어요. 기묘한 제복 차림의 종복들이 벽걸이 카펫 뒤편에서 나온 듯했고(제가 문과 정반대 편에 앉았는데도 그들이 들어오는 것을 직접 보진 못했습니다), 소량의 음료와 더 소량의 음식을 건네는 중이었는데 다과로는 충분하겠지만 허기졌던 제게는 변변찮은 양으로 보였습니다. 이 종복들은 한 숙녀 반대편에 엄숙하게 서 있었습니다. 그녀는 새벽처럼 아름답고 찬란했지만 장려한 긴 안락의자에서 곤히 잠들어 있었고, 때와 경우에 맞지 않게 잠든 그녀를 보며 남편으로 보이는 한 신사가 화를 내며 흔들다시피 깨우려 애쓰고 있었습니다. 모두 허사였어요. 그녀는 그의 짜증도, 사람들의 미소도, 시중드는 하인의 습관적인 엄숙함도, 성주 부부의 당황한 듯한 염려도 전혀 의식하지 못했습니다.

키 작은 친구는 호기심이 경멸과 함께 사라진 것처럼 조소하며 앉아 있었어요.

"저 장면에 대해 도덕주의자들은 현명한 언급을 수도 없이 할 수 있겠죠." 그가 말했습니다. "우선, 지위와 계급에 대한 미신적인 숭배 때문에 이 모든 사람이 처한 우스꽝스러운 처지 좀 보세요. 저 남편은 정확히 어디 있는지 아무도 모르는 작은 공국을 다스리는 왕자인데, 부인인 저 잠자는 공주가 깨어날 때까지 아무도 감히 그들의 오쉬크레* 잔을 치우지 못할 거예요. 경험으로 판단하자면, 저 불쌍한 종복들은 그때까지 백 년이 걸리더라도 저렇게 서 있어야 하고요. 또 도덕주의자들이 늘 그러잖아요, 보다시피, 세 살 버릇 여든까지 간다고!"

바로 그때 왕자가 그 잠자는 미녀를 깨우기에 성공했는데 어떻게 깨웠는지는 보지 못했습니다. 처음에 그녀는 자신이 어디 있는지 기억 못 하는지 사랑스러운 눈으로 남편을 올려다보며 미소를 짓더니 말했습니다.

"당신이에요, 나의 왕자님?"

그러나 그는 사람들이 웃음을 꾹 참고 구경하고 있는 것을 너무나 잘 알았고 자신도 당연히 짜증이 났기에 아내처럼 다정하게 행동할 수는 없는 것 같았어요. 프랑스어로 몇 마디 하고는 외면해버리더군요. 최선의 번역을 하자면 '아니 여보, 헛! 쳇!' 정도.

제가 잘 알 수 없는 품질의 맛있는 와인 한잔을 한 후, 전보다 용기 내기가 좀 수월해져 그 냉소적인 키 작은 친구에게, 이 사람

* 설탕물을 뜻한다.

이 싫어지기 시작했지만, 숲에서 길을 잃었고 실수로 이 성에 왔다고 이야기했습니다.

그는 제 이야기에 대단히 재미있어했습니다.

자기도 한 번 이상 같은 일을 겪었다며, 제가 자기보다 운이 좋다고 말했습니다. 그의 말에 따르면 생명의 위협까지 느낀 적도 있었다고 했어요. 그는 자신의 이야기를 장화 얘기로 끝맺었습니다. 여기저기 덧대었고, 그러다 보니 원래의 훌륭한 점은 사라졌지만 그럼에도 여전히 신고 있는 그 장화에 제가 감탄해주길 바라더군요. 긴 시간 도보 여행에 적합한 최고의 신발이라면서요. "하지만, 물론." 그는 이렇게 이야기를 마무리했습니다. "철도라는 새로운 유행이 이런 장화의 필요성을 대체하고 말았죠."

제가 성주 부부에게 밤길을 잃은 여행자라고, 그들이 기다리던 그 손님이 아니라고 알려야 할지 상의하자 그는 말했습니다. "전혀 그럴 필요 없어요! 난 그런 결벽증적인 도덕성이 싫어요." 그는 제 순수한 질문에 마치 자신의 무언가를 비난하는 암시라도 있는 것처럼 기분이 상해 보였고 말이 없어졌어요. 바로 그 순간 저는 건너편 숙녀의 다정하고 매력적인 눈과 마주쳤습니다. 처음에 제가 이제 만개한 청춘은 지났고, 발이 어디가 아픈지 쿠션에 올려놓고 있다고 했던 그 여인이었어요. 그녀의 표정은 이렇게 말하는 듯했습니다. '이리로 오세요, 우리 함께 얘기 좀 나누자고요.' 그래서 저는 말없이 고개를 숙여 키 작은 일행에게 실례한다는 뜻을 전하고 그 발이 불편한 부인에게 건너갔습니다. 그녀는 정말이지 아름다운 손짓으로 제가 온 것에 고마움을 표했고, 사과하듯이 말했습니다. "이런 저녁에 이렇게 움직일 수가 없으니 좀 따분하네요. 하지만 젊은 시절 허영에 대한 벌이지요. 내 불쌍한 발은 원래 이렇게 작게 태어나긴 했지만 내가 잔인하게 억지로 작은 구두에 밀어 넣곤 했더니 지금 와서 이렇게 복수를 한답니다. 게다가, 선생님." 그녀가 환한 미소를 지었다. "당신이 저 키 작은 사람의 악의적인 말들에 지쳤을지도 모른다는 생각도 했고요. 그는 어렸을 때도 좋은 성격은 아니었고, 저런 사람은 늙어도 분명히 냉소적이죠."

"저 사람은 누굽니까?" 제가 영국인답게 느닷없이 물었습니다.

"이름은 푸세*고, 아버지는 목수거나 숯꾼, 그런 종류의 일을 하는 사람이었다고들 해요. 그런 사람들은 살인 방조니 배은망덕이니 사기 쳐서 돈벌기니 그런 슬픈 이야기를 하죠. 당신은 내가 이렇게 계속 헐뜯으면 나도 저 남자만큼 나쁜 사람이라 생각하겠죠. 차라리 손에 장미를 들고 우리 쪽으로 오고 있는 아름다운 여인을 보며 감탄하자고요. 저 여인은 항상 장미를 들고 있는데, 당신도 물론 잘 알고 있겠지만 장미와 그녀의 과거는 떼려야 뗄 수가 없잖아요. 아, 미녀!" 그녀가 우리 가까이 다가오는 여인에게

* 프랑스어로 엄지처럼 작다는 뜻으로, 프랑스 동화 《엄지 동자》의 주인공이다.

말했습니다. "내가 이제 네게 갈 수 없으니 네가 내게 오는구나." 그리고 저를 보며 우아하게 저를 대화로 이끌었습니다. "당신도 아시겠지만, 우리는 둘 다 결혼하기 전에는 만난 적도 없지만 그 후로는 거의 자매처럼 지내고 있답니다. 우리 상황이 닮은 점이 참 많고, 성격도 그런 것 같고요. 우리 둘 다 그다지 친절하지 않은 언니가 둘 있죠. 우리 언니들은 배가 다르지만."

"이젠 유감으로 생각들 하고 있답니다." 그 아름다운 여인이 말했습니다.

"우리가 왕자와 결혼한 후로 말이죠." 처음 여인이 악의라곤 전혀 없는 장난스러운 미소를 지으며 말을 이었다. "우리 둘 다 출신 신분에서 상승하는 결혼을 했고, 시간을 잘 못 지키는 습관이 있고, 그 결과로 우리 둘 다 고통과 아픔을 겪어야 했고요."

"그리고 둘 다 아름답습니다." 내 바로 뒤에서 누군가 속삭였다. "후작 나리께서 이렇게 말씀드리라고 했어요. '둘 다 아름답습니다'라고."

"그리고 둘 다 아름답습니다." 또 다른 목소리가 크게 말했습니다. 돌아보니 그 교활한 고양이 같은 사냥꾼이 주인이 예의상 그 말을 하도록 부추기고 있었어요.

두 여인은 그런 쪽에서 찬사를 듣는 것이 불쾌하다는 것을 보여주려는 일종의 도도한 인사로 허리를 숙이더군요. 우리 세 사람의 대화는 끝이 났고 저는 섭섭했습니다. 후작은 그 한마디를 하는 것이 귀찮았던 듯한, 더 이상의 말은 기대하지 않으면 좋겠다는 표정이었어요. 그의 뒤에는 사냥꾼이 반쯤 시건방지고 반쯤 굴욕적인 태도와 자세로 서 있었고요. 두 여인은, 진짜 귀족 부인인 이들은 후작의 서투름이 측은했는지 후작에게 그가 힘들어하지 않고 답변할 수 있을 만한 주제에 맞춰 사소한 질문을 몇 가지 했습니다. 그러는 동안 사냥꾼은 투덜거리는 어조로 혼잣말을 했는데, 저는 즐거웠을 대화가 중단되자 슬쩍 뒤로 빠져 있어 그의 말을 자연스레 들을 수 있었지요.

"정말이지 드 카라바*는 날이 갈수록 더 바보 같아진다니까. 정말 쫓아내고 자기 운명대로 살라고 하고 싶다. 난 궁으로 갈 사람이었어. 궁으로 가야겠어. 가서 내가 저 인간의 행운을 만들어주었듯 내 행운을 만들겠어. 황제께서 내 능력을 알아봐주실 거야."

프랑스인의 버릇이 그런 건지 화가 나서 예절을 잊은 건지, 그는 쪽모이 마룻바닥에 좌우로 침을 뱉더이다.

바로 그때 아주 못생겼으나 아주 인상이 기분 좋은 남자가 그 두 여인을 향해 오는데, 우아하고 피부가 하얀 여인을 동행하고 있었습니다. 그 여인은 마치 흰옷을 입고 마리아에게 헌신하는 소녀처럼 너무나도 순수한 흰색의 드레스를 입고 있었습니다. 그녀에게 다른 색깔이라곤 보이지 않았어요. 그 여인이 다가오면서

* 《장화 신은 고양이》의 고양이 주인 카라바 후작을 말한다.

기쁨을 표현하는 소리를 내는 것을 들은 것 같았어요. 찻주전자가 증기를 뿜는 소리도 아니고 비둘기가 구구거리는 소리도 아니었지만 저는 그 두 소리가 떠오르더군요.

"마담 드 미우미우가 당신을 하도 보고 싶어 하셔서." 남자가 장미를 든 여인에게 말했습니다. "내가 이리로 모셔 왔으니 기쁘지 않소!" 정말이지 정직하고 선한 얼굴이었으나, 아! 정말 못생겼습디다! 그렇지만 저는 대부분 사람의 미모보다 그의 흉한 얼굴이 더 좋았어요. 표정에는 자신이 못생겼음을 인정하는 애처로움이 있었고, 사람 마음을 긍정적으로 끄는 용모에는 너무 성급한 판단에 대한 비판이 담겨 있었거든요. 그 부드러운 흰색의 여인은 계속 내 옆의 사냥꾼에게 마치 예전에 아는 사이였던 것처럼 시선을 던졌는데, 두 사람은 신분 차이가 있어 저는 상당히 의아했습니다. 그런데 두 사람의 신경이 명백히 같은 소리에 쏠려 있는 것을 알 수 있었어요. 벽걸이 카펫 뒤편에서 들려오는, 다름 아닌 쥐와 생쥐들이 긁어대며 오가는 소리 같았는데, 마담 드 미우미우와 사냥꾼은 얼굴에 조바심을 내듯 아주 간절한 표정을 띠기 시작했고, 그들의 들뜬 몸의 움직임, 마담의 가쁜 호흡, 사냥꾼 눈의 격한 팽창 등에서 평범한 소리가 다른 참석자들과 매우 다른 방식으로 영향을 끼치고 있음을 알 수 있었습니다. 장미꽃을 든 아름다운 여인의 못생긴 남편이 이제 제게 말을 걸어왔습니다.

"저희는 많이 실망했습니다." 그가 말했습니다. "선생께서 모국인과 동행하지 않아서 말이지요. 르 그랑 장 당글테르,* 제가 이름을 제대로 발음할 수가 없어서요." 그는 도움을 청하듯 저를 바라보았습니다.

"르 그랑 장 당글테르!" 도대체 르 그랑 장 당글테르가 누구지? 존 불? 존 러셀? 존 브라이트?

"장, 음, 장." 그는 제가 당황하는 것을 보며 말을 이었습니다. "허, 영어 이름에 약해서요. 장 드 제앙키외르!"

저는 언제나처럼 현명했습니다. 친숙하게 다가온 이 이름은 약간 변형되어 있었어요. 속으로 이름을 발음해보았습니다. 어쩌면 '거인 사냥꾼 잭'일 수 있다는 생각이 들더군요. 그의 친구들이 늘 그를 '잭'이라 부르긴 했지만. 그래서 그 이름을 소리 내어 말해보았습니다.

"아, 그 이름입니다." 그가 말했습니다. "그런데 오늘 밤 우리 작은 파티에 왜 함께 오시지 않았습니까?"

저는 전에도 한두 번 당황한 적이 있었지만 이 진지한 질문에 당황함이 배가되었습니다. 거인을 죽인 잭은 한때, 이건 사실인데요, 저의 절친한 친구였습니다. (출판사의) 잉크와 종이가 우정을 유지해줄 수 있다면 말이지요. 그러나 몇 년간 잭의 이름이 언급되는 것을 듣지 못했고, 제가 아는 한 그는 마법에 걸려 아서왕

* '영국에서 온 장 선생' 정도의 뜻이다.

의 기사들과 함께 누워 있었어요. 그들은 네 사람의 용맹한 왕들이 위험에 처한 영국을 구하라 명하는 나팔을 울릴 때야 깨어날 겁니다. 그런데 성심껏 진지하게 질문을 하는 이 신사가 저는 이 방 어느 누구보다도 저를 좋게 생각해주길 바랐습니다. 그래서 저는 정중하게 이 모국인 소식을 들은 지는 오래되었지만, 이렇게 유쾌한 친구 모임에 그가 참석했더라면 제가 누리고 있는 이 즐거움을 그 역시 느꼈을 것이라 답변했습니다. 그는 고개 숙여 인사했고, 그러자 그 발이 아픈 부인이 이야기를 이어갔습니다.

"오늘 밤이 한 해에 딱 하룻밤, 이 성을 둘러싸고 있는 이 거대한 오랜 숲에 한때 근방에 살던 어린 시골 소녀 유령이 나타나는 밤이랍니다. 전해오는 이야기로는 늑대가 그 소녀를 잡아먹었대요. 예전에 오늘 같은 밤 나도 저기 회랑 끝 창가에서 그 소녀를 본 적 있어요. 아름다운 나의 아우님, 이 신사분을 모시고 가서 달빛 비추는 바깥 풍경을 보여드리지 그래요? 나는 아우님 남편과 긴밀히 할 얘기가 있어서. 선생님, 어쩌면 유령 소녀를 보실 수 있을 거예요."

장미를 든 여인은 차분한 몸짓으로 부인의 요구에 따랐습니다. 우리가 커다란 창가로 가니 거기서 제가 길을 잃었던 숲이 내려다보였습니다. 잎이 무성한 가지를 멀리 뻗은 나무들이 흔들림 없이 희미하고 창백한 달빛을 받으며 우리 아래 펼쳐져 있었지요. 달빛 속 물체들은 형태는 거의 낮만큼이나 선명했지만 색깔은 그렇지 못했습니다. 우리 아래로 셀 수 없이 많은 길들이 모든 방향에서 이 거대한 옛 성을 향해 수렴하는 것처럼 보였습니다. 그런데 갑자기 우리와 가까이 있는 길 위로 어린 소녀의 형상이 가로지르는 것이 보였습니다. 소녀는 프랑스에서 보닛 모자처럼 여자들이 착용하는 두건인 '카퓌숑'을 쓰고 있었습니다. 한쪽 팔에는 바구니를 들고 있었고, 소녀가 고개를 돌려 바라보는 옆에는 늑대가 있었어요. 마치 죄를 뉘우치는 사랑의 표현처럼 늑대가 소녀의 손을 핥고 있는 것처럼 보였어요. 속죄나 사랑이 늑대에게 해당하는 말인지는 모르겠으나, 어쨌든 살아 있는 것이 아닌 유령 늑대이니까요.

"저기요, 그 아이를 보았네요!" 장미를 든 여인이 감탄했습니다. "죽은 지 그리 오래되었지만, 가족 간 우애와 천진난만한 믿음이라는 이 소박한 이야기는 소녀를 들어본 적이 있는 사람이라면 모두 마음속에 오래 간직하게 되지요. 이곳 시골 사람들은 이 기일에 저 유령 아이를 보면 그해 행운이 따른다고 말한답니다. 우리도 그 전해 내려오는 행운이 깃들길 빌어보죠. 아! 여기 마담 드레츠가 있네요. 그녀는 첫 남편의 성을 따르고 있어요. 지금 남편보다 첫 남편 신분이 높았거든요." 안주인이 우리에게 다가왔습니다.

"선생께서는 자연과 예술의 아름다움을 사랑하시는군요." 창가에서 풍경을 보고 있던 제게 그녀가 말했습니다. "그럼 그림에서도 기쁨을 느끼시리라 생각합니다." 여기서 그녀가 한숨을 쉬었는데, 약간 슬픔을 가장하는 듯했습니다. "내가 무슨 그림을 말하는지 당신은 알잖아요." 장미를 든 여인에게 말했고, 그러자 그녀가 고개를 숙이며 약간 짓궂게 웃더군요. 마담이 앞장섰습니다.

저는 그녀 뒤를 따라 살롱의 반대편 끝으로 갔습니다. 그녀는 자신의 양옆에서 일어나는 일에 그것이 말이든 행동이든 강한 호기심을 보이며 주목했습니다. 벽에 이르니 전신 크기의 그림이 눈에 들어왔습니다. 잘생기고 독특한 모습의 남자였는데, 훌륭한 외모에도 불구하고 매우 사납고 험악한 인상이었어요. 안주인은 팔을 앞으로 내려뜨린 채 두 손을 꼭 마주 잡고 다시 한번 한숨을 내쉬었어요. 그리고 반쯤은 혼잣말처럼 이렇게 말하더군요.

"젊은 시절의 내 사랑이었답니다. 그의 엄격하면서도 남성적인 성격이 처음 내 마음을 감동시켰지요. 언제, 언제가 되어야 그를 잃은 것이 애통하지 않을 수 있을런지!"

이 물음에 답을 할 만큼 그녀를 잘 알지 못했고, 두 번째 결혼으로도, 사실상, 충분히 답이 되지 않았다니 저는 곤란함을 느꼈습니다. 그래도 뭔가 말을 하긴 해야 하니 이렇게 얘기했습니다. "얼굴을 보니 전에 본 어떤 것과 닮았다는 생각이 듭니다. 역사화를 바탕으로 제작한 판화였던 것 같습니다. 차이점은 거기서는 한 무리의 중심인물이었어요. 그가 여인의 머리카락을 휘어잡은 채 언월도로 그녀를 위협하고 있고, 한편에선 기사 두 명이 그녀의 생명을 구하기 위해 간신히 제때 도착한 듯 계단을 급히 오르는 광경이었습니다."

"아, 슬프고 슬픈지고!" 그녀가 말했습니다. "너무나 정확하게 내 인생의 불행한 한 사건을 묘사하시는군요. 그런데 그 일은 종종 잘못 조명되곤 합니다. 최고의 남편도." 이 대목에서 그녀는 비통함으로 흐느끼며 발음이 불분명해졌다. "때로 불만스러워진답니다. 난 젊고 호기심이 많았고, 그는 내가 순종하지 않아 그에 합당한 화를 내고 있었던 것인데 내 오라버니들이 너무 성급하게 행동했고, 그 결과 나는 미망인이 된 거죠!"

그녀의 눈물에 적절한 예를 표한 후 저는 평범한 위로를 하려 했습니다. 그런데 그녀가 날카롭게 돌아보는 겁니다.

"아뇨, 선생님, 내 유일한 위안은 오라버니들을 절대 용서하지 않았다는 것뿐이에요. 너무나 잔인하게 그렇게 주제넘게 내 사랑하는 남편과 나 사이에 개입하다니. 내 친구 므슈 스가나렐의 말을 인용하죠. '때로 사랑에는 사소한 것들이 필요하다. 서로 사랑하는 이들 사이에 대여섯 번 칼을 휘두르는 일은 오히려 사랑을 되살려준다.'* 당신은 채색이 그다지 어울리지 않다고 보시나요?"

"지금 조명에서는 수염 색깔이 다소 기이합니다." 제가 말했습

* 프랑스 희곡작가 몰리에르의 작품 《동 쥐앙》 극중 인물인 스가나렐의 대사. 원작에서는 칼이 아닌 몽둥이다.

니다.

"네, 화가가 제대로 표현하지 못했어요. 그의 수염은 정말 아름다웠고, 보통 사람과는 다른 대단히 출중한 분위기를 주었어요. 잠깐만요. 이 촛불 가까이 오시면 정확한 색깔을 보여드리죠!" 그리고 불빛으로 다가가며 그녀는 아름다운 진주 잠금 장식이 있는 털로 만든 팔찌를 풀었어요. 기이했습니다, 분명. 뭐라고 반응해야 할지 모르겠더이다. "그의 아름답고 소중한 턱수염이에요!" 그녀가 말했습니다. "진주가 이 우아한 푸른색과 참 잘 어울려요."

이미 그 자리에 와 있던 그녀의 남편이 그녀의 시선이 자기에게 향할 때까지 기다렸다가 마침내 이야기했습니다. "므슈 오거**가 아직 도착 안 하다니 이상하군!"

"전혀 이상하지 않아요." 그녀가 톡 쏘듯이 말했습니다. "그는 늘 아주 어리석고, 항상 실수하고, 그러다 결국 자기가 곤란해지죠. 그러는 것도 당연해요. 경솔하게 아무나 믿는 소심한 사내예요. 전혀 이상하지 않다고요! 굳이 말하자면요." 다음 내용은 남편을 돌아보며 말해 제게는 거의 들리지 않았습니다. 그러다 저를 쳐다보았습니다. "그럼 모두 자기의 권리를 갖게 될 거고, 우리는 아무 문제 없을 거예요. 그렇지 않나요, 선생님?" 제게 하는 말이었습니다.

** 신화 속 사람을 잡아먹는 괴물이다.

"제가 영국에 있었다면 마담께서 개혁 법안, 이 새천년 법안에 대해 연설하시는 모습을 생각할 것 같습니다만 제가 무지해서요."

제가 그렇게 얘기하는 순간 거대한 접이문이 활짝 열렸고, 모두가 화들짝 놀라며 가느다란 검은 요술 지팡이에 기대어 선 나이 많고 조그마한 숙녀에게 인사를 했습니다. "마담 라 페마렌."* 사람들이 따뜻한 목소리로 다 같이 외쳤습니다.

그리고 잠시 후 저는 속이 텅 빈 오크나무 옆 풀밭에 누워 있었고, 새벽녘 밝아오는 눈부신 햇살이 비스듬히 제 얼굴을 가득 비추고 있었습니다. 수도 없이 많은 작은 새들과 조그만 벌레들이 지저귀고 노래하며 붉게 물든 장려한 광경을 맞이하고 있었습니다.

* 요정 할머니에 해당한다.

옮긴이의 말

여성작가들의 책으로 은행나무의 세계문학전집을 연다, 그 전집의 이름이 라틴어로 존재 'to be'를 뜻하는 '에세'이다, 라는 설명과 함께 엘리자베스 개스켈의 《고딕 이야기》를 받았을 때 참으로 멋진 선택이란 생각이 들었다. 개스켈은 영국 19세기 빅토리아 시대, 극빈자를 포함한 다양한 계층의 삶을 섬세하게 그린 소설들 《메리 바턴》《크랜포드》《남과 북》《아내와 딸들》 등으로 잘 알려져 있으나, 고딕 문학에서도 큰 존재감을 가지고 있다. 특히 여성이 중심이 되는 혹은 당시 여성이 처한 가부장 사회를 비판하는 이야기를 발표하여 메리 셸리, 샬럿 브론테와 함께 남성작가들의 작품과 변별되는 '여성 고딕'이란 세부 장르를 이끌었다(개스켈은 샬럿 브론테의 첫 전기를 쓴 전기작가이기도 하다).

문학에서 고딕은 초자연적 현상과 같은 경이로움, 떠도는 유령의 두려움, 현재를 엄습하는 과거의 공포를 이야기한다. 고딕이란 이름은 중세 유럽의 고딕 건축 양식에서 유래한다. 초기 고딕 소설에 암울하고 무시무시한 시기로 간주됐던 중세시대의 고딕 건축물이 자주 배경으로 등장했기 때문이다. 1764년 호레이스 월폴이 《오트란토성》을 출간하며 처음으로 '고딕 이야기'라는 부제를 붙였고, 이후 하나의 장르 이름으로 굳어졌다. 잘 알려진 고딕 소설로는 메리 셸리의 《프랑켄슈타인》, 에밀리 브론테의 《폭풍의 언덕》, 브램 스토커의 《드라큘라》, 로버트 루이스 스티븐슨의 《지킬 박사와 하이드》 등이 있다.

엘리자베스 개스켈의 고딕 이야기로 분류되는 작품은 대부분 단편으로, 가까운 친구였던 찰스 디킨스가 편집 및 발행했던 〈하우스홀드 워즈〉를 비롯한 여러 잡지에 발표되어 많은 찬사를 받았다. 개스켈은 1849년 친구이자 화가인 엘리자 폭스에게 보낸 편지에 이렇게 썼다. '유령을 보았어! 그래, 분명 보았어. 그것도 샬럿 스트리트라는 지극히 현실적인 거리에서 말이지.' 개스켈의 고딕 이야기에는 이렇게 일상과 섬뜩함이 함께 병존하고 매일의 익숙한 경험에 으스스함이 그림자처럼 따라다닌다. 이 책에 소개한 중편 한 편과 단편 여섯 편은 1851년에서 1860년 사이에 출간된 작품들로 다양한 소재와 주제를 담고 있다.

〈실종〉은 실화와 픽션의 모호한 경계 속에서 실제로 일어났던 여러 실종 사건과 관련한 소문을 들려주며 가까운 사람이 어느 날 갑자기 사라지고 그 흔적조차 찾을 수 없게 되는 상황에 대해 우리 모두가 가지고 있는 원초적 두려움을 일깨운다. 〈늙은 보모 이야기〉는 가부장적 제도 속의 다양한 계층 여성들이 삶을 살아가는 방식, 원한과 복수, 유령의 출현 그리고 그 모든 것을 통찰하는 현명하고 주체적인 보모의 이야기이다. 〈대지주 이야기〉는 당시 출몰하던 노상강도를 소재로 평화로운 마을에 등장한 낯선 인물에 대한 의심과 신뢰, 나아가 근본적으로 인간에 대한 신뢰를 이야기한다. 〈빈자 클라라 수녀회〉는 변호사가 의뢰받은 사건의 상속인을 찾는 과정에서 알게 된 한 가문의 역사를 프로테스탄트와 가톨릭이 갈등을 겪던 격랑의 시기 영국과 아일랜드, 유럽 등을 배경으로 풀어나가며 저주받은 여인과 그를 통한 인간의 다면성을 천착한 중편이다. 〈그리피스 가문의 저주〉 역시 대를 잇는 저주를 그린 이야기로, 잉글랜드에 맞섰던 15세기 웨일스의 역사적 영웅 오언 글렌다워에서부터 서사를 시작하여 인간의 운명은 피할 수 없는 것인가라는 질문을 던진다. 〈굽은 나뭇가지〉는 선량한 시골 부부가 애지중지 키운 아들이 타락해 가는 이야기를 올곧은 여성의 시선으로 그려나가고, 〈궁금하다, 사실인지〉는 여러 구전 이야기와 동화를 변주한 환상적이고 몽환적인 이야기다. 밤이 다가오는데 길을 잃는다는 두려움보다는 다양한 인간 군상을 만나고 심리를 읽는 흥미로움으로 가득

하다.

목사의 딸이자 목사의 아내, 자식 잃는 슬픔을 겪은 다섯 아이의 어머니, 사회봉사자이자 작가였던 엘리자베스 개스켈은 당시 사회와 종교가 요구하는 의무를 충실히 행하면서도 여러 문인 및 예술가들과 교류하며 꾸준히 작품을 쓰고 뛰어난 소설가로 인정받았다. 그러나 그 과정에서 많은 역할들에 때론 버거워하며 갈등하고 자신의 역할과 정체성을 고민했고, 그런 자신의 여러 자아를 작품 속에 다양한 여성 인물로, 심지어 유령으로도 표현했던 것 같다. 그럼에도 엘리자베스 개스켈의 목소리는 따뜻하다. 눈망울을 반짝이며 재촉하는 아이들에게 옛날 옛적에 말이다, 하고 귀신과 유령이 나오는 이야기를 들려주는 푸근한 여인, '개스켈 부인'의 음성이 들린다. 또 작가가 섬세하고 유려한 문장 속에 지역 방언을 상당히 많이 사용했다는 것도 글이 친근하게 다가오는 이유 중 하나이다. 화자도, 인물도 방언을 자주 사용하는데(〈굽은 나뭇가지〉의 경우 대화가 거의 사투리였으나 그 묘미를 옮기지 못한 점, 독자에게 진심으로 죄송하다) 작가는 사투리 어휘가 표현하는 감정을 대체할 표준어를 찾을 수 없었다고, 꼭 그 어휘여야 했다고 말한다.

평범한 일상을 이어가다가도 불현듯 느끼는 불안과 섬뜩한 공포를 인간 내면에 대한 통찰과 함께 풀어가는 개스켈의 19세기 고딕 이야기는 현대를 살아가는 우리에게도 익숙하게 다가와 가슴 깊은 곳을 휘저을 것이다. 에세, to be, 인간이 존재하는 한 느낄 수밖에 없는 근원적 두려움을 이 작품을 통해 다시 한번 찬찬히 들여다보게 될 것이다.

박찬원

은행나무세계문학 에세 • 4
고딕 이야기

1판 1쇄 발행 2022년 4월 19일

지은이·엘리자베스 개스켈
옮긴이·박찬원
펴낸이·주연선

(주)은행나무
04035 서울특별시 마포구 양화로11길 54
전화·02)3143-0651~3 | 팩스·02)3143-0654
신고번호·제 1997—000168호(1997. 12. 12)
www.ehbook.co.kr
ehbook@ehbook.co.kr

ISBN 979-11-6737-157-7 (04800)
ISBN 979-11-6737-117-1 (세트)